當代名家

廣播小說

臨水照花人

魏可風◎著

誰能撈起她的影子

陳芳明（作家、政大教授）

魏可風的這冊小說《臨水照花人》，究竟使張愛玲再活一次，還是再死一次？無論如何熟讀張愛玲，無論如何生動地描繪張愛玲，一如魏可風的筆力與想像，這位四〇年代的上海作家終究只是化成另一個符號，另一個飄渺的圖像，游盪於孤島台灣。

我喜歡張愛玲的冷酷文字，更愛她孤絕的人生。然而，我絕對不是張迷。我還不至於到了必須窺探她生活細節的地步，然而，我必須承認，她是一位文學史上的重要作家。我並不認爲她可以列入台灣文學的經典，但我不能否認她對台灣作家的深遠影響；那種影響，已經構成台灣文學血脈的一部分。

我說張愛玲是台灣文學血脈的一部分，如果觸痛了某些文學本土論者的神經，實在無需感到抱歉。在台灣文學史上，未曾在島上生活過的作家竟能散發如此影響力者，恐怕只有張愛玲是空前絕後的例子。魯迅對台灣作家的影響非常巨大。日據時期的賴和、戰後初期的鍾理和，在他們的作品中都可以發現魯迅的影子。不過，魯迅在台灣文學中的浮現，基本上是批判精神的轉化與延伸。張愛玲的幽靈，卻絕對不是如此而已。她的思維模式，句法變化，嘲弄態度都以撒豆成兵的方式散布在台灣作家的創作之中。

文學影響，足以構成後世作家的焦慮。因此，許多作家從來都不樂於誠實地承認自己作品受過前人的影響。每位作家都比較傾向於果敢地宣稱，自己的作品都是原創的。然而，張愛玲卻突破了影響焦慮的格局。許多作家都願意公開表白他們各自受到了張愛玲啓發的程度，都願意投入張愛玲的影響流域裡。這已經不是文學現象了，幾乎可以說這已成爲台灣文學的骨髓了。

張愛玲流域之廣闊，已經不分世代，更是不限性別。每過一段時期，就有她的魂魄重現人間。有的以小說形式，有的以散文文體，更有的以批評論述的方式，描摹張愛玲的身段、姿勢、側影。就像德希達所說的衍異（differance），張愛玲成爲一個符號，再延伸出一個符號，再衍生出一個符號；符號與符號之間，有雷同之處，更有歧異之處。朱天心、朱天文的小說，周芬伶的散文，王德威、李歐梵的學術論文，都再三地召喚張愛玲的幽魂。她的魂影，究竟是被濃縮了，還是被稀釋了，未必能說得清楚。

《臨水照花人》出自胡蘭成的形容。魏可風的小說集中在張愛玲與胡蘭成的往來過程之上。這是張愛玲一生中最華麗、最淒美、最哀豔的盛放事件。燦爛開過之後，隨即凋萎。穿越了這場愛情的開落，張愛玲便隱身走入歷史的蒼茫，她的文學也跟著成爲傳說。她的生命中沒有懺情，而只是無情，甚至是絕情。決絕的她，在小說中竟活得那樣輝煌。臨水照花，有誰能夠撈得起她的影子？

自序

魏可風

一九一五年的租界上海，街上已經是電車叮噹往來，有四人座的大馬車、兩人座的小馬車、黃包車、少許的汽車，這一年張愛玲的父母親結婚。張御史與黃軍門兩戶官家後人，和一般清末遺老遺少的名門一樣，成爲上海人多半是辛亥年左右的事情。

上海的報紙，大多人家都訂有《申報》和《新聞報》，只是《新聞報》有更多的工商廣告和商業消息。但是不論那一種，只看看報紙版面，就會立刻感染整個上海活潑潑的商業氣息，在第一版的報頭之外就是整面的廣告，有紳士擁著美女親吻的「美麗牌香煙」、胡蝶與鄭小秋主演的「小姊妹」、大光明戲院或大上海戲院開幕、奇異愛迪生公司廣告愛迪生發明電燈五十週年。接下去的每一個版面都以廣告爲主，新聞內容爲副，似乎只要刊登廣告的人出得起錢，新聞版面也可以隨意被分割出左上角給派克快乾墨水、右下角給上海自來火電灶。或一整條左邊給明日開幕的光明咖啡館，下面有許多小字說明館內有新式冷熱水汀，使客人殊不覺館內有冬夏之別……

上海租界有的是物質文明的光環，這裡孕育了報紙業、鴛鴦蝴蝶派小說、電影、廣播無線電、電燈、自來火，在中國其他地方都還沒見過的東西，都在這裡首先出現。永安、先施、新新各百貨公司，會在每季舉辦時裝發表會，邀請參觀和演出的多半是各界名媛，最新時尚的衣料子和服裝款式都會早早打出廣告，每季的季末也有大減價，原本三塊洋錢的吊帶絲襪可以減到兩塊錢或一塊半，鞋子、女用皮包、帽子也都一樣。

張愛玲是在這樣的氣氛下長大的。

看著那些可口可樂、桂格麥片、屈臣氏裡賣的玉蘭霜、買電影雜誌送秀蘭鄧波兒照片的廣告，恍惚間，我有些弄不清上海和台北了。不論張愛玲受到的文學影響有多少成分是鴛鴦蝴蝶派，還是五四以來的新文學，其實影響她最大的，還是上海那種此起彼落熱鬧嘈雜的商業文化。

她喜歡大紅色，喜歡讀《禮拜六》，喜歡吃甜膩的東西，喜愛浪漫喜劇，喜歡讀舊小說，喜歡穿華麗的仿清衣裳，怕黑、怕冷清。她就是個單純喜歡活絡熱鬧的人，也害怕失去那些活絡熱鬧。偏偏她參與了上海這樣一個城市繁華到最頂尖的時期，也見到繁華之後最滄桑的漆黑。

她個人的歷史，涓涓滴滴透露在她的作品裡；我嘗試在書中引用張愛玲的句子，透過創作來與她「對談」。但是將她的個人歷史融入大上海一〇年代到五〇年代的大背景中，這種融入卻是新的嘗試，也許這樣的小說創作仍不圓滿，因爲「張愛玲」作爲一個小說的女主角是不夠突顯的，沒有突破其他張愛玲傳記的個性。

如果張愛玲頭頂上有一圈光環，那麼，海派文化就是那更大的光環。如果那一小圈光環在她不得已離開上海之後逐漸灰暗了，也是自然的。

最後，在此感謝陳芳明教授的許多建議與指導。

一

歐戰爆發的第二年，與歐洲隔著重山萬水的遠東，繁華的上海灘上，電車每天叮叮叮來回行駛，高鼻子深眼睛的外國巡捕，仍尋常一樣地維持著租界的秩序。一條長長的嫁妝禮擔隊伍綿延著，前頭管事的人都坐著黃包車，一路敲鑼鼓樂，挑夫們嘿呼嘿呼地飛走著，微彎的挑桿擔盒一件件往蘇州河的方向過去，引得不少路人駐足品評猜測，隊伍前頭已經彎入另一條路，從這邊卻還看不見隊尾。

「這隊伍多長！少不得又是名門貴胄辦婚嫁。」一位胖太太同身邊瘦尖臉太太說。

「這些年，能到租界裡來的，不是錢作成的祖蔭大樹，要不就是會做生意的。噯，我那丈夫，要是肯好好學做生意，也不用我拼死硬撐著裁縫，還好，幾家的太太奶奶們都喜歡我的功夫，幾年下來，生意也有增無減，托他們的福，生活也算好過。」瘦尖臉太太明著貶自己丈夫，意思裡卻是說自己會打點。她的額上幾道皺紋，把兩道眉毛都擠得斜下去，嘴角又是薄薄地往下彎，整個表情彷彿無論什麼都不滿意。

「是嘔，您的功夫就是好！我就羨慕您這股精神，像我，就不行，光是靠我那老頭兒子走船，時時帶點洋貨水粉回來，不過到幾家的奶奶小姐那裡兜轉兜轉，就得乏一陣子囉！」胖太太話裡，就擺明了自己可以依靠丈夫孩子，比瘦尖臉太太更勝一籌了，她說得直晃腦袋，眼角一瞟，又說：「不過，那有富貴的人家，也真不是我們想得到的有錢法兒，外表看來不過就是花園洋房，上次送外國水粉到林奶奶那兒，進到裡邊，一只屏風上，硬是紅寶綠玉的鑲嵌了好些，林奶奶還嫌繡畫太俗，才沒擺到客廳去。」

「這些人家，要不是時局亂成這樣，還高宅廣宇大園林的，好好做著他們的官家呢。他們不好了，我們也就好不到哪裡去，看看東西都一直貴起來，從去年到今年，百二十銅錢才兌一塊洋錢吶！像這樣場面的婚嫁，怕不免要多耗損！」瘦尖臉太太說得似乎大家都一齊沉下去了。

「噯，」胖太太笑道：「你倒替人家擔心，人家門當戶對的，不知金滿山銀滿山，娶媳婦嫁女兒，還用不到這樣哩！」說著捏起小指尖頭比了比。

看起來胖太太是贏了，她得意地兩手叉叉腰，往前瞧瞧，連禮擔隊伍尾巴都已轉彎不見了。

麥德赫司脫路與麥根路口轉角的西式洋房大別墅，佈置得極為喜氣，張府的親戚朋友全都來了，雖然張府老太太已經過世，廳堂上，被請上座的貴冑長輩非常多，花園裡都是親疏遠近、老老少少的姨表姑表堂姪兒女的，滿地裡孩子們亂跑著，頂藍頂藍的天空上飄過幾朵掐得緊緊、棉球似的白雲。

「全按古禮吶，是女家軍門奶奶再三堅持。現在很多都用汽車接了，花轎是特為租的。」花轎還沒來，客人裡有人輕聲說著。

「時候亂，多少人家都因為革命黨下來的，東西都不及帶了，雖說能將就的就將就了，可新娘子軍門黃家，女兒也只一個。這邊張府老太太來上海的第二年就過去了，臨終叮囑過，二爺只一個弟弟，好生照看著，雖不是同母兄弟，起碼一家子財產都是老太太嫁時帶過來的，嫁娶這等大事，沒給做好，親戚裡舅子的李家第一個不放過，光是傳著說著，就了不得了。」一位打扮得端嚴的太太說。

「老太太如果還在，不知是個什麼光景？」那一團話，顯然引起衆人對過世老太太的興趣。

「老太太的爹爹，人稱『宮爵部堂』，官拜漢人的極品了，光是田產，每年可收租五萬石之上，這還不說，但凡外國租界地，都有好些洋房地產，現銀、股票、外洋存款不知多少。這老太太當年又是最疼的長女，嫁妝定是幾世子孫也吃用不完了。」另一個老先生拈著花白的鬍子說。

「李家是興辦洋務的，老太太顯然也新派。你看，新郎的妹妹二小姐就沒給纏小腳。」另一客人說，顯然大家都在興頭上。

「倒是新娘子，聽說還照老法兒纏三寸金蓮吶！」一個碎嘴婆子說。

「老太太也過去三四年嘍！依我看，那是頭胎小姐夭折，這第二胎從小給穿上男裝，都稱呼『毛少爺』，不叫小姐，是一種矇鬼神法罷了！」一個兩鬢有些花白的老太太嘆道：「不過，少爺小姐從小會讀寫洋文，卻是李家的族風了！」

「這門親哪，老太太在世時候就給訂下的，那時這位新郎倌兒還不到十六歲，調皮得很。黃軍門的小姐，張御史的少爺，可眞門當戶對！」不知誰又附會了一句，大家紛紛讚嘆了一番。

衆人嘁嘁嗦嗦壓著聲頭說得正熱鬧，忽然外頭鞭炮聲大響，顯然是花轎到了。新娘子微微顫顫，身段窈嬝，身上頭上的鳳冠大紅繡金霞披，都撐得新娘子瘦削的肩腰沉沉的，兩個喜娘小心地攙扶著，與新郎拜天地祖宗，二兄志潛夫婦是長兄如父，長嫂如母，坐在堂上接受禮拜。

新娘子的大紅綢蓋頭前後四角綴著穗飾，隨著拜揖一搖一晃，掩在蓋頭裡的只能見到新郎的長袍下截，新郎看來鞋大腳寬，身量也應該不短，這時候是怎麼也看不見的。臨上花轎前，嫡母曾執著她的手說：「上轎小人兒，下轎人家婦，千萬記得！」她答應了，這才把蓋頭放下，嫡母眼中有滿意的淚珠打轉著。

新娘子耳朵裡只聽見人聲嘈雜，人怎麼搬弄，她怎麼做，腦子裡有著所有的一切，又似乎一切都沒有。但是，她的確是下了轎的，是眼前這雙大腳大身量的「人家婦」了。

這幢大別墅，有二十多間房間，房間多而且進深，後院還有一溜房子是丫頭媽子家人住的。天還黑黝黝的，新房這邊，陪房老媽子已經在前間把洗臉水打好了，丫頭伺候新少奶梳頭洗臉完畢，隨著管家媳婦到起居廳堂上，幾盞煤氣燈還點著。嫡母說過，老太太在世時的家風嚴峻，連比老太太少不了幾歲的二爺都有些怕她，二爺比三爺大將近二十歲，因此老太爺在時給二爺娶的媳婦也是安徽合肥人，在規矩習慣上，和老太太倒是十分允洽。

她跨進廳堂時，管家僕婦們正一個接一個，恭恭敬敬向二奶奶回話，家裡花用、筵席炮竹茶水、桌椅耗損、電燈煤氣燈煤球火盆用度、汽車保養添汽油箱、每日廚房菜單變化、少爺小姐房裡每月開銷等等，有的來核對消帳，有的來說明請錢。

二奶奶頭髮向後梳了一個雙鳳髻，額上光光的沒有瀏海，四十歲婦人的打扮，只一路聽著，眼也不抬，手裡翻著一本帳冊，偶爾問幾句，端起青磁蓋杯呷口茶。一旁侍立著的丫頭看見新婦進來了，低頭輕聲在二奶奶耳邊說了一句。二奶奶沒表示，僕眾還在回話，等全回完了，天剛亮，這才站起身轉來，兩手拉過新婦，表情上喜孜孜地從頭看到腳。

這三少奶，二十歲不到的年紀，額前一抹散人瀏海，底下一雙大眼睛，挑眉，秀挺鼻子，看來有菱有角的兩片薄唇，瓜子臉尖下巴，正面看卻有點方腮，黃素瓊這名字，給三爺合婚時二奶奶也參與過，本人比照片漂亮，那時二奶奶還是侍立老太太跟前的媳婦兒。

這樣的美人，怕不有點嬌氣才怪，二奶奶稍閃過了這麼個念頭。

「起晚了？」二奶奶說完抿嘴笑了笑，把素瓊一張白皙的臉漲紅了。

「三妹妹，」二奶奶從袖口抽出月白灑花湖紡手巾，點了點額角，又把素瓊按到椅子上，自己也坐下來，接著說：「現時不比老太爺、老太太在世那時候，住得深堂大院，又不愁用度吃穿，山再高，坐吃，也有山空的時候，家裡事兒，樣樣都要仔細照管，能儉省哪能不儉省，這是老太太那時候下的規矩，我不過跟著。現在添了你，我也巴望著添了個幫手。」

說完一雙眼睛盯著素瓊看，素瓊只得說些話應付，尷尬地輕輕清一下喉嚨說：「素瓊年輕不懂的規矩，還望二嫂多提點。」

「我比你癡長幾歲，許多事，多少也能教教你是不錯的。我們做主婦的人哪，第一要事就是理家，要理得好就得凡事周到，丈夫要什麼、小姑小叔子要什麼，將來有了孩子，孩子又要什麼，晚睡早起——」二奶奶說到這裡頓了一頓，直看到素瓊眼底：「這麼樣兒，在下人面前也能有了分寸。丫頭老媽子、車夫、廚子、裁縫，這些底下人，待太緊了，背地裡什麼滑頭都出來了，太鬆，沒有個主子樣兒，都沒法兒好好理家。似老太太那時候——」

二嫂合肥口音的官話腔，總是左一句右一句「老太太那時候」，聽在素瓊耳裡十分彆扭，那位威嚴的官家婆婆若是還在，也有這麼多教訓嘿？

「二嫂、三嫂，早！你們一塊兒啊，都說些什麼好玩的物事？」一個戴著小圓眼鏡，手裡拿了一本雜誌的年輕姑娘走了進來，飽飽的滿月臉，是二小姐，『毛少爺』茂淵，把素瓊從二太太口裡的婦德、婦道解了圍。

「毛妹妹，」二太太招招手，也叫坐下：「什麼好玩物事，我們再怎麼變法，也還是家裡事兒重要，那件雪青掐絲夾襖昨天裁縫給送來了，等會兒試試罷。」

「毛妹妹，你手裡拿著什麼？怪眼熟的。」素瓊問。茂淵把手裡的雜誌遞過去，素瓊看了眼睛亮了亮。素瓊驚喜地問：「你也喜歡看《禮拜六》?!」

「嗯，昨天拿到的！三哥也愛看，不過我比三哥更愛。」茂淵說著，看著和三哥同齡的三嫂，覺得她的驚喜有點特別，因爲《禮拜六》銷售得很好，每逢星期六下午出刊，愛看的人往往先排了長龍等著買。

「去年五、六月，他們要開辦，我弟弟在一個遠房親戚家遇到周瘦鵑，這人十分有才氣，與我們同年。」她說的「我們」，不知指的是她雙胞胎的弟弟，還是丈夫志沂。不論如何，素瓊因著這本雜誌，感覺與這位小姑特別親切投緣。

「這人的外文能力也強，介紹那麼多外國小說，每一期都有。《小說月報》是他們一夥子作的，我也愛。」茂淵說。「咦，說到一塊兒去了，我也看的。」素瓊像在陌生國家找到親人似的。

「嗯，我家那位遠房親戚說，周瘦鵑讀中學時候，因爲偶然一次去務本女中看聯歡表演，認識了一位表演得十分出色的女孩，很活潑秀麗，從此對她一片傾心，兩人情書魚雁往返，一個非他不嫁，另一個非她不娶，無奈女家富裕，看不起周瘦鵑這窮酸學生，認爲門第不當，強將女兒另配。」素瓊平時不喜多話的，這時開了話匣子，茂淵卻聽得呆了，嘆氣道：「也是個多情種子！」

「姑娘家，」二奶奶笑了起來，「這種事也不用多知道。」

「二嫂，現在當姑娘，什麼事也得知道些才好，蔡元培先生在十幾年前就興辦女學，寫了〈夫婦公約〉，提倡男女平等呢！」茂淵從容分辯道。

「唉唉，我的姑娘，十幾年前，你還只一兩歲呢！」二奶奶調侃地說：「何況女學堂什麼的，我記得那幾年，還不是鬧出男女學生私戀自殺的事，是有點名望的，家裡都給請先生教，我們不都這麼給教出來的，也不比別人少一點知書達禮。」

蔡元培原是前清翰林，後來投效革命黨，結果反而成了名儒，向來在貴冑家庭裡是不愛提這些人的，二奶奶這麼說還是怕說得太尖，小姑面上掛不住，客氣著說的。

「毛妹妹現在都讀哪些書？」素瓊把話題岔開問道，茂淵也隨便回答了一些，又把周瘦鵑的事轉了回來：「他寫的哀情小說，我常看得落淚呢。」

「是啊，比徐枕亞的《玉梨魂》也不差。」素瓊說，二奶奶看了素瓊一眼，素瓊也不管，裝作沒注意。二奶奶十分以爲不可，覺得素瓊在帶壞小姑娘，有些不高興。

「你們再聊會子，素瓊等等過來我這兒，還有事兒說！」二奶奶丟下話，霍然起身，旁邊的丫頭也跟了出去，素瓊與小姑倆互換了一個勝利的眼色。

「三嫂，待會別去了，還不是說些別帶壞我的話。我們去跑馬廳路看西洋影戲去！」茂淵伸伸舌頭。素瓊道：「妳專給人帶壞的麼？就憑我！」說完兩人都好笑起來，又覺得更親近些。

茂淵十一歲時母親去世，幾年來二嫂如同母親一般照料生活起居，只是沒有了同母親的親密感，現在來了一位嫂子，年紀近些，相同的話題多了起來，說話、生活也起勁多了。

過了秋分，天陰的時候特別多，起風時風向也東西不定，多穿一件嫌熱，少穿又嫌冷，花園裡幾株花樹早過了花期，葉片稍稍轉黃，要落不落的，老舉棋不定，在風裡飄搖，無法自主。

一雙小腳穿著描金滿幫花繡鞋，穿過花園門廊，素瓊走得一陣風似的，颯颯揚起裙腳，身後的丫頭幾乎有點小跑著跟著。一進套間，轉過屏風，志沂看看素瓊臉色不太好，也不發話，只放下手裡的書，等著聽怎麼回事。素瓊打發丫頭去煮開水沖茶，把前廳裡的事情跟丈夫說了一遍。志沂聽了，無非又是嫂嫂限制用這用那、規定省這省那的。

「阿瑩，忍忍就過去了。」志沂低聲叫喚妻家中的小名勸著。

「不過是嫂嫂，又不是婆婆，憑什麼?!都說是老太太那時候。」素瓊憤憤地。

「算了吧，二哥也是這樣，說娘在世時都是這麼省用的，汽車不給買、電話不給多打，連煤油燈也不能多點、草紙也都想方法省，這不行那不行的，我不也都忍著，朋友吆喝請客，手裡每月用度都有限，不怎麼交情的，就省著不去了。」志沂雖然勸說，自己也感到十分無奈。

「說得不好聽點，那都是你親娘的財產——」素瓊聲音高了起來，志沂連忙在唇上按了按。

「噓——小聲點，這房子雖大，外頭走過去的人聲說話有時也聽得見。」志沂說，但是財產的事卻戳中他的心。

「再說，」素瓊聲音低了一點，仍然很氣憤，「我也不是沒有嫁妝，這樣箝制著實不合理，倒像小里小氣的小戶人家，做點什麼事都得二奶奶、二奶奶的，這些丫頭媽子，這些帳房管事的！他們眼裡倒有主子。」

「再忍忍，過些時候，」志沂在房中踱來踱去，低著頭，嘴裡說：「總有辦法，總有辦法跟二哥二嫂說白了。只是現在還亂著，前兩天幾個堂房兄弟來，都說現在北方房產在跌，德國宣布用無限制潛水艇制，聽說是強弩之末了，北洋政府也趁機加入歐戰，如果德奧戰敗，天津漢口九江，一些兩國的租界地就會被收回去，到時天津租界不知會成什麼樣子。」

「天津有房產，我們又做主不得，什麼用?!哪時候中國不是亂著的，你總說總有辦法！這兩個霸佔了你親娘財產的人，你還阿哥阿嫂的，叫得親熱。」素瓊沒好氣的抱怨著。

志沂也已無話可說，只好兩手把素瓊拉進懷裡，像哄小孩似的，輕輕搖搖她。素瓊把臉靠在丈夫的膀臂上，剛好斜斜對著錦繡屏風，這屏風是她的嫁妝，嫡母特爲找的女繡，是能詩能畫的沒落世家女兒，要不是生活太緊，還不見得願意做，屏風上彎彎曲曲的枝椏上，停著一隻金鷙，另一隻正剔著翅膀，想飛。素瓊眨眨眼，飛得走麼?怎麼飛也還在屏風上！她掙開了丈夫的手。

「又回去?」志沂喪著臉說：「你一走，這裡就只剩我一人！」

「說得多可憐！這是你家！」素瓊仰臉反笑道，心下卻也不忍起來。

順從了一會兒，素瓊越想，還是越氣不過，收拾些小東西放入小錢包中，口裡叫喚老媽子去街上叫黃包車，她一旦決定的事總無法勸解回轉，這一陣子她經常回娘家透透氣，這些動作幾乎已經成了習慣。

但是回到娘家又能怎麼樣？她坐在黃包車上搖搖晃晃的，出門時臉上的表情總是堅定凜然，其實心裡也老是沒有主張，如果弟弟在家，多少有人說話解悶，但是弟弟也上了大學，有自己的朋友社交，並不常在家。她們姐弟是嫡母從湖南鄉下買來的姨太太生的，父親在他們出生前去世了，生母也在她們很小的時候得肺病走了，嫡母是盡心盡力把黃家這對孩子養大的親人，但是老婦人守舊，花了一輩子實踐古訓裡的婦德，總是勸素瓊脾氣要軟一點，回家要多住一天，又催促著姑奶奶不要冷落了姑爺，早早回去夫家。

她的確是金枝玉葉般在娘家長大，但現在是出嫁了的姑奶奶，是被切了根，移花接木的綁到另一株大樹上的一段金枝。難道就這麼來來去去，反反覆覆的，都是身不由己麼？素瓊掣起手絹子在眼角擦了擦。

但是，哭什麼，湖南人從不示弱！

這一年歐戰剛結束，還不到六月，江南的夏天熱氣來得特別早，北京鬧學潮的消息，早已淹滿了上海的報頭，學生們情緒波濤洶湧，從北大燒起的火焰，從此之後不斷擴散，燒到全中國知識分子每個人心中都一把熊熊烈火。

姑嫂倆人一路追著學潮新聞讀，尤其對學校裡、學生之間發生的事特別感興趣。幾個月過去，滿新聞紙上都是「打倒孔家店」、「摧毀吃人禮教」，連讀的小說裡都有不甘被舊婚姻束縛、被舊道德約束的女性出走。

追過了冬至還熱中著。

這天是連續陰霾之後，難得陽光耀眼的日子，雖然還是冷，姑嫂倆卻十分興致，穿著襖袍襖褲，在花園間邊走著，茂淵說：「外國人都已經開始準備他們的耶誕節。」

「他們過節也挺熱鬧，傳教士、修女尼也都一群群的。」素瓊說。

「三嫂，你想不想去北大看看？」茂淵忽然轉頭問。

「怎麼，你很想麼？」素瓊明知故問。

「北大不是要招女學生了?!第一次讓男女學生同校，而且那些教授多半留過洋的。」

「外國不知比上海怎麼樣？」素瓊也被引得想像起來。

「算了，那麼遠，想也白想。」茂淵有些沮喪地說。

「外國去不成，至少去北大看看，是不？」素瓊側頭向茂淵笑著說。

「北京，也還遠，我一人也不成的。」茂淵厥著嘴說。素瓊看著這個已經十八歲的姑娘，似乎知道她心裡想些什麼，笑著說：「你很想上大學讀書，對不？」

「大概二嫂也不肯花這個錢。」茂淵說出不知反覆想了多少回的心底話。

「不是，是她覺得沒必要！」素瓊斬釘截鐵地說：「他們都覺得女子沒必要讀那麼多書。」

「二哥、三哥也沒讀大學，大約是家裡沒這個傳統吧！」茂淵覺得素瓊說偏了，用上了報上常看到的「傳統」。

「你三哥都因爲十六歲時母親早逝，不然，像我弟弟，明明姐弟倆從小一起請先生敎到大，年紀到時，他倒可以進復旦大學讀書，我卻得嫁人。」素瓊無奈又有點氣憤地說。

「三嫂，妳也想的嘛！」茂淵睜大眼睛發現什麼似的說。

「上海這麼多女校，中西女塾、聖瑪利亞女校，我們親戚裡也有父母肯女兒去讀的，都說好得不得了。沒進中學讀過，又不能進大學，總是遺憾。」素瓊嘆著氣說。

「我們想想辦法。」茂淵說。

「這種情形，都不是我們自主的，哪有辦法可想？可恨同是人，爲什麼他們男人就是天，我們就是地。」素瓊說。

「要三哥想點辦法，和二哥分家好了，不就可以自主了?!」茂淵推推嫂子說。

「你三哥要有辦法，早做了，眼下就是沒個正當理由。他們做兄嫂的，在外人講來也挑不出破綻。」素瓊說。

「娜拉遲早要出走的。」茂淵忽然念起台詞來。

「娜拉出走後怎麼辦？」素瓊對聯似的接下去說，姑嫂兩人又相對笑起來。

這是易卜生的《娜拉》引發知識界軒然大波的其中一個子題。

姑嫂才倆人走一圈子，素瓊忽然覺得身體疲乏，胃裡翻攪起來，緊皺起眉頭，大顆汗珠從額角滑下，素瓊呻吟著，一手抓著短襖腹，一手按著胸口，還慌著喊人找痰盂，不斷嘔出一些清水和一些嚼碎了的蜜餞渣子。

茂淵也慌了，不知如何好，一面嘴裡喊僕婦，一面又叫人去二哥處找三哥、二嫂來，自己忙扶著素瓊回房休息，剛蓋好被子，素瓊又想吐，茂淵安慰著，說已經去請大夫來了。

「不知怎麼回事，最近老這樣。」素瓊按著額頭，對大夫說。

「恭喜，三少奶，這是喜脈！因身子太瘦，胃土稍有虛火，心煩氣躁，心火不下，腎水又不上，水火未濟，故常心悸眼花，天氣稍涼，子宮丹田收了冷氣，是故益發噁心欲吐。都不礙事，都不礙事。」大夫溫吞吞地說完，開幾劑安胎補藥，又叮嚀了一些孕婦應注意的事項。

志沂聽著，眼睛早已亮了起來，茂淵更高興了。二奶奶謝過大夫，轉頭對素瓊微笑著。

「可要好好養身子，嗳，要什麼吃的，儘管說，有孕的身子總不定什麼時候兒想吃。」二奶奶說完，素瓊也客氣地回答道：「謝謝二嫂，煩勞了。」

等人都走了，丫頭媽子把桌椅都清理乾淨，生好一小盆碳火，出去時回手把房門關好。

「今後可少點回娘家吧！」志沂得意地說。

「哼，我倒回娘家住到生！」素瓊轉過臉，撇撇嘴說。

志沂驀地把素瓊攔腰抱起，在空中呼嘯轉一圈。

「作死啊！你！」素瓊一驚，卻吃吃笑起來。

「啊喔，不得了！」志沂忽然板起臉來。

「什麼?!」素瓊被他嚇一跳。

「今天早晨二哥把我叫去，正說到父親往年奏摺、日記、書稿，」志沂盯著素瓊眼底的疑惑，故意慢慢地說：「特別是裡頭很有些齊家治國的道理，才說到一半，我就被叫了來，這會子可真要團團的齊家治國了！」聽得素瓊已經笑彎了，過一會兒又正起臉來對著丈夫說：「齊家啊，先得能自立。」

「妳，和肚皮裡這個，」志沂把臉貼在素瓊的腹上，雙手環著素瓊的腰，笑道：「就是我的家產本錢，做了人家爹，當然非自立不可！」

二

月盤兒又圓又白，照得滿園子夜露晶亮晶亮的，花園裡掛上幾盞燈擺幾張桌子，兄弟倆房夫婦、姑娘茂淵，還有些親戚朋友，說說笑笑，吃酒賞月。在老太太手裡用的媽子何干，手裡抱著孩子坐在素瓊身後，團團的小臉蛋，茂淵伸手逗一逗，就咯咯笑得露出才長出的幾顆小牙齒。

「笑也大聲、哭也大聲，這孩子中氣十足。」一個親戚說。

「餵過了沒？」素瓊親親小臉蛋，轉向何干問。

「餵是餵過了，剛還不太吃。」何干說。

「妳也去吃些東西吧，過些天又忙了。」素瓊說。

何干抱著孩子進屋，剛巧遇到一個素瓊陪房的丫頭，看到何干，卻一臉起興的樣子過來說：「總有幾樣了！」何干還沒意會，「什麼？」「抓周的東西呀！」丫頭說著，攤開手掌心，裡頭有個玩意兒。「耶，別給看到，」何干趕緊空出一隻手掩住：「這小不點，精靈得很，被她起興想抓時，不給都不行，玩過，到時就不準了。」「今兒月圓，離十九還四天，不算四天，得算剩三天，」丫頭屈起指頭算著：「時間還有著，何媽媽，我們再想想還有什麼的，抓周麼，一生一次，得周全些。」

小煐周歲那天，大漆盤裡裝滿各種南轅北轍不相干的玩意兒，胭脂香粉銀盒子、毛筆、照相膠捲、小圓眼鏡、古玉扇墜子，這個老大的花園洋房裡上上下下都興奮著，準備著好玩的小孩遊戲，能想到的都準備了，連湯杓子、花匠鏟子都有，最後何干趕著把一只小金錁也放進去。

通明的大房子裡，大人們繞著廳堂中央的擺設，圍成一圈又一圈，志沂高高的身量，舉起咿呀舞著的周歲嬰兒，輕輕放到大漆盤前，牆上的時辰鐘滴答搖擺，嬰兒圓圓的眼睛烏溜烏溜轉，兩隻短胖手伸出去。

衆人屏息著，一閃眼，只見嬰兒一隻手小金錁，一隻毛筆，正晃得高興。

志沂失望得閉上眼，素瓊直搖頭詫異，茂淵卻瞪大了眼。

這樣門第的千金，抓的怎麼能夠是小金錁，不會吧！茂淵眨眨眼鏡後面的大眼睛又看了看，還是不太相信。茂淵把孩子抱過懷裡，孩子手裡仍緊緊抓著那兩樣東西，嘴角笑得高興著，茂淵輕輕把小金錁抽起來，孩子扁扁嘴，簡直快哭了。「小煐小煐，」茂淵逗著孩子說：「看姑姑變法，欸，姑姑眼鏡呢？欸，好了，笑了。」

這天起丫頭媽子都爭論：「沒看清楚，兩手一抓，該是先抓到筆，小姐將來是個才女！」

素瓊懷著第二胎，身上有點懶懶的，依舊在房裡靠著看些書，小煐正抓著何干的手，嘴裡伊嗚伊嗚的說些意思，忽然手指著門叫起來。

「叔叔回來了，小煐有什麼意見？」志沂跨門進來，不禁笑了起來。

素瓊娘家弟弟家裡，孩子們都叫素瓊「伯伯」，稱自己的父親母親爲「叔叔」、「嬸嬸」，這習慣傳染來張家，志沂也對著小煐自稱叔叔。

「小煐高興，」何干笑說：「三爺，她剛剛還說了好些話。」

「眞的？來來，說幾句叔叔聽聽。今天倒十分有收穫。」志沂把小煐抱放在腿上，後面那一句卻是說給素瓊聽的。「哦？今天去拜訪誰了？」素瓊問。

「到親戚家去走走，沒想聽到志潭最近時運到了，說五月上北京去，出任交通部總長。」志沂說著又把小煐交給何干帶出去玩。

「他是，是你九叔張佩緒的兒子，沒記錯吧！」素瓊精神起來了。

「堂房兄弟，大家小時都玩在一起，他做哥哥的也十分照顧我，剛好託他引介，找點差事什麼的，在外頭交際應酬，有個頭銜也讓人看了穩妥些。」志沂說。

「如果能夠，最好離上海遠一點。」素瓊說。

「一定可以的，如果不行，還有志邁，他們同樣都在北洋政府，都是重要職位。」

「事情一有了名目，我們也好向哥嫂說了。」素瓊打算道。

「我也正這麼想，到北邊去，剛好得個分家的正理。」志沂說。

小煐已經在這個世界上過了兩次中秋節，又快到外國人的耶誕節了，姑姑從街上買了一串金色小鈴鐺球給小煐玩，農曆十一月大雪節氣才過三天，弟弟出生了。素瓊還在月子裡，北方的親戚就來了消息：津浦鐵路局缺一個英文秘書。三房裡簡直是雙喜臨門。

志沂十分志得意滿，雖向哥嫂說了北遷分家的事，原本都應該按照老太太的遺囑，分出記在他和茂淵兄妹二人名下的房產、地產、股票、骨董，但是一方面舉家遷到天津的事情，大大小小的打包整理忙了許多時日，另一方面，夫婦倆急著脫離大家庭的管束，住得越遠走得越快越好，許多小項目明知被蒙混過去，也不及細細分析了。

船票的日子就在素瓊的月子結束後不久。小焕由何干抱著，弟弟小魁由張干抱著，傭僕主人一行十幾人、幾十箱行李，浩浩蕩蕩到了天津。關於房子、車子，以及一些瑣碎的事情，都由住在天津的二大爺家裡幾個姪孫子先照應，幫他們在天津三十二號路買下一幢半老舊的花園洋房，有天井、花園前院和後院。

這天的幾個常客就是二大爺家裡來的。二大爺張人駿是志沂的父親張佩綸的姪子，兩人卻差不多年紀，又都做官，交情非常好。說是侄孫子，其實有些還比他們夫妻大，已經必須叫小焕爲「姑姑」了。其中唯一的女客叫「妞兒」，餘下幾個都是妞兒的兄弟。

素瓊吩咐僕人拿出幾只玻璃杯，一套水晶高腳杯，還有蘇打水、果汁、外國點心、蛋糕，在花園裡擺出桌椅。妞兒試著茂淵新買的柯達鏡箱，拍了幾張照片。

「妞兒大侄侄，等等打鞦韆！」小焕拉拉這個跟姑姑年紀差不多的女子說。

「好，知道你最愛打鞦韆了。」妞兒笑著捏捏小臉頰說。

「嬸嬸替你們照。」素瓊看著鏡箱裡面的倒影說：「來，小焕笑個！」

「不知洗出來的樣子好不好？」茂淵說。

最近她們都熱中於玩照相、學新式水彩畫，尤其是素瓊，她本來會畫些山水花鳥的。小焕這天穿著淡藍色薄綢的外國洋裝，領子和短袖口都有一整圈白邊，白半長襪，藍絨小鞋，素瓊把她抱放在矮藤凳上，腳還一晃一晃構不到地。這個孩子對鏡頭是不怕生的，臉上笑得咪咪的。

過幾天，照片洗出來了，素瓊正伏在桌上沾水彩筆小心勾勒著，小焕一會跑進一會跑出，怎麼也停不了。

「小煐鬧瘋了，高興時仰起脖子呵呵笑，問笑什麼，也傻傻說不出來。」何干說著也笑。

「隨她吧，她知道在替她的照片著色呢。」素瓊拿著細瘦的黑鐵管毛筆，一下子沾沾水，一下又沾沾顏料。何干好奇問道：「顏色塗上去，不會暈開？」

「這不是宣紙，但也要很小心。」素瓊說，一邊把衣服的邊緣小心地先勾出一圈藍綠色，再塡滿裡面。「嬸嬸，我也畫。」小煐又跑過來，踮起腳尖，兩手扶著桌子邊緣往桌上看。

「這枝筆給你，紙在這兒，筆得這麼拿，嗳，對了，愛畫什麼畫什麼，別吵，啊！手還不穩呢，大點教你，還得學會認字。」素瓊把手背靠靠小煐的面頰說。

北國灰白陰天的下午，書房裡這一角卻是多彩的。

素瓊和茂淵坐汽車，抱孩子的何干、張干、裁縫都坐黃包車，一起上街逛逛，選衣料，買鞋子。素瓊和茂淵都買了幾雙高跟鞋，做幾件旗袍、襖裙，給三歲的小煐做一件蔥綠織錦的外國洋裝，兩歲的小魁做一套小西服，進幾家珠寶店看珍珠、翡翠、玉鐲、鑽石，眞看中意了，也沒有不捨得買的。素瓊強迫自己超越小腳的疼痛和膝蓋的承受力，出外總和茂淵一樣，穿高跟鞋，而且姿勢優雅，小腳是嫡母的規範，高跟鞋卻是她自己的意志。

現在，她應該是純淨而且幸福的。

「太太，裁縫已經把衣服送來了。」一個高大、額上有個疤痕的丫頭說。這疤痕是一次在院子裡盪鞦韆給小煐小魁看，盪到最高處，忽地翻倒過去，傷口好了，卻留下一道不小的疤痕。

「疤丫丫，等等說謎謎、打鞦韆。」小煐看見疤丫丫總是高興的，疤丫丫也跟她擠了擠眼。

「把衣服放這裡，小煐的給何干收著，二小姐的送到她房裡，小魁的給張干收著。」素瓊吩咐著，一面把頭髮往後梳起，先夾好，又去屏風後面換衣服。

志沂半躺在床上，他們今天要一起出席一個宴會，看著素瓊換上剛做的新衣服，又立在鏡子前照了照，志沂皺起眉頭。「一個人又不是衣裳架子，那麼多衣服、鞋子，穿得了？」志沂咕嚕著。「錯了！女人天生就是衣裳架子，再多也不嫌多。」素瓊回過頭嗔笑著，說完仍然對著鏡子慢慢裝扮。

小煐穿著白地小紅桃子紗短衫、紅褲子，被志沂抱在身上，看母親在綠短襖上別起翡翠胸針，又把頭髮往後捲一捲梳攏，小小心上萬分羨慕，一雙黑眼珠子晶亮晶亮地看著，手腳一滑，從志沂身上溜下來，搖搖擺擺走到母親身邊，小手扯了扯綠綢子衣服，被何干一眼看到，趕緊過來牽走，哄著說：「看疤丫丫，在外頭跟你招手呢，出去玩吧。」

「來，坐坐板凳上。」疤丫丫正把一本謎語書放在鞦韆上，手裡端著滿滿一碗淡綠色。

「又是，這個。」小煐賭著嘴，撇過頭去。

「六一散，很好的，吃完，蟲子就不在肚肚裡咬你，眞的。」疤丫丫哄著說。

「小小狗，走一步，咬一口，猜什麼？」小煐唱著。

「剪刀！哪，我猜對了，你得喝了。」疤丫丫說，小煐擠個鬼臉，把澀澀微甜的六一散咕嚕咕嚕喝下去。

「今天有粽子？」小煐滑下鞦韆，因爲她聞到廚房蒸籠上飄出來的味道。疤丫丫趕忙兩手攔住說：「我的小姐，小孩子都不給吃粽子湯團的，吃了要鬧肚子，不消化，懂麼？別想了。」「什麼時候，能不當小孩子了？」小煐鼓起嘴，疤丫丫說：「長大呀！快快長大了，就什麼都可以了。」「幾歲算長大，八歲夠不夠？十歲？」小煐一路說，疤丫丫一路搖頭。「那，疤丫丫幾歲？」小煐把小小指頭壓在疤丫丫鼻頭上問。「我？十六歲。」疤丫丫說。「好吧，就十六歲！」小煐大聲宣布說：「八歲，我要梳愛司頭，嬌嬌那種，十歲，要穿高跟鞋，十六歲可以吃湯團粽子，還有，很多很多不能消化的東西。」

「好，好，」疤丫丫噗嗤笑出聲：「小姐志向眞高。」

志沂的名片上印著：提摩太·C·張，有津浦鐵路局的頭銜。有了這張名片，漸漸他也跟著同事、朋友這裡摸摸，那裡逛逛，幾個月下來，也在天津的社交圈闖出些名聲。但是，在素瓊看來，丈夫卻漸漸變了樣，先是深更半夜才回來，後來就到第二天、第三天才回來，都打發傭人回來說，在某某那裡談點生意，某某總長從北京來巡視等等。

早晨，她早已經醒了，仍懶懶的閉著眼皮，賴在大銅床上。這一夜丈夫又去了哪裡？她已經不去想了。時下流行的幾部小說，《花月痕》、《十里鶯花夢》、《人間地獄》，都專寫些風月場合，嫖客妓女的愛戀故事，那些商人、要人，吃酒應酬時都叫些妓女來陪，都在堂子裡，看得中意了，就娶在外面，安個小公館，成了姨太太。

姨太太，素瓊想起自己的親生母親，又想到現在病床上的嫡母。嫡母的生命裡，眞正有丈夫的時間只有短短幾年，在漫長的歲月裡，只有丈夫的影子，一生就爲這個影子，照顧姨太太、照顧丈夫的兩個孩子。

如果父親不那麼早去世，也會自己娶個堂子裡的姨太太麼？那麼，嫡母會怎樣想？堂子裡的姨太太多半不能夠生育，她仍然得買個會生的姨太太。一個是得寵的、懂得風月的姨太太，一個是生孩子的姨太太。越希望自己的丈夫功業做得大，就越要「賢慧大度」。嫡母一定會這麼說。難道她也得賢慧大度麼？她閉著眼嘆氣，不甘心、不願意，就這六個字，她心裡明白得很。

素瓊躺在床上昏昏亂想，忽然一團軟軟的東西滾到素瓊懷裡，素瓊睜開眼，是穿著短襖的小煐，正把小手探到她的胳肢窩裡。小肉手，短胖可愛，素瓊忍不住輕輕送到嘴邊假裝咬一口，惹得小東西咭咭咯咯笑不停。看著小煐笑，素瓊也笑了，也許這才是一種純淨的幸福！

素瓊從床上坐起來，把小煐抱在身上。「白日依山盡，黃河入海流。」素瓊用拖長了的湖南腔背誦，小煐也照著音念。「欲窮千里目，更上一層樓。」小孩記性好，不一下子全記背上了，素瓊故意逗著說：「什麼是『更上一層樓』？」

「得到樓上去。」小煐說。素瓊忍著笑繼續問：「去做什麼？」

「躲迷迷，不讓找到。」小煐說，自從弟弟會走路後，她時常與弟弟在棉被裡玩躲迷迷。

「這個字是什麼？有沒有忘記？」素瓊翻開字本子指著。

「大。」小煐伏在床邊上說。素瓊又指一個：「對了。這個呢？都昨天學的。」

「小。」小煐說完，眼睛圓滾滾一轉，又加上一句：「小煐的小。」素瓊說：「嗯，眞聰明。來，數數兒給嬸嬸聽。」「一、二、三、五、六、八、十。」小煐比著手指很快數完。

「咦，怎麼老掉幾個數？」素瓊笑著說。

「數五時手指頭比著四呢！」何干也笑著。

「嬸嬸？」

「噯？」

「小焕的焕，怎麼寫？」小焕問得清晰。

「比較難，看仔細了。」素瓊說完，慢慢在字本子上寫。

鬧了半日，何干打開點心盒，取出一小塊綠豆糕，小焕張嘴吃著，很滿足的表情，學會兩個字，一共可以吃兩塊，嬸嬸說的。

天津雖然是海港，北方氣候乾，熱天沒有上海的濕潮，秋冬之際卻比上海冰凍太多，屋瓦上總是結著白霜，南方住慣的人，總有點不習慣。這天素瓊接到上海來的一封信，火盆裡煤塊燒得霹啪作響，讀著讀著，手裡無意地撩開厚重的長窗簾，窗玻璃角都結著霜花。

素瓊在門廊上吩咐一名男僕去把車夫找來。

「太太找我？」車夫說。這車夫是買車時志沂的朋友給找的，一出來就在外國人手裡用，外國人回國了，才輾轉介紹過來，做事一是一，二是二，老實可靠。

「去找老爺，問他幾時能回來，告訴他家裡有事。」素瓊說。

「嗯，這——，老爺交代，今兒有要人要見。」車夫搔搔腦門，有點爲難。

「什麼要人，」素瓊火氣上來了：「誰不知道那只是個閑差，掛名的，怎麼天天都有要人，都是見影不見人的？你老實說，老爺都去了哪了？」

「爺們都是應酬，今天這個請，明天就換那個請，到哪是沒準的。」車夫從沒見過太太這麼發火，仍想維護主人的行蹤。「老爺有相好的麼？」素瓊冷不妨問。

「還不大有，不，還沒有，不是，是沒有。」車夫嚇出一身冷汗，嘴裡已不知說些什麼。

「還有，吃上大煙了？也在堂子裡？賭錢麼？」素瓊沉著臉，每問一句，心裡就冷下一點，見車夫一件一件點頭，不禁打了個寒噤。

「等等去接老爺，就說家裡有事，別說我問了你這些，我不會給你洩底，知道麼？」

車夫走了，素瓊坐在壁爐旁大靠椅上，瞪著爐裡的火光發呆。

「這樣子看火，小心眼花了。」茂淵的聲音從後頭響起來。

「花就花吧！」素瓊賭氣說著，聲音帶著嗚咽。

「三嫂，怎麼了？」茂淵看看不對勁，把攤在一旁的信也拿起來看。

「雖不是生母，總把我養大。」素瓊眼瞼一眨，不禁流下淚來：「請先生教我讀書識字的是她，硬讓我嫁人的也是她。」最後一句話說得百感交集。

「什麼事？這麼急？巴巴的叫車夫來接我？事情才談到一半。」志沂一進門脫了帽子，就嘟囔著抱怨。「談什麼？是吃大煙的事？還是捧姑娘的事？」素瓊索性說白了，茂淵聽著，心裡有數，嫂子流淚，一半也爲了丈夫，也跟著勸說：「吃大煙不是一天兩天的事，吃上癮就難戒，哥哥也要自己小心點。」

「你們混說什麼？」志沂臉上一陣紅一陣白的，竟大聲起來：「生意場上應酬，哪有不敷衍兩下的。」素瓊聽了不禁銳聲道：「你做了什麼生意了？」

「總是先結交些朋友，才能看有什麼可做的不是？」志沂分辯說。

「怎麼，」素瓊冷笑一聲說：「交朋友都非得在堂子裡吃酒賭錢不可？」

「哥哥就是做生意，也不用一天到晚不回家。堂子裡那些，都不是什麼好的，看中的，只是你口袋裡的錢，小心別迷下去。」茂淵忍不住又勸說。

「男人的事，女人家怎麼懂，你們不要一人一句的，不懂就別逞強管！」志沂丟下話，又叫車夫，準備熱車出門。他心裡實在覺得委屈，覺得素瓊這個做妻子的不夠肚量，再加上一個不懂事的妹妹。以他的社交圈來說，他的生活實在不夠多采多姿，他那些朋友裡，沒有堂子裡相好的，沒有姨太太，不會抽大煙的，實在太少了。因此，那些朋友們好意，想讓他物色一個好的，他自己也努力學著和別人有相同的嗜好。

「要像個男人！事業做得越大，越得知道生活的樂趣。」一個鐵路局朋友告訴他。

月色從窗外透進來，小煐趴在何干懷裡睡著了，何干慢慢把手抽起來，把小身子放平，孩子的鼻息均勻，已經睡得甜熟，疤丫頭把被子蓋蓋上，兩個人就在床邊輕聲說著話。

「老爺的事，何媽媽你知道了麼？」疤丫頭悄悄地說。

「怎麼不知道，上上下下都知道了，只不敢說。」何干說。

「你想，太太知道了麼？」疤丫頭說。

「只知道是固定的相好，還不知道娶了。」何干說。

「男人都是！太太這麼漂亮，還娶個姨奶奶。那個不知長什麼樣兒？」疤丫頭好奇地說。

「妖里嬈氣的。」何干說。「你見過？」疤丫頭說。

「呸，你才見過！我是說，堂子裡出來的，都一個樣兒。」何干有點氣憤地說。

「早上我們還在院子裡玩，」疤丫丫指指床上說：「老爺就來抱這小東西，還問，帶你去玩好麼？老爺抱著走到後門，小東西卻拚命扳住門，雙腳亂踢著不肯，大概覺得走後門奇怪，不會是去什麼好地方，我們這大小姐，鬼靈精的。」

「結果還不是給抱去了？不是到晚飯時才給車夫抱回來！」意思是一整天都沒照顧到小煐。

「沒錯，結果老爺氣了，把小東西橫過來打幾下，還是抱去了。」疤丫頭說。

「這孩子回來，還摟著脖子說給我聽，孩子嘴，天眞沒遮攔的。」何干說。

「聽說小公館布置得好氣派。」疤丫頭說。

「這孩子就說，有紅木家具，還有雲母石心子雕花圓桌，桌上放著高腳銀碟子，裡頭許多吃的，糖果、外國餅乾、核桃酥，我問她，那你吃了什麼？她說，吃了許多，好吃的全都吃了。八姨姨又讚她聰明可愛，我問她，那八姨姨長得好看麼？她說，好看。再問，有沒有嬸嬸好看，她可搖搖頭了。」何干說，疤丫頭提高了聲量道：「八姨姨？小孩子老爺倒又不瞞？」

「人人都叫她老八，車夫說的。小孩子懂得什麼姨奶奶、小公館的，就說，也說不清楚。不過我看，太太那裡，遲早要知道的，現在都成天傷心著了，眞知道還請客娶了，又不知成什麼局面！」何干嘆著氣說。

在何干嘆氣之後不到一個月，事情眞如所料地爆發了，僕人們聽到老爺與太太大聲吵架，都遠遠避開，最後老爺把緊關著的房門打開，他們聽到老爺說了一句：「多少人三妻四妾的，我不過納一個妾，算什麼！」「你，你，還想幾個?!」太太的聲音氣結了。

「你的心量也太小了，你是個太太、正奶奶，跟姨奶奶有得計較麼？」老爺說完，甩了長袍出門，又往小公館去了，幾天也不回來。二小姐每天都到太太房裡，姑嫂兩人說著許多話。

「分家前，雖然不闊綽，他卻是個體貼的丈夫。」素瓊怔忡著說。

「都是那些朋友不好，帶他去那些個地方。」茂淵說。

「沒上天津那幾年，高興的時候他還會吟詠些詩詞送我。」其實素瓊已經後悔上天津來。

「三哥的舊學底子是很好，不過自己也認爲該學新東西，就因爲二哥管得嚴，二哥是舊派人。」茂淵也想起從前的事。

「你三哥自認是新派，骨子裡還不是個舊大爺！新派的，不是只有汽車、電話、洋西服而已，他搞錯了！」素瓊起先說得生氣，後來又說得無力。

她們說著說著，卻慢慢知道怎麼解開那些混亂的團塊了。素瓊知道她的未來必須是沒有鴉片煙霧，沒有自私的家長父權，沒有連帶而來的姨太太。茂淵站在她這一邊，她們現在像北大的那批青年學生，想挑戰龐大腐朽的傳統，而那個傳統的代表人卻是張志沂，她的親人和丈夫。

這一天下午，志沂終於回家了。茂淵和素瓊正坐在客廳的火盆邊說話，看到他進門，素瓊就起身走過去，心平氣和地說：「茂淵想出洋留學，可是一個女孩子不方便，外國語雖然可以讀寫，畢竟不怎麼會說，有我陪她去，兩個人好有照應。」素瓊語氣婉轉，但語意上卻不容置喙。

「出國？妳是兩個孩子的母親了！」志沂驚訝地問，怎麼也沒有想到事情會演成這樣。

「你也是兩個孩子的父親，爲什麼還娶妾、吃鴉片？」素瓊耐不住也尖銳起來。

「這，這不同！」志沂無法接受地說。

「哪裡不同?你是男人，我是女人?就這不同?!」素瓊反問。志沂說不出話。

「哥哥，我們只是出國走走，讀書看看，你這裡反正有人照顧，我們說什麼，你也聽不進去，小煐小魁有何干張干，都料理得很好，並沒有什麼不妥的。」茂淵平靜地說。

「你們，你們簡直聯合起來對付我！」志沂氣道。

「哥哥，不要說這種孩子氣的話，出國讀書是我夢想很久的事了。」茂淵說。

志沂把手背到身後，繞室走了一趟子又繞回來，許久，才無力地發出一句問話：「你們什麼時候決定的?什麼時候走?」

「還在辦些手續上的事情，船票得等辦好才能訂。」茂淵說，並不解釋什麼時候決定的。

「妳眞的要走?事情有到這麼嚴重的地步麼?爲什麼非這麼做不可?」志沂轉向素瓊，見她不再說話，又十分不可置信的連問幾問。素瓊點點頭，眼神穿越窗玻璃，看向天空。

這個家變得太不可思議了!志沂廢然走上樓，他覺得自己完全不像個老爺，但是，他明明是這一家的家長，這些房子、家具、僕衆的主人，他的地位應該是崇高的，眼前他的髮妻和親妹妹，卻不把他當回事。

三

素瓊與茂淵的行李除了隨身衣物之外，各人還都有一箱骨董，那是她們的學費和生活費。嫡母去世兩年了，向來官家後人分家產，兒子都分得田產和房產，女兒分得手飾與骨董，素瓊那一箱骨董，就是遺產中一小部分。現在，嫡母已經無法約束她了，但是遺下的骨董，卻可以用來幫助她擺脫婚姻的陰影。

臨上船的那天早晨，素瓊終究還是想再看看小煐和小魁，小魁長得像她，一臉秀氣，小煐卻稍稍像志沂，但更像大臉細長眼睛的祖父，比起小魁，嘴巴大多了，睫毛卻短多了，總之，跟她一點也不像。但這原本就是她的希望，女兒一點也不要跟自己一樣！素瓊看著四歲的女兒，她不會被迫裹小腳，也希望她將來能夠好好受教育，進女子中學、大學讀書，有自主的婚戀，然後順利美滿，她像一個平凡的母親一樣，對子女有著許多夢想。

但是，現在她卻必須向茫茫的汪洋大海走去；想去實現自己的夢，卻必須先打碎其他的夢，二十八歲以前所有的記憶都像夢一般，成了影子碎片，什麼黃軍門的小姐、張御史的少爺，一張美滿婚姻的圖像，像默聲西洋影戲的停格，換成了一張船票，她伏在竹床上痛哭失聲，她已經沒有退路！「太太，時候不早了，該動身，船不等人的。」車夫已經是第三個來催的人了，素瓊像是沒聽見，綠衣綠裙上釘縫著發光的小片子抽搐著，最後站在一旁的何干抹抹眼角的淚痕，俯下身教小煐說些話，然後把小煐推到素瓊身旁。

「嬸嬸，時候不早了。」小煐的語調空空的，眼神也呆呆的，把佣人教的話又說一遍，站木了一會兒，手足無措地又仰看何干，何干只好把她牽走，然而這短短的時間裡，小煐一生也忘不了那些綠色小薄片的閃動，像海洋無窮盡的悲慟顫簸。

這天一早，父親的車子顯然出門接人又回來了。停在大門口的，還有兩輛黃包車，一個媽子，一個丫頭，各自從黃包車上下來，手裡拎著包袱，大件的幾箱細軟更早之前就拿過來了。姨奶奶穿著一件水紅灑花夾綢襖袍，由身邊丫頭扶著跨下車來，蒼白的瓜子臉，額前垂著稀疏長瀏海，遮過眉毛，幾乎要刺著眼睛，住進樓下一間大房間。

姨奶奶進門不到幾天，閒不下來似的，連連四處掛電話，叫丫頭媽子吩咐廚房準備，開宴會、叫條子，家中的男僕女僕廚子們一時間都面面相覷，不得不分頭忙起來，家裡變得十分熱鬧，每天都有許多車子和客人。

小煐喜歡躲在簾子背後偷看，每個男客都帶著女客，女客們都和姨奶奶一般插金戴銀的，其中一對十六七歲的姊妹，坐在沙發椅的深處，穿著同樣一套玉色襖褲，一樣額前垂著瀏海，不過比姨奶奶的密多了，肩靠肩偎依在一起，像分不開的雙胞胎。正看得有趣，何干從背後走來想把她牽走，卻被她甩掉手，另一個男佣人只好一橫抱，把她帶走，小煐氣得兩手亂抓那人的臉。

「哎哎，別生氣，毛物給你講三國演義，好不？」這個把她抱走的男底下人，長得瘦小清秀，因爲頭髮特別捲蓬，卻被小煐起了個莫名其妙的名字「毛物」。

「昨天，講到孔明搭起壇來，借東風。你講完，就換毛娘講。」畢竟是孩子，小煐馬上來了興致，還指指一旁毛物的妻，是「毛物新娘子」，簡稱「毛娘」。

「好好，給你講孟麗君女扮男裝中狀元，對不？」毛娘笑說。

「對，現下毛物先講。」小煐點點頭，指揮說。

「嚇，話說那周瑜一聽，掐指一算——」毛物邊說邊演，一忽兒是周瑜，一忽兒又變成曹操，等下子又回去變成了孔明。

「我的小祖宗，把糖還給我。」忽聽得另一個男佣人邊追邊說，小魁從一個角落跑出來，不一下就被抱起來，手裡的糖被拿走，不由得張嘴大哭。

「這松子糖要惹痰的，吃了等等又咳了。張媽才走開一下子，就不聽話了。」追著小魁的男佣人是毛物的弟弟。

「小弟，來，」小煐覺著自己是姊姊，把小手拉著弟弟說：「要聽話。」

「爲什麼，你都能吃，我都不能吃。」小魁的兩滴淚還吊在眼角，說著又要哭。「嗯，」小煐想了半天，想不出爲什麼，只好說：「因爲，我是姊姊，等你長大了，自然可以吃。」小魁聽了哭得越發厲害，遠遠的，裹著小腳的張干跑過來，第一句就先斥責小煐不讓弟弟。「不是，小魁想吃松子糖。」何干心虛地解釋。

「你也不要伶俐，嘲笑弟弟，他生病、身體不好，還比你更是寶，是張家唯一的根脈。」張干不理會何干，竟向小煐說著。「我也是唯一的。」小煐不懂什麼是「根脈」，但總覺得張干說弟弟是唯一的，簡直不把她算在內。

「你是女孩，弟弟是男孩，女孩就得讓著一點，男孩就是重要。懂麼？」張干教訓著說。

「你是姊姊麼，讓著點小弟。」何干輕聲對小煐說。

「我又沒不讓他。」小煐委屈起來。

「走走，吃飯了。」何干趕緊牽著小煐走。

從前廳隱隱傳來許多嘈雜的說話聲，鶯鶯燕燕的笑聲。他們帶著孩子到裡面的一桌。坐在飯桌上，小魁因爲松子糖參了黃蓮汁，和原先的糖不同了，哭得更慘，好容易哄得停了，吃兩口飯停一口，小煐已經吃下許多，又喝了幾口湯。

「小弟吃多一點，快一點。」小煐忍不住說。

「小弟慢慢吃，又礙著你？」張干說。

「像姊姊這樣，很好吃的，吃多一點，就不會生病。」小煐不理張干，繼續對小魁說，還學平時何干對她說的話。

「這天也叫不公不平，把個女孩生得精壯，男孩生得瘦弱。」張干聽著，嘆口氣放下筷子說：「該得倒過來才對，張家就這點根脈，現在太太走了，來了個姨奶奶，又不疼。」

「我也是『根脈』。」小煐又聽到類似的句子，她的記性好，立刻插嘴。

「來，把這塊吃了。」何干想岔開話題，張干已經聽到了，笑出聲說：「什麼？從沒人說女孩兒是根脈的，女孩長大了都得嫁到別人家去，弟弟才能留在家裡，娶別人家女孩過來。」

「我偏說，我要留在家。」小煐瞪大了眼睛大聲說。

「你這脾氣只好住獨家村！」張干也給惹毛了，乾脆說：「你將來就嫁得遠遠的，弟弟也不要你回來！你看看，筷子抓得近，嫁得遠。」

小煐連忙把手指移到筷子上端，說：「那抓得遠呢？」張干促狹地說：「當然嫁得更遠！」

小熯氣得小臉漲得通紅。才四歲的孩子，小熯卻因此覺得凡事都得「銳意圖強」，務必勝過弟弟。「銳意圖強」是毛物給講三國演義時，幾次聽到記住的。

小魁因爲身體病弱，不好哄，張千也懶得教姨奶奶怎麼哄，又因爲上上下下都說小魁長得像太太，姨奶奶不喜歡，所以自從姨奶奶進了門，就一力抬舉小熯，一方面也討老爺的歡心，沒有宴客時，每天晚上都帶小熯出去玩。

但是白天小姐弟倆玩在一起時，何干忍不住打個大哈欠。

「怎麼？沒精神？」張干問。

「每晚照例到半夜三更的，怎麼有精神?!」何干沒好氣說。

「都去些什麼地方？」張干好奇問著。

「姨奶奶麼，風塵裡打滾的，還會去什麼上好地方，就起士林囉，跳舞囉。」何干說。

「嘖嘖，還好那女人沒看中我的小魁，不然也給糟蹋的。」張干說。

「別說糟蹋，人家還是抬舉，那跳舞場裡的燈是紅紅黃黃的，每天都要個最大的奶油蛋糕放在小熯面前，哪有不愛吃的，一下一整塊全光了，坐在那裡瞌睡，要到她姨奶奶開心夠了，才讓揹著一起回家。」何干說著又打個哈欠。

「看起來，她的年紀比三爺大個起碼五六歲。」張干猜測說。

「她這個『老八』，嫁到這麼一戶人家裡，又沒有大太太管著，哪有不天天風光請客一陣子的。」何干說。「老八、老八，嘿，活像鸚鵡八哥的名兒。」張干笑說：「不過，每天這麼折磨，怎麼得了！」

「我說哇，三四歲的孩子了，也該請先生教教，老這樣荒廢不是辦法！」何干替孩子打算著。「是沒錯，三爺到這年紀，老太太也請先生的。」張干說。他們倆人是張府裡經三代的老資格了，在老太太手裡時還都是年輕姑娘，在新來的佣人面前都稱志沂老爺，私底下還是改不了口，稱「三爺」。「可該怎麼說才好？又是姨奶奶的事。」何干煩惱道。「這就該我說了，就用小魁該請先生的理由說吧！」張干仗著她是老佣人，也仗著她帶的是張家唯一的兒子。

爺爺的油畫像和三位奶奶們的照片，都在吃年夜飯之前擺好，年年過節祭祖時都有四張人像，小煐小魁看習慣了，只知道是爺爺奶奶們，第三位奶奶是父親的媽媽，並不知道他們的名字，祖上的名諱是不隨便出口的。吃過年夜飯，大人們團團圍了幾桌，嗑瓜子、聊天、打麻將，賭些小輸小贏，小孩子照例要守歲，小煐和弟弟玩到半夜，實在撐不住，眼睛漸漸瞌睡起來，何干輕輕抱起來，小煐伏在何干肩上，把小手探到她的下頷，無意識地揪揪她頸項上鬆軟下垂的皮，等何干蓋好棉被，小煐已經睏得沒辦法的眼睛倒又睜開了。

「何媽，明天一早迎新年，記得叫我！」小煐閉上眼了嘴裡還嘟噥著。

「會欸，我的小姐，睡吧！」何干說。「一定喔！」小煐不放心又微睜起眼睛說。「記得！還要穿新衣、新鞋、新帽呢！怎麼不記得！」何干說了一串，小煐總算放心地又闔上眼，呼呼睡著了。

宅子裡的大人們幾乎是通宵不睡的，僕婦們準備好祭拜祖先的東西，幾個男佣人早已經摸黑把整串鞭炮掛好，只等天一亮就霹啪放開一年的好運。

「小煐，小煐子！」何干搖搖還在熟睡中的孩子。

「畢竟熬夜，太累。」何干看著有點不忍心，自言自語著，還是讓多睡些，外面鞭炮聲已經響翻天了，等天大亮，小煐一醒來就大哭，躺在床上索性不起來了。「快別哭了！起來啊！外面多熱鬧！」何干一邊哄小小淚人兒，一邊說：「來，起來了！大年初一哭，整年都要哭的。」

「都熱鬧過了，沒我的份了！」小煐不甘心，哭得手腳在床上又扽又捶的，哭完又瞪著看窗外屋瓦上白色的雪霜，眼淚還滴滴掛在眼角面頰上，就是不肯起床。「欸——嘿——起來囉！」何干把小煐拉起來放到小藤椅上，鼓舞說：「看你的新鞋，多漂亮！」

「穿新鞋，也趕不上了！」小煐撇嘴說，用手抹眼淚。

「過了新年，請的先生也來了，要開始讀書囉，到時還這麼鬧法，先生會不喜歡的。」

「先生長什麼樣子？」小煐被引得轉了注意，好奇地問。

「來了不就知道了？可不能淘氣，先生會用戒尺打人的！」何干恐嚇說。

小煐果然不哭了，呆呆的，但又忍不住問：「讀了書就有學問了，對不？」

「要很勤勞著讀，就會很有學問。」

「會像叔叔嬸嬸一樣有學問麼？」小煐想一想又問。

「嗯，叔叔像你一樣小的時候也背書的，背不出來，捱打噢！」

「我不要人打，我都會背！」小煐要強地說。

過不幾個星期，先生來了，小煐和弟弟開始跟著私塾先生讀四書五經，一天從早讀到晚，吃過午飯後，休息個把時辰又開始，一直讀到傍晚夕陽西斜，兩個孩子在窗前搖擺著小身子晃著小腦袋讀著。

吃完晚飯，小魁已經由張千牽著去玩了，小烘還去拿書，又開始背。

「休息一會子，吃吃水果。」何干不忍，餵上一口水果。

「還背不起來。」小烘稚嫩的聲音裡雜著一點哭氣，似乎忍著不哭。

「先別背，越想記就越記不上，等不累時，就記著了。」何干理理小烘的短髮。

「就是一句記不上——」小烘說著，滾在眼框裡的眼淚竟滴下來。

「啊？說我聽聽是哪句？」何干說。

「太王事獯于，到底什麼意思?!」小烘賭氣說。

「太王，就是成了老太爺的王，嗜燻魚，就說是，老太爺都喜歡吃燻魚，燻魚好吃麼！你一樣愛吃不是！」

「太王嗜燻魚，吃燻魚——」小烘破涕呵呵大笑起來，這是小烘獨特的笑法，要不就不笑，笑了就是大笑。何干故意歪說歪解，果眞小烘一下子記得實實的，從此遇到這一節，都十分順暢。但是這一年，小烘老是爲了背書煩惱而哭，何干就把這哭，全怪罪在大年初一。

「何媽媽，姨奶奶要小姐過去。」毛物的另一個弟弟，被小烘叫做「三毛物」的來傳喚。

「什麼事麼？」何干問三毛物，怕老爺也在，要問小烘背書，好不容易才哄得不哭了的。

「還不是又變出什麼東西來送小姐。這姨奶奶可眞會巴結，都當著老爺的面討孩子喜歡，羊毛出在羊身上！」三毛物後面這兩句說得小聲，以免小烘聽到。

「噓，別說了，我們總是底下人。」何干作個手勢說。

「三天兩頭請客宴會的，忙壞了人不說，還拿著正牌奶奶的派頭，說話指這呼那的，任誰都要看不過眼！」三毛物還是小聲，卻說不完似的說著。

「你們說什麼悄悄話？我也聽。」小煐把小身子鑽到兩人的中間，小霸王似的。

「說你很能幹！」三毛物逗著笑道。「我不信！」小煐像個小大人叉腰噘著嘴說，三毛物於是蹲下來，讓小煐趴到他背上說：「走囉！小姐騎馬打仗去！」三毛物把小煐一舉，讓她跨在肩上，邊跑起來，小煐一路咯咯笑不停。

志沂躺在煙榻上，姨奶奶鬆鬆的梳了一個沒從髮根紮緊的辮子，蓋住一部分頸項與耳朵，正就著煙鐙幫老爺燒煙，一旁矮几上放著一個仔細摺好的紙包，看見小煐進來，忙把煙槍遞給老爺，蓋好幾個煙泡，站起身來把几上的紙包打開，邊抖出一套小衣服，邊笑著說：「來，小煐試試，才送來的。」一旁何干領了衣服就讓小煐換上。

「老爺，」姨奶奶嗲氣地說：「你看看，這多合身吶！小煐，喜不喜歡？」

小煐點點頭，姨奶奶又喜孜孜把手按在小煐肩上，把小煐轉一圈說：「這雪青絲絨現在頂時髦的，」姨奶奶說著，又向著橫靠在煙榻上的老爺說：「小女孩子嬌貴，這麼穿著越發出衆了。」志沂深深吸口鴉片煙，舒服得半迷著眼，他其實不怎麼在意，小孩子麼，但是在鴉片煙的飄飄然中，也覺得眼前這個女人還有點不錯。

「小煐啊，看我待你多好！」姨奶奶又轉回頭對孩子說：「你們母親給做衣服，都拿舊東西這兒改那兒拼的，哪兒捨得整幅絲絨下去做不是？說說看，你喜歡我，還是你嬸嬸？」

「喜歡你。」小煐衝口說完，卻怔住了，低頭摸著短襖滾邊，捨不得換下，但是心裡總覺得第一對不起嬸嬸，第二對不起姑姑，第三又還有常常來看她和弟弟的妞兒大侄侄，她的小心肝裡按著順序喜歡他們，可是她的喜歡裡，平時是沒有姨奶奶的，爲了這漂亮衣服，小煐偷瞧何干一眼，何干正在那裡微微搖頭嘆氣。

妞兒大侄侄和她的兄弟幾個，這天又來看小煐小魁。他們常常輪流來，有時照些照片寄信到英國給素瓊和茂淵。

「妞兒大侄侄，嬸嬸寄來的玩具！」小煐高高舉起金髮洋娃娃炫耀地說。

「咦，那你的是什麼？」妞兒問站在一旁的小魁，小魁轉身跑進去，把他的也抱出來得意地說：「我戴帽子，也抱小狗狗。」他的禮物是一頂英國小紳士草帽，還有一隻絨線小狗。

「好帥氣。」妞兒豎起大拇指說著，轉頭要一旁的僕人把兩張小藤椅搬到幾株盆景前。

「你們兩個抱好自己的寶貝，我給你們拍幾張照片。」妞兒兄弟說。

「等等到妞兒大侄侄家玩好麼？二大爺好些時候沒見著小煐小魁了。」前一句妞兒是對著小煐說，後一句是對何干張干說。張干卻說：「小少爺昨兒還咳得厲害，最近吹了風，常發燒，還是下次好了。」妞兒他們知道小魁多病，都習慣了，但問時總一起問。

吃過午飯後，他們一人坐一輛人力車，何干抱著小煐坐一輛，路遠，坐了很久才到。在那條冷落偏僻的街道上，從長長一帶白牆上開著的一扇黝黑小門進去，又穿過一道道院落和陰暗的房間門，房間裡許多女人都站起來，有些微笑著，有些發窘躲不迭。

「他們是誰？」第一次來時，小煐曾把小手兜著何干的脖子，在何干耳朵邊小聲地問。

「一些小戶人家，都是投靠二大爺的親戚。」何干等走到空地時也才小聲回答。

他們走入一個過道，進了一個光線較亮的房間，一個高大的老人坐在藤躺椅上，何干推推小煐過去。「二大爺。」小煐叫了一聲。「嗯——認多少字啦？」二大爺的聲音沉沉的，像從牆壁另一邊發出的。「會背許多書。」小煐答非所問，因爲認得的字已經多得不知怎麼數。

「背個詩我聽聽。」二大爺說。

「君不見，黃河之水天上來，奔流到海不復回，君不見，高堂明鏡悲白髮，朝如青絲暮成雪——」小煐有點懷疑二大爺是不是把「書」講成了「詩」，還是背了母親在家時教的幾首，因爲先生沒給教背唐詩。「再背個。」一首背完，二大爺的聲音又傳來。「——商女不知亡國恨，隔江猶唱後庭花。」小煐背著，看見二大爺眼中流下淚來。「好好，去玩去。」二大爺說著，兀自拿袖子拭淚。妞兒又來牽她去自己房裡玩一會兒，直到傍晚吃過晚飯才讓回家。

「二大爺爲什麼哭？」回家時小煐在人力車上問何干。

「二大爺以前做過官的，皇上、皇太后對二大爺有恩，現在朝代不一樣了，所以哭。」

「喔，二大爺時候是光緒，現在是宣統，先生都說我是宣統十年出生的。」還不滿五歲的小煐說，何干笑了，卻不知該怎麼解釋才好，這實在太複雜了。

小煐看著面前一碗熱牛奶，先設法從碗沿慢慢把小白珠子沫吞下去。今天先生有事不來，她和弟弟的私塾放一天假。「別玩了，好好喝下去，給你穿上鞋子衣服，咱們去毛物家玩去。」何干邊整理燙好的小衣服邊說。

毛物一家是南京人，毛物的母親和張干何干一樣，是老太太手裡用的人，一家子都在張家做事，分家以後就跟著北上天津，直到疤丫頭嫁給三毛物之後，他們攢了一點資錢，一家子就獨立出去，在街上頂個雜貨鋪子，做點生意。何干、張干和其他張府佣人，都念著大家舊情，常常帶著小煐小魁去照顧照顧他們的生意。

張干何干牽著兩個小姐弟在舖子裡東逛西看，努力地拿了幾隻彩花熱水瓶，算錢時毛物母親拚命要少算些，何干張干則拚命要多塞些錢，兩邊推過來擠過去，總說這麼客氣下次不敢來了之類的話，好不容易推擠完了，還是何干張干他們略贏。毛物媳婦已經在樓上準備好了茶食點心。

「現在好了，有了兩個媳婦，也好享享福！」何干一手牽著小煐，邊往樓梯上去，邊向著毛物母親說。毛物母親道：「噯，你哪裡知道，兩個媳婦都不給孫子抱，眞急死人了。」

「媽！您別遇著人盡忙著抱怨，先讓何媽媽、張媽媽上來坐坐，喝口茶，再聽聽抱怨不遲。」毛娘說著，把小煐也牽過來。毛物母親笑道：「我這媳婦，就這嘴巴子。」

「這麼說說笑笑，日子也平順好過些。要像我們上頭哪，可不好了！」張干把臉靠過去秘密地說，彷彿這附近埋伏著偷聽的人。

「剛開始還好，老爺還讓著，漸漸的，這姨奶奶就自以爲是正牌奶奶了。」二毛物說。

「老爺叱喝什麼，她還回嘴，越回嘴越吵得厲害！」毛娘說。

「你們出來幾個月了，多著還不知道吶！這會子是又吵又摔的，瘋婆子似的，房裡多少好東西都給砸壞了。」張干誇張地說。「她想管著老爺不出門?!也不想自己只是個姨奶奶。」毛娘眨著水眼睛說，紅撲撲的鵝蛋臉上盡是鄙夷。

「沒王法了。」何干也說：「幾次這麼鬧，都傳到堂房老爺那兒去。」

她口裡的堂房老爺就是交通部總長張志潭。

「老爺自己也不好，娶個姨奶奶就算了，還又和姨奶奶打架、吸鴉片、嫖妓，交的盡是些酒肉朋友，傳得天津北京親戚朋友都知道了，弄得堂房老爺挺不上臉的。」張干說話乾脆直接。

「聽車夫說，堂房老爺就因爲這樣丟了官！」毛娘悄聲說，她常常聽丈夫和其他男僕聊天。

「是不是因爲這樣就丟官，倒不曉得，只是堂房老爺丟了官，恐怕老爺沒了靠山，遲早也保不住這小官銜。」何干說完又嘆口氣，她是眞在擔心。

「三妹妹，」毛娘轉頭向疤丫頭小聲說：「去把那櫥屜裡頭的罐子拿出來。」不一會，疤丫頭手裡拿著一小只廣口玻璃罐，裡面裝著五彩紙包的糖果，又把小煐抱到腿上說：「小姐、小少爺，吃顆糖。」

「這不是普通的糖球，才這兩天，一個熟人託留學生朋友從外國回來給帶的，看這五彩紙多漂亮，若是普通的，也不敢拿出來給小姐少爺吃。」毛娘笑著說。

「瞧瞧，紙上畫個外國美人。」毛物逗著孩子說。

「太太、二小姐去英國也三年多了，都不回來麼?!」三毛物看著兩個孩子玩，忍不住問。

「都有信來，可都沒說要回來。姨奶奶鬧成這樣，回來也沒意思。」何干說。

「上次堂房老爺也出面勸，要老爺把太太請回來，這姨奶奶，爲什麼不索性讓她出去，畢竟鳳凰烏鴉是天差地遠的，不能比。」張干說話總帶點潑辣。

「常常到二大爺那兒，他媳婦也還問太太二小姐什麼時候回來。」何干嘆氣說。

「二大爺那兒好玩，還是這兒好玩？」疤丫頭聽著，低下頭故意問坐在懷裡正吃著糖的小熯，那幾個大人們還在聊主人家的事情，長嗟短嘆的。

「這兒好。」小熯有得好吃，總是眼前的好。

「從前都聽人說，革命黨打到南京，那二大爺坐著籮筐，從城牆上縋下去的。」疤丫頭抿嘴輕輕笑著說。「怎麼縋法？說給我聽聽！」小熯覺得又有好玩的故事了，扯著疤丫頭不肯放，何干卻過來牽小熯說：「時候不早了，疤丫丫下次再給講，啊！」張干也起身牽過小魁。

毛娘送他們下樓時邊說：「我們這兒雖窄，也還算過得去，有空多來玩玩。」

「我看挺好的，也不算窄。」何干上下看看說。

「哪裡，」毛娘扯著張干何干袖子，聲音忽然變小了：「我婆婆老說不給添孫子，誰教兩對夫婦睡一間房，床上雖然有帳子，管什麼用！」張干好笑道：「我們給你婆婆說去。」

小熯看著漂亮的毛娘眨巴著的水眼睛，總覺得這一家子南京人，店面是明麗豐足，人也是明麗豐足的，連說著不夠用的房間都是好的。

四

六歲的小煐，已經懂得到父親書房裡找書看，被她翻出了一本康熙年間褚人穫編寫的《隋唐演義》，慢慢讀，也給她讀到六十幾回，而且興致盎然。

這天下午，小煐伏在桌上寫字，面前攤著一本舊帳簿，翻開一面空白頁，帳簿寬而短，裡面分成上下兩截，淡黃色的竹紙上印著紅條子，分成許多細格。

「話說隋末唐初的時候——」小煐寫下這一句開頭，就心滿意足地支著頭楞著傻笑。

一個妞兒兄弟走來，猛不妨把小煐的墨筆從背後一抽，說：「嚇，寫起隋唐演義來了！」這人還留著一根不肯剪掉的辮子，和其他大侄侄的西裝不同，總是一身長袍馬褂，被小煐稱呼「辮大侄侄」。「那時候怎麼啦？」辮大侄侄說。

「就是隋末唐初時候囉！」小煐說來說去，只是得意，說不出所以，放下筆，卻覺得已經寫完了，索性丟下辮大侄侄，跑去找弟弟玩。

「我們玩打仗。」小煐出主意，小魁附和道：「好，誰扮好人，誰扮壞人？」

「不是這樣。『金家莊』是個時常受蠻人侵掠的地方，大家都受夠了，男女都勇敢善戰、義薄雲天，我們是兩員大將，我叫月紅。」小煐一邊編著故事，一邊比劃著。小魁聽著姊姊說，忽然接口道：「我叫大魁。」

「不是啦！你應該叫杏紅，我們是兄弟嘛！我使的是一口俐落的寶劍，你使的是兩隻大銅鎚。」小烘編派著說。小魁也比劃道：「我們一起去打壞人！」

「對！還有其他許多兄弟也一起。黃昏了，金大媽又在廚房鼕鼕切菜煮飯，大家都吃飽又有勁力。月色正好，杏紅兄弟，來，抄起你的傢伙，我們翻過山嶺殺蠻子，正是時候！」小烘說著，跳到床上，扯起紅被單。「嘿，打死一隻老虎！」小魁把花格子被單用力一甩，紅被單卻滑到床下去了，小烘很無奈，看樣子小魁不怎麼聽令。

「已經翻過山嶺，怎麼能又遇到老虎呢?!」小烘責怪地問，她起先覺得小魁不聽令，後來手一劈，又順勢編了下去道：「老虎得由遇到的路人打，打死了，呼，劫得一只老虎蛋。」小魁卻眨著大眼睛接著說：「然後又遇到一個旅行的人，被一隻老虎追趕。」母親和姑姑的信上都寫著旅行到哪裡，哪裡的風景又如何。

「怎麼又有一隻老虎？」小烘氣餒的說，這杏紅簡直是「既不能令，又不能受令」，小魁認眞道：「是啊，老虎就這麼趕著人，趕著，趕著，旅行的人潑風似的跑，老虎又在後頭嗚嗚的追——」小魁反覆編說，故事圓不了又收不了，小烘已經笑倒了，見弟弟裹著充當俠客的花格子被單，秀美白皙的臉上認眞的模樣，忍不住在他腮上親一下，把他當個小玩意兒。

姊弟兩個正玩鬧著，卻忽然聽到隱隱傳來姨奶奶的哭叫聲，間雜著叔叔大聲叱喝、東西摔到地上、砸到牆上的碰撞聲響，兩個孩子的動作停了，張干何干也互看一眼。

「不得了，」一個媽子跑來找何干張干，喘著氣說：「姨奶奶砸破老爺的頭，用那痰盂吶！」兩人唬得趕緊下樓去看看，兩個媽子已經把姨奶奶拉著，志沂歪著半躺在煙榻上，額角流著血，僕人們打水的打水，絞手巾的絞手巾，請大夫的請大夫，忙亂了整個屋子裡的人。

兩天後，小煐坐在樓上的窗台邊，看見從大門裡緩緩出來兩輛榻車，都是姨奶奶的銀器、幾箱頭面、首飾細軟，原先來幾個人，就有幾輛人力車拉走。北國的藍天下，風吹在臉上，都稍稍帶點陽光蓋不過的涼氣。小煐看著那幾輛車，不知怎麼，心裡卻覺得可憐起來。

張志沂丟了津浦鐵路局的職位，趕走姨太太，鬧得北京、天津所有的親戚朋友都知道，北方是住不下去了。在姨太太走了之後的一個下午，他在樓下那個大房間裡，走近煙榻坐下，拿起煙槍，煙鐙玻璃蓋子卻泛著灰灰冷冷的反光。在這原本正常的家裡，除了姨太太和她帶來的丫頭媽子，沒人能夠幫他燒鴉片煙的。

他放下煙槍，開始想念素瓊，她倔強，但畢竟是大家閨秀，理家、管教孩子都堅持一套原則。素瓊懂書畫，有這樣的太太，在親友間是一種體面，志沂回想素瓊的許多好處，連反對他抽鴉片、嫖妓、娶姨太太，這些違反他的娛樂利益的事，都成為素瓊的優點，因為他那些娛樂的利益，都直接間接導致今日的後果，這後果，就是失去了所有的體面和風光。

他離開煙榻，走到書房去，攤開信紙，寫了許多張開頭，都覺得不妥，扔掉又重寫，措詞裡得讓素瓊感覺他十分後悔，可是語氣上仍是一個丈夫催妻子回來的語氣，既不低聲下氣，又能讓素瓊了解，丈夫和孩子們都需要她。好不容易寫完，他又附了一張特地去照相館拍的照片，在硬紙夾上題了一首七言絕句，最後一句是：「兩字平安報與卿」。

他等著素瓊回信，又寄了幾封信去，一封封催著她回來，最後答應她戒掉鴉片煙。姨太太早趕走了，前幾封信已經說過的，並且告訴她，他們一家子先回上海，已經請她在上海的弟弟安排房子，就在她弟弟住處附近，等著她回來。

僕人們開始打理東西，何干也在小煐房裡收拾衣服箱子。

「上海是個什麼樣的地方？」小煐邊看何干收東西邊好奇地問著。

「有電車、馬車，銀行、洋行商號，還有大百貨公司，裡頭什麼都有得看，什麼東西都有得買，屋頂花園挺漂亮的，有雜耍戲，我同張干、疤丫頭、毛娘還抱著你和你弟弟去玩，比天津熱鬧許多。」何干回憶起六七年前上海的生活。

「有沒有起士林？」小煐瞪大了眼睛問，她覺得起士林是非常熱鬧的地方，如果上海比天津熱鬧，應該有起士林才對。何干沉下臉道：「小孩子家，問那種地方做什麼？」她總覺得跳舞場是姨奶奶那樣不正經女人才去的地方。

從上海去天津的時候，小煐還太小，根本沒有記憶。這次從天津回上海，小煐八歲，何干事先告訴小煐，要在船上待一些時候的，小煐把早已讀過許多次的《西遊記》放在手邊，裡頭許多奇奇怪怪的故事，可以打發在船上萬一太長、太枯燥的時間。

這是小煐第一次坐船，《西遊記》裡只有高山和紅熱的沙漠，在輪船甲板上，面對的卻是海天一色的水世界，吹著海風，潮濕而涼爽，高高往下看，海水一波波洶湧地打在黑色船身上，海水的顏色不但早晨中午晚上變化多端，經過黑水洋、綠水洋，彷彿海水整片整片的也染了色，黑的漆黑，綠的碧綠，小煐看得捨不得離開甲板，一點也沒有暈船。

到達上海的那一天，小煐穿著一套粉紅地的洋紗褲裝，仲春的上海，小煐的衫褲上也飛著藍色的蝴蝶。他們叫了幾輛黃包車，兩輛小馬車，馬車夫穿著整齊的外國服裝，小煐登上馬車時有一種奇異的感覺，彷彿馬車跑著跑著，就跑上一條通往藍色天空的路，她可以從天空往下看到上海的繁華。

上海有一幢幢高樓建築，有電影、紙煙、留聲機、汽車、面霜、香水，一面面畫著美女的廣告牆，連竿子上伸出去像旗子似的招牌也是新奇的，小煐總來不及讀完，整條招牌就飛過去了。再晚些時候，這些布條都要收起來了，換成五彩霓虹燈。

馬車在一帶石庫門房子前停了下來。稱爲「石庫門」，因爲大門架以花崗石作起，整個房子是由磚木結構而成，沒有了花園、後院，房間也少很多，這間石庫門房子比天津的洋房小，但是小煐摸著房子裡的油紅板壁，卻感覺到一種被硃紅的溫暖緊緊擁著的快樂。

回上海才不多久，又正好趕上二伯父志滄的五十大壽，志沂帶著小煐小魁去祝壽，筵席上十分熱鬧，又有四大名旦的堂會。小煐一直拉著何干這裡走那裡看，心中比較著正在讀的《紅樓夢》裡類似的場景。堂會上鑼鼓喧天，大紅緞布橫簾上繡著金色祝壽的字樣，每桌上都有麵粉做的粉紅小壽桃點心，又見過好些親戚。大家因爲是祝壽，都穿得喜氣，水紅、銀紅、澄紅、粉紅、桃紅，小煐滿眼裡都是人氣旺盛的紅，她喜歡這種興興轟轟的感覺。

過世老奶奶娘家李家的大表伯李國杰、大媽媽這時還在北方，沒能來，二表伯國燕、二媽媽，四表伯國熊、四媽媽都來了，三表伯國煦殘疾早逝，但是三媽媽卻來了。

「叫三媽媽。」志沂指著一個瘦削小身量的婦人說，小煐小魁都叫了一聲。

「瞧這孩子長得眞美，眉淸目秀的。」三媽媽捏捏小魁的臉，又指指立在一旁的一男一女說：「小煐小魁，這是琳表哥，康表姐。」

「小嘴、大眼睛、長睫毛，像他媽媽，這麼俊俏，長在男孩子臉上，簡直白糟蹋！」四媽媽用反話稱讚著說。志沂見她們都說些瑣瑣碎碎的事，略說些客套話，就跟一干男親戚聊天去了，這邊女太太們還在說這家那家。

「聽說他們媽媽快回來了，不是？」二媽媽說。

「三弟弟都是這麼說的。」四媽媽說。

「都這麼說也是說不準。女人哪，再怎麼好強，也強不過命！」三媽媽說著，後面一句說得小聲，彷彿說給自己聽。

小魁早已習慣大人們的稱讚，乖巧地讓張干牽著手，小煐卻一直看著站在三媽媽背後戴金邊眼鏡的琳哥哥，和看起來不怎麼快樂的康姊姊，彷彿他們三個人站在一起是個奇特的圖案。這時候的小煐並不知道，這三人將來卻成爲她筆下活生生的大角色。

在等母親回來的這些時間裡，何干也常常帶著小煐往舅舅家去，小魁還是因爲常常生病，沒有跟著一起去。黃包車從快要開幕的大光明戲院拉過去，一張廣告紙飛在空中旋了旋，卻正巧落在小煐這輛車上，她好奇地看看上面寫的字樣，在天津時就沒有見過這樣的廣告紙。

「大光明戲院——開幕日期：十二月二十三日，只映夜場九時一刻一次，本院座位千二百餘座，有中西女郎多人，招待周到，特自外洋運到最新式影戲機，清晰異常」，是外國片，叫做「笑聲鴛影」，那上面還有許多外國字。回到上海來的這幾個月，何干也帶她去看影戲，也知道不少明星，但是外國片，還沒看過。嬸嬸也要從外洋回來了，因此小煐覺得，外國影戲一定是好看的。車子拐到卡爾登戲院後首，有一塊不規則的小型廣場，叫做張家濱，幾幢大洋房中的一幢就是舅舅家了。

「這許多小蘿蔔頭，都來見過。」第一次見到舅舅舅母時，舅母兜著一群孩子們一個個介紹：「這是家宜，這是家珍，都是表姊。老三家漪，你們兩個同年，表弟德貽，表妹家瑞。」

「前頭的卡爾登戲院時常有好看的影戲，我們都去看的。我喜歡胡蝶演的戲，她有一對酒窩，很好看。」表姐家宜十一二歲了，十分活潑大方，主動來找小烋說話。

「阮玲玉也不錯。」小烋也說得出一些影戲明星。

「喔，他們倆個今年春天合演『白雲塔』，是陳冷血的小說改編的。兩人都演得不錯，我們大家都去看了。」家珍搶著說。

「我知道胡蝶，最近演『女偵探』還有『俠女救夫人』，都是武俠片。」小烋也不示弱，她是從報上看來的，並沒有眞正看了電影。

「你，過了生日沒？」家漪這時怯怯的，卻過來拉小烋的手，不好意思地問。

「過了，你呢？」小烋反問。

「我也過了，那我們差不多。我得叫你表姐。」家漪說。

「我也叫你表姐。」小烋也很快說。

「好麼，我們都是表姐。」家漪說著，倆小姊妹都咯咯笑了。

「天津好玩麼？」家漪又好奇的問。

「嗯，有一個法國公園，很大的草坪，有外國人，也有影戲，可是沒上海多。」小烋比手畫腳描述著。舅母向何干笑道：「看看這兩人，已經手牽手了。」

「小烋沒姊妹，這下好了，有這麼多表姊妹。」何干也笑著說。

一圈孩子的飯桌十分熱鬧，小煐吃得特別有味道。吃過飯，舅母叫孩子們帶小煐去拍合照，家瑞太小，怕到外面冷著涼，也怕跟丟了，所以沒去。街口的一幢洋房一樓，招牌上寫著：寶德照相館。

冬天冷，每個孩子都是長襖或襖褲，小身體包得圓滾滾。

「老闆噢！」小表弟德貽一進照相館就大聲喊：「我們要合拍張照片！」

一個圓臉夥計先出來打招呼，冬天顧客上門少，大房間裡就只有他們幾個孩子，攝影師隨後搓著手也出來了，拉起布景的單色布簾。「怎麼個合拍法？」攝影師自問自答著說，意思是要把五個孩子擠到鏡頭裡。「我們站成個一字，不就行了。」小煐點子多，建議說。

「就這麼說，小煐站中間，和家漪一起。」大表姐下結論，弟弟妹妹都得聽她的。

「就一字型，從最大到最小，每個人都伸出左手，搭到隔壁肩上。」攝影師一邊指揮，一邊又鑽到黑布裡看，夥計幫忙打燈光、排順序，又把他們沒搭好的手搭整齊。

「啪！」，大表姐、二表姐、小煐、三表姐、表弟，每雙眼底都閃了一個紅球，這五個蘿蔔頭的影子，就這麼留在一九二八年的照片上，身旁那個同年齡的三表姐，成爲小煐往後十年無話不談的姊妹好友。

母親和姑姑回上海那天一早，小煐卻爲了穿什麼衣服和何干鬧彆扭。

「這件才做的，又新又好看。」何干要她穿上月白竹葉花樣襖褲。

「我喜歡那件紅襖。」小煐噘著嘴說。

「那件去年穿都太小了，看看穿著胳臂擠成這樣。」何干不願意讓穿那件。

「不管，我就愛穿。」小煐任性地說。「好吧！」何干嘆一口氣說：「你這脾氣，要東不能西的。趕緊下樓了，嬸嬸姑姑車子快到了，沒見著你可不好。」

小煐如願穿上自己認爲最俏皮的小紅襖，和小魁並排著等母親，素瓊跨下汽車，撫撫兩個孩子的頭，一眼看見小煐，卻不禁皺起眉頭道：「怎麼給她穿這樣小的衣服？」說著，把小煐牽進屋裡去。石庫門屋子實在太小，素瓊看著直搖頭。

這一大家子的人有了女主婦，很快的，就買下亞爾培路寶隆花園裡的一幢歐洲式洋房，尖型的屋頂，門前有個小花園，一進門有掛衣服擱雨傘的木櫥，客廳又寬又大，也有個壁爐，壁爐上方的牆壁掛著素瓊的畫，爐台上放些美麗的相框照片、小花瓶，一台新的留聲機，一旁架上放許多從歐洲帶回來的唱片，交響樂、凡啞林、歌劇、鋼琴曲都有。

過些天又有一台嶄新的鋼琴抬進來，姑姑指揮著搬運的工人小心放，小煐小魁興奮著在樓梯間跑上跑下，這幢共有四層樓的房子，頂樓是儲物間。佣人們裡裡外外打掃乾淨，又把搬來的箱箱櫃櫃都整理好。

過不久，明亮的屋子裡熱鬧起來，和姨奶奶的熱鬧不同的，那是許多優雅華美的客人，一對對的夫妻。女的多穿著長裙洋裝，手裡拿一把小洋傘，頭髮梳起捲上，像糖果紙上畫的西洋美婦人，男的有穿長袍，也有穿西裝的，進了門都先把帽子和外套脫下，掛進木櫥中。聽母親說，他們多半是留學過國外的人們。

小煐愛看他們來來往往，卻不知道這些客人裡有知名的書畫家，如徐悲鴻、蔣碧微、常書鴻等人，也有從一九二八年四月起就擔任上海中國公學校長的胡適，直到稍晚幾年，小煐從父親的書架上抽出一本《胡適文存》來讀時，也還不知道她曾經看過這位戴著眼鏡穿著長袍，長相十分斯文的伯伯。

這天客廳裡，客人們散坐在藍色椅套的沙發、歐式座椅上，正起鬨著。

「Yvonne，你不是最會模仿？學誰給我們猜猜呀！」一位客人鬧著說。

Yvonne是素瓊的英文名字，回國後她已經不再是「黃素瓊」，她是會水彩油畫，又能夠說一口流利的英國腔英語的「黃逸梵」。逸梵穿著淡赭色的洋裝，肩上垂著同樣淡赭色的花球，聽大家起鬨，輕輕微笑起來，拉了另一位胖女士，並坐在鋼琴凳上，模仿一齣電影裡戀愛的情景，邊唱邊表演，胖女士也頗有默契，在關鍵的時刻做出一些滑稽或驚嚇的表情。小煐坐在地上看著，和客人們一起大笑起來，在狼皮褥子上滾來滾去。

晚上小煐在桌上寫信給天津的玩伴，寫了三大張，說了許多新家的好處，還有許多優雅有趣的客人，畫許多張圖夾在裡面。小魁正向張干吵著要糖吃，張干不給，小魁哭鬧著，但是看見母親走來，又高興起來，抹著鼻涕眼淚跟著上樓到房間去，因爲姊弟兩年紀還小，同住一間房。房間牆壁是小煐喜歡的澄紅色，房間裡小煐正在畫圖，小魁就歪到一旁翻看母親和姑姑帶回來的童話書。小煐的圖畫上有好些人站著坐著，逸梵微笑起來，這個孩子的興趣像她自己。

「小煐，背景最忌諱用紅色。」逸梵輕聲教著，她說話的聲音總是輕而柔，是中國閨秀，也是歐式淑女。「可是紅色看起來很溫暖。」小煐也學母親，說話輕聲細柔。

「紅色是沒有距離的顏色，所以你會覺得很溫暖，但是你要畫人站在牆壁的前面，牆壁用紅色，就比人看起來還近了，是不是？」逸梵耐心解說。

「嬸嬸，這本畫冊裡，夾著一朵花，早上翻著看見的。」小煐把放在桌上的畫冊又翻到夾著花朵的那一頁，花朵是淡淡的紫色，薄又乾燥的花瓣透著規則弧形的紋路。

「這朵花是一個英格蘭女孩送的，這女孩非常愛花，她時常說，要在花開最美麗的時候寶愛它。時間是殘酷的，每一朵花卻都是獨一無二的，花謝時，想要再看到同一朵花的美麗，是永遠不可能的了，所以她總蒐集各種花朵，夾在書裡或黏在紙片上做成書籤，我們回中國之前，她送了我這一朵。」逸梵說著，充滿了友誼的回憶，小煐聽著聽著竟掉下淚來。

逸梵在小煐額上吻了吻，又轉頭向小魁說：「你看，姊姊不是為了吃不到糖而哭的！」小煐被稱讚，一高興，眼淚也乾了，有些不好意思地掩飾著說：「嬸嬸，英格蘭像是在藍天下有許多小紅房子。」

「不是的，」逸梵有些詫異小煐還沒有大世界的觀念：「法蘭西才有晴朗的藍天，藍天下有許多大草原、許多房子。」

「可是法蘭西聽起來，很像微雨的青色，像浴室裡的磁磚，或沾著生髮油的香味。」小煐自己想像著，惹得逸梵笑起來，女兒對顏色十分敏感。

「過幾天從杭州回來，去商務書局買張世界大地圖，再指給你看看哪裡是法蘭西，哪裡又是英格蘭。上海有這麼多外國人，他們都從全世界不同地方來的。」逸梵看看小煐，又忍不住問：「你很喜歡畫畫麼？」

「嗯，我好喜歡，我想，我可以成為畫家。」小煐點點頭，十分有信心地說，她這時期是學什麼就想成爲什麼「家」。

「過幾天和二媽媽、四媽媽去杭州玩，遊西湖時你也可以記著許多看到的景物，隨手帶著紙筆，畫下一些、記下一些，西湖很美。」逸梵說。

「我們是去新聞紙上廣告的『西湖博覽會』麼？」小煐問。

「當然不是，何必跟那麼些人擠著去。不過既然有博覽會，可見得這個季節風景很不錯的。我們包個長途車去，到那裡自然有些親戚安排吃住。」逸梵說。

「那麼我每天都要畫下許多、記下許多。」小煐說。

「那叫寫日記。好了，早點睡吧！明天先生不是還要來給你們上課？大表弟也要來的，可別睡晚了，給他看笑話！」逸梵笑著說。

逸梵出去之後，何干張干又來替他們收拾東西，讓他們睡下，蓋蓋棉被，按掉桌燈，剩一盞小夜燈。等何干張干都走了，小煐卻掀起被子，小魁在暗裡睜著眼睛看姊姊，小煐把手指比在嘴唇上「噓！」一聲，拉著已經跟著跨下床的小魁，躡腳走到門邊，把門打開一條縫，兩個小臉往外探，姑姑的房間還透著燈光，父親母親說話的聲音從走廊一端的房間裡隱隱傳來，小煐轉頭向小魁擠擠眼，覺得再安穩也沒有了。兩人聽夠了，又悄悄把門關起來，各自回到床上，不一下子，都熟熟睡著了。

她們從杭州回來之後，又有幾家子的親戚來，女主人在家，親戚們總是來來往往常聯絡。這一天，大人的數量卻比不上小客人多，舅舅家的孩子，加上另一個親戚的三個男孩，一共十個孩子，吃完午飯全在客廳裡鬧著，玩著玩著，五個女孩五個男孩卻各自圈成自己的圈子。

「他們在做些什麼？」家漪往男生那裡看一眼說。

「還不是玩些刀子來福槍、你死我活的遊戲。」二表姐家珍撇撇嘴說。

「那哈巴，看起來比小魁、德貽還弱。」大表姐家宜說。

「表姐，我們幾個是紅姑女俠，也是兒女英雄傳裡的十三妹，」小煐忽然出主意說：「把那個哈巴搶到樓上去藏起來，我們不見得不會打仗，也不見得打不贏他們男生。」這個時候她又不是那個愛畫畫，學著母親輕輕細細說話的淑女小煐了。

這一年，《兒女英雄傳》早被搬上舞台演了許多回，又改編成影戲，由范雪朋主演十三妹，又有明星影片公司改編了《江湖奇俠傳》裡的「火燒紅蓮寺」，胡蝶扮演女俠紅姑，已經連拍好幾集，整個上海都火燒著，家喻戶曉的。

「好啊好啊！」最小的家瑞活潑，又喜歡湊熱鬧，竟然拍起手來。

「這樣，我家的地形從鋼琴這裡繞過去，是進出客廳的唯一出口，只要這個地方守好，樓梯是在上好守，從下不好攻，得花力氣跑，衝上二樓，他們就沒辦法了。」小煐滿腦子各種詭計，這時候總算英雄有用武之地。

大表姐家宜道：「我們得分配一下怎麼攻守。」小煐指揮道：「那麼我和二表姐斷後，三表姐、大表姐你們去搶哈巴，家瑞太小，先帶她上樓梯口等著，看我們一搶到哈巴，幫忙看守就好。」

哈巴比小魁還小，被兩個女生一托一拉，還沒搞清楚怎麼回事，已經被「綁架」到樓上小煐小魁的房間。「快把哈巴還給我們！好男不跟女鬥！」哈巴的大哥說。「笑話！有本事從我們這些好女俠手中搶回去，才眞叫好男！」小煐把手叉在腰上，居高臨下從容地回嘴。

「我們兩派雖然正打得不可開交，看樣子，我們得先聯盟起來，這群蠻子不講理！」哈巴的二哥也向德貽、小魁說，用的是武俠片裡的句子。

「大表姐二表姐，守住樓梯口，別讓他們攻上山寨！」小煐見他們眞來搶，便揮手發令。男孩們怎麼攻，頂多只能攻到半山腰，樓梯的一半，怎麼也救不回哈巴，僵持許久，又戰陣前互相叫罵，那邊家宜家珍小煐三個女孩兒都伶牙俐齒，男孩這邊連罵陣都常常臨時無嘴可應。

「嗨，別玩了，下來吃點心，有冰鎮綠豆湯、酸梅湯，快，先來的可以多喝幾碗！」何干來叫，小煐威風凜凜地率領著娘子軍把「囚犯」押送下來，然後一群孩子七手八腳地坐上桌子，唏哩呼嚕地吃喝起來，這天氣，眞熱！

五

平常，姑姑每天早晨都練習鋼琴，從緊匝著絨線衫的窄袖子裡，伸出手來反覆彈著曲子，大紅絨線裡絞著細銀絲，隨著微微搖晃的身子，一閃一閃著一絲絲白亮。有時母親也立在姑姑背後，手按在姑姑肩上「吊嗓子」，鋼琴配合著嗓音由下而上，又由上而下「拉」出七個音節。她的肺弱，醫生說唱歌於肺有益，無論什麼調子，她唱著像吟詩，而且一發音總比鋼琴低半音階。

「今天嗓子弱。」逸梵抱歉著笑起來，輕聲說。小煐感動道：「琴聲眞好，眞羨慕，我要能彈得這麼好就好了！」又從昨天的戰場慣將，恢復成優雅的淑女小姑娘。這個小姑娘並不知道，自己其實並不是被音樂感動，而是喜歡那麼溫暖的空氣。但是在母親和姑姑聽來卻十分高興，覺得這孩子必定十分具有音樂天份。

「應該讓她學琴的。」茂淵看著小煐考慮著，把鋼琴順手蓋上，對著嫂子說。

「該學的還多著，最好能進學校讀書，才能夠有同學朋友切磋。」逸梵說。

「進教會小學比較好，但是，小煐目前的英文大概還不夠。」茂淵有些擔心。

「小煐小魁都已經到該上學的年紀，現在還用私塾教育，往後會來不及的。」逸梵邊幫著把鋼琴譜子放回書架上，邊煩惱地說。「前兩天我也向三哥說了，他還是覺得請人來家裡教的好，怎麼也說不動。」茂淵搖頭嘆氣著。

「上學的事，你三哥總是固執得很。」逸梵把手抱在胸前，似乎已經有些打算說：「先請給小煐補英文的先生還是重要的，等補夠了，上學是一定要上的。」

「過兩天我去買一套世界書局出的原文童話書，聽說不錯，該有的文化介紹裡頭都有了。」

茂淵打著主意說：「學琴的事倒容易找老師，我想起一個表姐正學著，是在一對白俄夫婦家裡，先生沒做什麼，就靠太太教琴，每星期一次。這對白俄原本也是貴族，俄國革命後千方百計出來，逃到上海，就因爲上海不用護照，容易進來，也有幾年了。」

「這樣，小煐，你過來，」逸梵想了想，又招招手把小煐拉到琴邊叮囑說：「既然是一生一世的事，第一要知道怎樣愛惜你的琴。哪，這塊鸚哥綠絨布，每天練完琴，你得親自揩過琴鍵，掀起琴蓋子前，要想想洗過手沒。懂麼？」小煐乖乖地一句一句點頭道：「嗯，我懂了。」

逸梵都叮囑完了，看著女兒，及肩的兒童短髮披拂粉嫩的臉頰上，內心裡決心把小煐培育成各方面都完美的現代閨秀，像中西女塾畢業的那些上海淑女，沒有一個不是彈得一手好鋼琴的。

教琴的先生是一位高大稍胖的金髮女人，寬大的面頰上生著茸茸的金汗毛。

「歐，小煐眞不錯。」琴先生時常用這句誇獎小煐，她只會有限的幾句中國話。

「謝謝您，小煐一定努力練習。」小煐還不太會說英語，只記著姑姑教的話說著，又像歐洲小淑女一般，客氣地蹲蹲膝蓋稍彎彎腰回個禮，這是母親最近教的西洋禮節。

「歐，眞令人感動。」琴先生也容易感動，激動時大眼睛裡充滿了眼淚，捧起她的頭面吻了吻。小煐禮貌地微笑，記住吻在什麼地方，隔一會才趁琴先生不注意，用小手絹擦掉。

「您不知道，我們小姐天天練琴，愛琴的！」何干更不會英語了，卻用手加上表情筆劃起來，琴先生也不斷點頭微笑起來。

她們三人時常就這麼朦朦朧朧、似懂非懂的，也能夠說上許多話。

這天晚飯時候，何千上來喊吃飯了。小煐仍在本子上把一個句子寫完才丟下筆，剛走下樓，就聞到菜香味，坐到位子上，卻看到她和弟弟兩人面前，比其他人多了兩盆東西，一盆白的，一盆綠的。拿起紅骨筷子夾了一口，小煐皺起眉頭，小魁看了姊姊皺眉，怎麼也不肯吃了。

「你們兩個，」逸梵卻放下筷子說話了：「別嫌這些東西難吃，小孩子正成長著，最需要這種營養了。」小煐瞪著那盆東西，非要問個清楚才肯動筷子：「這是些什麼東西？」

「這盆是牛油伴土豆泥，這盆是牛油伴波菜泥，嬸嬸特爲你們做的，還不快吃?!」志沂裝得嚴肅著說。小煐聽了父親的話，只好勉爲其難的夾了一口，放到金邊小碟子上，剛好遮住碟子上畫著的青山綠水。逸梵看著，自己動手舀一大匙在兩個小孩碗裡，這下子小煐沒得逃了，只得舀香菇雞湯配著吞下去，索性當藥吃了，小魁看到小煐的方法，也跟著有樣學樣。

沒想到湯一入口，小煐卻頓了一頓，疑惑起來。

「又怎麼了？」逸梵看到小煐表情奇怪，問道。

「有藥味。」小煐皺起鼻子，又強調：「怪味道！」

「哪裡，香得很，」志沂還故意吸幾口湯汁說：「別挑嘴了，好好吃飯吧！」

「我也覺得沒什麼，很好哪！」茂淵也喝一口，又轉過去問：「小魁，有吃出什麼味道麼？」喝雞湯，小魁卻是喜歡的，毫不遲疑地說：「頂好的，沒什麼！」

「再喝口看看，還有麼？」逸梵自己也嚐了一口，雖然覺不出什麼異樣，還是有點不放心：

「何干，去問問廚子一聲，他在雞湯裡放了什麼藥材，小煐吃著有藥味。」

不一會，廚子跟著何干進來了，見大家停下筷子，趕忙解釋著：「這隻雞，兩三天前買來養在院子裡，小少爺也看見的。只怪我看牠垂頭喪氣的，怕有病，吃了反倒不好，就想，這『二天油』抹頭疼有效，吃肚子疼有效，應該給牠吃些，應該沒害處。沒想到挺靈的，下半天，這雞就精神抖擻了起來！小姐眞精明，還能吃出這味兒。」

廚子解釋完又回去廚房佣人們的一桌子吃飯，他們家的習慣，除了孩子的保母同桌一起吃飯之外，其他佣人不必跟著在旁邊伺候著，除非有事情才像剛剛那樣叫來問問話，或拿拿東西什麼的。逸梵沒說什麼，小煐把臉扒在飯碗裡，心裡卻得意飄飄的，看看，全家那麼多人，就只有她能發覺出這原由！

飯後小煐仍急急上樓去，逸梵看著她的樣子，不知道這個聰明孩子又想做什麼了，心裡有些好奇的跟了上去，卻見到她把紙片、練習簿都攤在桌上，正伏在一只封套上寫些什麼，寫好歪著頭看看，才又把本子裝進封套裡。

「在裝些什麼？」逸梵走上前去問。

「寄給《新聞報》的先生們，看看他們要不要登。」小煐轉頭認眞地說。

「來，給我看看。」逸梵說，小煐把本子抽出來遞給母親，逸梵審視一會又建議說：「直接寄不禮貌，還得寫一封信給記者先生，說明你是誰，什麼來歷，這樣比較禮貌。」

小煐聽了母親的話，又伏在桌上，用小楷毛筆整整齊齊寫好一張紙，逸梵拿起小煐生平第一封投稿信讀著。

「記者先生

我今年九歲因爲英文不夠所以還沒有進學堂現在先在家裏補英文明年大約可以考四年級了前天我看見附刊編輯室的起事我想起我在杭州的日記來所以寄給你看看不知你可嫌他太長了不我常常喜歡畫畫子可是不像你們報上那天登的孫中山的兒子那一流的畫子是娃娃古裝的人喜歡塡顏色你如果要我就寄給你看看祝你快樂」

雖然新聞紙上的文章都早已經用標點斷句，但家裡一直是請先生教讀古文，小煐習慣寫信都不用標點斷句。寫了這封信，不但用日記本子投稿，還順便問問要不要畫，最後又很注意禮貌地祝了記者先生快樂。逸梵邊讀心裡邊忍著笑，煞有介事的在「起事」的「起」上圈掉，旁邊小小加了一個正確的「啓」，又在「可嫌他太長」的「他」上圈掉。

「可以了，這麼寄吧！」逸梵改完之後又把本子遞給小煐。

信是投出去了，但是這第一封信終究石沉大海，最後終於連日記本子和投稿信都被退回來，編輯先生還很客氣地寫了回函，大概覺得初生之犢不可隨便忽視。這一年內小煐又投了幾次稿給《新聞報》，雖然都沒有被採用，但是東寫西寫的興致卻一直都很高。

另一方面，小煐的閱讀速度一直是跟得上大人的，讀父親的書，也讀母親和姑姑訂的許多雜誌，聽她們說些相關的事。這天逸梵在作洋裁，叫小煐過去量了量肩寬身長，又把攤在大桌子上的模紙重新畫上幾條線，看到茂淵走進來，就笑著放下手裡正畫著的草圖說：「那天看到封面，知道周瘦鵑又開始辦雜誌了，所以就訂了一年份的《紫羅蘭》。」

「這是給我做的麼？」小煐在一旁插嘴，好奇地把圖拿起來問逸梵。

「給你量尺寸，當然是做給你的。」逸梵邊說，邊走到洋裁車旁把車轆子放下來，這洋裁車是最時新的英國貨。

茂淵也把圖拿起來看著說：「其實咱們那個裁縫做得不錯，又何必自己費工夫呢？」

「嗳，這又不同了，服飾也是一種設計藝術，不然，何必有服裝表演會？」逸梵說著，又把《紫羅蘭》拿起來翻：「這雜誌裡面的插圖都是許多穿著各種服飾的女子，我也挺愛看的。」

「第四卷呢，我看《紫羅蘭》辦了也有三四年的時間，都因爲我們在國外，回來了看到，還當是新雜誌呢！哎喲，還送一整盒水粉，紫羅蘭水、紫羅蘭油、紫羅蘭粉、紫羅蘭膏，」茂淵笑著一樣一樣拿起來比一比聞一聞說：「他們讓讀者都快變成紫羅蘭痴了。」

「他們當然希望讀者變成紫羅蘭痴！賺錢吶！那些水粉都是訂雜誌送的！」逸梵翻開雜誌，指著上面的圖說：「紫羅蘭的畫影，以前跟你說的不差吧！還眞是爲了初戀情人辦的。聽說他的案頭長年供著一盆紫羅蘭，寫稿子都用紫羅蘭色墨水，哀情小說寫得又眞好，眞是一個奇特的人！」茂淵手裡卻拿著《小說月報》抱怨道：「這個月的《小說月報》寄慢了。」

「今天收到？也還好吧！五月號裡有些什麼？」逸梵問著，就從茂淵手中接過雜誌，把雜誌帶進浴室前還探頭問茂淵說：「我先看好麼？」茂淵笑著揮揮手說：「都拿著了，還問什麼？」

小煐早就走到房間另一頭，正靠在牆上練習英文先生教的發音。她現在已經有個英文名字：Eileen。正在那裡攪舌頭，茂淵偶爾來糾正一下，卻忽然聽到逸梵隔著浴室的門大笑起來。

「怎麼了？」茂淵也隔著門訝異著問。

「這老舍，寫了一篇〈二馬〉，英國背景，寫得活靈活現，這一段實在好笑。」逸梵坐在抽水馬桶上邊翻雜誌邊笑著說。「念來聽聽啊！」茂淵說著，連小煐都停了練習，側耳準備聽著。

「一個老馬、一個小馬，兩人因為老馬的哥哥在英國去世，到英國去尋哥哥的墓地，一個管墓地的英國老太太，一邊替老馬找到他哥哥的墓，一邊也跟著老馬傷心地哭著，又給老馬一把鮮花放到墓碑前。好了，底下念給你們先聽聽──」逸梵先有個前情說明：「老馬哭了，老太太也又哭了，『錢呢！』她正哭得高興，忽然把手伸出來說：『錢呢！』」馬老先生沒言語，掏出一張十先令的票子遞給她。老太太看了看錢票，抬起頭來細細的看了馬老先生說：『謝謝！謝謝！頭一個中國人埋在這裡，謝謝！我知道，謝謝！盼著多死幾個中國人，都埋在這裡！』這末兩句本來是她對自己說的，可是馬家父子聽得真真是──」逸梵一面笑一面讀著。

倚在門框邊的茂淵和小煐也笑倒了，雖然往後小煐也讀老舍的其他著作，明明有許多勝過〈二馬〉的好作品，但還是覺得〈二馬〉最好，因為讀著總聽到母親高興的笑聲。

「得準備了，音樂會是不能遲到的。」茂淵忽然注意到時間，在浴室門外催著嫂子，也連帶提醒小煐換衣服。

逸梵整理好一身衣服，何干已經進來了，逸梵不放心，又把何干叫住叮嚀說：「在外國，去聽音樂會的都是紳士淑女，給她換上那件新做的洋裝。」何干和小煐正轉身要回房去，逸梵又告誡說：「小煐，等等音樂會上絕不可以出聲說話，知道麼，那裡面很多洋人，不要讓人家罵中國人不守秩序。」姑姑也對小煐說：「也別睡著了，人家看了要鬧笑話的。」

車夫把他們送到音樂廳，從一進音樂會場，一直到出場，小煐一直警惕自己要保持沉默，也警惕著不可以睡著，但是音樂會中場休息的十分鐘，她卻豎起耳朵，聽姑姑和母親竊竊議論著一個紅頭髮洋女人。

「紅頭髮，眞使人爲難！」姑姑小聲感嘆說。「是啊，穿衣服很受限制了，一切的紅色黃色都犯了沖。」母親聲音更細。「只有綠，還說得過去，紅頭髮穿綠的，那的確也——」姑姑的聲音低下去。小煐在燈光黃暗的廣大廳堂裡轉著頭，找來找去，卻怎麼也找不到生有一頭紅髮的女人，心裡不斷疑惑著，難道頭髮眞有大紅色的麼？

「上次那部電影裡的女主角就是這麼回事，看得怪刺眼的。」母親也沒說出哪部電影，但姑姑卻十分有默契地點點頭就是知道，因爲專放歐美電影的，又是好的，轉來轉去，也只有那麼些影戲院，又都一起去看。

「噯，那法國片的男主角又要演一部了，據說是演一個畫家，而且還是發聲片，是法語的，外文雜誌上評論說藝術性很高。」姑姑已經從顏色說到電影，小煐仍然豎著耳朵仔細聽她們說話。「什麼時候上演？」母親說。「不曉得，登那麼多廣告和照片，大約就是最近了，應該還是在大光明什麼的戲院放映吧！」姑姑說。

後來，他們說的那部外國影戲上演時，母親和姑姑也帶小煐去看電影，現在她已經被訓練成小淑女的模樣，總是靜靜坐在椅子上，因爲不懂法語，所以十分專心看字幕。不像早兩年，每次何干帶她去看影戲，那些武俠的或國產文藝片，不論男女人物一出場，她就一定急急問：「是好人壞人？」何干又總是慢條斯理地回答：「看吧，看了就知道罷！」

這部法語片描述一個一生熱愛繪畫的畫家，最後卻窮途潦倒，直到他死後多年，才被視爲不世出的天才。「你看看那小傢伙，」出了電影院，茂淵跟逸梵指指小煐，小聲笑著說：「也哭得手絹子都濕了一大塊。」小烘還沉浸在電影劇情裡，默默沉思地走在後頭，看見姑姑母親正轉頭看她，於是仰頭問：「嬸嬸，畫家都這樣的麼？」

「許多畫家爲了堅持理想，都會不顧生活的艱難，一直畫到畫出了他認爲滿意的作品爲止。」逸梵輕聲解釋說。

「那麼，畫家就都會很窮嘍？」小烘問著她認爲關鍵的問題。

「堅持理想和做生意賺錢，當然是兩回事。」逸梵解釋說。

「他們一直在做自己喜愛的事，所以不在乎窮不窮的問題。」茂淵又補充說。

「但是他那麼努力，沒有得到應該的讚美，眞不公平！」小烘還在爲電影裡的男主角傷心，說著又哭了一場。

在爲那不同時空裡另一個可憐人哭泣的同時，小烘想起自己這一陣子，一直爲了選擇未來要成爲畫家還是鋼琴家感覺十分困擾。音樂會之後，雖然並不特別有深刻的感受，但是她的記性好，記得整個音樂會的曲目，到琴先生家裡學琴時，曾跟琴先生說。

她還記得那天琴先生因此問她：「歐，那麼你最喜歡那一曲呢？」

「我想，每一首曲子都該有不同的個性。彈鋼琴時，我覺得那八個音符也像不同的人，會穿戴著各自挑選的鮮豔衣帽，手牽著手舞蹈。」小烘邊想像邊筆劃著說，補充她英語表達的不足。

「歐，小烘將來一定會成爲優秀的音樂家！」琴先生也比劃著稱讚道：「小烘將來可以到世界各地表演，去巴黎、倫敦、紐約，和著名的交響樂團、指揮家合奏莫札特的曲子，多好哇！」

白俄琴先生的一番話還繞在腦子裡，現在又看了那麼一部悲慘的電影，小烘覺得要當畫家，將來一定會變得非常不幸，又不快樂！那麼，還是成爲鋼琴家好了，她心裡暗暗下了決定，專心練得一手好琴，在富麗堂皇的音樂廳裡演奏，總比窮途潦倒好多了！

十歲的小煐正夢想著輝煌的未來遠景。

但是，當小煐在爲將來成爲畫家還是音樂家煩惱時，並不知道其實母親正爲了她和弟弟上學的事情煩惱著。《小說月報》裡的〈二馬〉，從五月連載到十二月，小說裡的情節，從剛剛開始到倫敦的興奮好奇，逐期曲折地往下沉。彷彿世界的步調是相同的，爲了上學的事情，小煐家裡的氣氛也在這幾個月中斜斜走下坡。

這天，小煐從樓下上來，在樓梯轉角停住了，房間裡傳出父母親的交談聲響，漸漸地不再隱隱約約，也不再溫婉。

「家塾先生教得不錯，爲什麼非得上小學?!」父親摔下一本書說。

「學校教育不同，能夠有許多朋友。」母親仍是輕柔著說話，但是十分堅持。

「那麼我是沒有朋友的囉！」父親冷笑著說。

「我當然不是說你，」母親因爲堅持，語調也變硬了：「只是在學校裡，能夠吸收更多新知識，眼界可以更廣。」

「我就不懂！難道不上學堂，就不會有眼界新知識，」父親大聲起來：「我母親家就是辦洋務的，在家裡學英文，不也同樣！」

「就是不一樣，我和茂淵在歐洲的美術學校裡，學生上課雖然散漫，」母親變硬了的語調快速起來：「但是先生、同學會互相鼓勵啓發，藝術史、美學、哲學，都對性情修養有很大的幫助，這和私塾請先生——」母親還沒說完就被激動的父親打斷說：「歐洲、歐洲，去了歐洲就很有性情修養了?!」母親也不示弱地說：「志沂，你得講道理！這個年紀的孩子可塑性很強，不要浪費了時間。」

「好啊！要讓他們上學，妳贊同的，」父親頓了一下，狠狠丟出一句：「那麼學費妳出！」母親也愣了一下，繼而尖銳地說：「你太過分了！現在家裡的哪一樣不是我出的?買鋼琴，我和茂淵合買，廚子車夫裁縫費，這幾個月你有給過麼?我總想，家產還沒跟哥嫂分清楚，你又才剛丟了官職——」

「丟官又怎麼樣?!」這一句戳到父親的痛處，紅著臉粗起脖子大聲吼起來：「我還是這家的老爺，你就給我安分點，別想再耍花樣！」

「你這是什麼話，是誰耍花樣，你想我把錢都花光了，你好控制我，好讓我根本踏不出這個家門，也好大搖大擺吸你的大煙，做你的大老爺?!」母親恨恨說道。

「隨便你怎麼說，這幾個月你幾時看過我吸大煙?!你是兩個孩子的娘了，還一天到晚想學這學那，帶著小姑，不是看電影逛街買衣服，不然就是進什麼社交圈，成什麼社交名媛！妳還是多守點婦道正經，不要讓小煐進了洋學堂，也去成了交際花！」父親一邊辯解一邊誣賴著說，他是個男人，一家之主，怎能夠老讓女人說不是。

「什麼沒吸鴉片，去煙館還是堂子裡吸，誰知道?衣服上就有那個味兒！你這個人，做丈夫沒有丈夫樣，做老爺沒有老爺樣！什麼都做不成，還不讓別人做該做的事！」逸梵索性說得更狠了。「什麼做不成?!你再說一遍?!」志沂也氣狠了，手一揮，哐啷，矮几上一只明朝青磁骨董大花瓶應聲碎在地上。「再說一遍怎麼樣？」素瓊哭著說：「明明自己不爭氣，不像個樣子！」

小煐聽得害怕起來，何干趕忙來把她牽走，正下樓，迎面上來了兩三個佣人老媽子，趕著進去房間裡把兩人拉開。還鬧著，樓下何干張干陪著小煐小魁在院子裡逗大狼狗玩，樓上傳來陣陣嘈雜聲音，小煐根本沒心思玩狼狗，仰起臉看看何干，何干卻轉頭向張干，「又吵起來了！」張干輕輕向何干說。沒想到這時候小魁卻拉扯張干說：「我想騎三輪腳踏車。」張干哄著：「腳踏車在樓上，我去給你拿來，別吵！」

「還在摔東西！」小煐慌張著說。

「乖一點，少管閒事，懂麼！」何干按著小煐說。

陽光斜斜穿過樹梢，在大團樹蔭裡灑下落葉殘片般的花點，小煐穿著母親裁縫的洋紗花裙子，和小魁在大片的花點裡靜靜騎轉著小腳踏車玩，連大狼狗偶爾嗚嗚兩聲，也不敢大聲吠叫。

幾個月裡，總是平靜幾天，不知爲什麼事夫妻倆又會大吵。這天逸梵竟到茂淵房裡睡，哭紅腫了兩只眼瞼，第二天早上仍然把何干叫來。

「老爺明天早晨出門應酬，你就趕緊幫小煐換衣服，教書先生來了，就說小煐去看病，教英文的先生，我自然先交代不用來，直等到我帶了小煐出門，你再去吩咐廚子，中飯晚飯我們都不在家吃。」逸梵小聲吩咐說。

「二小姐如果問？」何干問。

「二小姐知道，她不會問。」逸梵說。

「三爺如果早回來問了？」何干說。

「就說我帶小煐去看影戲、找朋友。」逸梵都已經計畫好了。

那天早晨，看著車夫熱好車子，志沂前腳出門，逸梵像拐賣人口的販子，把小煐偷偷帶出去，目的地是以西式教學負盛名的黃氏小學。塡寫入學證時，逸梵卻躊躇了。

「沒想到得塡名字，如果事先想到，還可跟茂淵商量商量。」逸梵看著一旁的小煐，有點自言自語的說。「塡『張煐』不行？」小煐出著主意問道。「『張煐』？不好，」逸梵搖搖頭：「兩個字，不響亮。而且，哪有小姐家把小名拿著上學用。」

「用英文名字也不行麼？」小煐想著她還有另一個名字。

逸梵支著頭想了一會，時間不多，塡了入學證、表格，還得進去考試，依照成績分派年級讀。「好吧，暫且先把英文名字胡亂湊合，翻成愛玲兩個字，也還讀得過去，想到好名字再幫你改。」逸梵對小煐說完，入學證等等很快也就塡好了。

小煐的插班考試成績很好，一進去就讀六年級。以後學校老師和同學都得叫她張愛玲。

她一直記得母親要幫她另外更換一個名字，所以平時也注意小報上、分類廣告裡出現的各種名字，多的是「美鳳」、「美雲」、「秀英」這一類的名字，或是像「柴鳳英」那種，該是個通俗故事的女主角。但是往後，母親也沒有再幫她找到另一個更適合的名字了，她自己邊用著邊找著，經過中學、大學，直用到出名了，她是再也不願意更換了，用著張愛玲的名字結婚、離婚、到香港、美國，直到她去逝。

黃氏小學的生活教育很嚴格，學生們都規定要住讀。住校是上海貴族學校的特點，何干幫愛玲打點好衣物行李、被子包裹、太太買的英漢辭典、文具筆盒、摺好的幾份手絹子，皮鞋是腳上穿一雙，又還帶一雙，還有運動用的籃球鞋，秋冬天氣冷的時候用的白金手爐、手套。

何干一一再看一遍，還叮囑著愛玲，如果什麼需要，就向家裡說，馬上給送去。汽車夫已經等在樓下，小魁眼睜睜看著姊姊去住讀，心裡十分羨慕，卻又覺得寂寞，想著，不知道明年是不是也可以跟姊姊上同一個學校？

早晨姊姊走了之後，講書老先生已經來了，老先生只是講書，平常都是姊姊問東問西，小魁和表哥德貽在一旁聽著，老先生也喜歡姊姊，常常和她說些有趣的逸事，少了姊姊，老先生和他們都變得無聊起來，老先生眼睛半閉著讀古文，用拖長了的尾音，解釋時也慢慢的，半文言半成語，兩個小男生竟瞌睡起來。

學校規定每個月，或是一些習俗假日，學生們可以回家。愛玲知道，到那時汽車夫就會去接她，但是剛住進宿舍裡，她就開始想念嬸嬸、姑姑弟弟，還有何干，連嚴肅的叔叔，還有重男輕女的張干也會被她夢到。

課業對愛玲而言很容易，住在宿舍裡空出許多時間，但是她卻是空閒不下來的，時常找課外書讀，或是寫著她腦子裡醞釀很久的故事。這一個禮拜六，宿舍的蚊帳裡還老是嘶嘶嗦嗦的，熄燈之後，有人又偷偷把煤油燈小小轉亮一點。

「愛玲，這個故事很好看呢，素貞眞可憐！」一個同學說著，把筆記本還給愛玲。

「也借我看看。」另一個同學又從愛玲手中接過去，立刻開始翻。

「寫什麼的？」昏暗中又有人好奇的問。

「是戀愛的故事，一個女孩叫素貞，和她的情人遊公園，忽然有一隻纖纖玉手在素貞肩頭拍了一下，原來是她的表姐芳婷，後來素貞的男友就被芳婷搶走了。」看過的女同學嘴快，說了大部分情節。「結果呢？」其他人七嘴八舌地問。

「結果得自己看才過癮！」愛玲切斷那些話說，她總希望自己寫的東西大家都喜歡讀。

以前在家中，雖然不缺乏同年齡的玩伴，卻不像進入學校之後，一下子增添這麼多，而且因爲住校，每天無時無刻生活在一起，她喜歡他們，也成爲同學中活躍的人物。那個拿到筆記本子的人索性翻身起床，掀開蚊帳就著微暗的燈光讀起來，嫌光線不夠亮，還又大膽地伸手扭得更亮些。「小心查夜舍監來了！」隔壁蚊帳的人恐嚇說。

「別唬我，剛剛才走過去的，我聽到腳步聲。」讀著筆記本的人說。

「看快一點，也許等等我可以接下去看。」另一個人迫不及待。

「可是，爲什麼那個負心的男子叫做殷梅生，我們姓殷的，才沒有這種人！」那女孩讀著讀著，忽然憤憤起來，提起筆來，就改成王梅生。

「王梅生聽起來太四平八穩，不像悲劇裡的人。」愛玲等筆記本又回到她手上時這麼說著，又給改回去。等到別人讀時，姓殷的同學又趁機改成王梅生，就這麼三番四次改來改去，紙也擦破了，因爲傳閱的人多，字跡也模糊了，班上來借看的同學卻還不斷。

在放月假回家時，愛玲得意地告訴母親這些傳閱的轟動程度，又把筆記本拿出來給母親看。

「小煐，這三個人家住上海是不是？」母親仔細讀過之後問愛玲。

「是啊。」愛玲覺得母親怎麼問這樣簡單的問題。

「要是我，就不會讓那麼傷心的女主角，大老遠從上海坐火車到杭州，」母親思考著說：「轉幾趟車子到西湖去跳水，太費力，到西湖時已經不想自殺了。」

「可是西湖很美，適合悲劇！」愛玲仍然記得和母親一起遊西湖的情景，她多麼喜歡那次的旅行，那些景致多麼美麗，和母親在一起的感覺又多麼好，使得所有的風景又更好了。

愛玲拿起本子又看了看，自顧自地高興著，逸梵看著女兒的神情，這樣小的孩子竟想著「悲劇」，逸梵心上震了一下，口裡輕輕重複念了一遍。這樣的年紀，是不是懂得太多了？

比起兒子，女兒的心思是靈巧得過了頭，逸梵撫撫愛玲前額的短髮，心中煩惱著許多事情。對於父母親的婚姻，這樣的女兒會有什麼看法？眼前還笑著的孩子一旦知道了她的決定，又會變成什麼樣子？逸梵倒抽一口氣，搖搖頭，告訴自己別想太多，想多了，事情會變得永遠無法解決。

愛玲看著母親發怔的神色，輕輕搖晃一下她的手臂，她沒有發覺，母親又在想什麼？母親眼似乎蒙上一層霧，愛玲也看得怔住了。

六

住讀學校放月假回家的日子總也是快樂的，愛玲高高興興下車，弟弟跑上來，手裡拿著一本歷史小說放到她手裡，一點不以爲奇似的口吻道：「說是爺爺在裡頭。」

「你怎麼知道？」愛玲睜大了眼睛問。

「過年節時，我們祭拜的爺爺奶奶，都不知道他們的名字，對不?!」小魁得意的看著姊姊驚訝的表情說：「前幾天家裡來了許多客人，都和叔叔講到這本書，後面的『人名索引』有寫明莊崙樵就影射爺爺，威毅伯就是影射奶奶的父親李鴻章。」

小魁一口氣說了許多，提供盡可能知道的消息給姊姊。愛玲一邊聽，已經一邊忙不迭翻找著，愛玲驚訝地叫出聲來：「眞的，是文學侍從之臣，兼有言官之職！」伸手擁擁弟弟，她眞愛弟弟！於是坐在窗邊津津有味的讀了起來，半晌又抬頭看看還站在一旁笑著的小魁，問道：「叔叔呢？在不在？」

「書房囉！」小魁才說完，愛玲一溜煙，已經兩步併三步跑進去找父親，沒頭沒腦就問起來：「叔叔，爺爺奶奶眞的在簽押房撞見嘍？」

「妳也有興趣問?!」父親更吃驚了，接著卻直搖頭：「那些都是鬧著說的！奶奶是千金小姐，侯門是深宅大院、庭檯樓閣的，小姐怎麼可能獨自一人到簽押房？爺爺奶奶根本不可能就這麼撞見！」

「喔，可是那種情景很『三底門答爾』。」愛玲用了一個英文詞彙。

「都是小說，誇張的，誇張的！」父親直搖手。

「書中說爺爺的文采是『詞鋒可畏』，又是清流言官。爺爺寫過哪些文章，做過最大的官是什麼？都像書裡說的麼？」愛玲腦子裡有一連串的疑問。

「爺爺有文集在這裡，自己去看好了。」父親前幾天才被親戚朋友鬧著問，今天又被女兒纏著問同樣的問題，乾脆把整理的集子拿出來，讓她自己翻找。是些暗藍布套的線裝書，裡面充滿了詩文奏章和信札，看了半天還是頭昏腦脹的，有許多愛玲所不知道的典故，許久還讀不出什麼所以然，於是她又去找母親問，母親只說些自己娘家的歷史。

湖南的黃軍門，外祖父英勇打退捻匪的事蹟，自己的親生母親如何被大外祖母從鄉下買來作妾，如何生孩子的時候自己先被生出來，大外祖母因爲是遺腹子，以爲出生是女孩，斷了子嗣香煙，一時又驚又失望得昏了過去，如何又聽得產婆說裡頭還有一個，又喜得醒轉回來，但是說到外祖母爲自己談論婚嫁時，卻忽然變得稍稍激動咬牙起來，愛玲雖然感覺，卻聽得滋滋有味。

聽完了母親的故事，又想回頭問爺爺奶奶的事情，母親卻冷冷地說：「他們張家的事兒，妳就去問姑姑吧！」說得變成了「他們」，愛玲雖然奇怪，卻還是立刻去找姑姑。

「姑姑，說些奶奶的事嘍！」愛玲磨著姑姑說。

「奶奶皮膚很白，身上有許多小紅痣，眞好看，我喜歡趴在她身上摸她那些小紅痣。」姑姑倒是說了些，低下聲音，眼底有一種懷念。

「書裡面說奶奶的媽媽不肯奶奶嫁給爺爺，是眞的麼？」愛玲覺得聽不夠，又纏著繼續問。

「爺爺在馬江戰敗，才變成罪臣的，可能因爲流放吧！」顯然姑姑也不清楚，但是自己也揣測許久了，想想還是維護著說：「奶奶說要恨法國人。」

在愛玲的想像裡，爺爺奶奶一下子從年節的油畫、照片裡立體了起來，她把他們放回到清末那個生活的年代，一個穿著朝服、留兩撇八字鬍子，頭上戴著著官帽的爺爺，一個穿著寬鑲衣袖，手裡捲著一冊善本書的妙齡閨秀，那麼不相干的兩個人，怎麼就遇見了。

丈夫那麼有才華，那麼呵護年紀小將近一半的妻子。妻子妙目流轉，丰姿蘊籍，又懂得體諒丈夫的不得志。他們在春天花兒盛開的園子裡擺個台子，僕人們遞上溫好的酒，連酒壺酒杯都是宋代文人或唐代詩人用過的骨董，他們談古論今，又作詩唱聯，春風吹拂過妻子的髮稍，丈夫放下筆來，幫妻子攏攏稍亂了一點的髮絲，妻子微笑了。

他們想出一個女俠的故事，女俠的個性裡放進了丈夫對時局的熱心，與好打不平的才華，兼及妻子的美貌溫婉，書名爲《紫綃記》。這時候丫頭端來熱騰騰的食盒子，裡面是吃出了心得之後，夫妻倆自己教下人做出來的精緻點心，他們又想到應該做一本食譜，像袁枚那樣的美食家，都得留下文采豐茂的食譜的。

愛玲看到了一對百般契合，又生活得優雅從容的夫婦。

但是姑姑想了想又說：「我想奶奶是不願意嫁的。」

愛玲不很願意相信，找到時機又去問何干。

何干平時總溜著嘴邊不離老太太，這一下子猛問上去，卻瞪眼想了半天才說：「老太太那辰光，都想法子省草紙——」她聽了覺得實在大煞風景，好幾年之後才能轉個念頭接受，那是在她必須自己打理生活，自己賺錢花用的時候了。

不論如何，好容易才知道了爺爺奶奶的名字，她需要更多更多的細節，不僅僅因爲他們和她有血緣的關係，也還因爲照片裡的姿態神情，和姿態神情背後，活生生該有的許多浪漫和不浪漫的故事。

這陣子都是溫書和考試，連放月假都無法回家，愛玲必須暫時放下滿腦子裡「三底門答爾的舊時光」，把時間安排得緊緊的，對於書本與知識，她一向不允許自己疏忽，就怕會在嬸嬸面前無法交代過去，嬸嬸是怎樣想盡辦法才讓她進學校的呀！

所以，直到大考過後，車夫接愛玲回到家那天，她還不曉得家裡發生了大事。一進家門，何干就把她拉住，輕聲地生怕旁人聽到說：「別作聲，你叔叔嬸嬸離婚了，前兩個禮拜的事，你嬸嬸已經把東西搬出去了，你姑姑也跟著一起，留了一張地址條兒給我，就住在法租界。」

「帶我去麼！」愛玲急急扭著何干手臂說。

「等等吃過飯，急著現在，你叔叔怕要起疑了。」何干安撫著說。

對於愛玲，這不能說是晴天霹靂，吵架、打架，父親吸鴉片、母親哭泣，這些都是她和弟弟早已熟悉的害怕，書報雜誌裡，許多小說也都描述過離婚。有時她在學校裡，邊讀書時也會天眞地想，說不定他們離婚了，反而會成爲朋友，但是終究把這樣的煩惱丟在一邊，反正住在學校裡，沒有看見，也聽不到，就假裝什麼都沒發生好了！

現在眞的發生了，愛玲還是假裝鎭定，進了屋子，心裡卻空虛虛的，小魁過來拉拉她的手，愛玲看小魁一眼，小魁眼底充滿害怕，她還伸出手臂攏攏小魁的肩膀，表示有姊姊在，別害怕。

他們走過二樓的房間，午後的陽光斜斜透過玻璃窗，一種灰撲撲的調子，有一個他們不認識的少年在裡面，父親躺在煙榻上，那種以前在天津才看得到的煙鐙、煙槍，彷彿復活似的，生了腳又全部回來了，矮几上還有手指長短的針筒、一些小玻璃瓶子。

「那人是誰？」愛玲一進房間就掩上門，輕聲問何干。

「就從你嬸嬸走後才找來的，特別來伺候抽大煙。」何干說。

「那些玻璃瓶子和針筒，叔叔生病了麼？」愛玲有些擔心地問。

「這，我也不大懂，並沒有請醫生，那孩子幫著燒煙，也幫著打針。」何干說。

愛玲不說話了，以她聰明的腦子判斷，知道大概是和鴉片差不多的東西，她想去告訴姑姑嬸嬸，卻又覺得告訴了他們，也不會有多大用處，所有的事情都是她沒有辦法轉變的，該講的事不用講，不該講的事，更不必講了。

拗不過愛玲，何干終究還是帶了她去母親家。原本小魁也吵著要去，張干怕老爺發現太生事，要他等姊姊回來，或許隔一天再帶他出門，兩人輪流。何干叫了兩輛黃包車，一前一後，進入法租界不久，車夫停下來了。

眼前愛玲得仰頭，才看得清楚眼前這幢豪華雄偉的西式大廈，開電梯的人還詢問他們找誰，說過之後才開他們上去，愛鈴從電梯的鏤空雕花門一層層望出去，覺得十分新鮮。

揿了門鈴，是姑姑出來開門。

「吃了飯，就吵著非得馬上來。」何干笑著說。

「一層層的，全住滿了的？」愛玲好奇問道，茂淵笑著說：「大部分是外國人。」又回頭向裡喊道：「嫂子，來了一個！」逸梵才走出來，愛玲就激動地喊了一聲：「嬸嬸！」她其實很想去抱住母親，卻又壓抑下來，因爲理智上不習慣。

愛玲左右環顧四周，卻十分驚喜，歐式沙發、釘在牆上的置物木櫥、雙層矮櫃，四方形燈罩的落地燈、牆上掛著的圓形大鏡面。

「怎麼樣，姑姑嬸嬸自己設計，請人訂做的，很好看吧！」茂淵從眼神裡讀出愛玲的心思。

「眞好！眞的好！」愛玲嘆著，彷彿除了這兩個字，再也想不出其他的形容，看了一會兒，愛玲又膽怯地喊了一聲說：「嬸嬸？以後我還可以常常見到你們，是不是？」

「這是當然，小煐，」逸梵端坐著說：「你是個明白孩子，有些事遲早要決定，也遲早得說。我請了外國律師跟你叔叔辦離婚，離婚協議書裡面寫明了，孩子可以時常去看望母親，以後你就讀的學校也都得經過我同意。」愛玲這才安下心來，自己在屋子裡前前後後逛著，第一次看到生在地上的磁磚沿盆，還有廚房裡的自來火爐子，都是上海最新最時髦的家居設備，心裡非常高興，側耳聽著，外面客廳姑姑、嬸嬸、何干還在說著話，這種感覺彷彿像在花園洋房的家中，卻又是完全不同的家。

「嬸嬸，」愛玲又轉回客廳，向母親說：「琴先生說，我的程度很好，下次音樂會她要我也表演一支曲子。」逸梵慈和地問道：「那麼，曲子練習好了嗎？」

「嗯，可是琴先生——」愛玲猶豫著要不要說。茂淵也關心問道：「琴先生怎麼了？」

「琴先生分配了演奏曲子給我，調子比較慢，不是我頂喜歡的。」愛玲越說聲音越小，低著頭弄起指甲來。

「琴先生這麼分配一定有她的道理，盡量練習得好了，表演那天自然就好，懂麼？學東西得專心，都會有收穫。音樂會在什麼時候？」逸梵鼓勵說，愛玲答道：「下禮拜天。」

「好，姑姑有事麼？」逸梵用愛玲的稱呼微笑著當面問茂淵：「沒事也一起去吧！」愛玲看著母親，覺得她微笑起來眞好看。

「咦？誰撳門鈴？」愛玲奇怪著問。

「喔，大概是廚子來了。」茂淵說著，起身開門去。

一個高大的洋人進門來，一頭棕金色捲髮淺藍眼瞳，也不理會客廳裡的人直接走入廚房。

「他是個法國人，做法國菜，手藝出了名，能請到他，花費貴些也値得。」逸梵見愛玲疑惑解釋著說：「你姑姑進去交代了，今天晚飯多做。何干，搖個電話回去，告訴今晚你們不回去吃飯，等等叫司機送就好了。」

愛玲心裡簡直巴不得，又滿心期待著好吃的法國大餐，覺得凡是母親和姑姑在的地方，樣樣都像魔術般夢幻，都是最新的，最好的。凡是母親丟棄的，都是灰暗的，有瑕疵的。姑姑和母親合買了一輛白色英國車，很氣派。在司機送愛玲何干回家時，姑姑用英語吩咐白俄司機，又畫了地圖，車子裡的位子又寬又軟，墊子上還有漂亮的乳白色荷葉邊飾。

琴先生家裡開的音樂會十分熱鬧，演奏曲子的人都是她的學生，有七個大人八個小孩，其中一個大人就是介紹愛玲去學琴的遠房表姑，已經學了多年，彈得一手漂亮的琴，聽完她的演奏，大家都盛讚，說她已經可以自己去租個會堂上台表演了。

分配給愛玲彈的，是慢板曲子，拍子軟，調子不複雜，而且比較平，不必踩腳踏板，音符分明，四平八穩，愛玲覺得聽起來稚氣，像學琴才不久的人彈的，練習時已經不是很滿意，彈完之後，又不像剛剛表姑的那樣，得到許多熱烈的鼓掌，而是稀稀落落的。她向衆人彎腰謝禮，一眼看到拼命鼓掌的姑姑、母親、何干，覺得尷尬極了，彷彿就是因爲差，才要家人特別鼓勵。她轉過頭去，看到琴先生微微向她點了點頭，這才稍稍放心，但是心裡仍然沒有愉快的感覺。

底下還有什麼人表演什麼曲子，愛玲根本弄不清楚，也沒去理會。直到演奏的曲目都表演完，琴先生招待大家吃點心，客廳中央由好幾塊小方桌拼成一排檯子，各自罩上不同的白桌布，大大小小的碟子上，安排著各色包子，有蒸的、煎的、烤的、奶油的、巧克力的各種口味。

愛玲不好意思盯著那些檯子看，又因爲放鬆了演奏的極度緊張之後，忽然感到十分委屈，心裡正鬧著彆扭，就呆呆站在角落裡發楞。白俄琴先生看到了，過來拉著她，每一種包子都被琴先生說得非常好吃的樣子，但是愛玲什麼也不想聽，走過每一碟面前都笑笑，客氣的說：「不吃了，謝謝！」

「歐，你眞的要懊悔了，這麼好的食物，外面不容易吃到啊！」白俄琴先生睜大了藍眼睛，錯愕又失望的呻吟著。另一個十分肥胖的金髮老太太，幾乎完全不會英語，也聳起肩來，用誇張的、默片式的表情來輔助說明，表示愛玲如果不吃，將錯過人生難得嚐到的美味。

直到汽車夫載她回家，愛玲仍在車子裡想著，那些委曲的細節折磨著她的心情。然而，三四年後，她才眞正從文學裡發現，那些被她忽略了的俄國包子有多麼難得，那時候，她已經不在乎音樂會如何了。

愛玲在音樂會上沒有吃任何點心，何干卻看在眼裡，早已吩咐廚子做些她愛吃的菜，合肥丸子、掌雞蛋，都得熱騰騰的。一些點心零嘴，像山芋糖、爆米花，也都要記得做，紫雪糕如果冰箱裡已經沒有了，得叫人去街上買，要外頭那層巧克力夠薄夠脆的那種，必定做到愛玲一到家，想吃什麼有什麼。父母親離婚之後，愛玲的生活裡似乎什麼也沒有缺少，也沒有變得更不好，父親的家和母親的家都有呵護她的人。

愛玲喜歡父親書架上的書，她的手指滑著一本一本數過去，《紅樓夢》、《水滸傳》、《金瓶梅》、《儒林外史》、《聊齋誌異》、《官場現形記》、《歇浦潮》，一直到熱鬧轟轟的武俠小說《江湖奇俠傳》，有些原本先生講過，有些兩三年前剛回上海時讀過。

忽然，被她抽出一本沒讀過的書，那是因為每次拿起來翻，都看得並不全懂，現在讀過胡適的考證，覺得這部書應該是有趣的。她想著等等朱先生來時可以問問，博學的朱先生是弟弟和大表弟的私塾先生，教讀古書的私塾沒有暑假，但是朱先生比先前的先生和藹風趣。

「唔，難怪妳看不懂，這是用蘇州地方的吳語寫的。」朱先生捻著鬍子說。

「那麼請先生用吳語念念看。」愛玲既想知道意思又想聽。

「這，這都是些妓女說的話，也沒什麼。」一個大男人，讀這種東西？朱先生為難地推諉著說。愛玲在一旁死磨活纏道：「就念念開頭罷，胡適文存裡也說好的。就這幾句，先生念念沒關係的！」

「嗳！這句，是長三要嫖客記得曾經許過的諾言，得柔中帶著剛。咳咳，」朱先生拗不過，只好先解釋，又清清喉嚨，捏起喉頭女聲念道：「倪七月裡來一笠園，也像故歇實概樣式一淘坐來浪說個閒話，耐阿記得？」

姐弟兩人聽得大笑不止，朱先生念完一句，愛玲又趕緊翻過幾頁，耍賴著要求再念，朱先生無奈，只好看了看，照例解釋一遍說：「這是家裡奶奶上門來要人，長三反罵回去，聲音是潑辣得很的——耐有本事，耐拿家主公看牢仔，爲啥放俚到堂子裡來白相？來裡該搭堂子裡，耐再要想拉得去，耐去問聲看，上海夷場浪阿有該號規矩？」

「再念再念！」兩個孩子樂得東歪西倒，夏日的午後沉沉，愛玲迷上《海上花》裡的各種人物，不僅因爲朱先生捏著喉嚨的嗓音，也還因爲屋瓦白霜的北國記憶裡，曾有過一席雪青絲絨短襖長裙。母親痛恨的妓女、姨太太，他們的生活處境，卻微妙地成爲愛玲想了解的另一種世界。

天氣很熱，熱到天上的雲氣和地上的熱氣都擠在一起，擠不動了，只好嘩嘩掉下一條條牛筋繩索一般，又粗又白的雨。他們被叫下樓吃飯的時候，父親遲遲沒有下來，愛玲和弟弟不放心，跟著佣人上樓去。

看見父親獨自坐在陽台上，身上只穿了汗衫短褲，頭上覆搭著一條濕毛巾，兩隻腳浸在盛滿冷水的腳盆裡，見到他們姊弟並沒有什麼反應，父親的眼神呆直了，嘴裡卻喃喃咕噥著什麼，外頭雨越下越大，根本沒有人聽得出他在說什麼。

「怎麼成了這樣！」張干嘆氣說。

「怎麼辦，這樣下去怎麼辦！」何干也著急了。

「叔叔會不會死掉？」小魁一說，張干就立刻用手掩上他的嘴：「呸呸，別說喪氣話，我們是得快想個法子呀！」後面一句又是轉頭向何干說的。

「搖電話給二小姐吧！是親哥哥，二小姐定要過來看看想想辦法的，太太和二小姐住一起，總也會知道。」何干邊想邊說，又去通電話。

茂淵不多時就趕到了，看見矮几上的玻璃針筒和管子，氣急敗壞的說：「眞有辦法，打起嗎啡來了！」一直到這句話出來，愛玲姊弟才知道那叫做嗎啡。

茂淵連忙聯絡認識的人找醫生。放下電話後疊聲喊車夫，要幾個男佣人扶著，先送志沂去醫院，又交代車夫醫院的路。茂淵自己吩咐其他佣人一些事項之後，也隨後到了醫院，找主治醫師，千拜託萬拜託的。醫師看過之後說一定必須住院才能戒除嗎啡，茂淵又去辦過住院手續，忙了半日，才叫白俄司機開回公寓。

逸梵沒說什麼，但是眼底裡仍有不放心的神色。

「沒死，放心！不過也半條命了，他那個人——」茂淵說時，原本還有點俏皮，後面卻不禁透著擔心的口吻：「把他送到中西醫院，那個法國醫生專門治療毒癮，請他主治，很有經驗的，應該沒問題罷。」

「吸鴉片怎麼一下子會變得這麼嚴重？」逸梵疑惑著說。

「鴉片還不打緊，又打上嗎啡才嚴重！那醫生用鹽水針劑注射，藉以逐漸沖淡身體裡的嗎啡毒素，又用電療按摩他的手腳，促進血液循環，讓手腳恢復正常。醫生是說，在醫院好好治療，兩三個月估計可以戒掉嗎啡毒癮。」茂淵細細說明。

「眞是糟蹋，糟蹋自己，也糟蹋別人。」逸梵恨恨的說完，怔怔的，不知在想什麼。

「我看，離婚對他，比丟了天津的小官打擊更大了！」茂淵對嫂子說：「他也許總想不透，也或許總對你還有情，想你留下。」

「我也知道他還有情，否則離婚時，他也不會繞著屋子走幾趟子，坐下來，提起筆嘆了氣又放下，我看著心裡不難過?但是，他總照著自己想怎樣就怎樣，不聽勸，也不改，要我怎麼辦？」逸梵眼裡閃著淚光。

「原本我也覺得他可惡，但是看到今天這個樣子，又覺得他可憐。」茂淵說。

「怎麼可憐他，如果他自己還是墮落，別人也還是沒法子。」逸梵說。

「的確，可憐之人，必定有其可恨之處！」茂淵嘆氣說著。

「總之，離婚那天我說過，我的心已經像塊木頭了!這麼做，全是他逼我!再說，他是可憐，那我呢?!要怪，根本得怪源頭，十幾年前說親時候，就被門戶觀念坑害的。」逸梵激動而且切齒的說著。

茂淵在一旁只是拍拍嫂子的肩膀，許多情況根本無從安慰起，是時代還是命運的捉弄，或是小個人的緣故，也根本沒法驗查的。

等到志沂從醫院回家時，愛玲已經進入聖瑪麗亞女校，讀中學一年級。原本的短髮剪得更短，少了一點孩子氣，多一些少女學生的樣子。同樣住在學校，月假時星期六由汽車夫接回家，星期一送去，平時何干又送些換洗衣物和喜歡吃的小東西。家中一切又恢復天津時代的正常，花園、洋房、狗、一個戒掉嗎啡，但是繼續吸食鴉片的男主人，沒有女主人，但是依舊有疼愛的保母和佣人們。

不久佣人們又開始收拾東西，他們準備搬到福煦路康樂村十號的一棟小洋房。

「聽說離舅老爺家很近？」廚子問正在廚房沖牛奶給小魁喝的張干。

「舅老爺家住明月新村，應該是隔得不遠。」何干明明知道，卻不願意這時候多嘴。

「什麼不遠，根本幾步路就到了。」張干卻搶白說。

「看樣子，老爺是舊情未斷？」另一個老媽子邊打理箱子邊問道。

「老爺和舅老爺本來就交情不錯。」何干說。

「眞是舊情未斷，那倒好了。就怕舅老爺舅太太也是煙上的一對，霧裡的一雙，太太就討厭這個，上回討厭的是姨太太，可趕走了，這回討厭的，沾上它，要趕走倒眞難了！」張干俐俐落落說了一堆子話。廚子卻說：「不過，二小姐倒總是幫著太太，這回還是一樣，姑嫂兩個，感情比姊妹還好。老爺難道一點也不怨二小姐，自己親妹子，窩裡反了。」

「就是怨，也沒法子，誰叫上次太太回來時，老爺自己開的條件，說一定戒除鴉片，這一條沒做到，什麼理也站不住。」老媽子說著，張干才要開口，就聽見外頭一陣腳步響聲，何干趕緊作勢說：「噓，別說，老爺回來了。」何干警告完，大家全都不做聲各自散了。

下次車夫同樣時間去學校接愛玲，卻是回到新的住處。父親時常往舅舅家去，和舅舅並頭臥在煙榻上抽鴉片煙，瞇著眼睛談論些時事，愛玲卻是去找表姊妹們玩，但多半一得空，還是去母親姑姑的家，姑姑時常和朋友們聚會跳舞，母親卻都在家裡畫畫，也並不常去舅舅家，愛玲見到母親總是先說幾句學校裡的事，然後靜靜看著母親用碳筆勾勒，著色。

接近聖誕節的十二月，學校的禮堂、校舍都掛上大綠大紅聖誕花圈，也有大棵佈置得非常漂亮的聖誕樹，有許多慈善活動，學生們都開始製作聖誕卡寄給遠方的親友，有些也送給最要好的同學。這一個星期六下午，愛玲一回到家，就把許多工具攤在桌上，埋頭工作了起來，小魁叫幾次姊姊也不應。

「畫這麼多張？」小魁忍不住好奇的問，姊姊又剪又畫又貼又寫的。

「我要做出最滿意的一張。」愛玲停一停又說：「要送給嬸嬸的。」

「用郵寄的麼？」小魁問。

「去到嬸嬸面前當面遞上，有點不好意思，走的時候放在桌上，讓她發現好了。」愛玲高興的說著計劃，又趕緊開始作，推推小魁說：「你去別處玩，別吵我，得趕快專心做好才行。」

「做好的時候先讓我看看！」小魁還不肯走。

「好嘛好嘛！」愛玲只好胡亂答應一聲，小魁這才滿意地離開。

一整個下午到晚上，愛玲在許多張做好的卡片中挑出一張，弟弟看了也覺得滿意，又裝進自製的信封套，快樂地想像嬸嬸看到時的表情。他們一點也不知道母親這時正在計劃繼續出國遊學，這張卡片之後的許多卡片，也許都必須郵寄了。

過了很短的寒假和中國年，過年前日軍在上海挑起一二八戰役，許多演藝界明星、寫文章的人，連百貨公司都發起救國難運動，報頭上轟轟烈烈的，租界裡卻仍然平靜。

聖瑪利亞中學裡雖然有許多捐款活動，學生們的上下課生活仍然一如往常。早春的大草坪上漉漉的，空氣又冷又濕，在上課中，忽然有人來說：「愛玲小姐，你母親來找。」愛玲疑惑著從教室出來，心裡卻有種不好的感覺。

她們在廣闊的校園裡並肩走著，愛玲的身量快要和母親相當了。

「嬸嬸？換香水了？」愛玲望著逸梵聞到一股香味：「這不是花露水的味道。」她從小喜歡聞各種氣味，嗅覺味覺都敏感。

「是4711，有次先施公司春夏名媛時裝表演大會，還碰到好些我和你姑姑的朋友，就是那天買的。」逸梵看看愛玲的神情，似乎還沒記起來，又加了一段說：「那天聽人說南京大戲院開幕，我們還去看美國歌舞片『百老匯』。不記得了？」

「啊，記起來了，」只要說到電影她一定記得起來：「是個漂亮的玻璃瓶。那不是古龍水麼？味道滿好聞的。」愛玲又吸了幾口氣，忽然想起母親說過，在外國，古龍水是男性的香水。她看著母親，難道母親當時想買了送父親？但是父親可能接受男子也抹香水的說法麼？

「的確是古龍水。」逸梵重複一遍，聲音微細，邊走著不知想什麼，沉默了一會兒忽然又說：「奇怪我怎麼來學校找你是不是？我要去法國了，星期五的船，你星期六才能回家，沒有機會告訴你了，所以到學校來。」

「還是去巴黎學畫麼？」愛玲裝出大人的口吻。

「嗳。」逸梵笑了笑，奇異的看著女兒，光滑年輕的臉上，看不出任何惜別或難過的痕跡。

「這幾個星期在學校，有什麼有趣的事麼？」逸梵像往常一樣詢問著。

「教室裡掛上了一幅『蒙納·麗薩』，先生要我們注意那張臉上奇異的微笑。」愛玲撿了和畫有關的說，果然逸梵顯出十分興致的眼神。逸梵點頭稱許道：「那是義大利文藝復興時代的名畫。」她覺得這個學校的教學果然不錯：「結果你看出了什麼？」

「美麗恍惚的笑容，使人感到不安，蒼茫的。」愛玲說，自己彷彿也不安著。

「那名模特兒，據說是個年輕太太，也許懷裡有胎兒，或者當時想到自己還不滿三四歲的孩子早晨說了句聰明話，就這樣笑了起來，貴婦人的笑都不做興露牙齒的。」逸梵說著關於這幅畫的背景。愛玲低下頭說：「但是我有些抓不住，有點失望。」

「沒關係，多學著欣賞畫，總有好處的。像我這樣的年紀，也還想不斷的學。」

「到巴黎時，記得寫信給我們。」愛玲說得順暢，像朋友的道別。

「好，我會常常拍照或是寄明信片回來。」逸梵也像很高興的說。

「學畫，很需要個幾年的時間麼！」這原本是問句，愛玲平平的語調，說出來卻像與同輩交換意見。逸梵笑笑說：「也不只學畫，巴黎有很多吸引人的地方，很多可學的，整個歐洲都是，也許我也還會到歐洲其他地方看看。」

「我會常常寄卡片給嬸嬸的。」愛玲讓嘴角向上彎一些，看起來像是微笑著。

母女兩人說著話，不知不覺過了下課，又鐘響上課了。逸梵覺得不能再耽誤愛玲上課，就說要走了。愛玲送到校舍的走廊邊站定了，隔著高大的松杉，看母親穿著高跟鞋的身影越走越遠，直到草坪那一邊的紅色鐵門前停了下來，校警開了門讓她出去，門又沉沉地沒去她的身影，終於關上了。

事情可以這樣光滑無痕的過去，一點麻煩也沒有，母親心裡一定感到十分意外，說不定還想著，下一代的人，可真狠啊！但是，母親就這麼走了，愛玲簡直不能相信，她走了，帶走細緻的微笑、溫柔的聲音，帶走了香氣，最終，也帶走了她的童年。

眼淚逐漸淹上來，把愛玲淹沒了，彷彿從她的身體裡又生出另一個愛玲，在寒風中的校園裡大聲抽咽著，哭給自己看，哭進沒有了母親的空氣裡。

母親走後，愛玲時常來找姑姑，地毯、家具的顏色和造型、浴室裡沒有帶走的格里佛百花香皂、洗面乳、花露水、橢圓銀粉盒、外國牌子的蔻丹、雪花膏、雙姝牌爽身粉，都留著母親的氣味。母親的信也都寄到姑姑那裡，愛玲到公寓裡，總要姑姑說些和母親留學歐洲時候的事情，翻看他們那時候的照片，都是些奇異的外國風光，每次看一看，多少滿足一點對母親的愛戀。

但是這天一來，姑姑就對愛玲說明搬家的事，她嫌一個人住這樣的公寓太大，又太費租金，打算搬到比較小的公寓。

「那麼這些家具呢？不都是花了心思下去的？」愛玲愕然地問。

「從大地方搬到小地方，當然許多東西沒辦法放進去，就得捨得不要，有些釘在牆上的，更帶不走了。」姑姑指著這件那件家具說。

「這七巧板桌子呢？挺靈纖的，應該用得著。」愛玲輕聲說又撫了撫那桌子，心底總希望姑姑少扔一些。姑姑笑起來，這女孩兒從小心眼巧的，那塊桌子，她看過母親的手繪設計圖。

「你放心，這張桌子顏色柔和，又好看又不佔空間，當然要帶走，許多可用的東西也帶走的，留給房東那麼多，白白讓人佔便宜。」姑姑也不點破她。

「要搬走了，多可惜，這房子裡多舒服，多好！」愛玲終於忍不住說出心裡的話，一連說了好幾個「多」字。

「你就沒差說『多美』了！這樣，去拿鏡箱出來，我們都在客廳裡拍幾張，留作紀念，也寄幾張給嬸嬸，好麼？」姑姑提的建議很讓愛玲覺得安慰，畢竟不會是什麼都不見了，都從手裡溜走。愛玲這才有心情好奇問道：「姑姑住的新地方在哪裡?是什麼樣子?」

「也很不錯，只比這裡略小一些的公寓，旁邊開個門，出去是個屋頂洋台。」姑姑描述得仔細，想愛玲不至於因爲離開這個「母親的公寓」而十分失落。

「廚子和車夫也一起麼?」愛玲愣愣的問。

「傻子，當然是!不然叫我憑空變出吃的麼?!」姑姑笑道。

愛玲拿著鏡箱幫姑姑照幾張，又讓姑姑幫自己照幾張，這裡摸一摸那裡碰一碰，十分捨不得，但是已經比剛聽到搬家時的心情好多了。還有姑姑呢!姑姑的新派公寓和母親的不會相差太遠。

七

晚飯之後回到宿舍，同一棟寢室的人多半還沒有回來，愛玲開著燈，桌前攤著筆記本，卻把手支著額頭呆呆的，姑姑家裡不知擺設好了麼？她把桌上的筆記本翻到最後，那上面有新的地址電話，計劃著下次車夫來接她時，要他先繞到姑姑那裡。

「愛玲？在麼？」有人敲門。

「啊！這麼早回來？」愛玲起身開門，外面站著一個高身量的女孩子。

「你比我更早囉！本來還想在校園裡散散步，看見窗口透著光，就想你一定回來了，在讀些什麼？」這個來敲門的同學比她大幾歲，是高中部學生，瓜子圓的臉蛋，吊梢的細長鳳眼。

「也沒什麼，今天英文課的先生出了許多功課。」愛玲說。

「最近出許多好片，像葛麗泰嘉寶演的『殘花復艷』，去看了麼？嘉寶眞不愧是獨樹一幟的藝術演員。」鳳眼女孩說。

「她演得眞好，一個爲了愛情而賣笑的女子。但是我嫌他們把片名譯得太濫俗，Susan Lennox：Her Fall and Rise，應該翻成『雷蘇珊的遭遇』，聽說電影原著小說作者被一個怪人開槍打死了，在英國放映時，還遭到電影檢查，剪掉一百二十五英尺的膠片！」英文電影雜誌上任何嘉寶的消息愛玲都不放過。

「她演的『野蘭花』也很不錯，Wild Orchid，片名就譯得平實又好。妳看了麼？」

「當然，她的每一部片子我都喜歡，她有一種特殊的氣質，」愛玲說，聲音低了下去，那是母親說過的話。「『野蘭花』之後的幾部『The Single Standard』、『The Kiss』、第一部出聲的片子『Anna Christie』、『Romance』、『Inspiration』，我都看過。」

母親姑姑經常帶她去看電影，國產片和外國片都一樣光顧，第一部國產有聲片《歌女紅牡丹》去年上映時，就是母親和她一起去看的。但是國產的有聲片說話和動作老是對不準，往往螢幕上女主角都轉到另一個房間了，聲音還在說著，外國的有聲片就好多了。母親喜歡阮玲玉、珍妮蓋諾，但最喜歡嘉寶，覺得葛麗泰嘉寶有一種神秘的氣質，總是說：「歐洲人就是和美國人不同，嘉寶是瑞典人，北歐人更增加了皇族淑女的氣息。」

往往在戰爭新聞片之後、正片放映前，戲院會先插映十到十五分鐘的米老鼠卡通動畫短片，爲了吸引那些被大人帶進影戲院的孩子們，直到三〇年代末四〇年代初，卡通成爲獨立的電影故事片之前，上海的影戲院一直維持這樣的習慣。因此，對於米老鼠從黑白到彩色的變化歷史，愛玲是既喜歡又熟悉。

『野蘭花』是母親走前最後一次帶她去看的電影，那天星期六，是明珠戲院放映的第一天。這之後，她都獨自坐父親的汽車去電影院，學母親閱讀中英文電影雜誌。雖然有時姑姑會建議一些好片子，但多半是她自己選片子看。

看電影這種娛樂，忽然成爲自己必須處理的事情，愛玲有些不能適應，好像一直被牽著的手，一旦被放開了，實在不知所措。雖然母親很少牽她的手。

「咦?你又寫了一篇?」高個子女孩俯身往桌上看，愛玲掩不及，索性攤開來說：「胡亂寫的！」女孩十分興致地拿起來讀，一開頭就先稱讚：「『不幸的她』。這個題目真好。」一口氣讀完之後又批評嘆息著說：「在短短兩千多字裡，橫跨二十幾年的時間，讓『她』被時間命運捉弄，偏偏和童年玩伴的幸福生活比較起來，她更淒涼了，都是那個婚姻，害了她一生！」

「婚姻是女子一輩子的牽絆，我母親常說的。」說到母親，愛玲已經紅了眼圈。

這個高個子女孩定定看著愛玲，柔聲地說：「你心裡有些不如意的事，是不是？」

愛玲吃一驚，紅了臉，心裡卻漲滿了莫名的被理解的激動。

「你看起來很不快樂，我們去外面走走好麼？」女孩把手伸向愛玲，愛玲受著感染，把手也放到她的手心上。過了農曆十五的月，比十五的月更亮更圓，她們手拉著手，在宿舍走廊上散步著，月光下，廊柱的直條影子，把整條走廊切劃成一塊塊斜菱形白巧克力蛋糕似的。

「我是同你很好的，可是不知道你怎麼樣?願不願意把心事告訴我？」女孩打破沉默，靜細細地說，聲音裡卻有一種堅定。愛玲的表情變得鄭重起來，抬頭看看無雲的天上，清清楚楚的月光下她竟緩緩地說：「我是——除了我的母親，就只有你了。」說出這樣的話來，連自己也被感動了。女孩忽然停下來，面對愛玲，也把愛玲的肩膀轉過來面對她，愛玲得稍稍仰頭才能完全看著她的臉。女孩把愛玲的雙手捧在自己的雙手裡，說：「那麼，你的心事，就會是我的心事，你不快樂，我也會不快樂。」

她們不知不覺用上了小說裡的句子，十分浪漫地享受著美麗的夜色，這一年，愛玲十二歲，上海人正鬧著「啼笑因緣」熱，每天《新聞報》上都連載張恨水的〈啼笑因緣〉，過幾個月，胡蝶和鄭小秋主演的「啼笑因緣」一集集上演，她們也都去看，但看過之後又覺得總沒有原著吸引人。後來那個女孩子畢業了，愛玲也漸漸忘了她的名字，《啼笑因緣》的熱潮卻還持續著。

這天愛玲又從父親的書架上拖出十二冊的《九尾龜》來，正準備一個下午一口氣把它們讀完，夏天的午後，角落裡、牆上、天花板，檯扇、打氣扇、吊扇都齊開了，還是蒸騰著，連風都是熱的，才看完兩冊書，用手絹抹抹汗珠，又覺得十分口渴，就想下樓找何干要水喝。下樓一轉角，卻聽到父親在煙榻上和一些客人們說話。

「別看今年新款的納喜汽車，引擎還是沒有六缸雪佛蘭好。」一位留著短鬍子的客人說。

「八缸雪佛蘭才眞正好，速度快，坐起來又平滑，只是不熟的車夫，在技術上得適應一陣子。」另一個和父親並躺在煙榻上的客人慢吞吞的說。

「那是水壓避震器做得好，輪胎也得用好的。家妹建議我買『穫素』，這種英國車廣告不多，但是車夫試過，是不錯。」父親說，身上只穿了一套白紗夏衫。

「不論這些，最要緊的是車箱子裡得寬敞，現在墊子都做得軟又好了，我就不喜歡那種敞篷跑車。」愛玲認得這聲音是一個在交通銀行做經理的姑父。

包括父親在內，聽到這裡也都瞇著眼睛點點頭，顯然煙癮過足了的表情。鴉片煙的香氣漫出煙榻間，整個樓下屋子裡都醺醺的，他們還在談車子，愛玲不懂這些，她只知道車子可以去接她上學校、回家、去電影院，其他一概不管了。愛玲逕直一路走過煙榻間。

「我想喝些東西。」愛玲在儲物間找到何干，立刻開口說。「廚子給老爺添了茶水，忘了多燒些，水才開的，滾燙著，天熱，得等等。」何干手裡正熨燙著洗好的手絹，準備給愛玲帶去學校的，聽見說渴，先把熨斗靠在一旁，擦擦額頭上的汗珠，準備去廚房。愛玲本來不想喝白開水，便說：「有冰可口可樂或其他汽水麼？」

「我給你買去，就這麼巧，剩一瓶，張干才給你弟弟拿去。」何干說著，拿了錢包就要出去。愛玲把何干拉住說：「別出去了，外頭那麼熱，橘汁、果子露、酸梅湯、綠豆湯，現成有什麼都行。」何干道：「好，你先上樓等著，我這就給你弄去。」待何干轉到廚房去，愛玲卻聽見何干「咦！」了一聲，在那裡問廚子些什麼。「怎麼回事？」愛玲也走進去瞧瞧。

「小姐，沒什麼，剛剛煮桂格麥片粥，火油打氣爐子有點問題。」廚子也是滿臉的汗。

「麥片粥？天這麼熱，誰想吃這種東西？」愛玲奇怪地問。

「老爺吩咐的，有位客人胃口壞，午飯沒吃，現在餓了，又吃不下別的，叫給煮了澆點煉奶。不想這爐子打火起來有味道。也沒什麼。」廚子說話習慣說得明白清楚，所以解釋了一串。

「還沒什麼，漏油了！那是管子焊不牢，多危險，一天三餐又煮點心的。」另一個打掃的阿媽也說話了。「現在有一種瑞典的不怕漏油，也該告訴老爺，得換了。」張干什麼時候進來的大家並不曉得，拿起肥皀夷子就著水洗洗手，又抹抹臉說：「呼，這天，怪熱的！」

「別說『這天』了，人說，三代不罵天，子孫裡出神仙！要熱就熱死人，要冷也冷死人的。」廚子抱怨著，他一天中有多少時間都在廚房裡，有客人時還要做點心，最熱的天和最冷的天都辛苦。

「安迪生發明電燈五十幾週年嘍！」一個男佣人手裡晃著燈泡，邊走邊大聲說著進來。「飛利浦燈泡的廣告詞，五十幾啊？你不記得？」愛玲嘻嘻嘲笑著。「大小姐，你才記錯了哩！既名『安迪生』，當然得是奇異安迪生公司的燈泡嘍！」男佣人也笑嘻嘻地分說回去，愛玲只是有趣，也不覺得如何。「壞了？大白天的，沒開燈，怎麼知道壞了？」何干卻詫異起來。「別說了，我也多事，閒著就想，六月六曬衣的日子要到了，想開了櫥子，看看皮草襖子怎麼樣了，皮料又重，順帶整理整理，免得媽媽們到時忙不過去，裡間暗，誰想一開燈，閃了一下，壞了，把燈頭轉下來，裡面的燈絲斷得嗦嗦直晃。」男佣人說。「對了，也該搬出來曬曬，用電筒照好了。」張干一旁插嘴說。「可電筒裡的永備電池也沒了，隔許久沒用到，都忘了添電臘。我想應該還有些燈泡的，也找不著。」男佣人顯然試過許多方法。「嘿，趕緊去轉轉十六號無線電。」打掃阿媽一臉正經著說。「做什麼？」大家都轉頭問。「今兒什麼都不對了，指不定連節目都收不到，電台倒了，都不播了！」阿媽說著，大家卻都笑了起來。愛玲手裡拿著小報，靠在廚房門口邊讀邊聽他們說話，那八開的三日刊小報，上面短評、小說、筆記、俏皮話、劇談、插畫、名優名妓的照片寫眞、衣食住的消息，什麼都有。

有個消息寫了一個俏女僕同丈夫，把女主人六個月大的私生女兒抱走了，急得紅倌人的女主人託有錢有勢的客人們找，居然在北京街頭給找到，問她爲什麼要偷抱走小孩，她說孩子實在可愛，不忍心讓在妓家長大，被人嘲笑不說，又不定以後也被逼著走同樣的路。結果法官判女僕將孩童歸還原主，卻不必被罰。愛玲把報紙上看到的說給大家聽，上海人喜歡聽眞人眞事的小道隱私，不免惹得大家批評一番。

「雖說妓女，親生的孩子一般也是疼的，這法官有點不對了，如果眞是有意拐帶呢？」廚子倒是站在妓女一邊。手裡拿燈泡的男佣人笑嬉嬉道：「那女僕長得好看不好看，拿來我瞧瞧？好看的拐了小孩就沒關係。」

「小姑娘面前，正經點兒！」打掃阿媽在男佣人額上敲個爆栗。

「做妓女苦，妓女孩子也有好的麼！長大了就是好了，也不願認媽媽，要是兒子，還好了，又是女兒，得嫁人找婆家，要想好，更難了！還不如儘早抱了去，好好兒養，平常人家，尋常長大，說不定也就能好了。」何干說。

「生是女兒總可憐，誰知道那女傭拐了走，將來會不會眞心疼她，又眞心疼了，嫁了丈夫會不會好好待她，眞好好待她了，會不會爲生活四處奔走離了家，或戰亂給沖散了家，也都是可能。」打掃阿媽嘆著，說的都是他們自己。

「這老五紅倌人，又不比十年前咱們這兒進來的老八了！」張干脫口而出，被何干看了一眼。愛玲反倒說：「那姨奶奶的故事，像《海上花》裡頭都有許多，說不定這個老五，哪一天也給人做了姨太太。」雖然知道他們不一定聽得懂《海上花》是什麼，那本書還是父親看到《胡適文存》裡的介紹，才去買的，離現在的時代已經又遠了幾十年。

「嗳，要成了姨太太，那個私生女兒就成了拖油瓶子，除非有不計較的人。大小姐那麼聰明，索性自己開一家電台，廣播廣播自己做的故事，說說書也挺多人愛聽的。」男佣人說。

「不用開電台，大小姐是斯文寫書畫畫兒的，她抓周時抓的就是只毛筆，你忘了？」何干的觀念裡，女說書的都是走江湖，不然就是風塵裡打滾的，怎麼能這麼說她的千金大小姐。「現在寫書的人都出名的，」男佣人自知失言，搔搔後腦門彌補地說：「都用他們的書拍電影，挺好看的，什麼《荒江女俠》、《啼笑因緣》，什麼《落霞孤鶩》，不都是。」

這些人，是看著愛玲長大的，都呵護著她，她喜歡聽他們說話；以前他們說些古老的故事給她聽，現在她十三、四歲了，雖然學了很多讀書作文的方法，都是他們不懂的，這些僕人們仍然還是一肚子故事，許多市井遭遇的俏皮。她看著他們，腦袋裡忽然閃出一個好玩的想法。

「有沒有大張的紙，要像報紙一樣大張。」愛玲比劃著。

「我記得大櫃子裡頭有的。」男佣人去找。

不一下子找來了，愛玲又要了剪刀、派克筆和漿糊，全都拿到樓上書房裡去，花了三句鐘伏在桌上又畫又寫的。弟弟進來時，愛玲指揮他貼這裡剪那裡的，卻不讓他參與內容的意見。

都做好之後，太陽已經西斜，愛玲把一整張的報紙副刊拿下樓讀給何干聽，副刊就定名爲：「張家說林」，大標題上有：「談電燈」、「說到《海上花》」、「本埠新聞何媽評說」等等，居然還有一些廣告和插圖。男佣人們知道了，讀過書的都傳著看，邊讀邊讚賞。恰好志沂來吩咐晚餐的事，看見一團人擠在飯廳不知做什麼，也湊過來看看。

「老爺，這是大小姐做的新聞紙。」一個男佣人說。

「哦？」志沂接過報紙來，從版首到版尾仔細看過，邊看邊點頭。站在一旁的愛玲心中十分飄飄然，沒想到父親卻把報紙拿在手裡走出去，她也跟了出去，見父親進煙榻間，她卻又不好意思了，趕緊轉回頭，她怕見許多陌生人，尤其在母親和姑姑搬出去之後。

那些人雖然來過幾次，也還是陌生，更何況他們談的是時局，某某下台了，某某又出任了，不然就是房產、汽車、哪個牌子的鴉片煙新包裝等等，現在她站的這個角落，剛好聽得見父親在裡面說話，卻又能不讓那些人看到她。

「這是我們家小煐做的報紙副刊。」父親說，聲音裡透著得意。

報紙在客人間開始傳閱。

一個客人說道：「喔，大小姐的筆眞俐落，又美。」

「顯然也是學貫中西的小姐，這些平凡瑣碎的題目，裡面也能用這麼多中國西洋的典故。不容易，不容易！」另一個客人也說。

「培養孩子，總得花些心思。」父親說著，顯然客人們的讚美讓他很高興。

「我們是好朋友，可不是要得罪你，」遠房姑夫出聲了：「尊夫人丟下這樣聰明的孩子出國，簡直是，怎麼忍心！」

「尊夫人現在是？」另一個客人還弄不清楚。

半天沒有聽到父親的回答，只聽到繞室走趟子的腳步聲，鴉片煙霧濃濃瀰漫出來，腳步停了才憤憤地說：「別提了，我們是離婚，而且是她主動，還請個外國律師，說因爲我不戒鴉片。反正我也不要她回來！」

「吃煙嘍！什麼要緊，家裡吃得，又不是沒辦法吃，多少人都是夫妻一起。」短鬍子客人滿不以爲意地說。「最近房產漲得那麼厲害，都因爲去年一二八國難。」煙榻上的客人一邊呼著煙，一邊慢條斯理地說：「像你這樣，租界裡房產多，一個又俊挺又有身價的單身漢，什麼年輕美貌的閨秀找不到，啊?!大丈夫何患無妻，何必垂頭喪氣的。包在我們身上，給你找個又好又乖巧的。」

「我倒是勸你啊！大丈夫不可一日無妻，再娶一個肯照顧孩子的，家裡也有個女主婦，多少事情可以打理打理，不必你一人操心。」姑夫顯然和父親比較熟，說起話來也直接多了，愛玲卻聽得心驚，不知道父親會怎麼回答。

只聽見父親又開始走趟子，一遍又一遍，走完又躺回榻上吸煙，最後終於吐出一句話：「再說吧！也還沒有適合的人。」愛玲鬆了一口氣，覺得可以走開了，就轉身回自己房裡，那裡知道他們後面還有話題。

沒有客人的時候，父親是喜歡和愛玲姐弟聊天的，其實，是愛玲也喜歡和父親聊些親戚間的事，或從父親書房找出一些書，問東問西的，父親總是願意耐心的聽，也願意耐心回答。

「我們去大媽媽家玩，總看到電話旁一張常打的電話號碼表上，有個名字叫曾虛白，叔叔認識他麼？大媽媽說是她娘家的親戚。」愛玲問著，又動手在紙上要寫出這三個字。

「嗳，不用寫，我知道的，就是曾孟樸的兒子。」父親揮揮手說。

「曾孟樸？就是寫《孽海花》的人？」愛玲聽到熟悉的名字，忽然眼睛一亮。「大媽媽不是李鴻章的長孫媳，娘家又是御史楊家，都不姓曾麼?!」小魁眨著大眼睛，有些迷惑。

「以前這些官家都是互相結親的，我稱表姐表妹的遠房，就是你們叫的幾個表姑，不也是你們嬸嬸的表姊妹。」父親最後一句話說得特別低，幾乎咕嚕在嘴裡。「大媽媽、二媽媽、四媽媽他們，好像都和三媽媽琳表哥康姊姊他們一家不太好，每次三個媽媽在一起，一說到三媽媽感覺都挺疙瘩的。」愛玲說出她自己的觀察。

「你也看出來了?!」父親點點頭說：「你三媽媽的確是個挺疙瘩的人，都說是因爲她出身不好，她自己也知道，親戚間不大走動。不過你們琳表哥倒是喜歡跟大表伯一起做些事情，妳大表伯去年被國民黨控告舞弊侵占招商局鉅款，法院判處徒刑，招商局總經理的職位沒了，琳表哥大概也沒什麼油水可撈了。」父親說話總是三兩句不離時局，即使面對子女也還無法改變習慣，愛玲從父親嘴裡知道一些三媽媽的事，後來又陸陸續續從其他親戚那裡蒐集到更多。

「他們到底和我們是什麼樣的親戚關係？」愛玲只知道跟著大人叫些表姑表伯的，一向弄不清楚怎麼表過來表過去。

「這也不難，我的母親，你稱呼奶奶，對不?奶奶的父親就是李鴻章了，所以奶奶李家的兄弟們，我得稱呼舅舅，舅舅們的孩子就都是我的表親不是?我稱表兄弟姊妹的，也就是你們的表伯表姑了，他們的女太太們，你們就得稱大媽媽、二媽媽，這樣清楚了麼?」父親一層層解釋，愛玲一路點頭說：「大媽媽二媽媽四媽媽她們，又都有自己娘家以前做官的親戚，一牽連下去，又是好幾個大家族了？」

「不要說他們，咱們自己爺爺就有好些兄弟，他們的兒子女兒們，你們也得稱呼堂姑堂伯了。」父親說，但是這次就說得不清不楚的。「光是親戚這麼多的關聯，也可以做成一部《紅樓夢》了。」愛玲說著，想起什麼似的，邊說邊站了起來：「叔叔，等等我，一會就來。」

「什麼事這麼急？」父親嘴裡咕嚕著說，卻看見愛玲已經又轉回來，手裡多了規規矩矩寫好的一疊紙，一進來就遞給父親。「《摩登紅樓夢》？」父親讀著標題竟微笑起來。

「八歲回上海時候才看的《紅樓夢》，只看到書裡頭熱熱鬧鬧的人來人往。最近在架上看到，又重新拿起來讀，覺得十分有味。」愛玲說著，手裡還是忍不住撥弄著，她喜歡給父親看自己的作品，又有些揣揣不安，不曉得父親會有什麼想法。

「你把現代上海社會都放進去了，寶玉黛玉負氣出走，主席夫人元春主持時裝表演會，還放得剛剛好，很不錯！」父親很仔細地看，一邊又抬頭看看愛玲讚許地說。

「有幾次姑姑帶我去服裝表演會，看了覺得新奇有趣。」愛玲說著，心裡卻明白那幾次都是和母親姑姑一起的。

「啊！？只寫到第六回，還沒寫完麼？」父親翻翻最後一張稿紙，似乎意猶未盡。

「要繼續寫下去也是可以的。不過，」愛玲把話頓了一下，卻轉個方向說：「讀到《紅樓夢》八十一回『四美釣游魚』，立刻就無味了起來，不知怎麼回事，後四十回從此越讀越無味了，後來知道是續作的，才恍然大悟起來。高顎的續作裡，襲人和鳳姐怎麼都換了樣子，和前八十回差太多了，許多金釵的結局又和前頭警幻畫冊上的題詩不同。」

「你這些看法都是不錯的，不過，高顎有一點寫得好，因爲高顎本身是個有功名的人，寫官場的情況特別逼眞。」父親說。

「但是，前八十回裡的寶玉就是討厭功名什麼的，嫌那些人俗氣骯髒。」愛玲說得直接。

「這麼說也沒有錯。」父親不以爲忤，又把愛玲的一疊稿紙拿起來看看，興致很好地說：「你這摩登版的紅樓夢，好是很好，分了章節卻沒有回目，你去把墨研了，我來幫你擬。」

「好啊！謝謝叔叔！」愛玲高興起來，蹦跳著搬好筆墨硯台。

「這還得上下句對著。」父親才低下頭沉思起來，一眼看見擺好的硯臺又抬眼對愛玲說：「不是這台硯，去把那個櫥子打開，拿那只整塊脂玉做的，還有一旁放著的漆金墨條，那條墨連奶奶在時都捨不得用。」父親這麼一說，愛玲倒愣住了。

「那不是骨董麼？叔叔。」愛玲簡直不能相信父親這麼慎重。

「拿出來就是了！久不用，骨董就只是個骨董，有用處了，骨董便能活起來。我也好久沒做些東西了，趁這時剛好小試。」父親說時，已經在紙上揮起毛筆擬下：「我就擬在上頭，妳把擬好的放一旁乾，等等再幫妳穿線裝訂起來，看來得分訂成兩本。」

愛玲邊磨墨，邊歪著頭看，寫著後面幾條，前面幾條已經乾了，父親的毛筆字像他的人，近於漂亮的瘦金體。回目一共六條：「滄桑變幻寶黛住層樓，雞犬升天賈璉膺景命」、「弭訟端覆雨翻雲，賽時裝嗔鶯叱燕」、「收放心浪子別閨闈，假虔誠情郎參教典」、「萍梗天涯有情成眷屬，淒涼泉路同命做鴛鴦」、「音問浮沉良朋空灑淚，波光駘蕩情侶共嬉春」、「陷阱設康衢嬌娃蹈險，驪歌驚別夢游子傷懷」

愛玲看著父親幫她整理紙張、裝訂穿線，紅色棉線穿過來訂過去，一疊紙變成結結實實兩本線裝書，父親這樣看重才十三四歲的她！愛玲把書揣在懷裡，走回房間禁不住又拿起來反覆翻看，打開窗戶，夜色意外的清明，一彎星河，星星都滿滿散到天邊去了，像整個星河的笑意，滿溢出許多許多，感染得整個朗朗無雲的天空也都是笑。

八

寒假快放完了，過幾天開學，過完這個學期，初中就結束了，愛玲不禁吃吃笑起來，還沒開學，怎麼就想到結束了？她喜歡上課，也愛放假，這個年紀的她是幸福的，也應該理直氣壯地享受幸福。到姑姑家裡，發現姑姑又換了新的大型冰箱，什麼新玩意兒都逃不過上海人的手掌心！

愛玲把冰箱門打開，用手撐著腰，喜歡地笑看著，雖然冬天剛過，上海仍然春寒料峭，感覺起來，冰箱外的空氣和冰箱裡的空氣溫度幾乎差不多，她仍然高興地摸摸冰箱裡裡外外，瓷面瓷裡，比舊型的漂亮多了，聞聞似乎還有新冰箱獨特的味道。愛玲拿出一粒大紅蘋果，把兩腳縮到沙發上窩著讀小說。

愛玲看書看迷了，母親和姑姑搬出去之後，連帶像《小說月報》、《禮拜六》、《紅玫瑰》的寄送地址也轉到母親姑姑住處，母親走後，姑姑也還繼續訂。姑姑常打電話去問問愛玲姐弟的情況，愛玲如果學校功課緊張沒法回家，姑姑就把幾期的雜誌都留著，等愛玲讀完再丟。

「差不多只剩手掌的長度了。」姑姑忽然在她眼鼻前用手掌比了比，捉狹地說。

「啊？」愛玲抬起頭來看看姑姑，滿臉都是問號。

「還不知什麼意思？拿著書本子，都快要貼到眼睛了！」姑姑警告說。

「最近眼睛是很怪，老看不清楚的。」愛玲眨眨眼，抱怨說。

「得帶你去眼科檢查配個眼鏡。下禮拜就去，好麼？」姑姑撫撫愛玲前額，有點擔心。

父親、姑姑兩兄妹很早就戴眼鏡了，母親的眼睛卻一直很好，視力很不錯。在眼睛上，弟弟像母親，愛玲卻像父親姑姑，是不是祖父母中有一人視力不好？但是二伯父又沒得近視眼病，像祖母那樣的美人，如果給架上一副近視眼鏡，就大大不對勁了，所以當然是祖父有眼病，因爲他的肝不好，愛喝酒的緣故。所以二伯父像了他自己的母親，就是大祖母，父親卻沒像成他自己的美人母親，就是三祖母。

愛玲在學校裡有生物課，外國先生講了些遺傳學，看著姑姑父親戴眼鏡，不想自己也得戴上了，她想找出根源，自己在心裡就嘀咕了半天，怪這個那個，就是怪不到自己讀書讀太勤。

姑姑帶愛玲到熟識的眼科醫師那裡，醫師檢查得很仔細，更換許多次鏡片，問愛玲是不是清楚了，又會不會太清楚，反覆確定度數。檢查之後，愛玲在玻璃櫥櫃裡挑中一只時髦的鵝黃色邊框鏡架。眼鏡做好的那天，姑姑也陪她一起去拿，試試戴上，愛玲轉過來讓姑姑看。

「還不錯，只是眼睛變小了，而且以後戴著眼鏡，千萬別學我們以前，前頭梳瀏海，要和眼鏡打架的。」姑姑左右端看了一回，打趣地說：「在我三十歲以前，所有的女子，包括像妳那時那麼小的小女孩子，興來興去也都是瀏海，留下許多照片上都有瀏海，因爲流行，架著眼鏡也沒辦法不留。」

「等等去吃中餐，還是大菜，你選吧！我們就在外頭吃了。」上海人說西餐都說「大菜」。

姑姑看看這個姪女，想著等等怎麼告訴她一些事情才好。

「姑姑今天領薪水麼？」愛玲覺得今天又不是什麼特別的日子，但又很歡喜。「被你猜對了，不過今天月初麼！不用猜也能知道。」姑姑笑著說。

「那，多貴都成麼？」愛玲看著姑姑點頭，又歪著頭想了半天，終於說：「去禮查飯店！」

「那裡有名，可是菜色不好！姑姑可不是嫌貴。這樣，我帶你去一家好吃的俄羅斯餐廳，一樣貴的！」姑姑故意這麼說，心裡卻一凜，這孩子，該怎麼告訴她才好。

餐廳裡暖氣汀開著，愛玲和姑姑都脫下皮大衣，放在另一只椅背上。因爲不知道俄國菜的規矩，只由姑姑點，看著姑姑拿餐具，也依樣畫葫蘆一項一項用，愛玲只點了一樣，就是幾年前沒在白俄琴先生那裡吃到的包子，現在她知道，那就是果戈里的作品《死靈魂》裡說的包子。

洋西崽看她指那一樣，卻向她們欠欠身，抱歉地用英語說，因爲賣完了，還在趕工做。她遺憾地向姑姑看一眼，那種包子，就連學校附近會做俄國麵包的「老大昌」店裡都沒有。

「這裡的俄羅斯菜滿道地，你看看，那些俄國佬都喜歡來這裡。」姑姑小聲說。

「姑姑，你常來這裡？」愛玲問道。

「聽人說的，眞正來也才一次，還是叨你的光。」姑姑說著，兩人都笑起來。

直到吃完這餐飯，姑姑也還沒告訴她。

她們和司機約好的鐘點到了，出了餐廳門，晚上氣溫更低，外面天氣冷得他們得掏出白金手爐握著，看到車子，又趕緊鑽入車子裡，仍呵著氣，回到家，姑姑一邊開啓房裡的電暖爐，一邊又去拉上厚窗簾，冷風總是趁隙要鑽進屋裡。

「今天掛個電話回家，告訴何干你不回去，就在姑姑這裡住一晚，反正明天星期日休息，好吧？」姑姑邊調整電暖爐的角度邊說。

「好啊！姑姑，」愛玲停了一下，稍稍仰頭看著姑姑又問：「是不是有什麼事情要告訴我？

是嬸嬸怎麼了？」

「小煐，」姑姑嘆氣說：「你就是這樣，姑姑沒說什麼，怎麼你看出來了。」

「眞的？嬸嬸怎麼了？」愛玲開始焦急，重複問了一次。

「不是嬸嬸，是你叔叔。」姑姑停下來看著愛玲。

「叔叔？」愛玲想不出父親會有什麼事，不是明明好好的，今天早上才看見。

「你叔叔要結婚了！」姑姑說。

愛玲耳朵裡「轟！」的一聲，全身好似動不了了。卻聽到姑姑繼續說：「何干他們大概都知道了，只是妳今天才從學校回家，又直接到我這裡來，她沒機會告訴妳。是妳叔叔那些銀行界的朋友，一個叫孫景陽的介紹的，對象就是他妹子，聽說也三十六歲了。」姑姑索性一口氣說完。婚禮就預訂在禮查飯店。

愛玲站在姑姑的陽台上，緊了緊身上的外套，已經是星期天的傍晚，她卻一點也不想回家，明天還得去學校呢！何干來過，拿了換洗衣物又走了。姑姑和朋友有約，出門時告訴她，如果有人來撳門鈴千萬別理會，因爲她帶了鎖匙出門的。

爲什麼所有的事情，她都是最後知道，連小弟都比她先知道。但是先知道又有什麼用？她想起太多像仙杜拉一般的故事，有西洋童話，還有何干張干他們常常說過的，甚至小報上刊登過的，都是些可怕的後母。

以後的日子，都得看著「晚娘面孔」過了。她的手緊緊握住陽台邊緣，握得手骨冰凍發疼。夕陽西下，天色暗下來，從陽台看過去，像是整個上海把太陽吞了下去，冬天的太陽原本沒有暖意，現在就更鋒冷澈骨了。她一陣哆嗦，卻仍固執地在陽台站著，看那滿天火紅地燒著的色層漸漸隱沒，黑暗裡上海市的燈光一顆一顆亮起來，像魔鬼的眼睛。

「如果那個女人在這裡，」愛玲生氣地想，但更多的是害怕與恐懼：「我一定一把推她下去。」那個女人的影子隨著愛玲的手勢，從陽台邊翻過去，頭下腳上地往下墜，墜入充滿了魔鬼晶亮的眼睛的谷底。「我一定不讓發生！一定要想辦法！」愛玲握緊了拳頭，用力敲著陽台壁，敲了許久，手也痠了，手掌泛起憤怒的紅色。整個人都乏得滑到地上，愛玲只得進屋，兩手抱著膝蓋縮在沙發裡，她很累，精神上很累，累得連伸手開燈都不能。

她今年十四歲，身材長得像個大人，卻什麼辦法也想不出來。其實，她早已知道，她是什麼都做不成的，只能眼睜睜看著，就像以前所有的事情一樣，要發生時，自然就一定發生了，完全不必也不讓她參與意見。

那些單純的幸福，難道就要結束了麼？

她廢然歪倒在沙發上，客廳裡的影子隨著馬路上的車燈移動過去，一陣又一陣，黝黯裡，對面逸園賽狗場的狗吠聲一陣陣傳來，像在空谷裡來去回蕩，又忽然此起彼落地嚎叫起來，愛玲把雙手掩在耳朵上，怎麼掩，聲音還是從四面八方圍過來，冰霜雨雪都凝固在她四周。

無法逃脫的，無法逃脫了！她害怕地發抖，天地間只有黑暗，黑暗中只有她一個人。她就這樣歪陷在沙發裡，許久許久。

「怎麼？這樣黑？」姑姑驚訝的聲音，一進門，燈光大亮起來：「愛玲，到床上去睡去，怎麼也不開暖爐，啊?!窗戶陽台張開這樣大，小心著涼了！」

「姑姑！」愛玲忽然撲上去，摟住姑姑大哭。姑姑怔了一下，隨即也環抱她，輕拍著撫著安慰她，但是，就像做小姑的時候安慰她母親一樣，這次，做姑姑的人，也只能盡量給她溫暖的懷抱。茂淵心裡憐惜著，暗暗想，定要好好保護這個女孩兒，她是玻璃心，容易傷，容易脆碎。

黃浦路七號的禮查飯店，是造於一九一〇年的歐式建築，至今已有二十幾年的歷史。這次不是姨奶奶進門，而是盛大的婚禮，春天的婚禮，西式婚宴上男客女客充滿整個寬敞的廳堂，這是個最多可以容納五百人的喜慶廳堂，廳堂入口的大紅紙上寫著：張府孫府聯姻，廳堂四壁都以最時髦的玻璃鑲嵌做成，人影綽綽，彷彿整個大上海都能裝了進來。

愛玲和小弟的座位面向玻璃牆，牆鏡面裡兩個十幾歲孩子坐在何干張干之間，都穿著最好的禮服。今天姑姑卻不與他們同桌，她在第一桌。姊弟倆臉上沒有了平時和家人在一起的笑容。

西式婚禮進行著，新娘子拖曳的白紗和粉紅紫白的捧花，被穿著長袍馬褂的新娘父親牽著，從廳堂中央的紅毯緩緩步入，結婚進行曲在愛玲與子靜周圍響起，許多人鼓掌、拔小禮炮，愛玲冷冷地看著這一切。等到新娘子走到紅毯的那一端，把手伸到新郎的手裡，愛玲的上海，愛玲的世界就要翻成另一種樣子。那個會和她聊說親戚瑣事、爲她擬章回題目的父親，將消沒在新娘套著白紗的手裡，等那只白紗手套再張開時，父親只是他自己，再不認識他的孩子。

從書房開始，父親讓愛玲感覺到世界已經不一樣，書架上各種她閱讀過的《廣陵潮》、《九尾龜》、張恨水的章回小說統統不見了。愛玲放假回來，連一頭鑽進書房埋到書堆裡的藉口都沒有。何干教她該先去向父親和後母請安，說聲回來了。她走進一樓煙榻間，後母和父親並頭躺在煙榻上，都瞇起眼縫吞雲吐霧，她向他們說了一聲，就準備退出去，不想後母卻把她叫住。

「小煐啊，」後母笑盈盈從煙榻上緩緩起身，把她拉過來上下打量：「果然不錯，我就聽說妳的身量和我差不多，所以帶了幾箱子嫁前衣來給妳試試，可都是上好布料，要不好的，我還不敢給呢！」

「謝謝媽！」愛玲敷衍著，不願叫她嬸嬸。

「好啦，長得這麼個好樣兒，乖乖的，以後還怕沒有妳的好處？妳爹爹統共也只這麼兩個孩子，雖然不是我親生，能做到的我當然都盡心做到。」後母一聽她叫媽叫得順嘴，自然笑得開心，又轉頭向站在一旁的何干說：「帶小姐去試試衣服，我都打發人把箱子送上樓了。」

何干一邊把門半掩，一邊愛玲卻扯扯她的衣服角，何干向愛玲看一眼，知道她想去姑姑那裡。「人家的好意，好歹妳也隨便試幾件衣服，等等問起來，我有得回話，也不至於說妳不懂事。」何干苦口婆心地說。「好嘜，就看看那兩箱都是些什麼衣服。」愛玲說得有點挑釁的意味，看著何干開箱子，又把衣服攤在床上。「料子是不錯，都是絲綢緞面的——」何干看著，卻說得沉吟。

「什麼不錯，領口都磨破了！」愛玲著惱地說。

「噯，別大聲，聽見了可不好！」何干小心把房門關了。

「簡直過分！以前那姨奶奶做給我的，用的還是整幅的雪青絲絨，這，算什麼！」愛玲一件一件看，一件一件摔下。

「妳這幾年長得快，前兩年的衣服都短小了，太太又在國外，先將就穿吧！現在新太太來了，整個家都歸她管，要做衣服，要吃要玩，銀錢都得經過她的手，索性將就點，讓她說不出什麼毛病，剛嫁過來，不敢在妳叔叔面前說什麼，妳叔叔對自己孩子，也不至於要虧待到哪裡。」何干想按下愛玲的脾氣，一項一項分解給她聽，她是個聰明孩子，說得有理總是聽得進去。

「我真討厭她，這些衣服這麼破爛，怎麼穿到學校去！同學們都是好家庭出身，衣服都挺光鮮的。」愛玲仍然不願意。何干說：「先和妳原本的衣服混著穿吧！這裡頭有些也還挺好的，我替你撿一撿，總還有些可以。」何干仍試著穩穩愛玲的情緒。

「這些花色都不流行了，而且現在都是窄袖旗袍，這些寬袖子的，穿去學校要被同學笑話！」愛玲說道，還沒穿就覺得丟臉了。何干安撫道：「哪有那麼多人喜歡笑別人，你們學校不是什麼基督教天主教的？過了這些時候，我們再想想辦法要新太太給你做衣服，啊！」

「這麼多，怎麼穿也穿不完，都是些碎牛肉的暗紅色。」愛玲挑剔了樣式，又嫌顏色不好，氣苦地說。

別看她只是十幾歲的少女，以前母親在家時，每每上海百貨服飾界有換季時裝發表會，常常和姑姑一起帶愛玲去觀賞，或受一些朋友邀請，也穿當季新衣，上台走走，多少訓練了愛玲對時裝的眼光。不論是顏色、款式，時新流行的衣料子，十幾年前到現在的變化，她都可以跟裁縫侃侃聊個許久，新聞紙上季節皮料的變化，她也都挺注意。現在要她穿這些人家穿剩的過時衣裳，怎麼樣也都極爲委屈。

「噯，」何干兩手把愛玲圈起來，搖一搖她，又撫撫她的前額，把她的臉搬向鏡檯前：「看看，這是我的大小姐，鼻子是鼻子，眼睛是眼睛的，哪一樣不漂亮？衣服再怎麼樣漂亮，人不漂亮也沒用，我們是人漂亮，衣服不管它，穿過了就把它給扔了，好吧?!」愛玲格格一聲，給何干逗笑了。

「哎喲，這麼一笑可又傾國傾城了！」何干又說。愛玲笑得趴在何干厚厚的肩上，她知道這個老女傭是疼愛她的。

雖然所有的問題都沒有解決，愛玲的心情已經好轉許多，她走出房間，習慣性地又轉到父親的書房，坐到書桌前，才發現自己忘了父親早把許多書扔了，那些書裡也包括母親沒帶走的。

沒有章回小說可看，去姑姑那裡又來不及，沒有先聯絡好，不知道姑姑在不在家，她把一些不要的廣告紙頭攤平，乾脆拿起派克自來水筆打起作文的草稿，藍色的墨水寫在黃色油印紙的反面，不論愛玲寫的是什麼，快樂的、悲傷的心情，背後那黃陰陰的一行行字跡總還是在那裡。

寫好滿滿一張，在草稿最前頭隨意按下一個題目：「後母的心」，然後把紙一推，也不在意，因爲她想到找小弟一起去舅舅家玩，舅舅家很近，走路不一下子就到了。直到吃晚飯的時間，張干來叫了，才回家。

「小煐作文寫得眞好！」後母一見到愛玲下來，就眉花眼笑地直稱讚。

「謝謝媽。」愛玲客氣地說。

「妳那張『後母的心』，眞把我的心說透了。實實在在，要來之前，我還眞在想，沒兒沒女的，一來就做兩個十幾歲孩子的媽，不知會怎樣?眞沒想到，年紀小卻這麼懂事。」後母十分高興，又替愛玲夾幾口菜在碗裡。

「謝謝媽誇獎。」愛玲應對著，仍然只有一句話。

「小煐一向細心，很能夠體貼父母。」父親也附和著說，又轉向愛玲問：「學校先生交代的作業都做好了？」這是不必要的問話，因爲愛玲從來在課業上就是自動自發的，但是父親的意思，表示他知道那不過是愛玲的作文練習，愛玲的習慣裡，作文中的角色常常和現實人物的個性顚倒，或者面目互換，是因爲讀多了小說的關係。「都做好了。」愛玲看看父親，覺得這樣回答他也就能夠了解，他們父女還是沒有失去默契，她喜歡這種感覺。「來來，多吃一點，」後母熱心地說：「現在仲春，冷風少了，西湖那裡不知道有多漂亮，我娘家幾個姊妹嫁到杭州的，都說現在遊西湖最好，下個星期假日多，小煐不用上課，大夥兒一起去玩玩，如何？」

「好，妳安排吧！」父親無可無不可地說。

小煐小魁低著頭吃飯，都沒有什麼表示。

像上次遊西湖一樣，愛玲的父親嫌人多太吵，覺得和一群女眷遊山玩水興趣不高，所以最終是沒有去。後母娘家的姊妹親戚非常多，這次又不像婚禮上了，愛玲姊弟倆被一一介紹時，稱大姨媽二姨媽、八姨媽九姨媽，一直到十六姨媽，又有表姨好幾位，舅舅表舅也好幾個，都弄不清楚了。她們和張干何干被安排在一幢臨湖的房子，臨湖的一面有落地長窗，到的時候已經是晚飯時間，匆匆開飯吃過，第一天大家都十分疲憊，後母催著早早回房休息。

第二天一早，才吃過早餐，愛玲就在餐桌上說她要回上海。

「何干，怎麼回事兒？」一大桌人的面前，後母沉下臉來問何干。

「不關何干的事，我剛剛一翻報紙，」愛玲把手中的報紙攤開來說：「今天有談瑛作的影戲『風』，在金城大戲院演，一定得回去看的。」

「我的小姐，別這麼嚇我一跳，剛剛起床還好好的，我就想怎麼突然要走。來杭州難得，還有那麼多好玩的地方，昨天不是還在說要到哪裡哪裡的？妳捨得蜻蜓點水的沾一下就走？」何干勸她，後母聽著，顯然的確是剛剛才有的主意。張干連忙也說：「怎麼就說了，大小姐，難怪太太以為我們早知道的。」以免被新主母誤會。

「昨天才到，天就黑了，今兒一早又馬上走，這麼來去，只累了身子，什麼九溪十八澗、湖紡絲織廠，都沒去玩過，有什麼意思?!不如多玩幾天，再回去看電影也來得及。」八姨說著。

「但是幾天後回去上海，就看不到這部戲了。」愛玲執拗地說。

「今兒四月四日，是好戲，就會連演，像上次胡蝶演的『姊妹花』，從過年前一直演到過年後，連續四十幾天也不換片，說不定妳過幾天回去，那個『風』也還在演，如果才幾天就不演了，也不值妳看，不是?!」十六姨年紀輕，也比較常看電影，還舉著例子說。

「那些連續演的電影固然就是好看，但是許多藝術價值高的電影，經常是少人光顧的，因為許多人不懂它的好，所以兩三天就換片了。」愛玲分辯說，何干一直在桌子下扯她，但是她不管，還是直接說。

「八姨好意勸妳，妳這意思倒是她不懂電影？」後母有些責備地說。

「八姨，對不起，我不是那個意思，但是談瑛這個演員實在特別，我喜歡她演的戲，非得回去看不可。」愛玲立刻道歉，但又繼續堅持。

「姊姊一人回去不大好，我也陪她一起。」一直沒說話的小魁也發話了。

「你們就一定不給我面子，是不？我找了這麼些親戚長輩來帶你們玩，你們說走就一定要走！」後母也氣了。

「太太別生氣，這孩子就是這樣，去年十二月，好不容易放月假回家，上海大戲院開幕，放些《小婦人》、《小姊妹》一類的西洋影戲，都晚上了，外頭天寒地凍的，說什麼也要去看，喜歡影戲喜歡得著迷了！」何干語氣裡明著責備愛玲，用意卻在解釋孩子不是故意的。

「妹妹別跟孩子鬧氣，小孩子嚜，就是迷些影戲囉、明星囉，也沒什麼。」大姨媽勸著自己妹妹，又回頭向何干說：「這樣吧，你們吃完早飯，回房收拾收拾，我叫車夫準備著，送你們去火車站。」

「姊姊不用痲煩了，叫幾輛黃包車就成了。」後母十分氣惱地說，她怎麼也沒料到，好好的出來玩，高高興興的事情會鬧成這樣，她到底哪裡對不起他們，這麼捉弄她！

她平時在姊妹間是要強的，自己的母親雖是姨太太，卻不願意嫁人做小的，滿以爲自己嫁得不錯，丈夫家門很好，有許多家產，人又長得談吐儀表都不錯，哥哥作媒時還說，兩個孩子也都大了，不需要怎麼照顧。

沒想到這次在這麼多姊妹面前，讓大家看到兩個前妻的孩子多麼不聽她的話，顯然暴露了她婚姻的不如意。很多人一定會在背後批評說，像她這樣庶出的女兒，又有阿芙蓉癖，遲遲到三十幾歲才結婚，總是自己先不好了，才不得已做人家的續絃，人家也是不得已才會娶到這樣的老小姐。總之，一嫁過去就有兩個半大不小的前妻孩子，哪裡是嫁得好。

後母難看的臉色消失在門後面，愛玲和弟弟、張干何干像逃難似的，到了火車站又趕火車回上海。何干在火車上說：「我知道你不願意來，可也不能這麼不給臉吶！」邊嘆氣著，眞拿她沒辦法。愛玲說：「他們都是陌生人，在杭州根本不好玩，還不如回去找表姐他們。」

「妳這麼任性，往後在這新太太面前應對，可要小心些，別出了差錯。」何干告誡愛玲。

「我反正住學校，少一點回家好了！而且，她怎麼可以和嬸嬸一樣，嬸嬸姑姑上回帶我們來杭州玩，就是這個時候。」愛玲賭氣著說。

「不該這麼講，誰來杭州玩不挑這時候？天氣恰到好處的。妳看，妳今天也不先告訴我們，商量商量怎麼說也好，這麼多人面前說，也的確給人難堪。妳不在家時間多，可妳弟弟又不同了，他成天得看到新太太，這女人看樣子也挺厲害的，別又拖累了弟弟。」張干說話直接，也不管愛玲生不生氣。愛玲想一想，張干的話也有些道理，看著弟弟覺得可憐起來：「小弟，你也去讀書囉，就不要看到她了！」

「那也要妳叔叔肯他去讀書，噯！」張干嘆嘆氣，又對何干說：「眞不知道三爺心裡想什麼？女兒，倒肯花大筆錢去洋學堂住讀，兒子倒又不肯了！」

「是嬸嬸帶姊姊去學校的。」小魁的話不多，但是這話裡卻有許多委屈，他總是看見姊姊比自己得到更多母親的關愛。

「太太也眞是，丟下兩個孩子在後母手裡。」何干也嘆了一口氣，後面的話卻放在心裡沒有說出來，前妻的孩子在後母手裡，和孤兒就是沒有兩樣。

九

談瑛演的『風』，果然沒有幾天就換了片子。但是六月中旬上映的《漁光曲》，卻在金城戲院連映兩三個月不下片，這部電影的主題曲也跟著風靡，街頭巷尾的收音機裡一天到晚播放著，這首曲子差不多貫穿了愛玲暑假的生活。

她的家，也從舅舅家附近搬回麥根路的那棟大別墅，愛玲在那裡出生，叔叔嬸嬸在那裡結婚，但是現在大別墅卻是二伯父名下的財產，後院有二十幾間用人房，非常大的房子，在愛玲眼裡看起來，卻更老舊、更陰暗。

愛玲再怎麼少回家，暑假還是得被接回家住，因爲宿舍裡的同學們都回家了。她和弟弟各自有自己的房間，但是愛玲怕黑，又怕太安靜，經常要何干陪著，尤其是入夜之後。有時張干來找何干，說話也不閉忌，知道愛玲不怕吵，他們在一旁說話的聲音反而令她安心。

「又把兩個人換掉了，都找些她自己娘家的佣人來。」張干一來就說換人的事。

「噯，這新主母，到底要興風作浪到什麼時候。」何干這邊在燈下納著鞋底邊說，愛玲就在另一邊桌子上讀書。「搬回這房子，也是她挑唆三爺的不是?!原本住的離舅老爺家近，孩子們常常可以往舅舅家跑，她不喜歡。住這裡，每月還得付給二爺不少房租，她都不計算計算！」張干說得像花自己的錢似的。「我就不懂，一家子，才幾口人，要添這麼多佣人作什麼?又換到這老房子，水管漏水、晚上到處有老鼠吱吱叫聲，連孩子住得都怕，還得養隻花貓捉老鼠，花貓又時常蹦蹦跳跳的，把些東西打翻了，弄壞了，累得打掃的人也冤枉。」何干實在看不過去，發了牢騷，她是實心爲主人著想。

「她就是要場面，換許多人又添許多人，要把以前太太用的人都換掉，我看吶，不知幾時要輪到我！」張干雙手叉在胸前說。

「我看還不至於，我們是老太太手裡用的，老人了，要換，以後連年節的規矩都不懂了。」何干倒不擔心，手裡又從從容容納了一針。

「我不是說我一定擔心，就是看不慣這些做法，鋪張場面，花多少錢也不管，就是要親戚們說她會理家，偏偏又省在不該省的地方，像少爺、小姐該有該用的東西——」張干底下的話都說得小聲了：「還好有二小姐看著，生怕後母虧待了他們，用自己的錢給他們房裡添些書桌椅、梳妝台，不然，這麼大個房間，少爺、小姐屋裡空曠曠的，成什麼樣子。」

「這也是奇事，她的兩箱嫁前衣，都是些穿舊的衣服，我倒弄不清楚了，難不成在家裡做了三十幾年的小姐，日子也並不怎麼好過？大概就因爲這樣，現在也不懂得該好好待這種年紀的孩子。」何干推想著，話裡頭還有些同情。

「她是庶出的，家裡姊妹多，這種時候的名門人家，外強中乾的也是不少，任憑她怎麼要強，說不定在家裡也不頂得意的，要得意，也不會等到三十幾了還做老小姐，在家白吃飯。」張干的嘴也厲害。

「上次小姊弟倆感冒發燒，也還好趕緊告訴了她們姑姑，請外國醫生坐了她的汽車來，又有她翻譯服藥和一些醫生交代的事情，否則，只靠這個新太太吶，早不知怎麼樣了！又不知怎麼向在外國的太太交代！」何干想起那次小煐發燒的樣子，仍然心有餘悸。

「太太要能回來照顧孩子，最好了，噯，總之，這麼說是癡心妄想！就是回來，也不知該望哪兒擱，這個太太，我看也是個厲害角色。」張干「這個太太」、「那個太太」的，說得何干都快攪糊塗了。

「會吸鴉片的女人，總不是什麼好惹的，三爺怎麼糊塗的，眞是，這一家總不知道什麼時候才得安寧。」何干常常這麼擔心，但最後還是無可奈何。張干急道：「這下子，要讓小少爺進學堂讀書，恐怕也難了。」「我們這叫『皇帝不急，急死太監』，再著急也沒用。」何干抽出最後一針，狠命在線頭上咬斷。

「再怎麼樣，我還是得找時機說說讀書的事兒，姊姊都要讀高一了，家裡唯一的兒子，總不能什麼都跟不上！」張干氣憤地說。何干放下手裡的東西，仍小聲道：「噯，千萬等那太太不在老爺跟前時說，否則什麼都給敗了。」

「這我知道，我知道！噯，要等那女人不在跟前，還眞難得有這種時候。」張干說著，起身回去她的少爺房裡。

晚上何干幫愛玲拍拍被子，衣服整理好，把燈蕊轉暗，看著她睡著了，才輕輕把門掩了，回自己房裡。

暑假裡沒有什麼事，愛玲一早起床，就到樓下反覆彈奏鋼琴的基本練習曲，彈厭了就教小胖唱〈漁光曲〉。「跟著我唱啊！雲兒飄來海風，魚兒藏在水中。開頭就這樣。」愛玲一邊彈著調子，一邊耐心地教站在一旁的小胖。

小胖是後母從娘家找來的年輕女傭，不識字，也不懂音律，因爲反應慢，愛玲平常挺討厭她來伺候的。但是小胖有一種厚道老實的性情，就是不會，也還是努力做努力學。從早晨八點鐘教到十一點，總是把「雲兒」藏到水中，把「魚兒」飄來海風，攪不清楚。小胖抱歉地傻笑，兩手不好意思地搓著說：「小姐，我老不會，別教了，妳唱起來眞好聽，聽妳唱就成了。」

「沒關係，再來幾次，我再彈，妳記著我唱的聲音就行了。」愛玲又反覆彈唱幾次，卻沒注意到樓梯上有腳步聲下來了。「作什麼老彈這首曲子?!吵得妳母親不能睡覺！」父親走到琴旁，手掌啪！的一下打在琴蓋上，非常惱怒地說。

愛玲給父親這動作嚇了一大跳，因爲學校裡的琴先生經常動不動就把她的手掃到琴蓋上，讓她手痛徹骨，這位琴先生和白俄琴先生不同，是個未婚的老小姐，脾氣總是很壞，直到她結婚之後，脾氣好很多了，見了學生一反嚴肅，會微笑打招呼，也會塗些水粉胭脂了。但是每次到了琴課時間，愛玲見到她，總還是膽戰心驚，把她掛著微笑的臉看成白麵粉裹著的硬殼面具。

愛玲正想到那可怕的琴先生，沒反應地呆呆站著。

「怎麼，妳不服氣？老瞪著你父親看做什麼？」後母跟在一旁添油加醋地說：「噯，這年頭不如從前囉！我們這種年紀時，哪敢這麼抬頭瞪眼的看大人長輩！」

「琴先生也叫你彈流行歌曲麼！胡鬧！總是一大早，又是唱歌又是琴聲的，」父親更怒了，因爲他想到逸梵在家的時候，都和茂淵在早晨彈鋼琴練唱：「以後不准早晨彈鋼琴！」愛玲嘴角牽動了一下，卻沒說什麼出口，何干趕緊把她拉走，嘴裡說：「好好，知道了，以後別在早晨練鋼琴。」

「別淨拉著我，我要去掛電話給姑姑，看她在不在家。」走到轉角，愛玲甩開何干的手，小聲卻生氣地哭著說。何干摟摟愛玲的肩，也小聲安慰道：「我知道你有氣沒處發！噯，別生氣了，我替你掛電話去，要二小姐在家，咱們叫兩輛黃包車就過去，好麼？」

「還穿她的爛衣服！」愛玲用力扯自己身上暗紅碎花綢短袖長旗袍。「別扯別扯，這件看起來還不錯呀！」何干趕忙在衣服上撫撫平，再扯可沒衣服穿了，後頭這句何干倒是沒說出口。

一路坐著黃包車，還一路生氣著。

「怎麼啦？一臉哭喪著？」姑姑開門一見愛玲就說。

「我不學鋼琴了！」愛玲委屈地大聲喊出口。何干安撫道：「噯噯，哪裡就這麼嚴重了！只是給說兩句，誰不給自己父母說兩句的？」又向二小姐說明早晨發生的事情。

「妳這樣就不學，多可惜，」姑姑聽完何干的說明，把利害關係分析給她聽：「譬如上海這麼多建築大廈，有見過哪一棟磚土鋼筋疊到一半，幾層樓了，就荒在那裡麼？前面請了白俄琴先生，一禮拜一次，又在學校裡學琴，都花了幾年的鐘點費了，多可惜！妳孀孀就是希望你好好學，成為一個有音樂修養的淑女，被這麼一說就不學了，不是替人家省錢而已，妳後媽頂好妳不學的！這就是自己的損失了！」何干連忙附和道：「是了，得好好聽姑姑說。」

「姑姑，不是我不懂這些道理，但是，」愛玲說著眼圈紅了起來：「每次向叔叔要錢繳琴學費，總要在煙榻前站著好久好久，他跟後媽並頭躺在那裡吸煙，也不知什麼時候才開口說要給我，難堪的！」

「有這種事！怎麼妳悶著不說?!」姑姑聽了也有氣。「我說了，只是又平白給姑姑一個精神負擔。」愛玲低下頭弄著指甲說。姑姑聽了悶聲不說話，想了想才又開口：「說好他得負擔的，不要怕，就硬著頭皮要，是他該給妳的！懂麼！再不成，我去替你說。」

「嗯，知道了，我再試試。」愛玲嘴裡這麼說，心裡卻已經打算，如果再要一次，父親還是那樣的態度，她就乾脆不學了，反正她也不是挺喜歡彈鋼琴的，原先說要學琴，本來就是因爲母親和姑姑的緣故。

「先把那些事兒擱一邊，看姑姑新的鏡箱，正想試試，」姑姑拿出照相鏡箱，一面裝底片：「這種底片可以拍十六張，比原先八張的更好。」

「CONTAX II，比去年出的型更新。」愛玲睜大眼睛說，這種鏡箱已經不是一個小桶狀的四方盒子了，機身又扁又薄。她喜歡姑姑這裡，像母親在上海的時候，總有最新最時髦的各種生活器具、玩物，彷彿它們不是工廠作出來的，卻是從這棟公寓裡生出來的。

「這是更精密的一型，洗出來的照片細緻得多。」姑姑邊說，已經邊把底片裝好了：「我的朋友裡，早兩年就有人玩八米厘電影鏡箱了，聽說很有趣，可以在結婚時用，再找人做成電影片。不過，電影鏡箱得配合再買放映機和小銀幕，我這兒沒有那麼大地方，也沒那麼多家族人口要用，所以就沒跟著買。」

「那萬氏兄弟做的卡通動畫，也是用電影鏡箱拍的麼？」愛玲想起前些時候看的國產卡通片「抵抗」。「這，我不清楚了，不過一定是更精密的鏡箱，一般人玩的電影鏡箱大概比較簡單點。」姑姑說著，又開了門：「外面天氣不錯，我們到陽台上照幾張，該寄些給妳嬸嬸了。」

她們並肩站在陽台上，姑姑簡單教了何干怎麼用鏡箱，在這樣的家庭裡，何干早就接觸過各種新玩意兒，最新的東西也是一教就會了，她替她們姑姪連照了好幾張。

「可不能再高了，女孩子這麼高，將來難找對象。」姑姑看著只比自己稍矮五六公分的愛玲。

「有什麼關係，將來我可以自己賺錢，在上海有自己的房子，房子通風而且明亮，有粉白的牆，房間卻是中國風的，有金漆桌椅、大紅的椅墊，桌上放著綠豆糯米磁的茶碗，還有堆得高高的一盆糕團，上面放了一張胭脂紅圓點。」愛玲因爲想到母親就要回來了，好心情起來，在熟人面前就會大聲說個不停：「我還要周遊世界各國，畫中國的卡通動畫，要比林語堂更出風頭，穿許多別緻的衣服，把中國文化的好介紹到世界各地去。嫁不嫁人都沒關係，最重要的，要嫁給我自己喜歡的人！」

「好有志氣的姑娘，」姑姑微笑著說：「那麼，英文先要下苦功夫了，可不是泛泛的會讀會說會寫，得深入，懂得洋文化，先要比得過林語堂，其他的事情才做得成。」

「別樣不知道，單是將來穿許多別緻的衣裳，定然比得過人家林先生！」何干打趣地說得姑姪兩人都笑了。

暑假過去，愛玲成爲聖瑪利亞女中的高一生。

父親好不容易答應弟弟上學堂，插班入小學五年級，學名張子靜。愛玲更不想回家了，舅舅一家爲了處理內地的房產田租搬去蕪湖，她想去找表姐們玩變得更不容易。除了長的寒暑假，放月假時她多半還是待在學校，不然就是回姑姑那裡，讓何干帶衣服過去。

愛玲走在空空的校園裡，沒有了平時女校裡，女孩子們成群結黨嘻嘻哈哈的笑鬧聲，她覺得空得有些可怕。遠遠的，走廊前頭走來一個瘦削身材女孩，愛玲停停腳步，忽然認出人來，愛玲高興地喊：「嗳，嗳，怎麼妳月假沒回家？」

「有些功課沒做好，教外國史的先生那麼嚴，我怕考試過不去，想回家，車夫已經來接了，想想還是回來把作業做好，只好犧牲回家的時間了。」女孩也笑道。

這個女孩子名叫張如謹，和愛玲同寢室，也是出了名功課好的學生。

「妳呢？怎麼也不回家？」如謹反問。

「暑假時妳也到過我家的，現在——反正回不回去都一樣，天地間只是我一個人。」愛玲邊走邊踢腳下的草。如謹試圖安慰愛玲：「別說得那麼傷感，還有許多人關心妳啊！」

「沒關係，我喜歡孤獨。像嘉寶，她也喜歡獨來獨往，不是麼？她也是十四歲時死了父親，她說過，她從幼年時候就喜歡獨處，現在她也討厭人群，連朋友也不隨便邀請到家。」電影畫報上經常有嘉寶的報導，愛玲十分喜歡這個行蹤隱密、討厭記者的大明星。

「阮玲玉被說成是中國的嘉寶，她自殺之後，我雖然覺得可惜，卻不認為她也是嘉寶了，真正的嘉寶畢竟是堅強的。」如謹也喜歡阮玲玉。

「我記得阮玲玉的案子和李國杰招商局的案子是同一天開審，李國杰是我家一房遠親，他太太我們稱大媽媽，沒想到過一天，報上就登出阮玲玉自殺的遺書，眞不值。」愛玲不平地說著：「其實嘉寶也經過許多打擊，但是她懂得自私點保護自己，我欣賞她這種自私。」

「我眞佩服發現嘉寶的那個瑞典導演斯蒂勒，他可以看出一個十幾歲女孩子的天才！」如謹也喜歡嘉寶，這個話題引起她的討論熱情。「因爲斯蒂勒自己也是個天才，他比嘉寶大二十二歲，他帶嘉寶到美國發展，自己卻不得志，一九二八年就去世了，好像是因爲酗酒過度。嘉寶那時正在拍『野蘭花』——妳覺不覺得，嘉寶一定受到很大的打擊！」愛玲又一次說到《野蘭花》。如謹猜測說：「斯蒂勒對於嘉寶，是個發現者，也像個父親一樣培養她、嚴格訓練她、照顧教導她如何進入電影圈，說不定也是她的情人。妳信不信？」

「年紀大她這樣多的天才，做她的父親兼情人，聽起來非常浪漫。」愛玲也嚮往地說：「我祖父母的年紀也相差二十來歲呢！」如謹把頭歪靠在柱子上，輕飄飄地幻想著：「是嘍！可以教導她許多不懂的事情，十八歲的嘉寶，遇到四十歲的斯蒂勒，正是男子散發成熟魅力的時候。」

「所以斯蒂勒去世後，嘉寶一定感到人生沒有了依靠，非常沒有安全感。」愛玲感慨地，彷佛自己也是嘉寶的一部分。「她的哀傷十分有古典氣息，她的每一部片子都是哀情的，表情天生有動人的哀傷。」如謹說著又想起其他話題：「我最近讀的張資平的《群星亂飛》，卻哀傷得十分現代。」

「張資平的小說，外表上看好似很現代，地點都用英文字母符號代表，什麼H市、S市的，文字華麗，其實骨子裡還不是舊文化，我就不喜歡這種矯作。」這又激起愛玲不同的看法：「倒是張恨水實在些，他寫的《春明外史》中，還有幾段是徐枕亞的故事呢！」

「不，我認爲張恨水比張資平不如，張恨水基本上還是古老的，沒有創意，最近登在報上的《東北四連長》也不怎麼好看。」如謹說。

兩個人爭論了半天，對於各自喜歡的張恨水和張資平並沒有任何結論，儘管妳一句我一句，卻也不因此感到不愉快，她們習慣了這種相處方式。

「有份雜誌，叫做《文藝畫報》，由葉靈鳳和穆時英合編，不知道學校圖書館訂了沒有，九月份才創刊的，穆時英在裡頭就寫了一篇小說、一篇隨筆，另外還有張天翼、阿英的文章。看起來不錯。」愛玲總是隨時注意閱讀方面的消息。

「如果是好雜誌，圖書館不訂，我也總要去訂來讀。最近有些新書，是許多人的合集，像收了穆時英等人做的《黑牡丹》、郁達夫等人做的《半日遊程》我都買了，每一本都有兩百多頁，快要讀完了，可以先借妳看。」如謹也表示自己都能掌握最新出版的讀物。

她們的關係是友好又競爭的。不光是因爲少女的浪漫，更多的是知識文藝的激勵和聰明努力的比較。她們頭頂上有兩個小光環，直接受著整個大上海文化光環的影響。

三〇年代的上海是向上直沖九霄的，從無聲電影到有聲電影、出版界的大量出書、電影、明星雜誌的蓬勃發展，《文學季刊》、《文學》、《新文學》、《宇宙風》，各種派別的文藝雜誌一本接一本地創辦，新文學的、鴛鴦蝴蝶的、《禮拜六》的、《紅玫瑰》的，《人間世》、還有一九三六年才創刊的《西風》，她們沒有錯過任何能夠拿到手裡的讀物，更有甚者，還包括各種小報大報上任何有趣的商業廣告。

如果不是因爲何干來學校找愛玲的時候，三番兩次地說她太久沒回家，老爺問起無法交代，愛玲這次放月假仍然想去姑姑那裡。下車一進家門，就看見弟弟，愛玲吃了一驚，她自己長高了，不想弟弟也變得又高又瘦，穿一件不很乾淨的藍布大掛，手裡捧著租來的一大疊連環圖畫。

「你看這些連環圖畫的時間，還不如去讀讀穆時英的《南北極》，或是巴金的《滅亡》有用些。」愛玲忍不住說他一頓，她自己就正在讀那兩本書，覺得穆時英把鄉村騙子和強盜寫得好極了。子靜看她一眼，什麼也沒說，沒有表情地聳聳肩，一晃，就閃進自己的房間，這下子卻換愛玲錯愕了，弟弟什麼時候變成這樣了?連她也懶得理會?!

「妳弟弟啊！」張干過來拉住愛玲發牢騷：「說也不聽，勸也不聽，上學也不好好上，又逃學、對學校先生頂嘴。」愛玲驚訝道：「怎麼逃學呢?他不是一直說喜歡上學?」

「他呀！學校裡課業總沒有好成績，回家來，能避過老爺的問話就避過，避不過，總是捱一頓罵，不然就一頓捶打，連我也被說不盡督促的責任，天知道，這麼一個大孩子，要像大小姐，都能夠自己懂得上進，妳弟弟呀！就是沒法子！罵過捶過，也還照樣，到後來，老爺連氣也懶得氣了。」張干盡是告狀訴苦。

「少年時就這麼沒志氣！倒不如別活了！」愛玲聽得十分激動氣憤，因爲她總希望自己和弟弟什麼事都做得好，不讓後母看笑話，也能挫挫後母的銳氣，偏偏弟弟沒志氣。何干溫和勸道：「也別這麼說，總是妳弟弟，就剩你們姊弟倆了，這麼排揎他?也得幫幫他呀！」

「幫他，也要他肯聽，妳看他剛剛那種樣子！我說話勸他，也不聽，自己關了門在房裡看連環圖畫！」愛玲仍然生氣著，但是心裡卻軟了下來，難得回家，也不知弟弟在家裡過的是何等生活。

「妳不跟他說說話，怎麼知道那孩子心裡想的是什麼?」何干繼續鼓勵地說。

「好不容易弄得小學畢業，他要想再去上學，可難了！」張干也不知是諷刺還是擔心地說。

「我試試看，也許太久沒和他說話了。」愛玲完全平靜下來了，她的憤怒情緒經常來得快去得也快，但是憤怒過後，往往留在心中的是久久不能散的濃霧，還沒和弟弟說話，已經開始感知弟弟的苦難。她上樓，敲敲弟弟的房門，進去良久，直到佣人叫他們才出去吃午飯。

「小煐，學校裡都讀了哪些書？」飯桌上父親問話。

「英語方面，學校先生指定了許多課外讀物，我們都是努力讀，但還是有許多不會的地方，仍然參照翻譯書看。」愛玲實實在在地回答，也很願意父親多問她一些，她一直是父親眼中的才女。「參照著看是可以，習慣了翻譯書總不好，翻譯的書有些翻得不錯，有些就差了，都得注意。」父親仍然不忘教她。愛玲點點頭說：「知道了。」

「妳這麼受教，妳弟弟可不了，要咱們的大少爺也像他姊姊這麼認眞，老爺，你也不用成天看著有氣了！」後母孫用藩是哪壺不開偏提哪壺。

父親抬眼看看子靜，眼底淨是厭惡，喝兩口湯，覺得味道不夠，卻又對子靜說：「把胡椒鹽遞過來。」子靜在兩三個瓶子裡拿起一瓶遞給父親，父親一看，抬手過去就是一巴掌，子靜頰上即刻出現一個大紅印子，他睜大了惶惑的眼睛，呆瞪瞪地望著父親。

當場愛玲身子大大一震，把飯碗遮住了臉，眼淚仍禁不住從臉頰直淌下去。後母見狀，竟笑了起來說：「咦，怪了，你哭什麼?又不打妳!瞧瞧我們大少爺沒哭，大小姐倒哭了！」愛玲把飯碗筷子一擱，衝到隔壁的浴室裡，閂上門，忍住聲音抽噎著，聽到父親還在外面和後母說話。

「打了他，倒是不哭，就這麼瞪大眼睛朝人看著，」父親厭惡的聲音對著後母說：「我就頂恨他這個樣子，見了就有氣!連胡椒鹽和味母都分不清，不識字?!沒出息！」

「他瞪著你，是恨你！人家是大少爺，總有一天罷，這些錢都是他的，愛怎麼胡花怎麼胡花，哪裡就得怎麼出息了才好。不然怎麼那天拿著一張做廢的支票上，正的斜的，拼命練習簽自己的名字？」後母的聲音是輕描淡寫的，一張嘴卻厲害地說。那些話說進了愛玲父親的心坎裡，氣道：「所以那天我才重重打了他個嘴巴子！」

「越不吭聲，越恨得厲害。這孩子，也沒病，就是瘦骨如柴的，人家看了，還以爲我這後媽虧待他，成天也沒見少吃少喝的。你這兩位大少爺大小姐，也不知他們母親以前怎麼教的，一點禮貌也不懂！筷子碗就這麼甩了，也沒說她什麼！」後母最後那句顯然說的是愛玲，後母最討厭的，其實還是這個難整理的十幾歲少女，但是父親聽聽，卻不接話了。

愛玲在浴室裡聽得清清楚楚，面對著鏡子，看著鏡子裡滿臉眼淚滔滔的自己，咬著牙細聲發誓道：「我要報仇，有一天，我一定要報仇！我要讓那女人後悔莫及！」

「啪！」的一聲，一只皮球蹦到浴室的窗玻璃上，浴室臨著一樓陽台，子靜在陽台外頭禿禿的草地上踢球玩，他隔著窗看浴室裡的姊姊一眼，沒有表情，又繼續玩球，愛玲知道，這一類的事情她是第一次見到，在子靜來說，卻早已經習慣了。愛玲停止了哭，明明進入夏季了，卻還感到陣陣寒意與悲哀。

自此之後，只要愛玲在家，定然時常找子靜說說話，聊聊當前的國產電影、西洋電影，學校裡有趣的事情，學校洋先生指定讀的課外書，不時也介紹許多當代文學家的好作品、西洋名著或童話書給小弟讀。雖然只大一歲，在子靜面前，愛玲是一副做姊姊的模樣。但是到了姑姑家，在姑姑面前，她的硬殼子立刻垮了，忍不住把所有的事情又說給姑姑聽。

「你叔叔已經變了樣，不像個做哥哥的，也不像父親了！」姑姑坐在椅子上聽完漠然道：「你知道，這次打宋版書官司，我們輸了。」

「輸了?!不是有充分的證據麼?爺爺留下的宋版書本該分作三分的！難道是李次山律師不夠好，還是二伯父請的汪子建太厲害？」愛玲訝異地連問好幾個問題。因爲宋版書這幾年越來越值錢，茂淵和志沂都發現以前沒有仔細和二哥二嫂計較清楚家產。「他們送錢，」姑姑簡短地說：「我們也送，不過他們送得多許多。」愛玲不可置信地說：「就因爲這樣？」

「那個汪子建，兩邊說項，見說不動我，就想去說動你叔叔，我早告訴他了，他們會來這一套，他就是喜歡上人家的當！又加上你後媽，」姑姑氣惱道：「偏偏在一旁勸說，什麼她家也是兄弟姊妹那麼十幾二十幾個的，都和和樂樂，這邊統共才多少人，就分家鬧得非上法庭不可。」

「又是她，趨炎附勢的傢伙，捨不得斷了闊大伯這門親，他們也一定少不了給她好處！」愛玲罵後母好幾聲，又說：「是不是姑姑和嬸嬸交情好，她也記恨在心裡？」

「她哪能和你嬸嬸比，算了！不說她，沒的髒了嘴。跟那種女人和不來，以後我也少去就是了！」姑姑厭惡地說，停一停，又道：「倒是你嬸嬸，寫信說她要回來了。」愛玲一聽，高興地大叫：「眞的！」，張手在空中轉一圈，又抱住姑姑的頸子，短髮飛揚起來。

「看你高興的！」姑姑笑著扳開她的手，又去把信紙找出來遞給愛玲說：「她這次是特爲了你的學業回來的。」

「我的學業?啊，她希望我能夠去倫敦讀書！太好了，可是，」愛玲讀完信，看看姑姑，猶疑地說：「叔叔不知道答不答應？」姑姑一邊扭開落地燈，一邊說：「嗳，這就得看你嬸嬸怎麼跟他談了。」

「叔叔連小弟要上中學都還不答應呢！」愛玲擔心地說。

「小魁是張家唯一的兒子，應該不至於捨不得一點學費，這一點我和妳嬸嬸看法相同。妳就不同了，女孩子得特別注意著，一旦虧待了，往後一生命運就不同了。」姑姑撫撫愛玲前額散落的髮絲說：「不過，這幾年，我是替妳嬸嬸看著，『姑代母職』，我答應她的，就得做到。只是妳嬸嬸回來了，得把妳交還給她，許多妳的事情得由她來處理，這就先同妳說了，免得成了『離間親子感情』。」茂淵疼愛這個姪女，這麼說，實在是感慨志沂與逸梵的情況，志沂這個作哥哥的，自己不檢討，老是怪妹妹幫著嫂子，離間他們夫妻的感情。

過了幾個月，接近年底的時間，逸梵回上海來了，先住在霞飛路的偉達飯店。為了愛玲出國升學的事情，時常來找茂淵商量。這天愛玲放月假回家，聽說嬸嬸在姑姑那裡，不一下子又要車夫載她去，愛玲印象中的母親，仍然是幾年前穿著長旗袍，從早春的寒風中消逝的綽約身影。「嬸嬸！」面對從巴黎回來的母親，愛玲十分激動，卻有點怯生生的，只喊了一聲，還是隔個距離站著。母親變得更瘦了，臉上輪廓更深，雙眼皮的深陷處描著眼影，脫下外罩的呢大衣，身上穿一件天鵝絨長洋裝，脖子上戴著垂到腰際的一長串項鍊，上面間雜著紅、黑色、漆金大果核，大約是巴黎流行的飾品。

「誰給你做的衣服？」逸梵又皺起眉頭道：「顏色這樣難看，樣式又舊！裁縫都在做什麼？」

「以前的裁縫被後媽辭退了，現在的裁縫沒幫我做過衣服，這件是後媽的嫁前衣。」愛玲感到委屈終於得到申訴，在母親面前說得特別大聲。逸梵默然許久，才開口輕聲地說：「小煐，淑女說話不可以高聲，懂麼？現在鋼琴練得怎麼樣了？」愛玲聽了心底一陣畏縮，嚅嚅諾諾道：「我，沒學了。」

過了四年，逸梵眼裡的小煐長高許多，已經高過她的身量，手長腳長的，削著的短髮斜斜披散在前額，卻沒有了四五年前小淑女的氣質模樣，逸梵看著自己的女兒，不禁在心底嘆氣。

「我委託律師去找你叔叔出來，想和他談判你的教育問題，我是打算把你帶去倫敦讀書。」逸梵說一半停了停，又無奈地繼續說下去：「沒想到律師幾次去，都被孫用藩擋回來，說是老爺出去了，問幾時回去也不知道，千方百計迴避著。我看，你得自己去跟他說明。」

「我，我自己去跟叔叔說？」愛玲小聲問，聲音裡有許多遲疑，轉過去看姑姑。「噯，原本想，我也替妳去說說看，但是想到妳那後媽在一旁光會挑撥，」姑姑看愛玲的表情越來越失望，卻不得不解釋了：「不是不幫妳說，才過了宋版書的官司，我撂下話了，以後少去妳家。」

「教育費是當初離婚協議書上寫明白的，你也不必害怕，」逸梵叮嚀道：「如果你後媽在一旁挑唆什麼話，不要理會，也不要頂嘴，把話說清楚，就成了。看看你叔叔的態度怎麼樣，再回頭告訴我。懂了麼？」愛玲聽了只好答應，心裡卻忐忑不安。

在姑姑家吃飯，姑姑在廚房做些簡單的炒菜，她已經把法國廚子辭退了，又把車子賣掉，白俄車夫早就介紹給愛玲的父親，做了他們家的車夫。由於早些時候同朋友做些投資，上海這幾年金融界的起伏太大，到這時候都蝕了本，那些錢算是拿不回來了，經濟上都得靠洋行上班的死薪水，手頭自然緊多了。

吃過飯之後，何干掛電話來說，家裡的車夫載老爺太太出門，沒辦法過來接小姐回去。「沒關係，等等叫輛黃包車，這些大約夠了。」姑姑塞些錢在愛玲手上，等愛玲轉身，又被叫住：「先講價，講好了才上車，會講麼？」「我會，上次才見姑姑講過。」

愛玲走出姑姑家門時，第一次覺得回家的路是那麼艱難，每一步跨出去都像腳底有千斤的重量，她是那麼拙於開口求人。爲了立在父親煙榻前要鋼琴學費的尷尬，她乾脆放棄學琴。後母沒開口讓她做衣服，她也沒開口向後母要。學校的學費、紙筆費、書費，都直接從帳上支，也不必她開口，本子怕不夠用，她就養成一種在廢紙背後打草稿的習慣，姑姑信箱裡被隨意塞進的一些油印廣告紙，全被她當成有用的東西蒐集去。

現在，爲了要去倫敦上大學開口，還是免不了伸手要錢的尷尬。但是，再倒著想回去，總不能爲了不想開口，而失去留學的機會吧?!愛玲在心裡反覆著，腳步已經走進了電梯門，開電梯的中年男子穿著整齊的衣服，有一種職業的莊嚴，詢問她是否到一樓。愛玲站在開電梯的背後，看著他操作，心裡想著：「能夠自己賺錢自己花，才能有尊嚴，錢眞的很重要！」

十

愛玲站在煙榻前良久，後母打開一隻圖章型的小白銅盒子，光溜溜的沒有接縫，挑出一點生煙，就著煙鐙燒，燒出煙泡了，才遞過給父親。

「什麼事啊？」父親拉長了尾音，深深吸一口，瞇起眼縫，顯然足了煙癮勁頭。

「大小姐會有什麼事？還不是花錢的事！」後母這麼一說，愛玲更開不了口。

「光光的站那兒，倒是什麼事，說啊！」父親不理會後母，仍舊問愛玲，聽起來，口氣裡倒還不是心情不好，讓愛玲又想起父親爲她擬回目的那天午後。「叔叔，我，嗯，我想，」愛玲鼓起勇氣，卻仍然說得期期艾艾：「高三下學期，許多同學都在準備升學的事。聽說，英國倫敦大學在招生，我想去考。」

「讀大學嘛，」父親不吭聲，後母卻先說話了：「上海有那麼多好學校，就一定得上國外的?!更何況，女孩子家，我看，你們同學裡大概準備嫁人的多，哪裡就都準備升學了?遲早找個好人家嫁，聖瑪利亞女校畢業的，多的是名門少爺要娶，門當戶對，作現成少奶奶，我們也有面子，有什麼不好？」

「叔叔，我想，多讀點書，我想，出國留學。」愛玲總是對著父親說，不理會後母，越想說得婉轉，說出口的話卻越直接，語調越生硬，自己也不知道怎麼回事了，只覺得腦子裡空空的，變不出什麼好聽的句子。

「平時聽妳和同學講電話，連和下人聊天都伶牙俐齒的，今天怎麼，舌頭打結啦？不是個才女？說話坑坑巴巴的。自己也曉得不應該罷！」後母又說。

「聽說倫敦大學招生，妳聽的誰說？」父親吸口煙，終於說話了，語氣陰沉。

「我聽，聽姑姑說。」愛玲不敢直接說是母親的意思。「妳姑姑？我看吶，是妳母親罷！」後母在一旁又說：「老爺，你看看，你花錢供她吃、穿，上名貴的學校，給她好教養，爲的什麼？她母親一回來，就倒過去了。她那個媽，丟了孩子不管，自己出國去享樂子，聽說回來了，還帶個外國男朋友，親戚間都知道了，要小煐跟了她去讀書，將來成什麼樣子回來，還不知道呢！根本就是受了人家的挑唆。」父親聽著，又像什麼都沒聽見，狠狠吸一大口煙，微微睜開眼睛說：「再說罷！」又疲憊地閉上眼，揮揮手要愛玲出去。

「叔叔，我想，我——」愛玲看著像是睡著了的父親，絕望地喊著，卻被後母打斷了話道：「你母親離了婚，還要干涉你們家的事兒，天底下有這種道理?!既放不下這裡，又爲什麼不回頭？可惜遲了一步，回來只好做姨太太！」

愛玲低著頭，咬著下唇，漸漸嘴裡不覺嚐到一絲血的腥味，這才意識到自己把下唇咬破了。她仍然低著頭走出去，都不知道自己走到了什麼地方，差一點和何干撞個滿懷。何干慌道：「怎麼了，滿嘴唇的血？」趕忙掏絹子替她擦。

「我想殺了她！我眞想殺了她！」愛玲只是反覆小聲地說這句話。

「別說了，悄聲點，」何干掩著愛玲的嘴，噓聲說：「太太掛電話來問呢，你還趕緊回電話罷，她說今天晚上要到外頭吃飯，如果妳想去她那兒，得早點，等等教車夫送你過去。」

愛玲心裡十分煩悶，但外表只是一片冷漠，她把頭歪支在書桌前，窗外的天空裡一朵朵白雲飄過去，爲什麼不是屋瓦上的白霜？而她，則是安安全全地深深睡在暖被窩中。那是多久前的記憶，天津時候的，兩歲？三歲？還是四歲？她多麼希望那深暖安全的記憶一直凝固到現在。

愛玲正在寢室裡胡亂想著，並不知道寢室外頭走廊上，經過兩名少女。

「妳看看，又是她的鞋子。那麼舊的皮鞋，也沒有高跟，眞可怕。」其中燙著捲髮的一個對另一個直板髮的說。

「明明規定要把鞋子放在房裡的鞋櫃，她爲什麼每次都這樣，明知故犯！」直板髮少女有點氣憤地說：「在我們虔誠的基督徒看來，最討厭這種沒條理不懂規矩的人。」

「舍監也拿她沒辦法，每次說她，總還輕輕抱歉，說她忘啦！房間裡也是她的最亂，舍監的嘴也快說破了，還是不懂得整理。」捲髮少女輕聲說。

「是啊！我跟她同班，每次先生交代的作業，又都是她沒交，問她爲什麼，還是說：我忘啦！以後大家背地裡，說到我忘啦，就是指她了。上課時也總是遲到，鈴響好久了，才慢跚跚的進來。」直板髮少女輕蔑地說。

「可是，聽說她很有才情，先生們因爲她的課業都得高分，都原諒她這些了。」

「再有才情，也不能不會生活呀！下課的時候，我們一大群人都喜歡鬧著玩，就她一個不說話，坐在角落裡。」直髮少女半掩著說：「眞孤僻！」

「但是我讀過她幾篇發表在校刊上的小說，〈牛〉、〈霸王別姬〉眞的很好看，有幾篇書評，也都很有見地。我就因爲她寫丁玲短篇小說集的評論，才去買了那本書來讀。如果不是聽說她不愛說話，我還眞想跟她交朋友呢！」捲髮少女十分感興趣地說。

「算了，上次汪先生那麼讚賞她，點名讓她上台，又宣讀她的文章，她在台上根本就是木然沒表情，我看，她不是什麼喜歡友誼、會熱情交朋友的人，還是別碰釘子好了。」直髮少女搖搖手說。捲髮少女略點了點頭：「也許太聰明的人，很難知道他們到底都在想些什麼。」

在她們正交談著從走廊經過，而且越走越遠時，愛玲在房裡正收回望著白雲的眼光，想著還沒替張如謹寫的長篇小說《若馨》寫評，這個長篇共九萬字，寫少女若馨與藍華的初戀，他們之間純潔的愛情，因爲雙方父母的反對，而成爲舊禮教下的犧牲品。

那裡面有一半是如謹自己的故事，半是事實，半爲想像，這個時代的許多小說都是這麼寫成的。愛玲搖搖筆桿，這支筆有些異樣，寫著寫著，墨水幾乎出不來，一搖，又在紙上灑出許多藍墨點，花糊了原先那幾行字。

她打算見到如謹時，還要和她討論才剛出幾期的《新詩》月刊，卞之琳、梁宗岱、戴望舒幾個人的作品。這期《國光》又要開始編了，交了稿子，再過兩三個月，學期也要結束了。

但是這幾天她一直沒有見到如謹。

學期的結束，意味著愛玲的高中生活也即將結束，走出這個寬闊草坪的校園，她的未來呢？她想飛走，飛得遠遠的，飛到英格蘭的天空下。

教室裡同學們正嘻嘻哈哈傳過一張紙。

「做什麼？」愛玲被一個比她矮半個頭的同學拉住。「塡表格呀！大家都塡了交了，就剩下妳。」另一個女同學湊趣地說。「我，——」愛玲還沒說完，有個同學替她接了：「我忘啦！」

大家笑成一團。

「畢業生專題調查，要刊在《鳳藻》年刊上的，編的人都急死了，妳要沒塡好交上，年刊都失色了！」這個同學笑著說，話裡有些誇張，然而事實上這麼說也不是平白無據，這兩年來，張愛玲這三個字，早已因爲時常出現在《國光》和《鳳藻》上而聞名全校。

「這兒寫罷！反正都得刊出來，我們在一旁看也沒關係，拿回去寫，回頭又『忘啦！』。」一個梳了辮子的女孩按著愛玲說。愛玲被她們七嘴八舌地捧著，心裡也有點高興，這才認眞看了紙上幾個問題，又抬頭看看同學們，輕輕抱歉說：「別圍著我看，這樣我寫不出來。」

她們稍微散開些，卻仍然在一旁的桌子聊天。

「妳們知不知道已經有幾個人結婚了！」矮愛玲半個頭的女孩說。

「噯，連張如謹都是，不知道她還會不會來學校？」梳辮子的女孩說。

「她家裡早接回去了。」一個圓臉女孩說。

「對方是數一數二的金融界名門呢！」另一個同學似乎知道更多消息。

女孩子們從張如謹開始討論起，把一個個結婚去的人都說過一遍，又批評她們嫁的家族和先生。愛玲臉上似乎不在乎，卻把那些話全聽進去了，尤其是關於張如謹的。

愛玲把問卷寫完了，交給負責的同學，結果，她對那六個問題的回答先傳遍了班上，後來又傳遍全校。對於這個平日不愛說話的女孩，大家多少滿足了一些好奇心。

她最喜歡吃「叉燒炒麵」。最喜歡的人物是「英王愛德華八世」，他在六月份剛剛爲了愛情放棄王位，迎娶平民辛普森夫人，成為溫沙公爵。最害怕的是「死」。最常常掛在嘴上的是「我又忘啦！」。拿手好戲是「繪畫」。

但是她最恨的卻是：「一個天才的女子忽然結婚」。

結婚?!愛玲想起後母那些話，她的同學和她一樣，才不過十七歲，母親結婚的時候二十歲，也還想出國讀書，張如謹難道不想繼續讀書麼?不可能罷！她在課業上那麼努力，在寫文章上也常常和愛玲較勁，這樣的女子忽然被埋入婚姻裡，做個必須照顧丈夫、聽從公公婆婆指示的小媳婦——如果丈夫是個紈袴子弟，那麼他就會吸鴉片、捧戲子、娶姨太太，進入婚姻的如謹已經遠離知識的玫瑰園了！也許起先她總是覺很痛苦，但是既無法掙脫婚姻，或者後來也逐漸痲木了，生幾個孩子，等到公婆去世後，她也會找人打打痲將、手上戴些鑽戒寶石，對於姨太太只得寬宏大量，就這麼過去一生。

愛玲想像著如謹的慘淡，覺得自己一定不能夠走上這麼一條路，張如謹是先替她遭遇了。

舅舅一家又從蕪湖搬回上海來，還沒找好房子，母親和姑姑就先幫忙安排，讓他們一家子也先住進偉達飯店。愛玲高興地來找表姐們，卻看到大套間外面的小客室裡有個高大英挺、大約四十歲左右的外國人。

「這位是Mr. Wagstaff，他做皮件生意。This is my brother 黃定柱，my sister in law 劉竹平，and my cousin 張茂淵。」逸梵在國外都是這麼介紹的，他們黃家張家本來就有表親關係。逸梵一眼看到剛剛進來的愛玲，又說：「愛玲，別愣在那裡，過來，這是我的女兒，張愛玲。」

「哈囉，nice to meet you！」維葛斯托夫向愛玲點點頭微笑。

「Nice to meet you, uncle。」愛玲也禮貌地用英文回答。

「歐，稱呼我維葛斯托夫就行了。」外國人說。

「哈羅，維葛斯托夫。」知道這是洋人的習俗，愛玲也直呼得很自然。

本來長輩們的聚會沒有小輩參與的份，對於母親傳聞中的男友，愛玲先聽到後母說，問姑姑時，姑姑只說是朋友，今天卻碰巧讓愛玲看見了。愛玲看著母親，母親臉上並沒有什麼不對的表情，又觀察姑姑、舅舅、舅母，他們都很自然，舅舅姑姑還用英語和他交談。

也許只是朋友，都住在偉達飯店的朋友？愛玲心裡也是疑惑的。但是，父親可以娶後母，難道母親不該有男朋友?!他們已經離婚了呀！中國人的社會就是這樣刻薄，總認為女子應該守婦道，離婚已經是驚世駭俗了，更何況還交了外國男朋友。人們還要進一步猜測，有沒有正式結婚，還只是同居關係，白種人不太可能拿黃種女人當回事的，後母就這樣說過。人們對於離過婚的女子特別嚴苛，離了婚，又上了男人的當，或是給當給男人上，還又是自己去貼上白種男人，殺了她也還污了刀。

但是，她又偷看維葛斯托夫一眼，覺得母親挑選的眼光還不錯，外表上看起來是這樣，他將來，會成為她和弟弟的繼父嗎？或者已經是了？在父親的婚禮上，愛玲和弟弟曾想過，遠在歐洲的母親是不是也選擇了自己的另一個伴侶？又且不知道過得好不好？但是，他們都要了新的伴侶，還要不要他們的孩子？愛玲和弟弟會不會成為兩邊都不要的「東西」？

愛玲正胡亂想著，看到維葛斯托夫因為聽不懂中文，顯得話不多，卻安安靜靜在一旁看著愛玲的母親微笑著，他愛母親麼?愛玲心裡漫起這樣的疑問。愛情，在這樣的年齡是多麼浪漫的疑問。她往另一邊看，多半是舅舅母親和姑姑三人聊天，舅母也在一旁靜靜地微笑聽著。

「一路過來，都說日本人又想惹事了，南口增加許多軍隊戰艦。租界裡應該還不至於有事吧。」黃定柱說的時候有些擔心。茂淵卻笑起來：「亂了這麼多年，如果連租界也有事，整個中國大概沒有地方能住人了!」

「一時找不到合適的房子，還是得趕緊找，如果像三二年那樣，戰事又開始，租界裡的房產又要漲了。我勸你，蕪湖那邊的地產也得趕緊處理，戰亂時候，交通阻絕的，內地的田產地產要收租都難。」逸梵向弟弟說。

「我知道，這次回蕪湖才一年多，什麼都不方便，還是上海好，就是生活費高些，把些田產處理處理，也夠了。」黃定柱十分同意地說。

「這幾天，我和茂淵去看了幾處，還是原本的明月新村好，整排的花園洋房，有翻新的，有新蓋的，我們也看中對面的開納公寓，明後天一起去看看吧!」逸梵說。

「買房子、生活的事情也還都過得去，就是家宜家珍都大了，我眞煩惱她們結婚的對象。」一直安靜聽他們聊天的劉竹平說話了。

「這兩個女孩子都長得漂亮，又會說話應對，對象應該不難找。」茂淵說。

「現在都流行自由戀愛結婚，多令人擔心，萬一遇到個家世差，人品又不好的，成了一輩子的麻煩，就更糟了。」劉竹平說。

「這倒不用煩惱，我們朋友裡有個兒子，是留德的，學財經，那朋友現在也頂有名的，就是蔣夢麟。不妨找一天，先讓他們兩人認識認識，交往一陣子，看看合不合。現在都是自由婚戀了，做父母的要再給她們做主，是不願意的了。」逸梵笑說。

「有好的該先給小煐介紹吧！怎麼先說我們家那幾個女孩兒。」舅舅瞧瞧愛玲，也笑著說。愛玲正聽得起勁，沒想說到她頭上，就說：「我還小，要去倫敦上大學，沒功夫結婚談戀愛呢。」愛玲在熟人面前一向不避忌什麼，說話直接。「瞧這丫頭，考都還沒考，就說了，還沒準能不能考上呢！」逸梵見愛玲講得太滿了，連忙替她謙虛點。

「我去找表姐她們玩，不知道她們這時候在不在？」愛玲覺得自己又說錯話了，何況在座還有維葛斯托夫，陌生得緊。還是趕快從這場大人的聚會中退出，免得他們又把話題轉到她身上。

「家宜家珍去找朋友了，就是家漪在。」舅母向愛玲喊一聲。

「她在，太好了，好久沒和她聊天呢！」愛玲高興地著，向長輩們禮貌地說一聲，就退出房間，掩上門前，還聽到舅母說：「這些孩子裡，就是家漪最木訥，不會打扮，也不懂怎麼說話，以後啊，還真不知道會嫁給那樣的人！」姑姑倒安慰舅母說：「別這麼擔心，那孩子不也才十七歲麼？回上海來插班女中，這兩年一時還沒能畢業，過兩三年再找合適的也不晚。」

戰爭開始了，大量的難民從閘北湧入租界，蘇州河以北砲聲隆隆，愛玲的房間就面向河，從陽台隔著河看，夜裡也是整片整片的火光。她整晚翻來覆去總睡不著，第二天見父親一個人臥在煙舖上，傭人們說林家太太來找太太，兩人出去了。趁著後母不在，她走近父親的煙舖說：「叔叔，那些砲聲，我整晚沒辦法好好睡，姑姑叫我去她那裡住幾天，等戰事平息點再回來。」父親躺著燒煙，也沒有抬眼，明明知道愛玲嘴裡說是姑姑，其實也是她母親住的地方，他並不說破，只是「唔」地柔聲應了應，表示知道了。

愛玲轉身要出去時，父親又在她身後叫了一聲，有些忸怩的笑道：「噯，妳姑姑還有兩本書沒還我。」愛玲詫異地問：「是哪兩本？」父親橫躺著，含糊地說：「妳問她就知道了。」

舅舅一家搬回開納路的明月新村時，母親和姑姑也搬進對面的開納公寓。愛玲一進公寓就問姑姑借書的事。姑姑進房間，轉出來的時候手裡拿著兩本書，有點不好意思地說：「這本《胡適文存》還是他的。還有一本蕭伯納的《聖女貞德》，德國出版的，他這套書倒好。」

「等等，袖珍本？」逸梵看見了有些訝異道：「當時剛回上海，有天逛書店時買的不是?!」

「既是妳的，就不用還了。」茂淵高興地又要把書收回去，逸梵卻拿過手上看了看說：「算了，當時搬出來，許多書都忘了帶走，現在又要，顯得我小氣了。」撫著米色的書皮，逸梵臉上閃過一絲溫柔，她想到那時就是因爲志沂喜歡蕭伯納，才買了這套原文書。

維葛斯托夫從廚房後面走出來，跟愛玲哈囉一聲，坐到逸梵旁邊。逸梵沒什麼表情地又把袖珍本放還到茂淵手上。「就這兩本了。」茂淵收回嬉笑的表情，把書交給愛玲時也挺自然的。

愛玲轉身先把兩本書放進帶來的背包裡，但是母親臉上表情的變化，她都看到了，像藏起什麼不該說的秘密似的，心裡卻歡唱起來，可是抬頭看到母親和葛維斯托夫說說笑笑，心裡的歡唱立刻又被斬斷。在希望什麼呢？愛玲咬咬牙，父親和母親，根本不再有可能。

租界裡沒有什麼戰爭的氣氛，開電梯的人仍然每天替他們送報紙、牛奶，愛玲幾乎每天都去找家濟。

「小煐，原來你在這兒，畫些什麼？」家宜今天難得在家，看到愛玲低著頭，正在畫家漪的側臉速寫。愛玲略抬頭應了一聲：「大表姐。」家宜看看愛玲道：「咦，怎麼無精打采的？」家漪替愛玲答道：「她的考試暫時取消了。」

「本想考完了，就跟我嬸嬸出國讀書，這下子，也不知道拖延到什麼時候。而且，嬸嬸也不知道會不會等我。」愛玲眼底有種茫茫然。

「她當然會等妳！別擔心那麼多。」家漪安慰說。

「妳是擔心伯伯跟維葛斯托夫的事？」家宜說，舅舅家的孩子們一直都稱呼逸梵為「伯伯」：「我想，她會為了你的學業回來，該做的犧牲和心理準備一定有。」

「戰爭的事情，頂多幾個月，避過風頭，一切就會恢復正常，上海總是這樣的。」家漪樂觀地說。「過幾個月？學校開學可是不等人的。恐怕得延遲一年，遠東區招生才會重新開始。」愛玲手裡的碳筆停頓下來，有些灰心。「戰爭一開始，什麼都亂了步調，」家宜嘆氣說：「蔣仁宇也說要到重慶去。」

「蔣仁宇？」愛玲的興趣來了，瞇起眼睛故意問說：「喔——大表姐，他人怎麼樣？我嬸嬸介紹得不錯吧！」

「嗯哼，也沒什麼，」家宜眨眨眼道：「每次我都叫他別送了，他還是堅持送我回來，眞討厭，也不知道他怎麼時間那麼多。」

「人家不是時間多，」愛玲和家漪對看一眼，秘密似地笑笑說：「人家是喜歡你！大表姐明明心裡知道，嘴裡還逞強！」

「小煐，再說，再說我就——」家宜紅了臉，愛玲搶白道：「就怎麼樣？難不成丟下蔣公子，不跟他約會了？」家宜試圖轉個話題：「嗯，家珍呢？這些天家珍怎麼也挺晚回家的？」家漪放下手裡的書說。「前些時候有個三姑太太來，我不大認識的，介紹了一位青年醫師給二姐，姓李的。」家宜笑道：「啊，難怪，她總問我，學醫的人如何如何。妳們等等，我去樓下找些喝的東西上來。」家漪正點頭說好，忽然肩膀被碰了碰，一轉頭，看見愛玲正衝著她笑：「家漪，那妳呢？」

「什麼？」家漪一時腦子轉不過來，「哪時結婚吶?!」愛玲大笑著說，卻被家漪拍了兩下道：「我得讀完中學，然後，讀大學，我的英文雖然沒有妳行，找上海的大學讀，我也就滿足了。」

「好啊！放暑假時候，妳可以到倫敦來找我，我們一起去歐洲其他地方，像巴黎、維也納旅行。」愛玲說得海闊天空，以前姑姑和母親就曾經偕伴遊歷。

「那需要很多錢。」家漪怯怯地說。

「向舅舅要嘛！」愛玲說。

「他們得先張羅大姐二姐的事情，姊姊們嫁得好，我們家才能夠好，我叔叔說的。哪裡有空管我的事！大學的事不過是希望著，都還不知道能不能夠讀呢！」家漪委屈地說。

「舅舅不會同我叔叔一樣吧？總是反對孩子去讀書！」愛玲不可思議地說。

「妳不知道，我又不像姊姊們，她們從小就會說話，人見人愛。我是見到陌生人就害怕，躲都來不及，又不聰明，讀書課業上也不頂好，不像妳，姊姊們都不讀大學了，要他們花學費在我身上，恐怕是沒有的事。中學還兩年畢業，也不知道該怎麼辦，又不准出去找工作，說女孩子拋頭露面，會壞了家門聲譽，只能待在家裡等結婚。」家漪傾江河水似的，把悶在心裡頭許久的話都說出來：「小煐，妳不知道，我經常害怕時間過去，長大了，什麼事都變得麻煩起來。」

「我跟妳說得好像就一定能去倫敦讀書，其實我也沒有把握。」愛玲也開始充滿煩惱地說：「我叔叔似乎不肯讓我去，妳知道我那個後媽，只要事情跟錢有關係，她總是極盡挑撥。有次我弟弟學校裡有些雜費，站在煙鋪前跟他們要，我叔叔後媽對臥著，在那裡說：『現在連弄堂小學都苛捐雜稅，買手工紙都那麼貴！』，妳看我們慘不慘。我嬸嬸現在也有了男朋友，就算能夠去倫敦讀書，也不知道以後會變成什麼樣子。去學校總是住讀的，但偶爾也得回家，三個人一起生活？我根本沒辦法想像。」

「看來，妳的煩惱也和我一樣，都只能等，又都沒辦法解決。如果時間一直停在八九歲的童年就好了！」家漪嘆氣著，兩手撐在腮邊，望向窗外的天際。「是啊！」愛玲又想起三四歲時，早晨一睜開眼，窗外屋簷上積著的白霜，那來不及地想趕快長大，卻遲緩漫長又甜蜜的童年。

在開納公寓住了將近兩個禮拜，滬戰在表面上平息了些，何干才掛電話來，問愛玲什麼時候回去車夫好來接她。沒想到過一會兒，何干也隨著車夫一起來了，見著愛玲，何干趕緊預先告誡說：「回去時謹慎點，妳後母在家裡說了些話，妳叔叔這幾天正氣惱著。」姑姑不解，問道：「怎麼，妳來時妳叔叔不是知道的？」

愛玲也感到莫名：「我是說了呀！他惱什麼？」

「說是住幾天，妳這一住，就兩個多禮拜，也沒掛個電話回去?!」何干還不敢把後母說的難聽話說出來。何干吞吞吐吐，逸梵卻直接說：「她是不是說，根本和她娘一樣，不要了那個家。我清楚得很，得這麼挑唆，她那個丈夫才會惱。」何干嘆息，終於說出她的看法：「是啊！哎，也眞眞是，我看她是怕抓不住丈夫的心，又怕人回去搶她的地位，總是挑唆得你們越不好她就越好，畢竟你們是有過兩個孩子的夫妻，在她想來，情份總是不同。」

「哼，她也太多慮了罷！那樣的家，那種樣子的丈夫——」逸梵根本是嗤之以鼻地說著。茂淵一旁聽著，卻覺得該趕緊叮嚀愛玲：「回家時，妳後母要說些什麼，不要頂嘴，別理她，知道麼？」逸梵也接著囑咐道：「萬一妳叔叔打妳，躲著，但是別還手，一還手，他們定說是妳的錯，記住了麼！」

愛玲緊緊記著這些話，又有何干陪著，心裡其實十分篤定。卻不想，車子停在門口，何干一下車就被另一個打雜的老媽子拉去幫忙，說做醃菜乾人手不夠。車夫又去停車了，愛玲只得自己一人進門。

沒有金魚的白磁缸上，細細描著扭曲撕纏的橙紅色魚藻，下著百葉窗暗沉沉的餐室，飯菜已經上桌了。愛玲才要上樓到自己房間去，忽然一抬頭，見到後母迎面走下來，愛玲也忘了敷衍打招呼，愣著一兩秒，後母已經開口說：「怎麼妳走了，也不在我跟前說一聲？」

「我告訴父親了。」愛玲回答，臉也並不朝後母看。

「喔，對父親說了，妳眼睛裡哪兒還有我?!」後母更生氣了，刷地一掌甩愛玲一個耳刮子，愛玲本能地提起手要還擊，被兩個老媽子趕來拉住，霎時開納公寓裡的叮嚀又回到腦子裡。她後母已經尖聲叫著：「她打我！她打我！」一路奔上樓，父親趿著拖鞋趴達趴達下樓，一見愛玲，就揪住她的短髮，一面左右甩耳光，一面吼著：「妳還打人！妳打人我就打妳，我今天非把你打死不可！」又拳打腳踢，把愛玲打得倒地不起，還不停下來，彷彿躺在地上的是逸梵，他打的不是他女兒，是他那忘了恩義、不守婦道的妻子。

不知道過了多久，她父親停了，愛玲已經被打得沒有感覺，連什麼時候被扶起來的都不清楚，她勉強走進浴室，照見鏡子裡額頭上、眼圈、嘴角都是傷，臉頰上許多紅指印，掀起衣服，手腳身體上到處都是瘀痕，她還沒來得及悲傷，惡狠狠的理智已經先進來，她要去巡捕房報案，這裡是租界，可不是法律不能公行的中國！

愛玲走到大門口，卻被兩個巡警攔住：「鑰匙在老爺那兒，門鎖著呢，交代不讓出去！」她忘了，大門口的保安巡警是後母的派頭，上海有錢有勢的人家，都怕盜賊宵小，都少不了有門口日夜換班的巡警。

「為什麼不讓我出去，你們沒有權利關我！我要出去！我要去巡捕房報案，你們根本沒道理！」愛玲不斷吵鬧，企圖引起門外不遠，路口崗哨巡捕房巡警的注意。「大小姐，別為難我們，等等老爺聽了更生氣。」家丁抓著不斷踢打叫喊的愛玲。她的叫喊沒有引起任何門外路過的人來按門鈴干涉，雖然是租界，中國人總不習慣管別人家的家務事。

愛玲看看撒潑沒用，自己停了，想走回房去，父親早已在裡面聽到她在外頭的叫喊聲，一見她進屋，又炸了，把一只青磁花瓶往愛玲頭上擲過來，愛玲躲不迭，頭稍歪了歪，青磁擲在白牆上，碎了一地。父親指著她的鼻子罵道：「就給我好好待在這個房間裡，妳再想出去，我拿手槍斃了妳！」

房間被人從外頭反鎖，過不久，愛玲聽見又有開鎖的聲音，奔進來一個矮胖的人影，是何干。見到愛玲渾身是傷，何干兩手扶著她哭道：「我才出去一會子功夫，怎麼就弄成這個樣子！」看到五、六十歲的何干布著皺紋的臉，委屈的感覺才陡然升上來，愛玲撲到她身上，伏在她肩上大聲痛哭起來。

「事情我都知道了，不是告訴過妳，別還手，怎麼不聽！妳這孩子！」何干心疼地數落著，因爲心疼，語氣也變得僵硬了：「得罪了父親，往後要吃苦的，現在妳好好地，別再鬧，我去找二小姐舅老爺來說說，指不定妳叔叔氣消了，過幾天就放了妳。」又幫愛玲擦擦頭臉，整理一下衣服，出房門之前不放心，回頭又說：「安靜著別吵別鬧，記住了！」

連何干也走了，這個平日沒人住的大房間裡，有古老的紅木床炕，不要用的桌椅都堆在這兒。愛玲伏在紅木床炕上哭一下午、一整晚，佣人送進來的飯菜都涼了。紅木炕上沒有柔軟的枕頭被子，也沒有人給她送來，近中秋的上海夜晚，房裡沒有書本、沒有紙張，沒有落地燈、桌燈，她哆嗦縮在板硬的床炕上，月光底下的黑影中，出現片面鬼臉一樣的青白粉牆，癲狂的，今晚的月光特別亮，周圍一圈月暈泛著淡絲絲的藍光，靜靜透著詭譎的氣氛。

十一

一早，大門就開了，愛玲聽見姑姑和舅舅的說話聲，姑姑自從打官司被出賣之後，就沒上過門，這次爲了她，也願意登門勸解了。愛玲滿心抱著希望，她打開陽台落地窗，一樓的陽台，爬跨過欄杆，就可以落在花園裡，大白鵝正呱呱互相追逐著，太陽大得很，曬得人眩目，但是那邊守著大門的兩個巡警還是望這邊盯著她。

才聽見佣人們招呼「二小姐」、「舅老爺」，怎麼不一會兒，又聽到姑姑憤怒的聲音說：「自己女兒也對付！還用煙槍打我，眼鏡也給打破了！從此再不進你家的門！」舅舅邊勸，邊拉著走說：「看看額頭上都流了這麼多血，得趕緊去醫院，先別生氣！」愛玲還沒來得及叫喊他們，大門已經開了又關上，兩個巡警仍然機伶地守在門邊。

愛玲靠在牆邊，頹然滑到地上，她發現自己完全沒有氣力，昨天今天送來的菜飯根本一口也沒吃，連哭的力氣都沒有了！她聽見父親在房門外頭怒聲道：「不吃，不吃就別給她東西吃，自己餓死，省得我拿槍把她打死！」

父親這麼一說，卻激起她心底求生的願望，她絕不甘願這麼死，她才十七歲，巴黎、倫敦、紐約、嘉寶的好萊塢，什麼美妙的風景都還不曾經歷，她想比林語堂還更出鋒頭，贏得更多掌聲，可是現在，除了在墳墓般的房間裡走來走去，她什麼地方也去不了。

她手裡緊緊掐著陽台上的木欄杆，彷彿木頭可以掐出水來，她想報復，可是知道絕對打不過父親手裡的手槍，別說手槍，就是空手也打不過父親。她抬起頭，天上空空的一點雲也沒有，赫赫的綻藍，發出轟轟的聲音，滿天的戰鬥機、巡邏機，租界外頭，戰爭還在拉鋸著，她希望戰火立刻燒進租界裡，她希望日軍或是隨便哪一國的軍隊，在空中丟幾顆炸彈下來，把這棟房子炸得粉碎，炸死她後母，炸死她的父親，就是同他們一起死了，她也願意！

僕人們搬來些舊棉被子、換洗的衣服、毛巾肥皂牙刷，稍稍打掃過大房間裡許久不用了的浴室，看樣子，不知準備把她關多久。每到晚上，老鼠吱吱從這個牆角跑到那個牆角，從窗框看出去，是彎刀似的上弦月，她推開長窗傻愣愣地看了許久，又把窗關上，抱著膝蓋蹲踞在牆角。

不知道過了多久，她聽到什麼東西敲打在窗玻璃上。「扣扣！扣扣扣！」有規律的，輕輕的，她猛地站起來，頭一陣暈眩，腳也麻了，那些飯菜送來時總是冷的，愛玲吃著沒味道，時常一盤進來，滿滿的又還出去，身體自然總覺得輕飄飄的。她咬咬牙，勉強一跛一跛走到窗台邊，打開窗戶，月光下出現了子靜的臉。弟弟做個「噓！」一聲，一隻手把個小食籃盒子推給她，說：「快吃些！剛做好的合肥丸子，我去廚房偷拿的，廚子看見了也裝作沒見著。」愛玲見到弟弟，心裡面感激，嘴裡卻問了別的話：「怎麼你還沒去上學？不是說要讓你去上中學？」

「他們的錢要緊的是買鴉片！剛巧戰爭開始，又有藉口了：時候亂，得停一陣子。」子靜學著後母的聲音，看看姊姊又說：「算啦！反正我也不想去上那勞什子鬼學校，都是些喜歡拿戒尺打人的老先生。」

「都是那女人不好！不讓我出國讀書，還挑唆叔叔打我，又不讓你讀書！」愛玲咬牙切齒地說。子靜低低說：「叔叔恨我們。」

「他那麼打我，自然我也恨他！」愛玲氣憤的聲音裡，卻透著撕裂親情的傷痛。

「叔叔恨我們，因爲嬸嬸不愛他，一直要離開他，他沒辦法折磨到嬸嬸，所以折磨我們！他想盡可能地折磨我們，直到他死，或是我們死。」子靜睜大眼睛，恐怖地說。

「我知道叔叔不會把我弄死，只是不知道要關我幾年，或者把我弄到發了瘋，或者隨便找個人把我嫁掉，總之，放我出去的時候，我已經不是我了！」愛玲激動地說：「但是，我絕不會讓他如意的！你也不要稱了他們的心，他們不讓你讀書，你就偏要讀給他們看！」

「我想做什麼，他們總不讓我做得成。就連每次我想去嬸嬸那裡找妳們，任憑我怎麼鬧，就是被他們拉著不讓去。我也想像妳一樣可以常常跟嬸嬸說說話！」子靜扁著嘴，用拳頭槌著牆，發出悶悶的聲音。愛玲反倒鼓勵起弟弟：「你別哭，看我，」「現在也都不哭了，哭是一點用處也沒有！我們也得像嬸嬸，勇敢一點。」

「有人出來了！」子靜側耳聽到房門咿呀聲，驚慌地說：「我找空檔再來，叔叔躺在那裡吃煙，我總不敢從房門進去看你。」

子靜走後，她打開盒子，熱呼呼的合肥丸子，小弟對她眞不錯，愛玲臉上露出難得的笑容，她撿起丸子慢慢吃著，房門鎖匙動了動，她趕緊收起盒子，推到床炕裡頭，黑暗裡，進來的人背著門口的亮光，她辨認出來了，歡聲叫道：「何媽！」現在連何干都不能夠天天見到，後母經常派她的差，又嫌她做這不好做那不好的，想找些毛病把她攆走，但何干算是三代的老僕了。光是年節親戚間往來送禮的例份、生日儀節，張家本家就有許多親戚，何況還有志沂母親娘家的李家、二哥志潛母親娘家的朱家，家中大大小小的事物，客人的接送，經常都是老僕人認得，老僕人在處理。何干為人又謹慎，說話也多小心，為了這個從小照顧到大的小姐被鎖了起來，再怎麼樣，何干也得在這節骨眼撐著。

「瘦成這樣，他們說你不吃東西，噯，你這樣身體會受不了，將來要讀書也不成了！」何干輕輕責備地說。「那個女人，是不是都叫人盛些剩菜剩飯給我，不然怎麼都是冷的，吃都吃不下的東西！」愛玲怒道。何干聽了倒愣住，她沒想到會是剩的飯菜，眼眶酸了，卻忍住眼淚，哄著說道：「就是冷飯菜，肚子空著，吃一點也受用啊！」愛玲哀求道：「到底要把我關多久?!何媽，幫幫我，我想逃出去！」何干卻慌起來：「千萬別走出這扇門呀！出去了，再回不來！你嬸嬸姑姑都沒法子像你叔叔這樣，能有餘錢供你吃穿上學。還是乖乖向老爺道歉、向太太陪不是，就先說知道錯了，也不想出國了。縱使太太還不高興，你總是老爺的親生女，再狠心，也不至於害你，是不是？」

「何媽，你不懂，叔叔恨我！」愛玲想起小弟剛剛說的話，脫口而出。「怎麼這樣想法兒！」何干駭了一跳，說道。「不然，後母就是再狠毒挑唆，叔叔也不會一下子聽進去！何媽，我真的得逃走，否則會一定死在這裡，我不願意死！」愛玲激動地說。

「唔，只得再去找你嬸嬸想想辦法。上次找了二小姐舅老爺來，卻連累二小姐磕破了額頭。」何干說著，愛玲卻急了：「姑姑怎麼樣？」何干嘆氣說：「聽說進醫院縫了六七針，住幾天才出院。先時也氣得說要去巡捕房報案，終究太失面子。」愛玲哭道：「何媽，我真想去找姑姑嬸嬸！我好想她們！我想喝熱熱的湯。」

「何媽媽！太太找你，趕緊去，在鬧脾氣呢！」小胖出現在門口，向裡頭喊著。

「別哭，乖點，別哭，何媽會再來看妳，要吃些東西，知道麼！沒吃東西生病了可不好！」

何干擦擦眼淚，站起來走向房門口，狠下心不回頭看愛玲。

何干會去找母親麼？母親會有辦法麼？在黝暗闃黑中，愛玲想著母親，可是母親的樣子飄忽忽地隱沒在牆的盡頭。

青白的牆，她想到學校裡的洋先生要她們讀的《基度山恩仇記》，那裡面也有一片牆，是囚牢的牆，被冤枉了的主角從充滿了光明遠景的生活中，硬生生地塞入那座黑牢中，牆的隔壁住著一個老哲學家，想挖洞逃出去，算錯了方位，卻挖到他住的牢中。

不行，她一定得想辦法逃出去，她想到《九尾龜》中的一個人，用被單結成繩子，從窗戶裡縋了出去。當然，從她這個窗台欄杆出去並不用結繩子，但是因爲不臨街，還要循著一條煤屑路走過客廳門窗，才能到達花園大門口。如果不想讓人看到，就非得在半夜人都睡著時候，但是大門鎖著，翻牆出去麼？那靠牆倒是有一方鵝棚可以踏腳，攀爬需要體力，一但出了門就要快跑。但是，再回頭想想又有破綻了，那麼夜深的時候，如果驚動了幾隻鵝叫起來，一時家裡頭就會燈火通明，又會把她抓回來。

愛玲腦子裡不斷想著各種逃脫的辦法，忽然感覺自己飢腸轆轆，但是飯菜已經被收走了，剩下幾個合肥丸子，也不管剛剛摸東摸西的，手上都是灰塵，探手拿了就吃起來。她想計劃著，從明天起，早晨都要在陽台上做做健身操，學校體育課教過的，就是冷飯冷菜她也盡量吃飽，身體一定要健康，逃走的計劃才不會失敗。

「何媽媽，小姐似乎病得很厲害，上吐下瀉的。」小胖慌慌張張跑來找何干。

「老爺知道了麼？」何干也慌忙把手裡的東西放下。

「告訴了！太太卻說別管她，是裝的，老爺也不說話。」小胖著急的說。

「噯，真要命，我去看看，要廚房趕緊燒點熱稀飯小米粥什麼的，人都病了，煮一點熱東西，總不算過分吧！」何干急急吩咐著，也不怕太太老爺生氣了。何干摸黑進到房間裡，愛玲已經沒力氣起床，就躺在床上氣息絲絲地說：「何媽，我好冷！」

「手心這麼滾燙，糟了！別是患了痢疾！」何干握握愛玲的手，又掂掂她的後頸子。一個老媽子送來熱粥，何干把她勉強地扶起來，說：「來，喝點喔。」愛玲搖搖頭：「一吃下東西總全部吐出來，不然就是瀉掉。」何干邊吹吹燙，邊說著：「就是吐也得吃！這是粥糜，又不比粥了，沒什麼飯粒在裡頭，就當水喝，身體也能有點元氣。」

「何媽，我要死了，嬸嬸和姑姑呢？我想看看她們！」愛玲氣息絲絲地說。「再喝些，呸呸，這一下子就死，我這輩子還不知死幾次！」何干強顏說笑著，手上卻不停，又吹又餵的。「我出生在這裡，難道注定也得死在這裡？死了就在園子裡隨便埋了罷！」愛玲睜大眼睛看著陰沉沉的天花板說。

「別儘說這些，這幾日我總想辦法找你嬸嬸去，就是妳後母盯得太緊。眼前，妳先要吃點東西，把病養好了！」何干說著，心裡也十分沒把握，見到她母親，又能夠怎麼樣呢？難道說小煐病了，她就肯撂下面子，進這個家門來找前夫，求他？還是再找外國律師來和他理論？

愛玲病了許多天，何干天天想辦法照顧她，卻不見起色。父親雖然知道廚房裡也天天照何干吩咐的煮些熱粥，他既不干預，卻也不給請醫生。何干說得嚴重了，父親想找醫生，後母在一旁又說：「不過是點小病，就值得鬧成這個樣子?!還不是藉機會想逃走，去找她母親！」父親一聽，又打消幫愛玲治病的念頭，彷彿寧願她一直病奄奄被關著，還能夠在他的視線之內，在他的手掌心，翻不出什麼別的花樣。

「何媽媽，太太出門去，剛剛老太太掛電話來，說是杭州親戚送來些絲綢，要她去挑一些。」小胖心地老實，總是來通風報信，這個教她〈漁光曲〉的小姐被打、被關起來，她時常也難過，想幫忙。「知道了，謝謝你。」何干道過謝，又向廚子點點頭，放下手邊整理的菜葉子，趕緊進屋子裡，看見老爺嘴裡吟哦著詩詞，正繞著客廳走趟子。何干在一旁耐心地等著，看他走完趟子，坐到椅子上休息時，才走過去。

「三爺，」何干一開口，還用舊時的稱呼，想提醒志沂自己的在張家的身分：「我也有些年紀了，有時糊塗，說的話，中聽，您無妨收著，不中聽，您就擱在一邊。小煐是您的親生女兒，得了痢疾本來已經不得了，又拖這麼些天，不死不活的拖著倒還好，要是眞的死了，一個十幾歲的孩子，傳了出去，好歹您是官家的後人，爹爹媽媽的親戚不知多少在上海，都說您害死了自己的孩子，怎麼了得，臉面都不知道往哪兒擱?我只是個奶媽保母，盡心照料是我的職責，這會子跟您說了，要救不救就在您了。」

志沂聽著何干說話，倒是從來不打斷，不插嘴，小時候也給這個女僕照顧過，大了自然還是敬重她，何干很少因爲自己的事情向主人要求什麼，或建議什麼，一旦說話，卻總有份量。這次勸說，何干不從愛玲的角度勸，卻從志沂自己的面子上勸，志沂看了何干一眼，沒說什麼就走上樓去，換了衣服下樓，又叫車夫。

何干看著志沂出門，時刻忐忑不安，又去大房間裡看看愛玲，心裡著急得走來走去。才過不久，志沂又回來了，手裡多了一些東西。

「你們給我把門打開。」志沂走到房間門口，何干趕緊跟了進去。志沂從手中的小盒子裡拿出針筒和藥瓶子。何干深怕有什麼不對，忍不住問道：「這是什麼？」

「不會把她害死！是消炎的抗生素針劑。妳說得對，她死了不足惜，」志沂嘴裡仍然不饒女兒：「我倒要被人說得難聽至極。請醫生將來露出口風也不成，我自己來醫她！」

打過幾次針劑，吃進去的東西身體漸漸能夠收用了，偶爾還是吐一回、瀉一回，隔一餐又好了。老爺都來醫治了，何干更有理由幾乎不離房間地照顧愛玲，又在房間裡添了暖爐、電燈，搬些愛玲樓上房間裡的書報雜誌來讓她翻看。有何干陪著，至少愛玲精神上有些依靠，臉上也多出些許笑容。

愛玲躺在床上久了，全身簡直像被拆散了似的。這天晚上她睜開眼睛，睡不著又沒力氣站起來，四周看看，只有一盞小燈，大概是何干開的，知道她怕黑，但是何干不在，回自己房間去，夜已經很深很沉了。她記得被關起來的前一陣子，還跟家滂一起讀報上天天連載的小說，他們幾家都訂《新聞報》，卻是在《申報》上連載張恨水的小說沒法看到，就天天繞到書報攤上翻一下，後來家滂每每不太敢翻，因爲書報攤的老闆見她們來就瞪眼。窗外的是冬夜的月色，照在光禿的樹幹和乾草皮上，整個園子荒荒的，眞不知道家滂現在怎麼樣了，天天還去不去看。

外頭大門上，巡警換班的時間到了，喀茲咖茲地抽出鐵銹了的門閂，啷匡巨響一聲，打開鐵門出去。接班的巡警還沒到麼？中間有空檔的麼？愛玲傾耳聽著，發現似乎過了十幾分鐘，接班的人才到。難道是因為知道她病得根本沒力氣起床，所以疏忽了防範？是上一班的人先走了，還是接班的人遲到了？深沉的夜裡，走在通往大門的那條煤屑路上，老鼠一般吱吱的走路，聲響也會特別大吧！會不會有誰睡不著，被吵醒了又出來看看究竟，被發現了，可怎麼辦？愛玲翻來覆去地想，整天整夜都想著如何逃走，睡夢中都聽得到大鐵門開關換班的聲音。

這樣過了幾個星期，現在只要是何干送來，她願意吃下任何她不喜歡吃的菜、湯、補品，她要讓自己的身體情況越來越好。心裡雖然著急，沉重的痢疾像是吃掉了愛玲身上大部分的肌肉，連腸胃吸收營養的能力也變弱許多，即使是在何干精心的調養下，愛玲的恢復仍然很慢。每當夜晚，何干收拾了東西回自己房間去，愛玲就勉強撐起力氣，想試試能不能夠下床走動。

自從生病之後，她沒有再跟何干說逃走的事情，何干也沒有提到去找母親想辦法的事。但是有一天，何干扶她下床，看見她已經可以慢慢扶著牆走動了，就說：「先別急，身子得養得更好些。」何干嘴裡雖然叫她別出這個家門，卻絕不會害她，而且會幫助她，如果她執意要逃走。

這天，何干直到過了午飯才進房間，一進來就反身把門關好，走到床舖旁才悄聲地說：「見到妳嬸嬸了。」愛玲一聽，興奮地從床上坐起來，顧不得頭頂的暈眩，興奮地大聲問道：「嬸嬸怎麼說？」

「別作聲，」何干掩掩她的嘴，說道：「妳嬸嬸不能夠來，來了反倒要被人笑，說是下堂妻來求前夫，什麼難聽的話都出來了。不過，她要你仔細想想，是跟她還是跟你叔叔。若是跟妳叔叔，自然是有錢的，吃穿都不用愁，有佣人轎車伺候著，跟了她，可是一個錢都沒有，要吃得了這個苦，沒有反悔的！」愛玲痛苦道：「這事我也想過。何媽，妳說怎麼好呢？」何干問：「妳還想讀書麼？」愛玲說：「當然想啊！」何干又重複問：「眞想？」愛玲強調說：「非常非常想！」

「噯，這就是了！我原本也想，這個家裡，滿是銀錢出出入入的，是可以舒服過日子，也怕妳離了這個家，要吃苦受罪。但是回頭想想，錢不在妳手上使，將來也不一定會給妳，倒耽擱了幾年的學業，也不知道值不值得！」何干雖然不下判斷，卻爲愛玲分析著說。

「我該趕快逃到嬸嬸那裡。」愛玲早就下了決心，現在何干一番話，更掃除許多疑慮。「我知道妳遲早要走的，」何干捨不得地撫撫她的臉頰，在她耳邊秘密地說：「幫妳留心了，等到半夜巡警換班時——」

何干說完，要愛玲等等，出去了半天再進來時，從身上掏出一個布荷包，繫到愛玲腰上，裡頭放了一些錢，再把她的衣服遮下來。「這個，妳弟弟說用得到，要給妳。」何干把一件黑色的東西放到她手上。

「望遠鏡！虧他想得周到。」愛玲高興地說。何干不放心，又叮嚀說：「快過年了，隆冬天氣，外頭凍得很，記得裡頭穿上襖背心。如果晚上沒把握，等明天再說，總得注意看淸楚外頭沒有人了，才從陽台欄杆下去。」

「知道了，何媽，妳以後一定得到嬸嬸那裡看我！」愛玲說完，捏著何干的手，又抱抱她。

晚飯後，何干伺候著愛玲吃了補元氣的茶湯，拿湯碗出去時向鎖房門的佣人說：「小姐睡著了，今晚不再進去，鎖了吧！」何干看著門鎖起來，心裡默默禱祝上天，讓小煐能夠順利逃走。

愛玲在房間裡把燈扭開，看著已經不再闃黑的四壁，她撫摸望遠鏡想著離開的事情，來回走走，又趕緊把燈扭暗，怕外頭有人看見門縫裡的燈光。她睜著眼躺在床上，不時翻起身來用望遠鏡看看，大門圍牆外頭還有人走動著。好不容易等到半夜，愛玲伏在窗上看清楚了黑路上一個人影也沒有，開了落地窗，翻下陽台欄杆，躡起手腳挨著牆，藉著月色一步步摸到鐵門邊，她的心突突跳著，拔出門閂，把望遠鏡放在牛奶箱上還給弟弟，一閃身，到了門外，開始拼命跑，跑得越遠越好，跑入大路的人行道上才停下來喘口氣。

街道上沒有風，整個大上海的歌舞喧囂都暫時睡了，只有清寂徹骨的冷，愛玲緊了緊衣襟，沿街快步走起來，離家還不夠遠！她聽著自己啪啪的腳步聲，彷彿衣裙都要飛揚起來，這灰色的路面，道路兩旁關著的店家門，都是自由可愛的，她心底無限歡喜著。

迎面來了一輛黃包車，愛玲趕緊招招手。

「到開納路，多少錢？」愛玲問。車夫搓著凍手喊價道：「八角錢。」愛玲皺起眉頭道：「從來坐沒有這麼貴的！都可以看場電影了。三角錢罷。」車夫擺擺手說：「小姐說的太不是行情。七角半怎麼樣？不能再少了！」愛玲搖了搖頭卻也抬高了一點：「三角半！」車夫無奈地說：「小日本兒都快打進租界了，什麼東西不貴！都像您這樣不知道價錢，咱們都不用生活嘍！六角八分，總成吧！」

她還不知道整個公共租界和法租界的外圍都是日軍，租界雖然仍在西方人手中，商業進出口仍然自由，對外對內的交通也都還便利，卻成了畸形繁榮的上海孤島景象。

愛玲又搖搖手說：「還是不合理，整個上海黃包車那麼多，看你願意再少些，不然我等別輛車。」車夫閉了閉眼，忍痛道：「噯唷，小姐眞過分精明！就六角二吧！我都一下子減了六分，這麼夜深人靜的站在風頭上，不趕緊些，小心凍著。」愛玲和車夫就這麼幾角幾分地說過來說過去，都說妥當了，才滿意地上車，揚長而去。

到了開納公寓，愛玲掏出錢付了車夫，開電梯的看她一眼，才隔將近半年，似乎已經不認識她了。愛玲見他的眼神陌生，解釋了一下：「我是張小姐姪女兒。」

「呵！難怪眼熟，怎麼瘦的！小姐怕胖，也得小心身子營養。」開電梯的邊操作電梯，一邊不知根柢地取笑。愛玲沒說什麼，只是笑笑。母親姑姑住的樓層到了，愛玲揿揿電鈴，門縫先透出客廳裡開啓大燈的亮光，「誰啊！這麼晚！」姑姑的聲音，愛玲回答：「是我！」，亮光和姑姑的聲音讓她感覺溫暖。

「姑姑，妳的額頭還好麼？」愛玲一見姑姑就撫著她額角上縫合的疤痕問道。「小煐！快進來，我沒什麼了，倒是妳，」姑姑趕緊把她拉進去，上上下下撫撫，憐惜道：「哎呀，眞是受了許多罪！怎麼出來的？」

母親披衣出來，連維葛斯托夫都醒了，愛玲見了，禮貌地喊一聲：「Hello uncle, How are you ?」。維葛斯托夫還是一樣開朗：「O, fine, we all miss you ！」

「何干來說妳病了，現在感覺怎麼樣？看起來臉色還不大好。」母親說著扳扳愛玲的臉。

「剛才坐黃包車來，我還跟車夫講了個便宜價錢。」愛玲疲憊卻得意地回答姑姑的問話，又說明了逃走的過程。明晃晃的客廳吊燈、潔白清楚的磁磚地板、歐式餐桌椅、玻璃矮几、柔軟緞面的沙發椅墊子，這一切都安定著她原本興奮逃脫成功的情緒。「妳簡直瘋了！還站在街上同人家講價，隨時可能被重新抓回去的呀！」姑姑還替她心有餘悸地說。愛玲愣了一下說：「唔，我只是太高興，卻沒想到。」

「我要何干傳的話，妳應該也是想清楚的了，決定離開妳叔叔那裡，可不是玩的。」母親兩手抱在胸前，身體靠著椅背，臉上嚴肅地說：「我給你準備了一筆錢，讓你上大學用。如果不想繼續讀書，趁早用這筆錢打扮時髦，買漂亮衣服，找個人嫁了，雖然錢不如妳叔叔的多，也還夠做嫁妝。要想讀書，可得用功努力，剛好從現在開始，到夏天倫敦大學遠東區考試還有一陣子，一方面也可以休養身體。怎麼樣？妳仔細考慮。」愛玲點點頭道：「嗯，都想清楚了，我要繼續讀書。」

「要去倫敦大學讀書，英語不能只會讀寫，還得會流利的說，可得找個標準倫敦腔的英國人來幫小煐補習。」姑姑在一旁說。「等會兒我來問問維葛斯托夫，他應該有熟朋友可以拜託。」逸梵轉過頭看一眼維葛斯托夫，後者眉毛聳了聳，出現了一個問號表情，兩人用英語交談了一下之後，逸梵又向愛玲說：「很晚了，先去洗個澡睡覺吧，其他的事情明天早上再說。」。

母親回房睡了，姑姑也把睡鋪鋪好，讓愛玲跟自己睡在同一間房，把燈關暗，姑姑卻聽到愛玲老在鋪上翻來翻去。「怎麼，睡不著？」姑姑關心地問。

「肚子裡奇怪得很，好似腸子都揪在一起了。」愛玲痛苦地說。姑姑趕忙又把燈打開問道：「是不是痢疾還沒好？」愛玲曲著身體彎在鋪上說：「不知道啊！前一陣子好了，沒再犯，這兩三天卻又根本沒有大號。」姑姑把愛玲扶起來：「還是緊張逃出來的事情，怕又成了便秘?!真糟，身體還沒大好，這老毛病又發了，先去浴室試試看，要出不來可得用灌腸球了，我先去給你找找。」愛玲噘嘴說：「不能吃果子鹽麼？我最討厭灌腸了！」

「果子鹽不是挺有效的。」姑姑開了燈，在房裡書櫃上翻找。「嗯，哼，」愛玲在浴室裡呻吟著：「姑姑我眞怕。」姑姑安慰著說：「別緊張，別怕呀！又不是沒灌過腸，一下子就好了。」愛玲小聲說：「不是啊，我是怕維葛斯托夫不喜歡我。」

「噯，別想太多，維葛斯托夫不是那種人。」姑姑停下來，回頭說：「妳看，他也爲了你出國讀書的事情陪你嬸嬸來上海，原本處理完妳的事情，就打算一起出國去，沒想到妳被關起來，拖延這許多時候，做生意的人，時間就是錢，願意這樣，可見他並不小心眼。」愛玲聽著，沉默了一會兒說：「我得到夏天才考試，又要拖延他的時間。」

「考試是非考不可，妳要是考不好，也沒有出國讀書的路子，一切還要看妳自己。這點他也清楚，不可能會怪妳！」姑姑邊說，似乎還找不到藥。「他很愛嬸嬸麼？」愛玲探頭出來問。「我想是罷！」姑姑不經心地回答，過一小陣子，又懊惱地自問自說：「幾個月前明明放這兒，怎麼現在要用了，卻找不著？」「姑姑，找不到沒關係。眞奇怪，現在肚子又不疼了。」愛玲已經整理好睡衣，又好好的走出浴室。「咦，眞的麼？」姑姑訝異地說，又自己咕嚕道：「明天得去藥房買些日常西藥，免得需要時又找不著。」

鬧了半天，姑姪兩人在燈下都打個好大的哈欠，相對好笑起來。她們把燈關掉，重新倒頭睡下，隆冬的夜又安穩了。

十二

何干躲過後母的注意，偷偷把愛玲小時候的玩具收拾一些。抽鴉片的人都愛吃甜食，何干藉口替他們出去買些甜糕點，把玩具放進食盒籃子裡，送過來開納公寓。剛好逸梵和維葛斯托夫有事出門去。茂淵讓何干坐下之後，進去拿些餅乾蛋糕出來，又泡了一杯英國茶。

「二小姐別忙，這樣我怎麼擔當得起。」何干手足無措地又站起來。「怎麼擔當不起，」茂淵把何干又按到椅子上說：「小煐的命不是你救的？還又拖累了你！」

「哪裡就拖累了？原本有我們這些老佣人在，人家眼裡看著就是礙手礙腳的，背上針肉中刺，不過出了這事兒，剛好挑唆老爺罵一頓，也沒什麼。我早該回皖北老家了，先前兒子們老給我寫信催，說家裡也不缺什麼，怎麼不回去。可我總捨不得這孩子，」何干說到這裡，撫撫愛玲的臉頰，停了一下又說：「現在倒好，順水推舟，一年一年的，眞快，都過了二三十年，我也想念家鄉，人總得落葉歸根了才好。」茂淵問：「幾時要走？」想著自己小時候，何干也幫忙照顧過，總有些捨不得。何干說：「已經辭了工了，就做到月底，也是月底的船票。」

愛玲牽牽何干的袖子，又去打開籃子，把玩具一樣一樣掏出來，彷彿又回到童年時候，每一個何干陪著她玩遊戲、說家鄉故事的早晨、午後和晚上睡覺前。有個倩巧的金漆紅衣小泥人偶，愛玲捨不得地把玩著，抬頭向何干笑說：「這只泥人，我記得五六歲的時候，在天津趕廟會，和疤丫丫他們一道，在攤子上看到，也有另一個小孩要，只剩這一個，我硬是拿了就跑，你們追在後邊，又忙著付帳、又向人家對不住。」

「妳就是倔脾氣，要的定規要，不要的定規不要，人家先看到了，說給你另一個一樣漂亮的，你就是不肯。」何干也被愛玲逗得笑了，回憶著往事。

「這把象牙骨湖綠羽毛扇子，是叔叔帶我去姨奶奶那裡，姨奶奶隨手送給我頑的。」愛玲正想打開扇子，被何干按住道：「噯，小心別打開了，不是告訴過妳，這只鴕鳥扇子，時間久了，一打開扇就要掉毛，嗆人的。我看，也是客人送她頑的，比起來，那個姨奶奶還算不錯，也懂得巴結孩子。」何干停一停又說：「妳其他的東西，大件的我沒法帶出來，有的又來不及收拾，都被妳後母送人的送人，丟的丟了。我說了，妳也別難過，往後是讀書前途要緊，有這點東西做紀念，放在心裡的多，手裡就是看見的少，也都沒關係了，啊！」

「記住了。」愛玲抱住何干，在她肩膀上點點頭：「還有好幾天，妳還來不來？」

「傻孩子，」何干眼圈紅了，拍拍愛玲說：「有空我就來，要好好用功，妳嬸嬸特為妳請的洋先生，我聽她說，一個鐘點得花美金五塊錢，她身上不是頂多錢的，這麼疼妳，別辜負她的心！」愛玲道：「我也不辜負妳的心！」也快要哭了。

這天何干走了之後，就沒有再來過，怕見了面，免不了得傷心別離。

陽光照在車輛往來的馬路上，灰塵撲撲地飛揚著，人們彷彿也沸騰起來，有人背著小攤子在街上叫賣，也有的臨街遇到熟人，就站著聊起天來，聲音大到三樓四樓都隱約聽得到。如果她考上了，就得出國讀書，起碼有幾年時間不能回來，上海這些街景、人聲，她一定會非常懷念，愛玲有趣地看了很久，才回過神來，把心重新放在英文功課上。

忽然誰揿了一陣急門鈴，愛玲抹抹額上的汗珠，從房間出去開門。

「小弟！」愛玲驚喜地叫了起來。有好幾個月沒見到子靜了，小弟變得更瘦長，臉上有些青青的翳鬚渣子，穿著一件藍竹布長衫，瘦垮垮的手上拿著一個報紙包，一進門就把報紙包放在鞋櫃上打開，裡面是他最喜歡的一雙籃球鞋，母親剛回上海來時給他買的，都快兩年了，還捨不得時常穿。一見姊姊，子靜劈頭第一句話就說：「妳在《Evening Post》上的那篇文章我讀了！」愛玲故意問：「怎麼樣？」

「妳的英文那麼好了！把後母寫得活脫，又把逃走前後的事情寫得那麼詳細，眞夠狠辣！報紙上登了一大版面。〈What a life！What a girl's life〉，這是妳投稿時就寫好的標題麼?!」子靜邊問愛玲，又忍不住笑起來。

「我的題目定得呆板，一定是那裡面的編輯改的。」愛玲若無其事地說。

「妳是不是故意想讓叔叔看到?!家裡有訂大美晚報，登在上面他一定看得到。不過，叔叔看了眞的大發雷霆，摔報紙、砸東西，發了好一陣子脾氣，發完了，卻也不能怎麼樣。」子靜說時十分得意，彷彿這篇文章也替他報了仇似的，又說：「那天後母總不敢同他說話。」「你把這雙籃球鞋拿來做什麼？」愛玲問了別的，她明明很仔細聽，卻裝做不在乎父親，也不想聽父親消息的樣子。「我，我也想來跟你們住一塊！」子靜說得很心虛，又充滿了希望。

「姑姑出去了，我去跟嬸嬸說。」愛玲滿心高興，她也希望弟弟來住，於是跑進去喊嬸嬸，她在後陽台做雕塑，聽到兒子來了，就在廚房檯上洗洗手，把工作圍裙先脫掉，才出來客廳。維葛斯托夫在廚房裡煮茶，出來時看見子靜，愛玲又向他介紹：「uncle，這是我弟弟。」

子靜也跟著愛玲稱呼 uncle。

「你叔叔後母知道你來找我麼？」逸梵看著子靜問。子靜搖搖頭說：「他們如果知道一定不讓我出門了。我告訴他們，和小學同學一起回學校打籃球，連張干也不知道。」愛玲拿出她自己最喜歡吃的東西：「小弟，吃點俄國麵包，是我們學校附近的老大昌做的，昨天又有同學來上海，去學校附近聚會，順便買的，不然平常也不會彎到那裡。」

「好啊。」子靜一高興，立刻大口地吃起來。

「午飯吃過了麼？」逸梵忽然問。子靜邊吃邊說：「吃過才來的。」

「下午的點心是讓人細細品嚐的，得喝一口茶，聊天聊幾句，再吃一口。不是這樣大口大口吃，也不能邊說話邊吃東西，很不禮貌。還有，小煐，妳也不對，有 uncle 長輩在這兒，怎麼不懂得多拿兩塊麵包，多幾套杯碟，難道我們都得眼睜睜看著小魁喝茶吃點心？都快去英國讀書了，這些禮儀都得懂，也要有淑女的樣子。」逸梵嚴肅地教兒子，順便教訓起女兒。

「喔，知道了。」愛玲趕緊再去拿兩塊端出來，又安排幾個杯子，把維葛斯托夫煮在爐子上的茶拿來倒，一切規規矩矩有條有理地重新來過，子靜那隻吃東西的手卻早已停下來。

「叔叔讓你讀中學了麼？」逸梵拿起茶杯喝一口問道。

「聽說要讓我去讀正始中學。」子靜還因為麵包的事情，說起話來也還怕母親說哪裡不對，問一句回答一句的。逸梵鬆一口氣道：「終究願意讓你去讀書了。」

「可是，」子靜猶豫了一下說道：「聽說那是個重視舊學的學校，先生們手裡都拿戒尺的。」他又在母親面前提到戒尺，他實在害怕那種不把學生當人看待的學校。

「那麼你就得用功點，再重視舊學的學校，總還是新式的教育，不會少掉必備的英文數學體育那些中學生課程，也會認識許多同學。」母親總認爲學校比家裡的私塾好多了。

「嬸嬸，我可不可以也跟姊姊一樣，不要回去叔叔那裡，跟你們一起住，」他的大眼睛汪汪地看著母親，哀求道：「我知道地方小，沒有房間也沒關係，我可以睡在椅子上，哪裡都可以。嬸嬸，隨便安排我去讀哪個學校，只要跟你們在一起，我都會很用功讀書，眞的！」

逸梵沒有說話，空氣凝固了似的，愛玲在一旁幾乎動也不敢動，她希望弟弟可以留下來。逸梵打開玻璃糖罐子，舀一小匙糖加入深色的紅茶中，慢慢攪動均勻，茶湯依著湯匙旋出一個小渦，越旋越深，等湯匙停下來時，小渦忽然沒了影子。

「小魁，妳和小煐一樣，都是我疼愛的孩子。如果有可能，我希望你們都能夠在我身邊長大，按照我的意思讀書、受教育。」逸梵打破沉悶的空氣，開始柔聲解釋：「但是我不像你叔叔，繼承了許多家產，我手上有的只是些骨董，一件一件慢慢賣了換成錢來生活。小煐逃了出來，不得已，我只好勉強撐起來，替你姊姊打點著學英文、將來大學的學費，都已經相當困難了，無怪親戚們都傳說你後母他們背後笑我，說是拚命要求干涉小孩的教育，現在好了，根本就是自扳磚頭自砸腳！你來了，我實在捨不得你，可留了你下來，已經沒有餘錢供你讀書，卻又不是我願意的了。」

「我討厭後母，討厭根本不像叔叔的叔叔，也討厭張干！她老是巴結後母。」子靜說著說著哭了。「我知道你有許多委屈，可是現在，正當讀書的年紀，不能荒廢了學業，何況你叔叔已經答應給你上學，將來中學畢業，」逸梵站起身來，走到子靜旁邊，按著兒子的肩膀說：「你後母這個年紀已經不能有孩子了，你是張家唯一的男孩，我想你叔叔絕不會虧待了你，不讓上大學。」子靜哭著又向坐在一旁的愛玲喊了一聲：「姊姊！我多想跟你們一起！」

逸梵說那麼多，子靜聽來聽去，總是不要他留下來的意思，愛玲什麼也說不出口，握著弟弟的手，也哭了起來。

吃過晚飯，子靜不再提要留下來的話，愛玲知道弟弟仍然不想回去，也還跟他盡量聊些電影、小說、外國文學。但是時間漸漸過去，晚了，姑姑也回來了。「小魁，你還是快些回去吧，我們這一向都跟你叔叔後母不好，等會兒他們不見你，問起來，小心回去又遭殃。」姑姑催著說。

「你是男孩子，得有志氣點，讀書頂多十年的時間，英文學好些，將來有成就了，誰也不用怕。」逸梵表面上鼓勵著說，心裡面卻忍不住心酸，又加了一句：「我們一時也還在上海，有空可以時常來。」

子靜聽著，心裡卻不知道回去了，是不是能夠再來。愛玲送弟弟下樓，兩個人在電梯裡都不做聲，彷彿一開口，世界就會垮塌下去。「小弟，」愛玲舔舔乾澀的嘴唇，好一會才說出一句：「我們都要快點長大！」子靜好不容易才有了接受事實的心理，愛玲這一說，又挑起他的情緒，拉著姊姊的衣服啜泣起來。

弟弟的個性，遇到事情多半優柔寡斷，像父親；這次下了決心來投奔母親，是非常不容易了，想不到卻又被逼著回去，他沒有任何辦法對付這個殘忍的世界，在不喜歡、不願意的事情一件一件排山倒海地來的時候，他只能夠哭。

子靜倒底回去了，帶著他那雙籃球鞋。愛玲抬起頭來，從這巷弄底往上看，天空被公寓的邊緣分割著，夏天的晚上，滿天的星子被整個大上海煙霧般繁華的燈光矇著，多數是看不見的。

天氣熱得令人有些受不了，愛玲趴在窗台上向下望，這裡和蘇州河畔那個老舊洋房不同，窗台是臨街的。有時候，姑姑做幾只包子，又有一兩樣家常小菜，要她幫忙端過去對面舅舅家。姑姑和母親他們，如果不是有事情，幾乎都在舅舅家吃飯，雖然是至親，總不好意思有來沒有往的。在白白的天光底下把熱騰騰的炒菜端過對門，愛玲喜歡這種豐足喜慶的感覺，專心謹慎地捧走著，不會無端想起弟弟和何干，這種時候她是幸福的。

愛玲把最後一道菜放到餐桌上，正打算去房間找家漪，卻被舅母看到，招手要她過去。

「剛剛才回來，沒想妳就捧著菜來了，妳姑姑也太客氣，家裡女傭反正十人份是煮，十五人份也是煮，沒什麼差別。」舅母微笑著說。

「姑姑說時間多著，不做，久了要忘了怎麼做的。」愛玲替姑姑回答得妥貼。

「身上這件還是妳那後母的衣服？」舅母拉著愛玲上下看看，又搖搖頭：「真是糟蹋孩子的好模樣。」愛玲裝著不在意的樣子：「我習慣了，在家裡讀書，也不去哪裡。」

「噯，改天等我翻箱子的時候，給妳找一些大表姐二表姐的衣服，許多都還挺新的，料子也好。」舅母十分誠意地說。「不，不，真的不用了。」愛玲頓時漲紅了臉後退幾步，幸好屋裡這個角落的陰影遮住了，她連忙轉頭跑出去，眼淚已經忍不住滾了下來，也忘了去找家漪。

舅母說的話，和後母說的多麼像，怎麼會這樣？難道，她看起來已經像是個窮人家的女孩子了麼？享受了十幾年千金小姐的生活，上上下下呵護著，一條手絹子也沒摺過，新衣服還沒穿，就變得太小了，只能送給別人，現在卻淪落到非得穿別人穿剩的。什麼時候輪到她當別人的窮親戚了？人們都把她看成該被周濟的對象！還有什麼比這樣的景況更讓人難堪?!

她躲回自己的房間，不想去舅母家吃飯了，姑姑來叫她，也不說什麼緣故，就是不下樓。

「妳是怎麼了？妳舅母說，不知是不是她說什麼得罪了你。」換母親來叫她了，還是不應，母親也有些生氣了：「讓長輩這麼說妳，已經不太好了，還不快下去吃飯。」愛玲仰臉跟母親說，希望她能夠了解：「就跟舅母說，我有些不舒服。」

「兩家住這麼近，有什麼不得了的事，非這麼拗不可？」母親開始覺得愛玲在無理取鬧：「妳十七八歲了，該懂得人情世故些，說話時，都得多看看別人臉色，人家有不高興的時候，不會經常掛在嘴巴上。舅母已經不知道你怎麼回事了，又不吃飯，像賭氣似的，以後怎麼再去人家家裡頑？」母親這麼說，愛玲也不想解釋什麼，只得勉強跟母親下樓去。

吃飯時愛玲裝著什麼事都沒有，心裡覺得十分不被母親了解，或者，她也不了解母親吧?!幾年前母親去巴黎學畫的時候，愛玲做的每一件事情，甚至連說的話，母親都是讚美的，那時候母親眼裡聰明、敏感又多才藝的女兒，現在卻什麼都不對了。

匆匆吃了一點，愛玲和家漪閃個眼色，就藉口聊天，一起溜下桌去。這種時候，只有家漪懂她、了解她，因爲家漪和她一樣，不懂得看人臉色行事說話。她們回到房間裡，開了角落的電扇，大表姐二表姐都約會去了，不在家。

「別放在心上，我嬸嬸不是那個意思。」家漪安慰著，把自己的狀況也說了：「我穿的衣服也都是姊姊們的，從小就是。我嬸嬸大概習慣這麼做，我們年齡又近，她把妳也當成我了。」

「我知道舅母沒有惡意，但就是讓我想起後母。以後，等到我自己能夠賺錢的時候，我一定要做許多許多好看又精緻的衣服，一天換一件，穿得每個人都驚奇不已！」愛玲說著睜大了眼睛，像發誓的神情。

「我也想能夠有自己賺錢的時候，卻想不出自己可以做什麼。」家漪幽幽地說：「我叔叔好像同朋友做了些投資，希望他能夠賺很多錢，眞的得要很多，多到都滿出來了，就一定會讓我上大學讀書。」愛玲看著家漪略有些扁平的側面剪影，忍不住說道：「家漪，我們都不能放棄，一直堅持下去，一定會有希望。」

愛玲嘴上這麼說，對於未來，心裡卻並不是確定不移的，但總覺得家漪更可憐，反倒安慰她。雖然情況完全不同，家漪卻時常莫名其妙地，會讓愛玲想到小弟，他們都像沒有人理會的棄嬰，包括她自己。

愛玲比姑姑母親更早些回到公寓，忽然很想到頂樓陽台，那像一個高處不勝寒的地方，打開陽台門，白花花的太陽就在頭頂，她在那上面轉來轉去，想起同張如謹聊過的葛麗泰嘉寶，那個和她同樣孤獨無依的女星。西班牙式的白牆，在藍天上切割出斷然的線條，這個世界，只剩下她一個人，赤裸裸地又惶惑地站在天底下，她眞的非常非常卑微、一點也沒有辦法改變這個世界。

是，她是卑微，但是她絕不向任何人認輸！她向自己發誓！

愛玲沒有辜負任何人的期望，倫敦大學的入學考試，她考了遠東區第一名，讓姑姑和母親都覺得極有面子，特意讓每個能通知到的親戚都知道了，都預祝她留學順利。親戚們知道了，大概父親後母也會知道吧！她要讓每件事都風風光光揚眉吐氣，讓他們好好看著，讓把她打得倒地不起的父親後悔莫及。

姑姑和母親在年初決定搬到跑馬廳路赫德路口的愛丁頓公寓，離電車起站口不遠，這裡是租界區最熱鬧的幾條街之一，當然比開納公寓的街道熱鬧許多。公寓裡有兩個大套間、一個大客廳、大餐室，還有一個儲物間和可以遠眺黃浦江的陽台。她們還用了一個每週來兩三次打掃採買打雜的男僕人。

就在愛玲準備著赴歐洲留學的衣服、書籍、箱子之際，歐戰卻爆發了，倫敦大學暫時停止遠東區學生入學，但是可以持著考試成績單進入倫敦大學分校的香港大學讀書。

「別失望，港大也不錯啊，成立時候二大爺還捐了二十萬兩銀子。」姑姑安慰失望的愛玲。

「二大爺？小時候總是要我背唐詩的二大爺？」這可引起愛玲的興趣來。

「是啊，那時他還做兩廣總督，捐了錢之後，不到一年廣州就被革命黨拿下來了。我總時常聽妞兒兄弟們說過這些事。」姑姑知道愛玲最喜歡聽「從前」的許多事，記得的總說給她聽。

「妞兒大侄侄呢？許多年都沒有她的消息了，小時候她對我很好。」愛玲想起妞兒幫她和弟弟照相的事。

「我就氣妳二大爺把妞兒許給一個遠房窮親戚，說是門當戶對，根本是破落戶，窮也沒關係，那人有肺病，生了許多孩子都天生肺癆，帶累她一生！」姑姑說著仍然生氣。

「女子的命運，不是走進婚姻被埋沒了，」愛玲想到張如謹，又說：「不然，就要像嬸嬸這樣，追求獨立自主，可也還迷惘著是不是走對了，又是不是眞能得到幸福。」姑姑既驚奇她能夠看穿大人的想法，又趕忙說：「挺好他們現在不在家，千萬別在妳嬸嬸面前這麼說，懂麼？」

「我知道，這種話我也只敢跟姑姑說。」

愛玲又要姑姑說更多家族的事情，聊了一下子，家濟掛電話來找愛玲。現在住得離舅舅家比較遠了，愛玲往舅舅家跑的次數卻沒減少。

舅舅舅母才辦完大表姐、二表姐的喜事，家濟忽然間成了留在家裡最長的女孩，剛剛中學畢業，不必上課，整天顯得悠閒。其實只有愛玲知道她心裡有多麼焦躁不安，愛玲在上海的時間越來越少，等愛玲到香港去，家濟能夠說話的人，就又少了一個。

夏季的天空總是炎熱的，如果遠處堆著許多雲，下午一定會有傾盆暴雨。愛玲出門前，姑姑不忘叮嚀帶一把傘。一進舅舅家的門，愛玲把傘放到櫥子裡，直接進房間找家濟，看見她正把裝衣服的大箱子打開，頭埋在裡面翻著。

「咦?妳做什麼?」愛玲好奇地問。

「找絲襪。」家濟也不抬頭，仍在衣服堆裡悶聲說。

「做什麼?你們學校畢業典禮得穿麼?」愛玲奇怪著。

「當然不是，」家濟這才抬起臉來，把愛玲拉向自己，神秘兮兮的說：「有人邀請我去參加派對。」愛玲睜大眼睛問：「啊，那——妳有高跟鞋麼?穿絲襪得配高跟鞋才行。」

「先找到絲襪再說，高跟鞋，說不定問問二姐，我的腳和她的差不多。」家濟說著還蹲下去繼續找。愛玲想想又加了一句：「借了高跟鞋，還得有一件洋裝呢！」

「大姐去重慶時整理東西，有兩件洋裝留給我。」家漪找了半天，發急的了：「明明記得大姐有雙長統小方跟絲襪的，她嫌顏色不對皮膚，根本沒穿就塞到箱子裡給我。那一雙上次在減價時候買的，也得兩塊錢多，很貴很好的，大姊狠得下心買，我自己再要買，卻不可能了。」

「找了這麼久，找不著，就別找了，何況那雙絲襪找到了，也不一定就合適妳的衣服顏色。這樣好了，妳先選好那天要穿哪件洋裝，我還有點零用錢，我們吃過飯就去霞飛路逛逛，這樣，妳還可以選恰當的絲襪顏色。」愛玲有意想幫忙家漪。

「那怎麼行，妳不是說還有幾部電影要看，兩三塊錢，如果不要坐黃包車去電影院，就坐電車或公車，可以看好幾部的。」家漪替愛玲計算著說。

「我要用錢，也沒有那麼緊張。坐電車比較容易學會，路線上就是那幾站，坐公車我總還不會，坐過一次，迷了路，根本攪不清哪裡是哪裡了，還是叫了黃包車回家，反倒多花錢。」愛玲笑著說，表情上卻不自主地多了一些不安。

「妳別說得讓我安心，上次我們去看電影，伯伯不就當面問你，零用錢都花哪裡去了，怎麼一下子十塊錢都用掉了。妳就說，最近買了一本電影雜誌，看兩場電影，一場秀蘭鄧波兒的『小紅伶』，一場什麼——」家漪還記得那些細節，邊說邊回憶著。愛玲笑說：「『五彩卡通的『白雪公主』嘛！第一部卡通長片呢，哪能不去看！那是我去看了告訴妳的，難怪妳忘了。」

「光是這樣，其實哪用得了十塊錢，還不是因爲又買一瓶雪花膏、一支脣膏，我們偷偷塗著，他們也還不曉得哩！」家漪秘密地笑著，一會兒又收起臉來說：「不過，伯伯不是頂高興妳花錢的。」愛玲不自在地說：「我知道嬸嬸不高興，這兩年，三天兩頭的伸手跟她要錢，實在不願意的時候，還是得要，那些尷尬我怎麼也忘不了，她爲我犧牲了許多，跟維葛斯托夫在房裡關著門吵架，我也聽到了。」

「伯伯希望妳受最好的教育，成爲淑女。伯伯也喜歡家瑞，妳去不成倫敦之後，就說要帶她一起出國，家瑞才十三歲，還那麼小，又已經那麼活潑漂亮，出國讀幾年書，也不知幾時才能回國，回來怕都不認得人了，我叔叔不肯，伯伯才作罷。」家漪說著，其實心裡也十分羨慕家瑞。

「嬸嬸他們也出國，安排好我的入學事情，他們就會去他們的地方。其實，不跟他們一起，我有些鬆了一口氣的感覺。我總不能如她的願。」愛玲怔怔地說著。家漪驚訝道：「怎麼會呢？妳不是一直希望跟伯伯一起。」

「才逃出來的時候，她教我自己洗碗，我總是把碗砸破，洗衣服時，搓了太多肥皀進去，怎麼也洗不乾淨，買菜更不懂了。」愛玲有點委屈地說：「說話不能大聲，笑也得微微笑，走路得細手細腳，我怎麼樣都學不會，老是撞到這裡，碰壞了那裡，眞痛苦。現在學會一些了，也還是粗手粗腳，不是她希望的淑女樣子。她總懷疑爲我犧牲到底值不值得！」

「不會的，妳想太多了，伯伯頂注意妳的教育，至少這一點，我又羨慕妳了！」家漪握握愛玲的手，試著安慰她，又說：「我們冬天的時候在霞飛路逛，看中一頂淑女帽，記不記得？」

「怎麼不記得？那麼亮的霓虹燈招牌底下，戴在一個木美人頭頂上。還插著一根羽毛。」愛玲還比畫著說。家漪道：「四十塊錢一頂，多貴！都可以買一台有收音機的最新型留聲機了，可是看過那頂樣子，別的就看不上眼了。那時我們都不穿洋裝，其實看帽子也沒用。」

「妳現在不就要正式穿起洋裝、絲襪了？這樣，打扮上就少不了一頂好帽子，冬天的、夏天的都要有！我們還是去逛逛吧，多看看上海的街道，聽說香港也熱鬧，卻不知道比上海怎麼樣了？」愛玲說得倒有點依依不捨。

「去香港讀書，都講廣東話，人生地不熟的，怎麼辦？」家濬卻擔心起來。

「我想這三四年，就是專心讀好英文，一定要把自己訓練得像個英國人，說寫英文都一樣流利。反正逛街、看電影娛樂，也只有在上海了，就算不會講廣東話也無所謂。」愛玲說。「好啊，不去買絲襪了，去看電影怎樣？南京戲院今天開始演『巫山夢回』，妳不是喜歡瓊．克勞馥？」家濬用愉快的口吻說。

「巫山夢回？英文片名是什麼？我看看。」愛玲把《新聞報》電影廣告版拿來看：「THE SHINING HOUR，我有印象，《MOVIE STAR》介紹過，有點諷刺的喜劇片，影評還不錯，上海大概都比美國晚幾個月上演。不過，絲襪還是要買的，不差那兩塊錢。」

「先看電影再說吧！」家濬婉轉地說。

「別這麼緊張，我的零用錢一時花不完，還能請妳看電影，也不騙妳，就剩下十五塊錢，過幾天要去香港了。學費吃住，都繳好了，嬸嬸還託朋友照顧我，放了一筆錢在那裡。不過我不打算動用，一定拼命去拿他們的獎學金。」愛玲說得有光明希望的樣子。

她們把唇膏放在小皮包裡，在長袍上穿件短袖絨線衫，兩個十九歲女孩，一出門就把唇膏拿出來，就著路上的店門櫥窗塗了塗，她們打算看完電影，再去逛霞飛路，看夏季英式女帽的款式。

還有一些現在做不到，或許將來做得到的瘋狂想像。再古典高貴的櫥窗，就只駐足觀賞，也可以不花半分錢得到賞心悅目的樂趣。如果還有剩餘的錢，就找一家冷氣汀開放的咖啡館，選一個靠窗的位子坐下，叫兩客冰淇淋，並兩塊起士蛋糕，一邊慢慢吃，邊對窗外走過去的女子男子品頭論足一番，說夠了那些不相干的人的是非，在不太晚的時候，走到一個分手點各自回家。

「等妳從香港回來，我們可以再來霞飛路逛逛，說不定那時霞飛路又變了一個樣子。」家濟回頭不捨地喊道，引起街道上許多路人側目。

「到了香港，我會寫信告訴妳宿舍的地址。」愛玲也回頭喊。

十三

愛玲乘的是一隻荷蘭船的二等艙，她扶著甲板上的欄杆，向岸上的姑姑、表姐表弟們揮手再見，船開動了，家淆在碼頭上跑起來，邊跑邊揮手絹子，愛玲也向她揮著，直到碼頭變成了小點，看不見爲止。

出港後的船開始加速，白花花的浪濤沿著船身分割著墨綠色的海水，遠處是分不清楚的藍海藍天。她想起八歲時候從天津回到上海，幾天中總是跳躍興奮著，聽何干和其他傭人說上海的熱鬧，想像上海的白天夜晚，然後，聽說許多女客男客在船艙裡暈船嘔吐，何干他們不讓她看到，她也不大知道那是爲什麼，因爲她一點事情也沒有。

姑姑給她準備了暈船藥，她大概不會用到吧。迎著獵獵的海風，她不知道香港是個什麼樣的地方，聽姑姑說過，似乎也是個熱鬧的城市，那裡的英國人不比上海少，高樓卻也不比上海多，有錢人住的花園洋房挺時髦的都蓋在半山腰上，因爲香港除了山，就是海。尋常說著廣東話的人們多半黝黑矮小，不比上海人，多白白胖胖又高挺壯碩。

香港大學是教會辦的學校，能夠上港大讀書的學生們，想必家境也都不錯。她已經預見，這未來四年的港大生活，大約也只能比照聖瑪利亞中學時代的生活，出宿舍上課，上完課就吃飯、回宿舍讀書，她不在意能不能夠在這裡交到什麼朋友。上大學已經給母親很大的負擔，她不能再不懂事地像別的千金小姐那樣，時時想著開派對、遊玩、交朋友。

因爲，那幾項都需要花錢，尤其需要花錢做漂亮的衣服。她沒有帶能夠參加派對的衣服。除了冬天一件母親從英國給她帶回來的皮領子呢大衣，就是幾件藍竹布大掛、尋常碎花布長衫、幾件絨線罩衫，母親的身量比她更矮些，所以也沒有可穿的衣服留給她，後母的衣服早就被她扔掉了。她搖搖頭，想把衣服的事甩在一邊，就像所有其他麻煩卻不重要的事一樣。她告訴自己，到港大讀書，目的只有一個，就是一心一意地把英文練好，一定要練得非常非常之好，最好練到變成了道地的外國佬。

沒有什麼風雨的海上，白天整個世界充滿了單調的藍，夜裡黑的海面上，只空有著呼風拍浪聲，一些夫婦帶著孩子，兒啼女哭的，在甲板上搖來鬧去，有的人整天整夜地吐個不休，不吐的時候就睡倒在船艙裡。

好容易船要慢慢靠岸了，她提著行李到甲板上。已經快到九月了，卻還是個火辣辣的下午，看樣子，香港的天氣比上海熱多了。望過去，最觸目的就是天星碼頭上匱列著的巨型廣告牌子，紅的、橘紅的、粉紅的，倒映在綠油油的海水裡，一條條、一抹抹刺激的、犯沖的顏色，船身搖晃著，海水波蕩著，那些顏色在水底下竄上落下的，廝殺得異常熱鬧。

她從船板走入碼頭長長的甬道，盡頭處，一個高大的人張望著，舉著一只「EILEEN CHANG」的紙牌子，夾雜在出口地方許多矮個子、紙牌子當中。她看見了，對那人揮揮手。

「開弟 uncle，謝謝您來接我！」愛玲禮貌地說。「別客氣，妳母親姑姑叮囑過的。」李開弟笑著看看她說：「小女孩長成大小姐了！幾年前見到妳，還是讀小學中學的時候。」愛玲問候道：「您結婚時，姑姑當招待，那天我也去了。aunti 好麼？」

「她很好，謝謝！」李開第邊掏著車鑰匙邊說：「這邊走，車子就在前面。先送妳到學校去，手續都辦好了，過些天看看要不要到我們家玩？她知道妳來了，高興著，說要帶你香港九龍到處走走。」

「好啊！先謝謝 aunti 了。」愛玲和長輩一起，總是木訥少言語，話多了總怕說錯，有禮貌地少少幾句話，雖然不能給人熱絡又機靈活潑的感覺，卻不會發生什麼愚蠢的事情，或是有什麼不對之處。「有什麼事，比如學校臨時要求繳什麼費用，或是在生活上有什麼需要，都可以告訴我們。妳母親在我辦公室放了一筆錢，在這方面，妳不用擔心。」李開弟邊開車邊說。

「謝謝 uncle，我身上也還有，不夠的時候再麻煩您。」愛玲還是十分客氣。

「我在英國時，就知道留學生圈子裡有位張太太，一位張小姐，只是那時她們在倫敦，我在曼徹斯特學工程，沒見著。二八年回上海之後認識了，到現在也算十幾年的朋友，妳母親姑姑託我做監護人，我挺高興幫這個忙的。」

車子馳出鬧區走了多時，彎著往山坡開上去，遠遠的一叢叢綠樹遮掩著隱約可見的校舍，整個學校是依山的層層建築。校園裡幾個修女黑衣裙白帽的，走在抱著書的學生們之間，這些學生裡，白種人、黑種人、黃種人，混血的上海人稱「雜種人」的，全都有，一些人三三兩兩地交談，聽起來都是英語，就是香港本地生，也是粵語英語交雜，有的人獨自神色漠然地走著，但是不論男女，多半衣著打扮都不臘遢。

報到處另有些家長學生來辦手續，李開弟領著愛玲走進來，一眼見到前面一對夫婦同一個矮胖女孩子，眼睛一亮，就過去拍了拍他們肩膀。

「哈羅，眞巧。」李開弟開心地用英語打招呼。

那對夫婦，先生皮膚黝黑，高鼻子深眼睛，看上去是個印度人，太太穿著旗袍，是個上海上流社會常見的婦女，把頭髮往後梳攏成一個愛司髻，正用手絹子點著頭臉上的汗珠。矮胖女孩顯然是他們的孩子，有著深輪廓、黑皮膚，一對漂亮的眼睛，是中印混血的典型，女孩正向愛玲看過來，又露齒友善地笑了笑，愛玲不由得也對她笑了笑。

「眞高興遇見你，我們 Fettima 今天辦入學手續。這位是？」印度人向李開弟握了握手說。

「是 Yvonne Chang 的女兒，她母親去了新加坡，所以託我幫忙，帶她來辦理入學手續。」李開弟解釋著，又說：「給你們介紹，這位是 Eileen Chang，這位是 Fettima Mohideen。」

「哈羅，uncle、aunti 你們好、Miss Mohideen 妳好。」愛玲也打招呼。

「哈羅，Eileen 妳好，就叫我 Fettima 吧！我挺喜歡人家直呼我的名字，」混血女孩眨眨漂亮的大眼睛，熱情地說：「我見過妳母親，她上次到我們上海的家來玩，妳們都很漂亮。」

「謝謝，妳也很漂亮！」愛玲回答，雖然客氣，但是覺得這個女孩十分有趣。

「啊咦?!」Fettima 看了看愛玲手裡的表格說：「我們同是文科，又同樓層寢室，眞好！」

「是啊，眞好。」愛玲禮貌地笑著，心裡卻想不知好在哪裡，一年級寢室本來就在同一層。

大人們聊了一會兒，辦過手續，愛玲同 Fettima 先提著行李到宿舍去，Fettima 一路上嘰嘰呱呱，說這幾天到香港，看到什麼什麼風景，又在香港街上看到什麼樣吃的穿的用的、什麼樣的人，同時也問愛玲許多問題。比較簡單的中國話，她可以說得流利，而且文法正確，但是複雜的形容或語句，她仍然得用英語。奇怪的是，這些問題沒有一個是愛玲不想回答，或聽了不高興的。例如，她喜歡什麼式樣的鞋子，她覺得黃色洋裝配什麼顏色的女帽比較好，或是她喜歡哪個英國作家的小說，覺得最近哪部電影最好看，等等。

原本愛玲預見的四年大學生活，是獨自深埋在書堆裡，應該是又窮酸又孤獨的生活，現在聽著 Fettima 的說話聲，走在宿舍的長廊裡，她彷彿聽到各種顏色自動交會成的萬花筒式圖案，胡亂搖晃排列的新生活裡，自有燦爛美麗的秩序。愛玲高興的笑了，她想趕快告訴家濟這件事。

Dear 家濟：

妳一定驚訝，怎麼會收到這樣的信——從頭到尾全都是英文。我有意要鍛鍊自己，規定自己從今天開始，就連寫信、寫日記、筆記，都用英文，如果有可能，連說話都用英語交談罷！直到回上海，我都要這麼做，就算要忘了中文怎麼寫也無所謂，我相信妳能夠知道我這麼做的原因。

我的同學裡有個女孩，名叫 Fettima，是阿拉伯種的印度女孩，母親是天津人，父親是阿拉伯裔錫蘭人，家境不錯。跟她說話聊天，雖然她也懂得聽些中國話，但是用英語她聽來最不費力，我說起來卻稍稍費力些，但是這樣有好處，不久說寫都能流利起來。Fettima 家住上海，說不定我們暑假時可以一起回去，不過現在還只是想著。這裡的同學也多半能說流利的英語，來自大英帝國各殖民地的關係。Fettima 沒有中文名字，我告訴她，正想著替她取名字，妳猜她怎麼說？她高興的說：取個特別點的，不然就取個聽起來令人想一親芳澤的名字好啦！我同她在校園裡散步，香港的九月天還熱著，花也開了滿山沒有謝，她說這裡連花都比上海火紅，見到蝴蝶在花間飛舞著，她說，每一隻蝴蝶，都是從前每一朵花的鬼魂，回來尋找它自己。妳是不是也覺得十分有意思？Fettima 說話喜歡比手畫腳，臉上隨時都是興高采烈的，眞羡慕她可以時時這麼樂觀。

說了這許多，也還沒問問妳怎麼樣了？好麼？或者該這麼問，上海怎麼樣了？霞飛路怎麼樣了？我不在上海，霓虹燈也還閃爍著吧！我也寫信給姑姑，期待收到妳們的信呢！表弟表妹們都好？

Love 煐

煐：

我沒法給妳寫英文信，妳知道，我的英文程度沒那麼好，但是妳儘可照著妳的計劃寫來。妳的英文信，我讀得稍慢些，仍舊感受得到妳說話的樣子。看來，妳的港大生活還不錯，那個印度女孩挺有趣的，似乎是個讓妳十分開心的朋友，如果妳們暑假回上海，千萬介紹認識認識。

不過，想不到的事，都在妳離開上海的時候發生了。上次的派對，最終我還是沒去，因爲那件洋裝放在箱子裡太久，捨不得穿，也沒機會穿，現在機會有了，居然霉了。拿出來洗洗，剛巧那幾天都下雨，來不及乾，沒有衣服，索性也不想去了。

二姐、二姐夫同他們一個朋友來家裡，問起我爲什麼沒去派對，我隨口說人不舒服，他們就打趣著要介紹一個醫生，剛從奧地利學成回來的，報上經常登他的咳嗽糖漿，名叫唐歐洲，記得麼？我們還曾經看著廣告嘲笑過這個名字：他父母想他變成歐洲人，想瘋了！

後來見著了，這人不夠高，皮膚也不夠黑，不是我喜歡的那種體育體格。說話時溫吞吞的，一個字一個字謹慎地吐出來，措詞過分留神些，「好」是「好」，「壞」是「不怎麼太好」，

「恨」是「不怎麼太喜歡」，拖泥帶水的，不夠爽利。總之，他的整個人，就是太多了些「不夠」，我不討厭，但是也不頂喜歡這種人。

反正我還年輕，最好叔叔有錢了，我也同妳一樣可以進大學，總比立刻結婚了好。不多說這些，妳們學校有些什麼風景？聽說在半山上。如果妳和 Fettima 照些相片，記得寄幾張給我。

家漪

進入十二月就接近聖誕節，要在上海，早已冷得穿皮襖大衣了，這裡卻還不至於，冷雖然冷，時常陽光還暖暖的，呵出氣來也不經常是霧白的，過幾天又是學校大考。

家漪這幾次來信都說到唐歐洲，看起來，和人家出去約會多幾次，那些個「不夠」，都漸漸被歡喜磨平了，越來越多次，家漪說到「他」，總是寫喜歡的地方多，討厭的地方越來越少。例如，她喜歡看他頭髮上微微捲起的花尖，有時戴著一副深色眼鏡，顯得有紳士氣質，又和她家小孩多人多，各人沒有各人生活的空間、沒能夠從雜亂中理出頭緒的情況不同，唐歐洲總是穿戴得整整齊齊，乾淨清爽，最後，他溫吞說話的模樣也變成優點了。

愛玲邊讀著信，邊笑了起來，又感觸著，這麼下去，家漪就跟這個人結婚了吧！使她又想起張如謹。也許家漪根本沒有選擇，因爲生活圈太窄，沒有機會認識第二個可能的對象，中學畢業，父母不讓繼續讀書，又不讓出去找工作，她只能在家裡安靜地等，等著自動送上門來的婚姻，因爲，做個好人家的女孩子，也不能太主動的。

愛玲把信放下，嘆著氣，家漪和 Fettima 是兩種多麼不同個性的人，又是兩種多麼不同的家庭背景，幾乎相近的年齡，同樣的青春歲月，Fettima 的女孩兒生活卻可以飛揚跋扈，多采多姿，她打從心底替家漪可惜著。香港山上的宿舍裡，夜霧瀰漫上窗邊，本來看不清楚的夜色，現在更不清楚了。

愛玲翻開書本，讀完一頁書又翻回前頁複習了一會兒，書桌一旁放著大開本一千多頁的韋伯英漢字典，這個洋教授給分數是出了名的吝嗇，規定的課業又嚴格，不過，她總能夠揣摩出教授的心理，這學期交的報告上，教授給她一個高評等，考試時候，也得在他手裡拿高分才行。

冷不妨，愛玲肩膀上被人拍兩下，一轉身，卻是 Fettima，兩手叉在腰上，閒閒笑著。「嘿，這麼用功，」Fettima 瞪著大眼睛看著愛玲的書頁上念起來說：「——少年毛姆 OF HUMAN BONDAGE，喂，別讀了，告訴我，這一章妳到底想讀多少次?!」愛玲也向 Fettima 瞪大眼睛說話：「妳怎麼進來的?我明明把門鎖著!」她和 Fettima 在一起，說話聲音不知不覺也都變得理直氣壯起來。「妳讀毛姆讀昏了?跟著他的少年回憶也失了魂了?明明忘了鎖門，還說呢!」Fettima 學著愛玲說話，笑起來又說：「吶，今天讀完了書，明天別讀了，我有事情呢!」愛玲心裡好笑著，表面上卻裝著一臉不高興：「so strange!妳有事情，爲什麼叫我別讀書?大考可是快到了呀!」

「妳不希罕這些讀書時間的嘛!」Fettima 替愛玲決定著說：「教授都說歷屆學生裡，他沒給過像給你這樣高的分數不是?明天和我一起出去玩吧!」又頑皮地指指書說：「孤獨的毛姆從十歲起就習慣了孤獨，不會不高興的!」

「是妳不希罕，別說我。大考前還去哪裡玩，擺明了要糟蹋時間麼？而且我就是喜歡毛姆，絕對不行。」愛玲轉過身面對 Fettima，兩手抱在前胸，索性直接拒絕了。

「明天如果不和我一起出去，妳要後悔的！」Fettima 狡詐地眨眨眼說。「不讀書出去玩，我才要後悔呢！」愛玲推推 Fettima，意思叫她別再鬧了。「妳會見不到有趣的人。」Fettima 在愛玲耳朵邊說著。愛玲不理會她，埋首在書上繼續翻著書。

「那個印度人是我父親的老朋友，年齡大約五十歲左右。」

愛玲一點興趣也沒有，充耳不聞，還讀起英文來。

「他娶了一個廣東、英國混血種女孩。」

愛玲略抬了抬眼，看 Fettima 一下，又不管她，低下頭繼續讀書。

「那混血女孩今年才不過二十幾歲，他們幾年前離的婚，有一個孩子。」Fettima 算是使出撒手鐧，又裝著聲音說：「唉唷，好吧！這麼有趣，妳就是不去，我也不催妳了，我想去煮牛奶吃，真奇怪，肚子又餓起來。」一邊假裝要出去，又偷眼瞧了瞧愛玲，那邊那個已經把筆停了下來，Fettima 見狀，是被她說動了，趕緊又回頭喜孜孜地問：「怎麼樣？還可以考慮吧！」

「那是個什麼樣子的印度人？」愛玲已經忍不住想多知道一點。「明天妳就知道了！」Fettima 說著，又閃了閃她那雙伶俐無比的大眼珠子。愛玲也要脅說：「妳這麼賣關子，我還是不去了。」Fettima 被威脅了，只好說老實話：「好吧好吧！也沒什麼，我父親從前跟他有生意上的往來，打電話給我，說聽見摩希甸的女兒來了，一定要見見，還說要請我看電影。單獨請看電影，我想，不太適合吧！」

愛玲揣度道：「他是不是還把妳當個小孩子看？這樣的確不大合適。」

「不論如何，I need you very much and so much，really！」Fettima又好玩地鬧說起來。

她們坐了電車進入中環市區，找到約好的電影院，香港這一類的古舊建築，有點像西洋影片中早期的澳洲式城堡一角，給人陰暗污穢，大而無當的感覺，相形之下，街道顯得相當狹窄擁擠。大廣告牌上畫的，彷彿是流血的殺戮場面，推來扭去的，反正不是她們想看的片子，兩個二十歲的姑娘也根本不在意，就走向大廣告牌下電影院的入口。

一個瘦高男人迎了上來，穿著一件十幾年前流行的泛黃白西裝，整個人像毛姆小說裡流落遠東或南太平洋的西方人，膚色和頭髮全都是泛了黃的髒白色，只有一雙麻黃大眼睛像個印度人，睜著眼睛看人時，裡頭纏滿了血絲。

「妳，妳的同學麼？」印度人顯然沒有心理準備Fettima會帶女伴一起來。

「這是潘那基先生。這是張愛玲小姐。」Fettima介紹著，又大方地說：「希望你不要介意她陪我來。」潘那基露出十分窘迫的神情，把手裡的戲票往Fettima手上一塞，嘴裡嘟囔一句：「那，你們進去吧！」說完匆匆就往外要走了。Fettima見狀不對，趕忙上前拉住說：「潘那基先生！潘那基先生！不要走哇！我們進去補票就行了。你別走了。」

潘那基只擺了擺了手，又把另一個油紙袋子往Fettima手裡一塞，真的走了。

「怎麼回事？我看得都攪不清楚了。」愛玲疑惑地問。Fettima微笑著向愛玲解釋：「他的錢只夠買兩張票。」愛玲扯了扯油紙袋子道：「還買了什麼？這包裝紙花花綠綠的。」Fettima聳聳肩說道：「糖雞蛋煎麵包，油漬漬的。」愛玲取笑著說：「看樣子是真想和妳單獨看電影，可惜被我破壞了。」

「噯，別管他那麼多，電影時間到了，先進去看看，免得這兩張票浪費了。」Fettima 拉起愛玲的手就往電影院裡走。

是樓上的票，她們問了領票員，是最便宜的最後幾排。這是間老式電影院，樓梯斜坡陡得厲害，一級一級之間高又窄，上面釘著棕草色地毯，坐上座位，不向下看還好，向下一看，密密麻麻的樓座扇形窪下去地展開，愛玲差點沒頭暈，趕緊抓住座椅扶手。

她在上海看電影，從來都是去大光明、國泰那種座位舒適的電影院，就連專門放映國產片的金城戲院都還乾淨整潔，從沒進過這樣老的電影院，也從沒坐過這麼差的位子。開映後螢幕看起來非常小，既看不清楚，又聽不太見聲音。Fettima 在黑暗中遞過來一塊煎麵包，聞起來味道還不錯，怎麼吃到嘴裡就不對了，麵纖維太粗，一咬都是冷油味。吃完了一塊，Fettima 要再遞過來，愛玲搖搖手不要了，又忍耐著看那看不太到的電影，實在忍不住了，想起身，沒想到Fettima 先開口說：「喂，走了，妳覺得怎麼樣？」

「正想跟妳說呢！」愛玲說完，兩人相對笑了笑，小心地伸腳一級一級走下去，好容易才摸到出口，推開門，迎面一片光，兩人鬆了一口氣，都開始批評抱怨起戲院設備來。說了一會兒，又覺得潘那基這人怎麼攪的，她們會來這種電影院，還不都因爲那個印度人。

「妳說潘那基先生原本也是做生意的？」愛玲好奇起來。Fettima 說：「他是個帕西人，從前生意做得很大。」愛玲問：「帕西在印度的哪裡？怎麼我看他的皮膚不黑？」

「帕西人的祖先是居住在波斯的印度拜火教徒，他前些年結了婚又離婚，從離婚後，生意才越做越蝕本。」Fettima述說著。愛玲想聽更多的故事，問道：「妳昨天說他太太是個混血種姑娘？」

「我們找一家好吃的茶店坐下來慢慢說。」Fettima笑著說：「他們的故事可長的。」

找到一家還不錯的店，叫兩杯橘子水，外加兩塊蛋糕，Fettima這才慢條斯理地說：「他太太名叫宓妮。潘那基看中宓妮時，宓妮才十五歲，在學校讀書，怎麼也不肯答應，她母親騎在她身上打，硬給逼著嫁過去，生了一個兒子，二十二歲上就吵著跟潘那基離婚了，兒子也不讓他見，現在這個兒子也只比我們小一兩歲。宓妮的母親我父親也熟的，是個廣東人家的養女。」

Fettima對於父母親有哪些親戚朋友、父親生意上的客戶，從小就十分有興致弄清楚，與愛玲是非常極端的不同，愛玲是即使知道有來客，能避過不見，最好不要見著，免得打招呼麻煩，所以連母親姑姑的朋友，除非和她很有干係，一定必須知道，否則也都弄不清楚誰是誰。Fettima的父母感情一直很好，在與長輩應對、人際關係處理的訓練上，都比愛玲多許多機會。

這一方面，恰恰是聰靈敏感的愛玲最感到頭痛之處。她只能和性情投合的熟朋友相處，只有在熟人面前才能放心安全地說話、笑、聊天，有各種表情。小時候喜歡在親戚長輩們面前伶俐地說話，因爲活潑可愛，每每獲得許多疼愛稱讚的小煐，什麼時候變成了這樣的個性，連她自己也不知道。彷彿另一個憂鬱封閉的靈魂，慢慢地滲入她逐漸成長的少年時期，越長大滲入越多，終於忘了原本的她，成爲現在的她。

Fettima像一面鏡子，反映著愛玲心底穩當地藏著的熱情與活潑，她欣賞Fettima的作風，許多時候，Fettima做出了她想著卻做不出，或想說卻說不出口的話。如果家漪見到Fettima，一定也立刻會喜歡這樣的人，因爲家漪和她一樣，都在失去了童年的同時，也失去了作爲少女應有的活潑快樂。

寒假很短，匆匆在香港山上過去，下學期已經開始一個月了。香港人的過年，在市鎮裡鑼鼓喧天地鬧著，卻鬧不到港大山上，舅舅家裡的年節氣氛是可以想像的，姑姑也去舅舅家過年，愛玲收到她的一封信，姑姑的信，經常有著細瑣生活中的精緻趣味。

但是家漪現在卻不知道怎麼樣了？已經整整一個半月沒有收到她的回信。愛玲心不在焉地走回宿舍，正胡亂想著，就看見桌上有一封家漪的信。

煐：

快要過年了，上海冷得很，不知道香港怎麼樣？

我真糟糕，竟然病倒了，全怪那天去跳舞太晚回家，受了風寒，從此感冒到發燒咳嗽，原本唐歐洲邀我第二天去吃飯看電影，也都沒辦法去。一病到現在一兩個月了，沒有起色。妳看到一定要說我太瘦了。我沒這樣生病過，唐歐洲來幫我治病，又顧不得避嫌叫我脫衣服檢查，眞難堪，我瘦成這樣，脅骨胯都露出來，他看著，嘴裡職業的安慰說笑幾句，心裡不知怎麼想法？我不高興他這樣，單純的醫生看病人似的。他天天來幫我打空氣針，免費的，一定是叔叔嬸嬸要他來的，這樣他們可以省很多醫藥費。可是我不樂意他這麼來，看見我蓬著頭，身上就一件我嬸嬸的白布掛子，白床單沒人洗沒人來換，整個房間就是病人的氣味。有幾次我實在躺得不耐煩了，撑著起床，想到樓下街上走走，嬸嬸看攔不住，發急了，才告訴我，唐醫生說是肺病，要多休養。

肺病呀！要休養到什麼時候才會好?!我心裡眞急。唐歐洲比我大七八歲，我知道他家裡早催他成親。跟妳才能說這些，就是自己嬸嬸面前也說不出口的。從前我老夢想著總有一天，我能夠讀大學，後來又夢想著，總有一天可以去許多地方旅行，和妳一起，那些夢總是很遠。遇見唐歐洲，這些夢又慢慢開始了，沒想到竟生病成這樣。

寫到這裡，實在喘得厲害，還有許多話想同妳說，卻沒有力氣了。

家漪

這封信從一開頭，就重重打擊著愛玲的心，是悶著不給透氣的打擊。肺病最後的下場她是知道的，以前何干叮嚀她添件衣服的時候，總是威脅著：「別小看風寒，厲害的就成了肺癆，到時不得了噢！」，報頭上也總有許多治療肺病的廣告，不論上海還是香港都一樣，但是不像痢疾，有專門對付的藍印奎寧片和抗生素針劑，肺病只有拖延，沒有眞正的特效藥。

接著再來的信，愛玲讀著，彷彿都能聽到家漪透著哭聲，有氣無力地說著拖延的病況，這種病，越是心情不好，越要加速惡化。愛玲多麼想幫她，可是離得重山萬水，一顆心沉在墨色海底，怎麼也打撈不上來。愛玲的回信，總試圖說些周圍看到聽到的趣聞，希望她看了心情好轉些。她坐在校舍階梯上，正呆呆想著，卻聽到遠遠傳來 Fettima 笑著喊她的聲音。

「歐，親愛的愛玲小姐，您的信！」Fettima 筆畫著手腳，彎腰做戲似的遞上一封信，看上去像某某單位來的通知函。「是西風月刊社來的通知，」愛玲拆信時，連手都微微發顫起來，一拆開，雙眼亮了，激動地抓住身旁的好友說：「Fettima！我得了第一名！」

「這麼高興，這一定是個重要的獎？」Fettima 還摸不著腦袋。

「當然，西風月刊就是林語堂辦的。」愛玲興高采烈地說。

「林語堂，我知道，」Fettima 點點頭，她對於不用英文寫作的其他中國當代作家並不熟悉：「人人稱他幽默大師，我讀他的文章也覺得有趣。」

「我高二的時候《西風》創辦，去年有個三週年紀念徵文，題目是我的什麼什麼，什麼的部分隨便妳怎麼定。」愛玲解釋著，想讓 Fettima 多了解一點她這麼興奮的原因。

「O，congratulation！」這是典型英式道賀，Fettima 也是高興地說著，可是就少了些完全懂得的表情。

春天的校園裡，花紛紛都開了，熱熱鬧鬧滿眼底都是紅的粉的，這些香港山上不知名的花草樹木，愛玲也懶得去知道名字，香港畢竟不是上海，連喜悅彷彿都隔了一層。

十四

家漪：

收到妳的信，讀著竟笑起來，眞不愧是妳。妳說如果我後母知道了〈天才夢〉得到徵獎第一名，一定很不痛快。我是最好她不痛快的！以後讓她每次聽到我的事，還要有許多不痛快，因爲我會有更多好表現。不久後〈天才夢〉會刊登在《西風》月刊上，妳也會看到的。我眞想暑假回上海一趟，我們許久沒有一起逛街了，也許可以利用徵獎得到的獎金。香港這裡逛街十分沒意思，廣東人宗族性非常強，對不會說廣東話的外地人總有許多不同，排外。加上語言不通，就是逛街殺價也提不起勁。眞是！才不到一年，我已經這麼想念上海了。

Fettima的中文名字取好了，叫炎櫻，妳覺得好聽麼？Fettima看到這兩個字說：「炎什麼什麼？我知道炎是大太陽底下燒火的意思，但是下面這個複雜的字怎麼念？」我告訴她是berry花的名字，她聽了才高興說：「艷豔的一朵淡粉紅花嘛！大太陽底下整株樹都是berry花。」

唐歐洲既說他總會等妳，妳就該好好養病別想太多，等暑假到時我們可以坐黃包車去看電影。

煐

幾朵烏雲正往山腰這邊移過來，眼見風掃過來，已經帶了幾點雨滴，愛玲手裡才收到《西風》，看看天空，這下子連自己的教室都走不到了，索性在這棟圖書館大樓避雨，一些學生們正陸陸續續走過穿堂，趕著去上課，有些還討論著教授交代的功課，一個學生正笑著對另一個學生說：「不追根究柢，就不能明白眞相是什麼。」

愛玲心急地把封套拆了，雖然已經收到通知，還是期待地翻開裡面，想看看自己的文章是否刊出來了。但是，公佈的得獎名單上，得到獎金伍拾元的第一名卻不是她的〈天才夢〉，當即心下撲撲急跳起來，再繼續看下去，連前十名也沒有，卻列在正獎之後的「名譽獎」裡頭，還是最末的第三名。

怎麼會這樣？怎麼可能?!

雨點大起來，更密了，愛玲整個人掉到冰窖裡似的，一時間動也動不了，不知道該怎麼反應。忽然手臂一痛，被什麼東西砸到，她回過神來，是一粒足球，兩個足球隊男生正濕著頭身小跑著過來，撿球的時候還笑笑向她說抱歉。

她失魂落魄的走回教室。

「啊呀！妳怎麼了？全身濕成這樣，失戀啦？上節沒課，妳跑哪裡去了？到處找不著妳？」炎櫻見到愛玲，劈哩啪啦連問幾句。愛玲根本不想說話，只是搖搖頭。

「好好，妳就別說話，聽我說。」炎櫻仍然說話高聲，一點沒有受到天氣，或是任何人情緒的影響：「那天不是告訴你潘那基的事情，現在女主角宓妮要請我吃飯了，喂，」炎櫻說著還帶動作，碰了碰愛玲膀臂說：「一起去看看吧！」愛玲聽著，過一會兒才漫應道：「就是那個中英混血種女孩？」

「嘿，總算有反應了，我還以為妳沒聽見。她說要請我吃飯，去不去啊？現在又沒考試，總可以吧！」炎櫻連珠炮似的說，根本不知道愛玲發生了什麼事。

是啊，反正該讀的書都讀過了，為什麼不下山走走？第一名都可以變成最後一名了！愛玲心灰意冷地點了點頭。炎櫻反而奇怪起來：「咦，這次這麼爽快？」愛玲被她逗笑了：「怎麼，妳很失望麼？」炎櫻也笑了：「沒什麼，我還準備了很多說服妳的話呢！」

愛玲不再告訴炎櫻《西風》的事，她不能了解她的喜悅，大概也不很能夠了解她的受傷。

她們約在城裡一家廣東茶樓吃午餐，點菜後還附著問要一壺什麼茶，宓妮點了菊花茶。愛玲第一次喝到這種菊花茶，微甜，擱了糖的。宓妮長得深目高鼻子，薄嘴唇，瓜子臉，皮膚稍白，頭髮不大黑，中等身材，穿著洋裝，腳上的高跟鞋釘著水鑽。

愛玲看到時一下怔住了，怎麼這麼像！愛玲的母親也是輪廓深的瓜子臉，從小就聽親戚們說她長得像外國人。小時候曾經問過，母親家在明朝的時候從廣東搬到湖南，才成為湖南人，幾代之後，一直都十分守舊，就是娶妾，也不可能娶混血姑娘或外國人。母親也是被逼著結婚，一有掙脫婚姻的可能就離了婚，這樣一想，越發覺得連說話個性都像起來。

一頓飯聊天下來，愛玲也還越看越覺得像。吃完飯，宓妮走了，兩個女孩子又到街上繞繞逛逛，看鞋子衣服，看累了，又找另外一家咖啡店進去吃東西。和炎櫻在一起，不論開始時候做些什麼事，最終都總結在吃喝上。愛玲坐下後忍不住問炎櫻：「妳覺得像不像？」炎櫻還不清楚愛玲問什麼：「誰？」

「宓妮啊，跟我母親像不像？簡直令人驚訝！」愛玲還是不太相信世上不同血緣的人能夠這麼相像。「唔，」炎櫻思索著，似乎在腦子裡蒐集著印象中的張太太，卻不覺得十分像，只得勉強說：「兩人算是相同的典型罷。」愛玲又問：「她母親嫁給英國人麼？不然爲什麼宓妮是個混血種？」

侍者送來兩份咖啡和蛋糕，蛋糕是不同的兩種款，兩人分著吃。

「這就得說到麥唐納太太的來歷了。」炎櫻挖一點愛玲的蛋糕，繼續說：「我小時候住在香港，我們家有個女客人，來來往往，人家都稱呼她麥唐納太太，其實她先跟了一個印度人，第三次又跟了一個蘇格蘭人，姓麥唐納，可是聽說都沒同對方結婚，但是她對人都自稱麥唐納太太，跟了三個人，都生許多孩子，宓妮是最後這個的。這些uncle李也都知道。」

「uncle李知道！這麼說，我母親姑姑他們也都熟？就都是一個圈子裡的人了。」愛玲詫異地說，她從來沒有注意家裡長輩的交往人脈。「應該是啊！他們不都是歐洲、美洲、中國的，喜歡各處走走，到處有些朋友。」炎櫻想想又說：「這樣不錯的，我以後也要世界各國走走的。」

她們經過街上一家小西裝店，櫥窗裡放著泥塑的勞萊、哈台卡通人物半身像，頭頂上掛著男子西帽，愛玲看著頓時皺起眉頭。「這樣的勞萊哈台，如果五彩卡通上也這麼畫，我肯定不去看。」炎櫻先表示了意見。「眞惡俗！」愛玲下結論似地說完，又想起上海的西服店，櫥窗裡的模特兒也是似人非人的木製臉，她和家滸老是批評著，最後又老是說，等到中國的服飾設計業更發達以後，媲美巴黎的時裝表演會經常出現，上海要帶領世界風潮時，總會出現比人還漂亮的衣架子模特兒，到時候櫥窗設計也將變得更重要。

她們冬天在馬路上，縮著脖子，呵著冷空氣，站在人家店面櫥窗前指指點點的。

如果家漪收到告訴暑假不能回上海的信，會不會感到失望？她的〈天才夢〉不是第一名，卻是沒有獎金的第十三名，只有不多的稿費，而且還得等刊出後才能拿到。沒有多餘的錢，暑假回上海的事，愛玲計算著手裡的零用錢，算了又算，如果買了船票還能夠剩下多少？那麼，勢必得用到母親那筆錢，為了回上海而用到那筆錢?!又不是和學校相關的事情！

炎櫻本來一定要乘頭等船艙，為了愛玲，也肯委屈自己，願意買二等艙的船票了，但是愛玲仍然猶豫不決，炎櫻一直催促著趕快決定，她好和上海的父母講，什麼時候到碼頭接她。

這天炎櫻又來催，宿舍的窗玻璃外面只是霧，連夜燈都朦朧了，愛玲左右為難地想了很久，手裡無意識地翻著書頁，面對炎櫻，愛玲呆呆地說：「妳再等等我，好麼？」

「不能等了！我母親一直打電話來催，怎麼暑假放了幾天還不回家，懷疑我在香港有男朋友哩！」炎櫻也為難地說。

「那，妳就回去吧！別等我了！」愛玲對好朋友賭氣說著。

炎櫻也有些生氣道：「Miss Eileen，妳到底為什麼？一張船票得想這麼久的時間？」她根本沒想到錢的問題上。

愛玲說服炎櫻乘二等艙的理由是，不和父母一起乘船，還沒賺錢孩子搭的都是二等艙，家裡的規矩，不讓孩子奢侈浪費。但是來港大讀書的學生，哪有人手邊沒有零用錢的，更何況是買船票回家。但是愛玲不想說這些，一方面解釋起來太複雜，二來如果炎櫻說：沒關係啊！我買兩張船票好了！那就更尷尬了，她不想炎櫻像舅母一樣，說得自己成了給人施捨的窮親戚、窮朋友。

愛玲想了兩夜，心裡掙扎著，又罵自己和舅母舅舅一樣，錢看得比人重，但是舅母舅舅的錢是他們自己的錢，她的錢卻不是她的，她睡不著地翻來覆去，爲了一張回上海的船票。朦朧睡著了，又看見家潞哭著跟她說話，一驚醒來，天已經大亮，算了，還是回上海吧，否則她總是心不安。她看看桌上放著的手錶，時間還太早，等等再去敲炎櫻的門。好不容易決定了，心情反而輕鬆起來，但是敲門敲了許久，總不見炎櫻出來，連隔壁沒回鄉的人都開門出來了。

「咦？妳們沒有一道回上海麼？」隔壁女生揉揉惺忪的睡眼說。愛玲驚問道：「她回去了麼?!」隔壁女生說：「昨天下午，我看見她門沒關，正打包著行李，好像是今天一早的船票，可能天還不大亮就走了，我聽見那時有些唏嗦的聲音。」

愛玲手腳都冷了，木木地走回自己房間，啪一聲倒在床上，怎麼不等等她？這個炎櫻，眞的不等她！她彷彿又看見幾年前，母親從紅色校門後面隱沒的樣子，眼淚湧上眶，她翻過身，索性伏在床上搥手搥腳大聲痛哭起來。

住宿生在暑假裡走得差不多，一些修女帶了一群修道院附屬小學的十一二歲小女生上山來歇夏，就分配住進空的女生宿舍裡，空寂的宿舍一下子又熱鬧起來。那些小孩子成天吵嚷著，每到吃飯時間，愛玲到飯堂裡也總得遇見她們。

她們成排成排坐著吃飯，不時這個碰碰那個，搶夾對方碗裡的菜，吵嚷裡雜著修女的喝叱聲，白制服的汗酸味和帆布鞋的濕臭氣飄在空氣裡。飯堂外面就是花園斜坡，圍著鐵欄杆，欄杆外面是霧，只看得見海那邊的一抹青山，依稀像小時候吃飯用的一只描金邊小碟子上的圖案，那圖裡原有的綠水、帆船和船上的人，後來漸漸地用久了，也都磨得不見了。

一個中年洋修女向她點示意，她也向修女微笑一下繼續吃飯。那名修女有張瘦削的臉，眼睛十分大，睜著的時候，彷彿對任何事情都略帶一點恐慌。小女孩們把一台留聲機開著大聲放音樂，這些孩子們只有吃飯的時候最快樂，什麼事情都可以做。

幾個小女孩跟著唱片唱著，另一些孩子笑鬧著說：「瑪德蓮，跳舞給我們看！」一個棕色細小的女孩丟下飯碗跑到走道中央，跳起暹羅家鄉的祭神舞，手腳可以翻過來拗過去的，不可能地舞著。「你不知道，」那名修女忽然靠過來說：「這群小孩子多麻煩，要不是天主給我力量！都是些孤兒，不然就是有父母，離了婚、再嫁再娶的，不想養了，丟到我們修院這兒。」

愛玲原本討厭這些凌亂又有著絲絲臭氣的孩子們，但是聽這個修女說話，卻想到自己的後母和父親。就故意問：「他們不聽話麼？」

「他們從不同的地方來，你看，現在她們叫她動耳朵的是那塔麗亞，旁邊是她姊姊瑪麗亞，都是俄國孩子，從小給一對美國夫婦揀去領養，回國不要了，又丟給我們。這兩個啊，最麻煩，姊姊脾氣倔，打幾次，現在懂點事兒了，這妹妹，就連打了也還不懂，憊懶得很！」洋修女睜著恐慌的眼睛，挑眉毛癟嘴的時候卻又是討厭的神色。

「那個暹羅孩子呢？好一點吧！」愛玲裝著碎嘴的樣子，湊趣地說，看著那手腳舞著的棕色孩子，心下卻覺得慘然。

「那孩子好，是會主動幫我們做這做那的，不過吶，亞洲人種，總是人前容易柔順作小，背地裡也懂得狡猾與花頭，不防著點兒不行，會偷錢！」洋修女說得彷彿愛玲也是道地的英國人，因為愛玲的英語是標準的英格蘭聲腔。

小女孩子們吃完，一呼嚕出去了，清空的飯堂裡，卻留下橫七豎八的泥鞋印子，留聲機兀自轉著唱片盤，咬字清澈的女子聲響反覆唱著：

我母親說的/我再也不准，/和吉普賽人，/到樹林裡去——

不准、不准，在最快樂的時候，也還有一百個不准。明明小孩子只會給大人添許多麻煩事，而這個世界卻又偏偏要生出許多麻煩孩子來。

愛玲利用圖書館打發許多空餘的時間，港大圖書館早被她摸得熟透了。放開架書的烏木長檯，一排排影沉沉的書架，書卷放得整齊清楚。這個圖書館中藏有許多難得的中國線裝書，包括清朝大臣們的奏摺，用錦緞套子裝著的清代禮服五色圖版，英國人趁亂蒐集來的古版書籍，在森森幽寂的午後，愛玲在這裡安然翻著書，她喜歡這裡的空氣，聞著有一種略帶冷香的書卷氣息。

空曠的圖書館裡急急一陣腳步，走到她身後停了。愛玲轉身一看，高興地站了起來：「炎櫻！還十幾天才開學吶。」炎櫻皮著說：「我心裡內疚囉，趕緊回來看看你好不好。」又好奇地看看愛玲手上正翻的書，皺起眉頭來：「什麼——瑪卡德耐爵士出使中國，謁見什麼什麼皇帝？」

「一個叫乾隆的皇帝，那時候中國很強盛的。」愛玲小聲地說，因爲圖書館裡頭幾乎沒有人聲，只有奚奚挲挲翻書的聲音。「是麼？像印度，也有強盛的時候。」炎櫻隨意比較著說了一句，接著又看看愛玲說：「有人邀我去參加一個派對。」

「我可不去的喔！」愛玲就知道，炎櫻提早回香港，一定有什麼她覺得好玩的事情。

「別這樣麼！還沒開學呢，也不用準備功課。還十幾天在香港，不安排些事情，不是悶死了？」炎櫻磨著，又靠靠愛玲說：「嗳，舉行派對沙龍的，可是個女人，一個人就捐了皇家醫學會很多錢，也捐許多錢給港大，沒人知道她的來頭，只知道她很有錢很有錢，自稱是某某伯爵夫人，可是，誰都知道，根本不可能有什麼伯爵會娶黃種女人。」

愛玲索性邊把她拉出圖書館，邊說：「在裡面說那麼多話，要吵到別人了。」炎櫻擠擠眼說：「你不想去看看麼？多有趣。」

「我沒帶派對穿的衣服來香港，根本沒想到來讀書要去參加派對。」愛玲還是用讀書做沒帶衣服來的藉口，實際上她是根本沒有這一類的衣服。

「我妹妹的身高和你差不多，她也來讀一年級，跟她挑一件借著穿一天就行了！」炎櫻立刻就有對策。「有了衣服也沒帶高跟鞋來。」她心裡還想著，連絲襪都沒有呢。

「就算你連絲襪都沒帶來，我都有辦法變出來。」炎櫻說著笑起來：「怎麼樣？沒藉口了吧！」愛玲也笑了，想想也悶了整個暑假：「你這人眞討厭，每次都死拖活拉的。」

「哎喲，現在嫌我，說不定到時候看了有趣，還不肯走勒！」炎櫻表情誇張地擺擺手說。

在宿舍裡挑衣服的時候，炎櫻在那裡出意見：「聽說這次宴請的是教會唱詩班青年，還有些天主教修女。可以穿嫩黃色這件，看起來淡素，卻又不單調。」炎櫻自己穿一件大紅色上衣，白色裙子，十分符合她的黑皮膚熱帶氣息。

兩人乘汽車往另一座山腰上去。遠遠就看到一座流線型的白色房子，像經過設計的摩登新電影院，但是屋頂上卻蓋了一層仿古碧綠琉璃瓦，一大片草地上四面撐起幾只福字大紅燈籠，說得好聽，都是中西合璧的裝置，說得不好一點，卻是學什麼都不像什麼。香港的大戶人家，沾染了英國上層社會的習性，喜歡好天氣時在家裡邀宴請客，建築在半山的高級住家，都有足以宴客的大草坪，有些還有游泳池、網球場，丫頭佣人捧著托盤穿梭在客人之間。

草坪那一端有個高瘦蒼白的英國女孩向她們招手叫喊起來：「Eileen、Fettima，真沒想到會遇見你們。」炎櫻奇怪道：「克莉門婷，怎麼你也來了?你也認識這位梁太太?」

「歐，她邀請我姊姊，這位是我姊姊，這兩位是Eileen、Fettima。」克莉門婷介紹著，她有一雙稚氣的大眼睛，稻草似的黃頭髮，姊妹倆很像，姊姊卻漂亮多了。

「這天眞熱，我得去拿杯冰水果酒，你們要不要?」克莉門婷的姊姊說著，就自顧自地走開，她妹妹是纏著她來的，最好妹妹遇到學校裡的朋友，她們自己有伴，省得她還得爲這小鬼指導半天，耽誤了社交的機會。遠遠的克莉門婷就看到一個唱詩班的金髮年輕人走向她姊姊，才搭訕起來，就有說有笑的。

「嗳，嗳，」克莉門婷鬼鬼祟祟地把她們拉到一邊說：「我姊姊昨天給我一點性教育。」愛玲無所謂地望著她微笑：「是麼?」克莉門婷說：「你們不覺得麼?有了這種知識之後，根本覺得談戀愛、結婚，都是污穢的事情!一切美妙的夢幻都破滅了!」說完，又眨眨她那稚氣的大眼睛。愛玲裝著漠然的語氣：「多數中國女孩很早就曉得了，我很奇怪你知道得這樣晚，我們小說裡書寫得直接，也無所謂神秘的。」

「有一件事，哪，香港社交圈裡傳得那麼厲害，不知道你們聽說了沒有?」克莉門婷還是想說些什麼。

「哦？」炎櫻先表示了興趣。

「先前聽到，我總也不明白，昨天才悟出道理，眞是，多猥褻的現實！」克莉門婷說完，又往前方努努嘴接著說：「你們有沒有看到，左前方那顆大樹底下，就那兩個穿白紗洋裝，正說著話的一對姊妹，一旁站的中年婦人是她們母親密歇兒太太。」愛玲說：「看見了。然後呢？」覺得這個克莉門婷十分碎嘴。「我姊姊的一個教授，就娶了那個蘇姍密歇兒小姐，」克莉門婷興奮地壓低了聲音說：「結果，自殺死了！聽說是開煤氣。」說完抿了抿嘴，又略點了點頭。

「爲什麼?吵架麼？」炎櫻問，克莉門婷正中下懷，她多想說這件軼聞：「不，他們的感情好到不可能吵架。蘇珊今年才二十歲，教授說起來，年齡不大，也才三十歲出頭，是個高大英俊的青年，人很斯文，待人很好，在學校也是個稱職的教授。當他愛上蘇珊之後，向她求婚，而她也答應了。」

她慢呑呑地說：「別看蘇珊已經二十歲了，她還是個純潔無瑕的上帝的孩子。」

「妳已經說這麼多了，還沒告訴我們爲什麼自殺？」炎櫻忍不住打斷。

「怎麼沒有，問題就出在蘇珊的純潔無瑕呀！」克莉門婷拿起杯子喝一口紅酒，大太陽底下，兩頰飛紅的：「結婚那天晚上，教授就，嗳，你知道，這種事情淑女是不能隨便說出口的，他竟然要她脫衣服和他做些事情！結果弄得純潔的蘇珊哭了，她指控教授心理變態，和外表竟是兩種人。密歇兒太太母女三人都是虔誠的天主教徒，姊妹倆都在修道院裡長大。天主說，放縱慾望是不對的！」克莉門婷還說了許多故事的細節，炎櫻和愛玲互相看一眼，都覺得這不是個猥褻的故事，卻是個悲劇，三個自認爲虔誠的教徒，逼死了一個年輕健康的男人。被克莉門婷神經質地述說著，卻又有另一種滑稽。

「歐，這麼說，光是這個陽光的草地裡，就不知道將會發生多少猥褻的事情了！」炎櫻也學克莉門婷的語氣，也壓低了聲調誇張秘密地說。「啊？」克莉門婷聽了果然嚇一跳。愛玲卻把兩手抱在胸前，好整以暇地看著炎櫻做戲似的表情。「妳看看，妳姊姊和那位金髮青年談笑得那麼高興，說不定，不久，他就向她求婚呢！」炎櫻說著，又把手指到另一個穿著長紗洋裝，一頭紅長髮捲的棕黑女孩說：「那個雜種女孩也是社交圈名媛，多少青年追求，她挑剔得像公主選駙馬似的，不論怎麼挑揀，將來總還是要結婚嘛！說不定越揀，越揀到像野獸般的丈夫。那時可慘了！」

克莉門婷聽到求婚、結婚，又聽到野獸，被炎櫻恐嚇得臉都發白了。愛玲拉拉炎櫻袖子，笑著說：「別捉弄她了。」倆人找了一個藉口，離開這位天眞得近乎愚蠢的英國少女，走遠了，還彷彿聽到克莉門婷用誇張的語調向另一個英國青年說：「嘖嘖，黃種人和雜種人就是和我們不同，我們白種少女多純潔，聽都沒聽過那麼可怕的事！」

一整個學年過去了，又是另一個暑假，校園裡空空的，炎櫻早已回上海一個多月，這次她很快就決定不回上海，自己不必爲難，也免得讓炎櫻爲難地左等右等。還過幾天就又開學了，愛玲整天沒事就在圖書館裡找外文書讀，手裡拿到什麼讀什麼。但是這一天下午，她剪開一封上海來的信，坐在圖書館的台階上，就著天光展開讀起來。

煐：

妳別說沒面子什麼的話，在我看來，妳是被冤枉了。我連續讀了好幾期《西風》，託弟弟妹妹們給買回來的。上面都刊登了得獎作品，但是第一名的那篇，明明超過徵文字數非常多，也寫得平平不怎麼樣，是不是有問題？我的意思是，妳收到的通知不是第一名嗎？我認爲妳應當向《西風》社問清楚，通知和發布爲什麼這樣天差地遠，是不是他們有內部的交情？這麼說好像我們是小氣的人，但是，我就爲你不平。

唉唉，世上不平的事情往往出乎意料之外地多！

這一向精神不好，前一陣子似乎可以勉強下床走動，飯量也多起來了，以爲自己的病有些好轉，卻聽說唐歐洲有了女朋友。我不知道該怎麼形容現在的心情，他不是說過要等我的？算了，也不能怪人家，這病拖了一年多，唐醫生已經盡力醫治我了，還是免費的！是不是看出了我的病好不了？我不相信自己會死的，我才二十歲不是？還是這種病好了也還帶累一輩子，或是以後身體太弱不能生孩子？你看我是不是瘋了，什麼影子都沒有，卻連生孩子都想到！

我眞不甘心！和妳一樣的不甘心吶！

眞想看看他那個新女朋友長得什麼樣子，比我又如何？如果很美呢？我知道自己一定過不去，忌妒死了！如果很不怎麼樣呢？我又得埋怨他，怎麼眼光竟差了。但是眞的看了，又能怎麼樣？千差萬差，就差在一個健康的身體，看著自己瘦骨的身體，由不得就自慚形穢。認識唐歐洲的時候，以爲自己還有十年、二十年甚至三十年一輩子美麗的未來，現在那些未來呢？像泡沫一樣，什麼都抓不到，還來不及伸手觸一觸，都碎了，消失了。

總告訴自己不該說這麼多喪氣話，本來想寫信來安慰妳的，知道妳心情不好，現在更添亂

妳不是正申請文科二年級的獎學金？希望兩項都能申請到，屆時，就能有餘錢回上海玩了。不過，妳了，但是不說，就沒人可以說了。知道妳暑假還是不能回來，心裡當然又一次失望，

等妳回來，我們仍然去逛逛霞飛路，我也許久沒出門逛街了！

家滳

家滳最後還是怕她太擔心，勉強裝著高興似的添了幾句希望的話，越是這樣，她越揪心。她把臉埋在手掌裡，她的英文練習得再好，也沒有辦法幫助家滳的病情。收到這封信的時候，學校獲得獎學金的名單才公佈，她知道自己拿到了。再等一等，等到明年夏天，她就可以回上海了，她希望至少直到明年夏天以前，家滳不要有什麼事！

夏天的整塊山頭上一片烏沉沉，雷聲悶滾在雲裡，不一會兒，劈啪下起一陣急似一陣的傾盆大雨，像要把校園、把人、把世界全淹沒似的。下了個把鐘頭，終於停了，校舍屋簷上的水還抽抽咽咽往下滴個不停，天已經清朗成無雲的淡藍色，原本被毒日頭曬得乾鬆鬆的綠樹草皮，一下子全綠油油起來。

沒有回鄉的文科住校生都傳著，羨慕著，張愛玲以優異的成績獲得兩項全額獎學金，膳宿費、學費可以全免，還有希望畢業後被送到牛津大學讀博士，這可減輕不少母親的擔負了，愛玲嘴角微微笑起來，《西風》徵文不公平的陰影，現在總算平復了一些。

十五

當學生們都在準備大考的時候，卻聽到日本偷襲珍珠港的消息，把美國也捲入世界大戰之中，連帶大英國協所屬地區都將是日本、德國攻擊的目標。全香港的英國人似乎都轉了另一種嚴肅的表情，他們也要和居住在母國的人們同仇敵愾才行。

冬天的香港山上，霧氣更濃了，山坡上的女生宿舍裡，一個女同學在那裡發急地嚷著：「怎麼辦？沒有適當的衣服穿哪！」這位有錢的華僑女學生，櫥櫃裡有著各種場合穿的衣服，水上舞會的、室外下午茶會的、婚宴的、晚宴的，甚至騎馬裝、獵裝，舉凡英國仕女該有的，她一件也不缺，就是少了打仗時候穿的衣服。這天以後，她的這句話很快被當成笑話傳遍了全宿舍。

只有少數學生緊張地相信戰爭會改變他們的生活，大多數學生仍然各自做自己的報告，讀自己的書，參加派對宴會，或是看電影遊玩，像炎櫻，在日軍發動轟炸的前一天，還上城裡看五彩卡通片，回來的時候在愛玲的宿舍裡炫耀著說：「有什麼好怕的？瞧我，還不是看得挺高興的回來。說要一同去，妳就是不肯！」

戰爭的開端還有這樣的喜劇氣氛。

伴隨著天空的轟炸，日本軍隊眞的登陸了，爲了躲避流彈，校方舍監把學生聚集在宿舍的最下層，有幾顆炸彈從空中丟下香港山頭，港大校舍被毀壞一些，女生宿舍隔壁就落下一顆，空中的機關槍向下掃射，時停時歇，像一陣陣急雨打在芭蕉葉上的聲響。躲著過了一天一夜，一群群在黑暗中的學生裡，炎櫻扯扯愛玲，小聲說：「喂，我實在受不了，一定要去洗個澡，全身這樣油膩黏滑。」愛玲拉著大膽的炎櫻勸說著：「上面全是流彈，別去啊！」她也怕會出什麼事。「妳不黏麼？喔，點頭了，那就別阻止我。他們不會這麼愛炸山上的，炸這麼久了，該死的早死光了。」炎櫻樂觀地說完，就趁著黑跑上樓。

不久她們全在樓下聽到她啦啦啦在洗澡間唱歌，還雜著盆子裡快樂的潑水聲。把舍監急得不知道怎麼辦才好，又只能氣得發抖，也不敢上去把她拉下來。過一會兒，才看見炎櫻濕著頭髮披著毛巾，愉快地哼著剛剛的歌走下來。

「妳，不知道，戰爭開始了麼?!」舍監氣結地差點說不好整個句子。

「啊，我看見流彈打碎了浴室的玻璃窗。」炎櫻泰然地說。

「妳，妳這樣不聽話，死了我也不管了！」舍監撂下重話。

「不，我沒有死啊！看我不是活得這樣好！」炎櫻還頂嘴，愛玲把她扯著走開，任憑舍監不停繼續在後頭大聲牢騷。「學校是非停課不可了。」學生們小聲交談著。有人雀躍地接著說：「快要大考了，正好不必考試。」

愛玲聽著卻擔心起來，她好不容易獲得全額獎學金，學校停課，什麼時候才會復課呢？獎學金難道就這樣派不上用場了？以後怎麼辦？愛玲焦心纏亂地想，根本沒想到如果連命都沒有了，獎學金又有什麼用處。

她側頭看看，炎櫻已經靠在椅子上打起盹來，兩天兩夜身上黏得沒辦法睡，現在才洗完澡，全身正舒服著，睡著了也是應該。以前家濟羨慕愛玲可以讀書上學，現在愛玲卻羨慕起炎櫻了。

她眞是個無憂無慮的人，連戰爭來了都不懂得發愁。

圍城的十八天裡，港大眞的停課了，所有的住校生被迫離開宿舍，愛玲和炎櫻跟著一大批同學到防空總部去報名參加防空員的工作，如果不守城，就無法解決膳宿問題，有錢也沒有用，買不到油和麵包，以及其他可以吃的東西。她們才剛領完防空員的證章就遇到空襲，大家趕忙從電車上跳下來，奔到對街門洞子裡躲空襲炸彈，電車就停在街心，空空的，最後進來的人關嚴了門，外面再來敲的，怎麼也不讓進來。外面有人急敲著門，喊著：有人受傷了。裡面卻沒有人敢冒險去開門。外面喊的人漸漸罵起來，「沒人心」、「壞心眼」什麼都有，終究開了門，全都躲進來了，裡面更擠，又有受傷人的血腥味。

但是房子裡面眞的比房子外面要安全嗎？誰也不敢說。飛機底空滑過，頭頂上都是「吱拗厄厄厄厄——」機關槍掃射的流彈聲。

愛玲和其他人手肘靠著手肘擠在裡面，抓緊了剛從宿舍收拾下來的隨身小背包，這個門洞子和世界斷了音訊，沒有人知道其他人活著還是死了，她的母親，她的姑姑，家濟，甚至連維葛斯托夫，現在她都想念起來，他也遭遇著轟炸嗎？或者什麼遭遇也沒有，只是和她母親坐在陽台椅子上喝著熱茶？但是此刻，她卻有可能和這些陌生人死在一起，血肉糢糊的，分辨不出誰是誰，連炎櫻也不在這裡，剛剛下電車時，她似乎奔向另一個門洞子。

天上嗡嗡的飛機繼續摜下炸彈，但是飛行機器轟隆隆的聲音漸漸遠了，門洞子裡的人都鬆了一口氣，警報聲解除之後，所有的人都奔出來，顧不得街道上滿眼斷垣殘壁，又都擠往街心的電車，到處都是燻黑的火光，愛玲慌著左盼右看，忽然炎櫻叫她一聲，在電車開動前拼命跳上去，她們握住對方的手，又重逢了，從死亡裡活過來重逢！

她們被告知防空員都該駐紮在馮平山圖書館，事先約好了在一個地方派軍用卡車接她們學生一夥上去。下了電車，沒有車子可以搭乘了，只好徒步，走過黃土崖之後看見紅土崖，過了紅土崖又看見黃土崖，簡直疑心是不是迷了路，永遠也走不到似的，又擔心走路的過程中忽然來了空襲，找不到適當躲藏的地方。

好不容易摸到了，乘車上山安頓下來。因著宿舍被炸斷電的經驗，愛玲和炎櫻趁著圖書館還有電燈時，趕緊找幾本愛讀的書抱在手邊，其他同學看了，也有樣學樣。作防禦工作的人只分配到米和黃豆，卻沒有油，更不要說油鍋、廚房。學生裡有人帶了餅乾，大家分著吃，一點一點省著吃，撐到最後，精神漸漸弱了。

馮平山圖書館的屋頂上裝有高射炮，因爲目標明顯，飛機轟炸反而越來越近。愛玲埋在書裡頭，讀著印刷不好、字又細小的《官場現形記》，邊讀，邊回憶小時候在父親書桌前翻書的情形，何干每每要端一碗什麼喝的東西進來叫她吃，她嫌何干囉唆，時常發起脾氣來。愛玲裝著沒有聽到炸彈越來越近的爆炸聲響，她不願意去想戰爭的事情，只希望再多一點時間，至少讓她讀完這整部《官場現形記》，然後要炸就炸吧！

她已經兩天什麼都沒吃了，因爲同學的餅乾都分完了，她只是喝點水，肚子裡空空的，也不覺著飢餓，彷彿她又回到那個關著的大房間裡，不同的只是，現在有許多人和她一樣，也被戰爭關在這個大房子裡。圖書館裡有現成的椅子桌子，要躺要卧都可以。

「喂，喂，妳睡著了麼？」炎櫻小聲問，因爲周圍有些人趴在桌上睡著了。

「沒有，現在幾點鐘了？」愛玲在黑暗裡睜著眼睛問。「不知道，大約天快亮還沒亮的時候吧！我聽見一兩聲鳥叫。」炎櫻說著，又問：「今天，歐，不是，該說昨天吧！那對醫生護士，結果借到防空處長的車子了麼？」愛玲想起那對戀人，笑著說：「唔，想去領結婚證書的，老是坐著對望。」

「已經來兩天了，一等就等上幾個鐘頭，就坐在那裡，你看我我看你的，相對著就只是笑。」炎櫻邊說邊笑：「我們也這麼相對坐著笑吧！看看會不會少點無聊。」

「跟妳對坐著看，只會大笑，不能微微笑，一股滑稽勁的。」愛玲好玩地說。

「我看他們今天還會來！」另一個女生被吵醒了，也加入討論。

「反正，只要沒被炸死，現在大家多的是時間。」又一個鬆了辮子的女學生說。

「那個醫生看起來挺帥的。」被吵醒的女生說。

「嗯，說不定，他還有許多女朋友，正下不定主意娶誰呢！正好戰爭來了，就這個在身邊，就娶了。」炎櫻又開始運用她的想像力。

「這個男的，看起來也不是什麼忠厚老實的善類。又或者，他本來只願意和這個女朋友同居，也用同樣的方法維持其他的，就是結婚，她也只是姨太太之一，就因爲戰爭，和其他的女人也聯絡不上，都不知道死活了，覺得該緊緊抓住身邊的人。」愛玲一口氣說下去，想到麥唐納太太的三次同居，衍伸著炎櫻的想像編故事，只是叙述換成從男主角出發。

「妳們把人家純純的愛情說得不堪了！」鬆了辮子的女孩不願意破壞佳話。

「我不相信世上眞有才子佳人的故事，現實隨時都要滲到愛情裡的。」愛玲想到自己的父母親，以及許多她所知道的親戚們的婚姻。

「的確，那名嬌小的護士喜氣洋洋的，像撿到了平時不可能撿到的寶似的，」一直聽著沒說話的一名男學生忽然發話，把她們這群人嚇了一跳：「不過，她長得挺漂亮，如果那個人不娶她，我娶好了！」他的女朋友在旁邊嗔怒起來：「本來聽著還像人話，越說越不對頭了。」

「不是啊，我是說，娶不到妳，才娶她嘛，妳比她漂亮多了！」男學生立刻把話轉個彎回來，又低聲下氣陪不是。

「喂，能不能別吵了，我們還要睡一會呢！醒了就又覺得肚子餓。」一些被吵得不能睡的人小聲疲憊地抗議著。

「別說肚子餓好麼？都忘了，又被你說得想起來了。」鬆了辮子的女孩說。

「好了好了，聽說今天會送油來，大家睡一覺吧，醒來就有熱東西吃了。」一個學生領袖似的男生說。空氣裡又恢復了安靜，愛玲瑟縮著，寒冷黑暗的黎明，在戰爭的時候，人們只能珍惜眼下擁有的一切。她在黑暗中找到炎櫻還睜著的雙眼，倆人互相笑了笑，又安心地閉上，睡不著，也還是試著睡睡看吧！說不定醒來還能活一整天，那對可笑的戀人也還來的。

休戰了，學生們轉著收音機歡呼起來，他們跑到街上肆無忌憚地仰望著天空，不用害怕有炸彈會丟下來，那些青天上的飛機看起來可愛多了。一群女同學跟著炎櫻和愛玲發了瘋似的，滿街找脣膏和冰淇淋，沿街上都是小攤販，賣胭脂、罐頭牛肉羊肉，從沒有人住的房子裡偷出來的洋裝、絨線衫、雕花玻璃盤、各種西藥。她們養成了喜歡逛街看東西的習慣，有名的綢緞莊子都緊閉著大門，卻被她們發現了沒見過的廣東土花布，在一些攤子上擺出來賣。

「小姐，這種料子，現在人多半不會織，失傳了！都難得見到的喲！我們鄉下呀，小孩兒穿上，蘊貼舒服，又不愛鬧，又可愛。」賣布的老婦人只顧盡力說服著，也沒想到兩個女孩子結婚沒結婚，有小孩沒小孩。「喔，三四歲小孩可以穿麼？五六歲、七八歲、十二三歲呢？」炎櫻用僅僅會的幾句中國話說，故意混淆老婦人對她們的判斷。「都可以，都可以。」老婦人笑嘻嘻地說：「多大的孩子穿是都好的。看不出您年紀輕輕，可是個稱職的主婦。」愛玲忽然插嘴說一句，極力忍俊著：「她還有個二十歲大的孩子哪！」

討價還價的跟老婦人說了許久，她們終於抱著一捆各自挑中意的土布離開那個攤子。除了用的玩的之外，吃的攤子特別多，每隔五步十步就有個小風爐，滾油煎炸著麵餅、蘿蔔餅之類的東西。有人買了來，就站著吃了，不遠處卻是窮人凍得青紫的屍體。那些做煎餅的人都衣冠整齊，像是洋行職員或學校裡辦公模樣的人，他們工作的地方都關門不營業了。

人們沒有空理會政府有沒有因爲戰爭而改朝換代，只曉得現在，至少有錢還買得到東西吃了。原來成爲防空員的學生們，現在又回到學校去。學校仍然在停課中，只是他們從「防空員」變成了「臨時看護」，學校裡設置了臨時醫院，三十幾床病患設置在男生宿舍的飯堂裡。

臨時看護們兩個輪一班，配一個打雜的，有一兩個醫生，和一兩個正式的護士，從防空員變成臨時看護同樣來不及給予必須的訓練。這裡的病患都不是軍士，也不會有重要的人士在裡面，從普通的被流彈擦傷，到雙腿中彈的苦力、肩骨摔傷的老人，形形色色都有。

沒有足夠的藥物，冬天的病床上，枕頭、棉被因爲傷患不斷被抬進來，也變得不夠用，病人的傷口流出膿血，沾在被單上一片污濁的血漬，有的腫成大水泡的表皮，因爲一翻身壓破了，稠黏黏的透明液體從鋪上漫開來。那些沒有處理好的大傷口，變成了蝕爛症，健康的肉一吋一吋地被腐壞的部分侵染過去，漸漸壞死到見骨，再也好不了，而腐肉的主人卻只能極度清醒地痛著。

他們的生命沒有任何未來的希望，只能要這些臨時看護的年輕姑娘隨時過來，讓他們看看她們健康的肉體，年輕的臉龐，他們二十四小時喊叫著姑娘，彷彿健康的姑娘來看看他們了，傷口就會好些。在營養品短缺的臨時醫院裡，那些姑娘就是他們精神的營養。喊著喊著，漸漸自己也習慣了，就連沒了力氣不大想喊的時候，也還氣若游絲地：「啊——啊——姑娘——唉——姑——娘——啊唉——」

半夜三點多，愛玲坐在屏風後面看書，炎櫻在一旁打起瞌睡來，她總有本事哪裡都能睡。她們今天輪的是大夜班，她把炎櫻推醒。「什麼呀？」炎櫻睏得睜不開眼睛。愛玲摔下書，咬著牙悶聲說：「我恨那個人！你聽，他老是叫，拖得那麼長。」

「嗯，等等再去敷衍他好了！」炎櫻不清不楚地說著，她已經聽習慣了，那種恐怖淒惻的聲響彷彿都從她的耳朵旁掠過去，一點也聽不到。愛玲憤憤地說：「我已經去很多次了，眞的問他要什麼，又答不上來！」炎櫻說得夢話似的。「唔，那人眞是磨人精。」

那人呻吟得一整病房的人都醒了，看不過去，全在外頭齊聲替那人大叫：「姑娘！姑娘！」

「喂，妳醒醒呀！眞不盡責啊，妳！」愛玲又多推幾次。

「好好，我醒了，眞的。」炎櫻保證說，眼睛仍然半閉著。

「同我一起出去，妳去問他要什麼，我不想再看見那個人，至少今天！」愛玲說得簡直沒有商量餘地，又說：「我去隔壁領兩瓶牛奶，已經快四點鐘了，應該有的。」

炎櫻出去問去，那名傷患看見姑娘出來了，反倒說不出要什麼，想了想才勉強地說：「一杯水。」愛玲寒著臉穿過一整個病房走到隔壁去，又寒著臉揣了兩瓶牛奶在懷裡，照樣穿過所有眼睜睜盯著兩瓶牛奶的病人們，轉到屏風後邊，炎櫻早給過水，又倒在桌上睡著了。

小廚房裡點著一只白蠟燭，檯子上只有一只黃銅鍋，工役打雜的都用這只鍋煨湯，能下床走動的病人卻用這只鍋子洗臉洗手腳，愛玲都見過。第一次她想用這只鍋子的時候，盯著看了非常久，不僅猶豫著，也花好大的力氣才克制住本能的噁心。現在她早已習慣了，拿起肥皂就往鍋子裡用力搓，不用力不行的，那上面老浮膩著一層油垢，大寒冬的夜裡，冰冽的水流刺刺刷著她的手，搓洗完，兩隻手都變得紅凍凍的。

她把兩瓶牛奶倒進乾淨的鍋子裡，打起煤氣，蓮花瓣一般藍色的火焰跳躍著，黃銅鍋裡白色的牛奶漸漸沸騰起泡，滋滋的牛奶香也散逸出來，她把臉稍稍靠近熱氣的鍋子，她喜歡這種溫暖的感覺，像是何干還在她身邊。是何干在冬夜裡起來幫她熱牛奶，她還是個小孩子，在暖暖的被窩裡被拉著稍稍坐起來，揉揉眼，何干替她披圍上一件襖衣，她把嘴就著碗沿吸吮牛奶上晃蕩著的小白沫珠子。

「唉——吆——姑娘——唉——啊啊——」，那個慘苦的聲音追到廚房裡，打斷了她正享受著的童年，白蠟燭的火焰發慌地顫抖起來，愛玲用力關掉火焰，兩手掩起耳朵，對，她是個沒人肝的看護，是一隻心上受了傷的幼獸，沒有多餘的氣力去照看世上更多的苦難。

沒有姑姑來的信，也沒有母親的消息，這樣胡亂地過了許多凌雜灰墨般的日子，愛玲已經和家漪中斷將近三四個月的通信，先前是忙著準備大考，之後卻是戰爭使得寄信變得困難，收信更加不可能。起初她和炎櫻都還耗在香港等著，看看港大會不會重新開辦，也許校方也需要一些時間重新準備。但是許多校舍被毀於戰火中，教授先生們死的死，回國的回國，同學們這裡詢問那裡探聽的，越等越沒有希望，陸陸續續走了。

剩下不甘願的愛玲，炎櫻照例陪著她，從冬天等到夏天，從臨時醫院的搭設，到拆除了簡陋的醫院設備。他們還沒來得及得到學位，就必須各自包裹起行李散回家鄉。那麼，她的獎學金呢？她用功所得來的優異成績紀錄呢？許多同學說，學校裡的其他文件和學生紀錄都被燒光了。

二年半的香港歲月，就這麼幾句話，一點痕跡也沒有地消逝了！

愛玲的行李很簡單，沒有書籍或其他沉重物品，她不習慣麻煩提重，更何況，來香港的時候原本沒有很多東西，又經過戰火，只有隨身的幾件衣服和那捆廣東土布。炎櫻就不同了，她妹妹早幾天回去，先已幫她多帶兩箱子書和衣服，又有些在香港買的東西。

天氣清朗的時候，從香港山上望下去，是藍艷艷的海，還有海裡泊著的白色大船。愛玲原本和家漪約定這個暑假回去，現在，倒不必等暑假了，根本就沒有什麼假不假的問題。實在說，她們這些從戰火下死裡逃生的學生們，已經比眞正被糟蹋了的人們幸運得多，但是，她被逼著逃離父親，考上倫敦大學，卻沒有選擇地只能來香港，現在又被迫著回上海，每一次的轉折不論直接還是間接，都是因爲戰爭。

她看著那樣的海灣，想著也許回到上海，她又會念起香港的海和白晃晃陽光底下的船，或是夏天的香港山上，火一樣紅不完的木槿花。

船靠岸時，遠遠地愛玲先眺望上海市，整個城鎮可以看到的部分，似乎不像香港那般毀壞，上海的天光下電車還是叮噹循著軌道行走，愛玲先就安心下來。只要房子沒被摧毀，姑姑應該還在公寓裡。炎櫻家裡的人早已經在碼頭上等著接，她把姑姑家裡的電話留給炎櫻，可是不確定地說：「還是我去找你吧！」

黃包車靠邊行走，閃避飛快過去的汽車，愛玲才慢慢看清楚街景，原本高鼻子深眼睛，纏著白頭紗巾子的黑皮膚印度巡捕不見了，取代的是許多軍用車和日本士兵，街道上的商店多半沒有開張，尤其英美法等西方人開設的洋行商銀大樓，都是關門大吉，從來放映西洋片的國泰電影院，也改放映國產片了。

顯然，上海租界裡的西方人勢力，已經因爲日軍突破了孤島的狀態，淪入日本人手裡。租界畢竟不是香港，沒有組織強大抵抗力的軍隊，對付孱弱的中國人或者有餘，遇到維新過後的鐵血日本，畢竟是不足的，也許在香港山上，愛玲躲著飛機轟炸的差不多前後，商業洋人掌握的四年孤島狀態，就已經正式結束了。

但是，孤島上海的文化還繼續著。

黃包車在愛丁頓公寓前面停下來，這棟偉岸的洋建築絲毫沒有損壞的跡象，愛玲急急奔進去，揿電梯鈴時，看見開電梯的人慢條斯理在汗衫背心上，添一件熨燙平溜的紡綢小掛子，還是她去香港時候見到的同一個人，他不穿整齊，是不肯出來開電梯的，看見不修邊幅的客人也拒絕替開。戰爭之後的上海人還是一派自己的條理。開電梯的人證實了張女士還住在這棟樓裡，早晨出去一下子，剛剛彷彿是回來了。電梯上升著，人字型圖案的銅柵欄外面，一重重的黑暗往下移，愛玲終於看見千百回夢見的家門。

「姑姑！」等不及撳門鈴，愛玲忍不住大叫，惹得開電梯的人又開著電梯上來：「怎麼？不在家麼？」，才這一問，門就開了。

「你怎麼回來了？香港學校怎麼樣？這兒報頭上都沒看見這些消息。」姑姑詫異又關心地問。愛玲撲到她身上，很久都說不出話來。「學校停辦了。」愛玲好不容易說出一句，在香港轟炸逃生的各種情形又一齊湧到眼前，鼻子眼眶都酸起來。

「獎學金呢？也不算了麼？」姑姑卻急起來。

「不知道，學校都不辦了。」愛玲已經哭出聲來。「別哭別哭，這都叫沒辦法，誰知道戰爭呢?!」姑姑趕緊拍拍愛玲肩膀，安慰著說：「租界總是這樣，這個來了，那個去，反正輪誰管都差不了多少，說不定問問上海的聖約翰大學收不收，同樣洋人辦的學校。」

「我在香港就反覆想，不同學校的獎學金，一定不能接續，學費就成了問題。」愛玲說到獎學金總覺得自己委屈：「香港一打仗，都聯絡不上嬸嬸，也不知道她現在怎麼樣？」

「她也沒和我聯絡，像斷線風箏似的，都沒消息了。」姑姑也煩惱地說：「這學費的事情，可得想想了。」愛玲低頭幽幽地說：「姑姑，我總想繼續讀，至少拿到大學文憑。」

「憑你的程度，應該去報名轉學考試，一定會有機會，不過——」姑姑鼓勵著說到一半，卻嘆了一口氣：「學費哪，姑姑沒錢。那時候的投資都蝕了本了。」愛玲失望的表情透在臉上。隨即又想到回家時的街景，問姑姑：「我看那些洋行大樓都關門了，姑姑的洋行寫字間呢？」

「當然也關了！日本人一進來租界，英美法那些西方人就被趕出門了，連走在路上都得戴個臂章識別，算是敵國人呢！連先施永安都因爲是英美資金，被迫關門了，前些時候不知怎麼的，弄了個德國的萬字旗掛上去，還是不行。還好我在電台找個報告新聞的工作，誦讀些社論，每天半個小時，生活也還過得去。」姑姑感嘆著說。

「眞的沒辦法，只好找事做，看看有什麼報紙雜誌可以投稿的。」短短幾分鐘之內，愛玲已經打算面對現實了。姑姑看著愛玲沒有把握地說：「不過，還有一個法子，就不知道你肯不肯。」

「姑姑別叫我去找叔叔！」愛玲看了神色，就知道姑姑想說的話。「我知道你不想，我又如何願意？」姑姑頓了頓又說：「但是，他本來就該負擔你的大學費用，這幾年在香港的學費、生活費，他已經都省了，剩下的一點錢，他也不該不付啊！」

「我都發誓不再回去了。」愛玲的語氣軟下來，姑姑的話也有道理。

「你放心，他們現在住的也不是那個老大洋房，是個小洋房，佣人只剩一兩個，吃鴉片花銷太大，一棟房子接一棟的賣，你再不去跟他要點學費，只怕也不過煙中霧裡的，錢就都不見了。」姑姑還是勸著她去找父親。愛玲沉默許久，終於勉強說：「我試試看。」

「你別這樣光光的就去，先打個電話叫你弟弟過來商量。」姑姑說。

這提醒了愛玲，回到上海，該打電話聯絡的人還有幾個，打算找弟弟說過學費的事情就去舅舅家。聽到姊姊回來了，弟弟在電話裡的聲音十分興奮，不一下就到了愛丁頓公寓，姑姑讓他們姊弟倆自去說話。愛玲穿一件布旗袍，大紅底子印著大朵大朵藍的白的花，領子矮到幾乎不見，下面打一個結子，沒有襟扣，像洋裝似的整個人鑽進去穿的，袖子短到只遮了一點膀臂，長度只齊膝。

子靜看到開門出來的姊姊，嚇了一跳，頭髮長到披肩，身材更瘦削高窕，不禁脫口就問：「怎麼香港流行這種衣服麼？上海沒見過有這樣的旗袍，是不是今年最新款式料子？」愛玲正是故意穿了廣東土布做的旗袍，要在上海的熟人面前發發光，她和炎櫻各自設計了一件，戰後的手工更便宜，在香港做了帶回來。現在看到子靜果然生出驚訝的表情，心裡其實頗為得意。「也沒什麼，你眞是少見多怪，在香港這種衣裳簡直普通至極，我正嫌不夠特別呢！」愛玲裝著漠然的樣子說。

「港戰那麼激烈，我以為不知道能不能再看見妳！」子靜激動地說。愛玲去香港之後，因為不願意寫信到父親家，弟弟又被盯著不准到姑姑那裡，姊弟倆人從此斷了音訊。

「我在港大拿了兩個獎學金，本來可以膳宿學費全免的，現在卻停辦了。」愛玲直述地說著，已經不再像跟姑姑說的時候那麼難過了。子靜說：「妳的〈天才夢〉和去年六月在《西書精華》上翻譯的〈謔而虐〉我都讀了。」子靜知道姊姊喜歡自己的文章被熟人看到。

「不要說〈天才夢〉了，那篇是我在港大唯一的中文寫作。」愛玲又一次向弟弟解釋了不公平的委屈。弟弟又說：「〈謔而虐〉眞翻譯得能讓人開心地笑。」

「那是看到英文雜誌上刊登，實在覺得寫得好，一方面也為了賺稿費。」愛玲透著遺憾地說：「其實已經有獎學金了，本來也可以不用急著賺稿費的，誰知道讀一半必須輟學。」愛玲說著嘆氣，又想起來問小弟：「你現在呢？」

「去年我考上復旦大學中文系，還沒開學就聽說好些有名的先生在那裡面教書，我也很興奮，預備好好跟著他們修習，才上兩個月的課，又因爲戰事停學，現在也還等著。」子靜說到停學也十分沮喪。愛玲憤憤地說：「只差一些時間，我就可以拿到大學文憑了！」

「妳可以試著去找找教書的工作，妳的英文這麼好，一定會很順利！」子靜建議著說。

「不行，教書不但要會說話，又要會表演做戲，我根本不行，話說到一半就下不去了。」愛玲連連搖頭，又說：「我準備看看能不能在英文報紙上寫些稿子，一邊賺錢，一邊準備考聖約翰大學插班，畢竟沒讀完大學可惜。」

「我也正想考聖約翰大學呢！」子靜高興地說。「但是，」愛玲猶豫了一下才說：「學費成問題了，姑姑說她沒錢付我的學費，要我去向叔叔要。」子靜立刻拍胸說：「好啊，我先去說，現在叔叔也不是對後母很滿意，只要趁那女人不在，跟他說說看，也許他願意幫妳。我說了，看哪天妳再去當面說。」

「但是——」愛玲仍然舉棋不定地看看子靜。

「小時候叔叔總是稱讚妳聰明的，我時常聽了都忌妒的。別考慮了，讓我去說說，就算不成，妳也還不吃虧啊！」子靜鼓舞地說。愛玲這才笑道：「我還不知道，原來你忌妒過我呢！」

「結果發現差太遠了，來不及忌妒，就先佩服了，以後只好不忌妒，只佩服了嘍。」子靜也笑起來。愛玲看看時間還早，順口問道：「等等我想去舅舅家，要不要也一起去？」子靜臉色微微變了，咂咂嘴，像不知道該怎麼說的樣子，半晌才從旁試著問：「妳，同三表姐通信麼？」愛玲看著弟弟的神色，心裡已經覺得有些不對勁，仍然說：「有啊，不過港戰前後中斷了，就沒再收到信。」

「嗯——唔——」這下子靜眞不曉得怎麼講了。

「怎麼了？我最後收到的信裡是說，病情有好轉的可能，而且有新的西藥發明出來，能夠治肺病的。」愛玲奇怪起來，就因爲家漪告訴她有好轉的可能，她那時才放心準備大考呀！

「後來，後來，」子靜說得吃吃艾艾，又下定決心似的，一口氣說了：「她還是用西藥，妳回上海前不久死了。」

愛玲怔住了，心裡如同萬箭鑽搗，她想穿著這件廣州土布旗袍去找家漪，也要裁縫按著家漪的身量做一件，然後可以把炎櫻約出來，介紹她們倆人認識，家漪也喜歡衣裳設計，她們三人可以像張幼儀開的「霓裳」服飾店，掛出牌子，登幾則報紙廣告，專爲依照個人體形、膚色、氣質，設計合適的服裝，以後可以比「霓裳」更有名，上海的名媛淑女，都非要指定她們不可。

那是他們的夢想，不是麼！

「爲什麼？」愛玲許久許久，才能從齒縫擠出這樣一句話。

「唐醫生開的西藥是最新發明的，他的診所裡沒有，要舅舅舅母派人上街買。舅舅覺得她的病拖太久，吃了不一定有效，就——」子靜還沒說完，就被愛玲氣憤地打斷說：「就讓家漪求唐醫生去買，一定是這樣，對不對！」子靜沒有正面回答，事情卻似乎就是如此：「其實也不是只有西藥的事，表哥說，也還因爲三表姐要唐醫生帶新女朋友去，看了大概刺激的——」

「他們根本不把她當自己女兒看！家漪怎麼可能那麼死皮賴臉去向人家要東西?!」

「聽他們家媽子說，最後三表姐還要她背下樓去買藥，坐了三輪車去到西藥舖，老媽子才知道她要買的是安眠藥，還好手裡只有五十幾塊錢，不夠。這兩三年，西藥都是貴得離譜，因爲打仗，軍隊醫院裡都需要用。」既然說了，子靜索性全說透了，愛玲聽著聽著，卻流下眼淚。

「那五十幾塊錢是她全部的儲蓄，我去香港時她還正說著。」愛玲淒然了。

沒有人知道她們那天晚上的約定：要記住霞飛路冬天和夏天的街景，回來時候，說不定就變了樣子，家滂說的。

愛玲以爲自己在香港經過那麼多苦難，好不容易死裡逃生回到上海，沒想到家滂在同一個時間裡，受的不是戰爭的苦難，卻是被父母親漠視，被情人慢慢在情感上蠶食背叛的折磨，她竟然想以僅有的儲蓄去買一瓶自殺用的安眠藥，家滂從來不會是個想自殺的人！

現在上海眞的變了樣了。

十六

趁後母出去的時候，子靜又到煙榻前找父親。只要沒有後母在一旁，父親對待他就不那麼異樣，說話的語氣也比較不那麼刻薄，比較像個父親，子靜也是後來才體悟到這一點，所以只要後母在一旁，他就盡量閃躲開去。父親獨自緩緩吐煙，知覺有人走近，微微開啓眼睛，子靜委婉地說：「日本人也打進香港，姊姊港大讀一半，前些時候回來了。」

「嗯哼。」父親沒有什麼表情，但是也沒有不想聽下去的意思。

「姊姊成績很好，在港大拿到兩個獎學金，本來後兩年學費膳宿費都可以全免，結果戰事一起，大學停辦，只好回上海。姊姊留了長髮，身材更瘦更高了，」子靜看著父親的臉色，沒有不高興的樣子，他現在說的話，就是姊姊未來學業的關鍵了，子靜又抿抿嘴唇繼續說：「可是這麼一來，獎學金也沒有了，姊姊想考插班，轉到聖約翰大學讀書，需要學費，想請叔叔幫忙。」

「她母親呢？怎麼現在又沒聲響了？」父親張開眼睛問，話裡頭是諷刺，好像女兒的母親不是兒子的母親似的，但是語氣上卻有些鬆動願意了。

「戰爭之後，姊姊姑姑都和嬸嬸失去聯絡，現在連生死都不知道。」子靜也想念母親，說話的語調裡，不禁透露些許想念難過。「唔，連生死都——」父親似乎若有所思，彷彿覺得人都已經瀕死了，其他事情也多少能夠原諒，他放下煙槍，仍然靠著煙榻，稍看了看子靜，說：「好吧！你叫她來！」

子靜問了哪一天，什麼時間，又趕忙打電話告訴姊姊。愛玲聽子靜說這些，心裡仍然矛盾掙扎，要是又遇到後母呢？要是父親當面給難堪呢？更糟的是，如果父親又把她給關起來？當年一切恐怖的細節，她一點也沒有忘掉，那些惡夢與恐懼，總是一遍又一遍回到她夜晚的睡夢中，一次又一次洗刷著她對父親的回憶。

愛玲照著說好的時間出門，三輪車轉入福理履路後不久，就是父親的小洋房，沒有巡警和鐵銹的大門，也沒有陰森森、少了花鳥樹木的乾枯大花園，雖然早聽姑姑弟弟說了，眼前看到，卻眞的放心許多。

一個愛玲不認識的幫傭大姐來開門，從逃出父親的家，到現在這四五年之間，她感覺自己彷彿一下子老了許多，何干回到皖北，沒有再聯絡上，母親失去消息，家濬去世，舅舅家她往後也不想去了，現在，她卻違反了自己當初咬著牙指天的發誓，又重新跨入父親的家門。

空氣裡瀰漫著一股懶懶的甜香，客廳四壁上掛著些花鳥畫，也朦朧在煙霧中，是她從小習慣了十幾年的鴉片煙味，她站定了，看看四周，沒有後母的影子，子靜過來把她拉到父親面前。

父親拿著煙槍一面向對面的小沙發指指，一面說：「坐吧！」又看破愛玲心裡想法似的直接說：「知道你要來，你後母上樓去了。」

「我想插班聖約翰大學，完成剩下的大學學業，最近就去報考，大約八月底以前揭榜。如果考上，需要一筆學費。」愛玲裝著冷漠的表情和平板的聲音，也不稱呼父親，心裡抱定，如果父親大發脾氣，或者又對她冷嘲熱諷，她寧願一走了之，也不願拉下臉來求。子靜在一旁打圓場地說：「姊姊，我們說不定會成爲同學呢！」

「我是最好能插班進大四，花費少些就能畢業。」愛玲又多了一句說明，意思是不會故意讓父親多花錢。父親眼也沒抬，吸一口煙，又緩緩舒出，慢慢說：「你就先去報考吧，學費，我叫你弟弟送去。」父親的態度讓愛玲有些意外，表情上的防衛鬆懈下來，反倒有些手足無措，看見父親瘦垮垮的身體，灰沉沉的削頰，不知怎麼的，竟脫口說：「謝謝，叔叔。」

「唔。」父親只平常地應了應，又閉上眼。

也許因爲父親沒說什麼，又或許看在敏感的愛玲眼裡，父親連香港讀書、經歷戰爭生死的事情都漠然不關心，一句都沒問，應當還梗梗於四五年前的事情。愛玲又尷尬起來，剛才的「謝謝」，現在想起，說不定在父親聽來，還以爲她爲了錢，終於願意回頭來求他，掌握了家產錢財的父權，果然還是受用的。

愛玲神色漠然地看看父親，覺得已經把話全都說清楚了，想到後母還在樓上，心裡一陣厭惡，就毫不猶豫地起身，從進門到出門，前後還不到十五分鐘。走出門口時，小弟趕出來送，愛玲向他點點頭說：「希望將來能在校園裡碰面。」

炎櫻和愛玲一起轉入聖約翰大學文學系，子靜進入一年級，三人常常在校園裡遇見。經過香港的共同患難，炎櫻才眞正了解愛玲所有的生活背景，她的確有富裕的家庭出身，卻並不是眞正無憂的富家少女。她父親給了學費卻沒有給生活費，下學期的學費也還沒有著落。愛玲從一開學，就進入半工半讀的情況，她希望自己甚至能賺夠下學期的學費和生活費，不必再去求父親。

愛玲在課業與工作之外，一有空閒，也寫劇評影評投稿英文《泰晤士報》，簡直到了體力透支的邊緣，炎櫻看著，雖然很想爲她做些什麼，最終卻只能在精神上盡量支持。炎櫻太清楚愛玲的個性了，她不會隨便接受別人物質上的幫助，既不願意自己吃虧，也不會去佔別人一點便宜。

深秋的上海，樹葉在枝頭沙沙作響，掉落滿校園的黃葉子，炎櫻進入聖約翰大學之後，不但課業好，又因爲活潑人緣好，被學校指派爲 Perfect 學生長，經常帶領許多校園活動。

走在校園裡，子靜看見炎櫻矮胖的身影和一個高瘦的女孩遠遠走過來，以爲旁邊那個人是姊姊，因爲身量很像，走近了看，才知道不是，那女孩卻比姊姊的皮膚更白，身高是差不多，卻胖多了，笑起來有兩只小虎牙。

「哈羅，這是我同學松本由紀，這是張愛玲的弟弟張子靜。」炎櫻互相介紹。「哈羅，你們最近都在做些什麼好玩的事？」子靜感染了炎櫻活潑的樣子，說起話來也跳躍許多。炎櫻快樂地說：「啊，我們當然有好些計劃，剛剛還在說，排到明年畢業，還都來不及做完呢！」

「聽說你們有話劇要演出？姊姊有沒有參加？」子靜問。

炎櫻詫異問道：「咦？你還不知道？」

「什麼？」子靜弄不清楚地說。

「我有許多課和她同修，看見她好幾天沒來上課，我才去找她問，原來她已經辦休學了。」炎櫻說著，又因爲還有同學在一旁，也不願意說太多，就說：「你可以找你姊姊問嘛。」

子靜滿肚子狐疑，難道姊姊也和他一樣，身體不好？他雖然很想好好讀書，卻因爲身體實在支持不住，也預備辦理下學期休學，正想告訴姊姊，沒想到姊姊卻先休學了。他遺傳了母親的肺弱，一到秋天冬天就有咳嗽的毛病，從小就被小心照顧著，以免變成肺病。

姊姊的身體從小就比他健康，什麼他不能吃的姊姊都能吃，什麼他不能玩的東西姊姊都能玩，如果眞的因爲身體健康而休學，一定是那幾個月關的。想著，他著急起來，下堂課也不去上了，反正都準備要休學，他走出校園，原本已經習慣坐電車公共汽車了，現在卻往滿是日本兵來回走動的街心上，招招手叫輛三輪車，一口氣坐到愛丁頓公寓找姊姊。

「也沒什麼，我是對聖約翰大學有些失望而已。」愛玲無可無不可地說著，又起身轉回房間拿出一捲紅絲綢繫著的卷子，攤在桌上指給子靜看：「這是我在港大時，參加學校一項英文徵文比賽得獎的卷子，獎金是二十英鎊。教授有意見的地方，只在上面圈劃，並不直接告訴你答案或是對錯，只是指出一個方向，由你自己去各種書本裡找答案。」

「喔，港大外國教授的方式，眞是開明先進。」子靜佩服地說。

「是啊，可惜。」愛玲說的可惜，子靜當然是明白的。

「但是都插上聖約翰了，眼見也只剩下一年半的時間，拿到大學文憑不是很好麼？又不像我，」子靜說到這裡顯得沮喪：「才一年級，英文沒有你那麼好，身體又不好，想讀書，撑不住還是休學了。」

愛玲看著子靜，心裡同情弟弟，拉弟弟一起到陽台上，落日沉沉地火紅著，滿天的燦爛的彩霞，在那一大塊胭脂紅的日頭背後織成一條條烏金交錯的雲影，從這方公寓的陽台一角，可以看望整面的上海灘，連凌亂狹窄的小路弄堂，都可以看得十分清楚。黃浦江上泊著些大小船隻，還有長條聯繫著的運貨小舢，那樣地在水上綿延一兩百來尺而不斷，像總是長得說不清楚的故事。

風吹起髮稍，愛玲又沉默了一會才說：「其實我也不光是不滿意學校，也有些身體撑不住！」

「啊！」子靜驚訝起來，眞如他料想的麼？

「你別慌，不是身體不好，只是我不想再去向叔叔要錢。」愛玲說出眞正的理由。子靜小心翼翼地問道：「你們上次不是說得也——還好麼？」愛玲卻搖搖頭說：「叔叔是給了學費，但是我一回來，生活上就增加了姑姑的負擔，我很過意不去，索性多寫些稿子，翻譯些文章什麼的，補貼生活費。」

「但是你的文憑？」子靜還在替姊姊可惜，卻沒想到自己也即將休學。

「我想過了，這麼亂的時代，這麼大的破壞，人都不見得活得好了，文憑只是一張紙，沒那麼重要！」愛玲斬釘截鐵地說，彷彿也在說服自己。

大部分沒入城市遠方的夕陽，現在只剩下微星的一點紅光，不甘卻又無奈地燃燒著，很快地，終於熄滅在黑暗裡。

愛玲在《泰晤士報》上的影評劇評，引來另一家上海英文雜誌社的邀稿，一九四三年的一月份，在《二十世紀》上刊出〈Chinese Life and Fashions〉，長達八頁，又附有十二幅她畫的髮型、服飾的插圖。

太平洋戰爭爆發後，不少旅居上海的各國記者、作家、攝影師都陸續失去工作，上海這樣陷入日本法西斯統治的國際大都會，一時之間人才濟濟，卻又無處可去，這本雜誌由一名德國人創辦，剛好提供了施展的空間。雜誌的讀者設定在滯留亞洲的外籍人士，創辦兩年之間，作者們分別爲八九個不同國家的人，雜誌的文化水準相當高，受到許多好評。

但是，對於愛玲而言，更重要的是，稿酬也十分不低，她又無端想起中學時候跟張如謹和家漪都說過，有一天她要比林語堂更出風頭。愛玲回憶著，在書桌前笑起來，她越來越有信心，專以發表文章賺取生活費，對她而言應該不是件難事。她轉過頭往房門外看，姑姑正在燈下讀今天的小報。愛玲也不作聲，悄悄地，忽然把整理好的兩疊稿紙「端」到姑姑面前。

「姑姑，替我讀看看嘛！」愛玲一下坐到姑姑對面。

「這什麼？不是發表一篇了，你看著可以就行了！」姑姑敷衍著說，她正在讀小報上的連載，精采著。愛玲忽然一抽手，拿走姑姑手上的小報，姑姑嚇了一跳，繼而笑起來，愛玲卻蠻橫著帶點撒嬌地說：「不管，先看我的，我的比較精采！」姑姑搖頭笑道：「嗨，這麼酸，吃起小報的醋啦！眞拿你沒辦法。咦，不是英文的了？」

「嗯，這兩篇都是在香港聽到的故事，我給寫成小說了。」愛玲說。

姑姑仔細邊讀邊說：「沉香屑，總題取得好，第一爐香、第二爐香，也特別，就是——這個梁太太吶，你可以寫得更狠辣些，我認識一個這種角色的寡婦，哎呀，眞眞是——你不知道，這種除了錢以外什麼都沒有的女人，就喜歡在她們自己的小天地裡耍弄權勢，像個慈禧太后。」

姑姑開始說些當年留學生圈子裡看見的各種人物，有個留學倫敦的人，在倫敦交了個洋女朋友，又覺得洋女人不適合成爲好太太，決定回中國找，但是他的骨子裡其實兩種女人的典型都要，一種是能花騷懂風情的紅玫瑰，另一種是美麗保守，對丈夫內向溫柔的白玫瑰，後來——

「噯，反正女人總得多吃點虧！說了這麼多個故事，嘴都說乾了。」姑姑說。

「我去煮茶給姑姑喝！還是，姑姑想喝咖啡？」愛玲立刻往廚房走去。「好啦！別巴結！」

姑姑笑了把她拉著，自己去隨便倒杯水：「等你煮完，一下杯子給砸了，茶壺又怎麼了。」

「我想多聽幾個故事嘛！」愛玲還是要姑姑說更多些。

「嗳，想我在電台，唸那些個沒意思的新聞稿子，大東亞共榮圈什麼的，每天讀半個小時，每個月可以拿幾萬塊錢，」姑姑假裝唉聲嘆氣地說：「可像現在，整天說著有意思的話，卻拿不到半個錢！」愛玲嘻嘻笑著，挽起姑姑的手臂說：「這樣吧，這些有意思的話，我都記下了，改天發表一篇〈姑姑語錄〉，稿費算姑姑的。」

「還眞有你說的。眼前這兩篇小說要發表還沒個影子呢！」姑姑笑著，又正臉說起來：「不過，你用英文發表文章，已經有點名氣，中文嘛——可得想想，別找些沒有名氣的雜誌發表，得一出現，就在重要的雜誌上，讓人都看到。」愛玲也煩惱道：「得找什麼樣的人呢？現在上海的報紙雜誌，連張恨水的文章都看不到了。」

「那許多文人可能往西北去了，都說是要抗日，也難怪，最近很多雜誌不見了，但是日本人又興辦了許多。」姑姑沉吟著說：「我想想看，該找個對文學雜誌熟的人做引介——」

「如果找錯了人，會不會被人說成漢奸？」難怪愛玲會擔心，連最沒有民族意識的英美法租界裡，一般平民百姓也都討厭日本人。

「有了，我想到一個人，倒不會有問題，吶，這層關係有些複雜，不過久沒聯絡了，我得先和岳淵老人通個電話。」姑姑有點自說自話地咕嚕著。

愛玲聽得越糊塗問道：「岳淵老人是誰？」

「黃園主人岳淵老人，是你嬸嬸黃家的親戚，可以請他寫個介紹函，讓妳帶著去找周瘦鵑。」姑姑把來龍去脈說清楚，愛玲睜大眼睛說：「原來連周瘦鵑都是和我們有關係的人?!」

「有關係的還多著呢！」姑姑笑起來，輕輕敲一下愛玲的額頭說：「去拜訪時得注意禮節，這位周先生可是正正當當的上海文壇前輩了！」

一個春寒料峭的下午，三輪車在一整面攀滿了爬山虎、薜荔的牆外停下，愛玲穿一件鵝黃緞半臂旗袍，她已經是第二次跨進這個園子，裡面一片綠色天地，陳列著許多精緻奇趣的花木盆景，可見主人十分精於園藝盆栽，這裡就是有名的紫羅蘭盦。

周瘦鵑戴一只小圓眼鏡，見愛玲起身向他鞠個躬，他忙說：「張小姐別客氣，請坐，請坐。」愛玲客氣卻開門見山地問：「不知道上次那兩篇小說，您覺得寫得還好麼？」

「讀來，感覺是受到《紅樓夢》的影響，又很像英國名作家S. Maughm的風格，我非常喜歡。」周瘦鵑說。

「真是佩服！我正是毛姆作品的愛好者，《紅樓夢》也是我經常反覆讀的。」

「剛巧《紫羅蘭》雜誌五月份是復刊的創刊號，不知道張小姐願不願意讓這兩篇小說發表在《紫羅蘭》裡？」周瘦鵑說。

「好啊！」愛玲一口答允，心裡非常高興，但是臉上仍肅然地說：「謝謝您！」

「不不，這麼難得的好小說，我還得謝謝您呢！」周瘦鵑沒有一點前輩的架子。

「但不知道樣本出來時，能否讓我校對一次？」愛玲向前傾了傾身，有些不好意思地說。

「這樣罷，出樣本時，我過去您那兒。」周瘦鵑笑著說。

愛玲稱謝著離開紫羅蘭盦，回到家裡，愛玲得意地告訴姑姑，周瘦鵑不但一口氣兩篇文章都要了，還約好拿樣本來給她。

「哎呀！那你怎麼回答？」姑姑連忙問。

「我說好啊！」愛玲眨眨眼，不明白姑姑為什麼這麼緊張。

「妳這小傻瓜，人家周瘦鵑和妳叔叔嬸嬸同年齡，也算是長輩，要帶樣本來瞧瞧妳，妳就回答說好啊?!」姑姑有些頭疼地說：「嗳嗳，趕緊再去一趟，邀請他們夫妻倆來家裡，我們準備精緻的點心招待下午茶，這才有誠意！」

茂淵仍然記得逸梵嫁來張家的時候，姑嫂兩人整天讀那些哀情小說，不然就去看西洋影戲，讀了許多周瘦鵑的小說，風聞過許多他的眞實故事，卻從沒有見過本人。「周瘦鵑」這個名字，對於茂淵而言，不僅是一位小說家，還像是她少年到青年，成長過程中一個不可缺的記憶，一個暢銷小說家就能夠有這樣的魅力。

樣本出來的那天，周瘦鵑夫人因娘家有些事，不能夠一起赴約，他單獨來愛丁頓公寓，愛玲和姑姑早已準備好各式甜鹹西點，又煮了牛酪紅茶，用從英國帶回來的精美骨磁杯碟盛裝，白色杯碟上描著細細墨綠藻織金花紋。

「這公寓眞精緻！」周瘦鵑一進門就稱讚著。「謝謝您，這是我姑母，張茂淵。」愛玲介紹著，又指著矮几上一只雕花像框裡的照片說：「這是我母親。」

「她母親前年十二月太平洋戰爭以後，就和我們失去聯繫，直到最近，託朋友帶信息，已經到印度去了。」茂淵補充著，又說：「我和她母親，我們十多年前都是《半月》、《紫羅蘭》、

《紫羅蘭花片》的讀者，都喜歡讀您的哀情小說。」

「我母親說過，她們讀著讀著，落了許多淚，還傻傻的寫信給您，勸您別寫了，天下人的淚都要給您賺光了。」愛玲說著，彷彿忘了自己說的「她們」還包含了眼前的姑姑。

「喔?這——」周瘦鵑似乎不記得了，有點不知道該怎麼接下去說話。

「那都是十幾年前的事情了!您的哀情小說寫得實在好！」姑姑邊稱讚，邊打圓場。愛玲卻把她在《二十世紀》和《泰晤士報》上刊登過的文章全都搬了出來。姑姑笑著說：「原來，要請周先生品品她的文章，瞧她得意的。」愛玲推推姑姑，又向周瘦鵑說：「這是我這幾個月發表的，請您看看。」周瘦鵑略看了看，立刻說：「原本以爲您的小說好，原來英文也高明！」

周瘦鵑是上海家喻戶曉的小說家，但也是著名的翻譯家，引介過許多外國名著進入上海，在愛玲八九歲時候風行不斷的《福爾摩斯探案》，就是他翻譯引介的。愛玲和姑姑都覺得，獲得這樣的人的稱讚顯然十分榮幸。

這天下午，他們三人談了許多文藝和園藝上的話題，愛玲早已經不把周瘦鵑當成陌生人，能在這位長輩面前侃侃而談。在愛玲初踏入文學領域的時候，就受到周瘦鵑這樣的人物誇讚，她的臉上，從少女時代一直帶著的陰霾，沒有自信的瑟縮，現在都掃淡了許多。周瘦鵑走了之後，她趴在屋頂陽台看著火紅的落日，映得整個天紅艷艷的，愛玲心裡充滿著喜慶般的興奮，明天早上的太陽，會是滿滿的金黃色。

姑姑鼓勵愛玲繼續寫，在兩爐香還沒刊完之前，她已經又完成了許多篇，〈茉莉香片〉的男主角以弟弟爲本，卻把背景放在香港山，〈心經〉裡戀父的小寒，有愛玲自己的影子，卻把小寒與母親父親之間的關係，做了許多角色面目的轉變，小寒的父母親最終仍舊因個性不合離婚了。

「妳應該分頭去投稿，」姑姑總是在讀完愛玲的小說之後，給她一些建議：「而且最好都是暢銷雜誌，沒名氣的，或者太嚴肅的，都不必考慮。已經有點歷史的《雜誌》月刊，還有像《萬象》這樣的雜誌，你也應該試試。因爲不同的暢銷雜誌有不同的讀者群，能夠讓越多不同類型的讀者知道妳。」愛玲有些退縮道：「我不認識他們，把稿子寄去麼？」姑姑打氣地說：「當然是直接去拜訪他們！有什麼不好意思的？妳的小說寫得那麼好，周瘦鵑都說了，不怕的！」

「好吧！我拼命寫，最好每個月每本雜誌都有我的文章、我的插圖。」愛玲又高興起來。

愛玲像最優秀的籃球手，手裡的球從不虛發，她的小說獲得每一本雜誌主編的欣賞，吳誠之主編的《雜誌》月刊，柯靈主編的《萬象》，在第一篇稿刊出後又都繼續邀稿，還有陸續注意到「張愛玲」的新雜誌，她已經不需要登門拜訪主編了，現在換成主編們來求她給稿子。

她沒有再給《紫羅蘭》稿子，其他的雜誌邀稿，已經讓她忙得供不應求了。她實踐了自己發憤說的話，實際上，從五月六月的兩爐香發表後，每個月都有幾篇文章發表，她把香港經驗到的戰火，和戰火中那對等著借汽車去辦理結婚證書的情侶，換了一種面貌寫進〈傾城之戀〉裡面。

「姑姑，妳看這封邀稿信。」愛玲跑到廚房拉著姑姑說。

「邀稿信有什麼好看？妳願意，給篇稿子得了。」姑姑正在煨一鍋湯，頭臉也不抬地說。

「不是啊，這人居然寫：叨在同性——」愛玲邊讀邊笑起來。

「咦？因爲同是女人，妳就該給她一篇稿子？這人叫什麼名字？寫的信也特別。」姑姑也有興趣起來。愛玲前後翻看著信紙信封說：「一個叫蘇青的人，是，嗯，《天地》月刊的主編。」

「《天地》月刊?沒聽過這本雜誌。」姑姑皺起眉頭。

「她還寄了一本來,唉呀,難怪我們沒聽過,這本雜誌才創刊嘛。」愛玲已經開始翻了。

「妳覺得怎麼樣?」姑姑邊關火,又把湯端到另一個爐子上,這邊放上炒鍋。愛玲邊看邊說:「編得還不錯。」

「等等妳看完,放著也讓我看看,就是剛創刊的雜誌,得看看他們的商業背景,說不定將來也會暢銷的。」姑姑把肥白的蒜瓣放進炒鍋裡爆香,又嘩啦倒進整盆子青菜,一霎時,蒜炒莧菜的香味充滿整個廚房。

「聞得肚子都餓了。」愛玲把整個人搭在姑姑的肩膀上,姑姑笑著甩甩手說:「別賴在我身上,去擺筷子吧!」

「姑姑。」愛玲又叫了一聲。「嗯?」姑姑正把青菜鏟到盤子裡,「妳說——叔叔會不會看到我的文章?」愛玲低頭數筷子,「筷子才幾根?也得這麼數?!」姑姑指指筷子笑起來:「妳出名了,他想不看哪,都不行了。」

其實子靜早已在〈第一爐香〉、〈第二爐香〉刊出的時候,把《紫羅蘭》雜誌帶回家給父親看,還是趁後母不在的時候。這時候的父親,已經把最後一部車子以八千美元賣的賣掉了,又從小洋房搬到更小的弄堂裡,也沒有錢讓子靜復學了,但是仍舊沒有辦法戒掉鴉片煙,所有的生活費用能省的都省下,儲存著用在鴉片的開銷上。

先是一本《紫羅蘭》,總放在父親的煙榻邊,許是讀完了也還放在那裡,後來發表的《雜誌》、《萬象》、《古今》,就一本一本往上疊去,還是停在榻上那一小方塊,父親讀過之後,從沒說過什麼，雖然知道父親心裡或者也驕傲女兒成名了，但是子靜見到愛玲時並不提，因爲說了，也總是子靜自己的猜測。

但是舅舅對愛玲的文章卻十分喜歡，而且一篇篇按時找來讀，到了大冷天的十一、二月，看了《雜誌》月刊上發表的〈金鎖記〉，還高興地向一旁並頭臥著吸大煙的太太說：「曹七巧?這不都是我給講的?!小煐的聰明像姊姊，就是愛纏著我問，什麼三媽媽、四媽媽，什麼六祖奶奶，我知道的全說給她聽了。」

「寫這些親戚間的事，你也高興成這樣。別是到了哪一天，也寫起我們了!上海寫小說的，不都喜歡寫些眞人眞事。」舅母開玩笑地說完，又伸手撥撥小炭爐子，煤炭星子火紅紅的啪吖爆了一聲。「噯，不會不會，」舅舅把握地搖搖手說：「就是寫，也寫好的，我們那麼疼小煐!」

「也是，上次來，不還翻出一件舊皮襖子給她。」舅母說。

「她就喜歡清朝時候那些個老東西，反正都過時不穿的。」舅舅說。

「這麼疼她，兩年來，就只剛回上海時候來一次，再沒見她來!」舅母嘰咕著說：「那次來，還只爲了要表弟帶去上家漪的墓，想問問她香港的情況，要不叫住她，還不坐下來呢!」

「年輕人做事業麼!又說家漪作什麼?」舅舅在煙榻上轉過身子，吐一口煙，再不說話了。

十七

一張飽滿清秀的鵝蛋臉，前額上的頭髮向下稍稍向後翻捲成寬V字，兩鬢高攏攏梳起來，留下許多俏麗捲髮在耳後，是上海最時髦的髮型，兩彎柳眉，小挺鼻子，穿一件藏青色兔毛衣，裡面是厚緞子旗袍，胸前別一只鑽亮的帆船別針。

蘇青將近三十歲，整個人和這一身打扮，愛玲見到的時候，簡直不知道說什麼才好，因爲太像她想像中的白流蘇。但是，〈傾城之戀〉裡的白流蘇或許要比蘇青年紀更稍長一點，又要更多一些世故狡詰。「算了，我哪像白流蘇那麼好命！」蘇青聽完愛玲的看法，笑著說：「你看看，光埋在這些烏七咧八的紙頭裡，就浪費多少好青春，哪有男人肯在這種鬼地方約會喲。」

蘇青說話直接爽快，她寫的書裡頭，雖然都是些婦女的生活、愛情、婚姻的話題，但是述說到「性慾」、「生理需要」、「月經」，也都直言不諱，不能理解的人就目爲驚世駭俗，甚至風塵淫蕩，又因她離過婚，就說她成天和汪政權裡頭那些高官們周旋。

但是愛玲卻喜歡這樣說話直接，又不扭捏作態的人。

「你們寧波小姐，自有一種氣質，做事上也能幹。」愛玲說，看著蘇青越覺得好看起來。

「太能幹不好！我寧願待在家裡享受丈夫的錢。」蘇青說著看看愛玲：「妳這麼驚訝？我眞的這麼想呀！」

「可是，你——」愛玲有些接不下嘴，硬生生把想問的話吞下去。

「可是我又爲什麼離婚，是吧？」蘇青搖頭嘆氣說：「沒關係，這些都沒什麼不能說，我們做人都是青天白日的。我受不了那麼大一家子的生活，卻又老在那幾個人裡頭轉來轉去。」

「你丈夫好麼？」愛玲覺得蘇青並不忌諱，靠在椅子上直接問。

「他是不錯，開律師所，也收入還好，就是太孝順，什麼事情都是他家的人對，要我服從，這可不像我的人了。」蘇青一邊說，一邊翻著面前一大堆寄來的稿件信函。

「如果沒有那一大家子的人，你們夫妻的感情還不錯麼？」愛玲問得更深入。

「可以這麼說，不過，我們結婚時也是父母包辦的，剛結婚時，我也是戰戰兢兢，後來看透了，不論我怎麼做，人家總是不滿意，我丈夫的個性又優柔寡斷，總是個少爺。」蘇青說到這裡放下手裡的東西，想了想又說：「不過，離了婚，是孩子可憐。」

「其實看到父母不快樂、吵架，孩子也不會快樂，還經常感到不安全。」

「你好像很有感觸。」蘇青說著，又開始耐心地拆一件件信封套。

「我父母親沒離婚之前，也是一天到晚吵鬧打架，我覺得，離婚之後，小孩未必就不好。」愛玲覺得蘇青是個直接的人，所以自己說話也直接了。「聽你這麼說，我對孩子的事情放心多了。」蘇青笑了笑，忽然翻到一封信函，眼睛亮了起來說：「咦，這封信——」

「——女娘筆下，有這樣好的文采，實在難得！」蘇青讀著信，又抬頭向愛玲說：「稱讚我的只有幾句，接下來都是稱讚你呢，有整整兩三段。要不要看看？」

「不用了，我只寫我的，別人批評稱讚，都是別人的事。」愛玲微笑著，「這個人可不同，不是普通的讀者吶！」蘇青說著又把信塞到愛玲手中：「隨便看看吧！又不損眼睛。」

愛玲只好把手裡的信紙攤開，寫她的部分，第一句就問，張愛玲是何人？後面又接著寫讀小說〈封鎖〉的感想，「才看得一二節，不覺身體坐直起來，細細把它讀完一遍又一遍，見到朋友也推薦著讀——」，讚美得沒有痕跡的句子，和涓勁的毛筆字，讓愛玲看了竟然有些動容。她看完又把信紙還給蘇青，後者卻看著她的表情變化說：「怎麼樣？這人可是有才氣的很。」

「哦？」愛玲仍然無意問名字。

「身量比妳高些，人長得斯文，博學多才，還能夠吟詩，國學底子又好！才不過三十幾歲的人，是現在文化部的政務次長。」蘇青像打啞謎似的，形容了這麼多，想愛玲應該知道是誰了。

「叫什麼名字？」愛玲從來沒有關心時局的習慣，部長、次長什麼的，她向來不知道，就是報紙上看到了，也都視而不見，直接跳到她喜歡的方塊去。

「啊！說得這麼清楚了，你還不曉得？簡直豈有此理！就是胡蘭成哪！」蘇青睜大了眼睛說，覺得愛玲眞是個不可思議的人。愛玲笑起來，蘇青說話就是這樣橫衝直撞的，但是她喜歡這樣的人，也和這種人能夠知心，和炎櫻比起來，蘇青倒還多了一點說話做事的圓滑，但是比炎櫻少一些天眞活潑，畢竟蘇青比她們都大幾歲。

初春的天氣仍然嚴寒，窗戶落地門都關得嚴嚴的，電暖爐壞了，生產電暖爐的公司卻早已關門，找不到人來修理，只好用小炭火盆子取暖，起先有些不習慣，燒不好的時候總有煤煙嗆人，現在習慣了，卻覺得比暖爐好用。屋裡燒兩盆炭火，暖暖的，開電梯的人送來報紙和牛奶，一開門，一屋子暖氣立刻從門縫溜出去，鑽進幾絲凍氣。裡面有幾本雜誌，愛玲謝過之後，關好門，立即拆開其中的《天地》月刊，這期刊頭應該有她的一張照片，以及一篇散文〈道路以目〉。

爲了照那張相片，那天炎櫻替她設計的中分髮型，又拿了她的小相機，姑姑在旁邊指導姿勢，照了許多張，結果蘇青挑了只有頭臉的一張正面照。現在姑姑端著雜誌看，有點不滿意地說：「她選這張，像派司照！頭這麼大一個。」

「但是姑姑，妳不覺得這樣子，看起來很賢淑麼？」愛玲卻左右欣賞著。「對對，賢淑又端莊！」姑姑嘲笑說：「最好有人看到這張照片，找上門來相親了。」愛玲搖著姑姑肩膀說：「自動送上門，都是無聊的人，我才不去理會呢！反正又有姑姑幫我擋！」

從愛玲的名氣打開後，雖然叮囑過那些雜誌主編們不能透露她的地址，還是有不少人想方設法找到她的住處，愛玲是不論認識不認識的人，沒有事先約好，一律拒絕招待進屋裡，也不隨便赴人的約，即使已經來到她門口，如果是姑姑出來開門，倒還對人客氣回絕，若是她本人親自開門，便要當面冷冷地說：「張愛玲小姐不在家。」

另一種情形是，與她約好了，如果不準時，遲到了十分鐘十五分鐘，她來開門時，就要不高興地說：「過了時間，張愛玲小姐現在沒有空。」，若是早到十分鐘十五分鐘，她來開門就要說：「張愛玲小姐還沒回來。」

整個上海文人圈都盛傳：「張愛玲是不隨便見人的，還有些怪脾氣。」

姑姑常常說：「也不知道你這脾氣像誰？我記得妳小時候並不怕陌生人的，你叔叔嬸嬸在應對待人上，也都是能說能笑，獨獨就妳討厭人。其實多看些場面，多認識些人，也沒有什麼不好，別讓人都把你當成怪物了。」但是愛玲自有道理，也對姑姑說：「那些人，又不認識，隨便來找，我又不會說話，沒話題跟他們聊，說不定反倒得罪了。還不如乾脆不見，也惹不出些不需要的人情世故，毛姆和他那時候的文壇就保持了一種分隔，葛麗泰嘉寶更是至今這麼做的！不認識的人把我當怪物看，我也不在乎，我還是我。」

愛玲看著火盆子裡的炭，往裡頭煽一煽，灰黑的部分又重新紅起來，她又添了一塊新的，想到不知現在人在印尼的母親好不好？又不知道母親的男朋友還在不在她身邊？正出神著，忽然響起一陣門鈴聲，愛玲往姑姑那裡望過去，姑姑知道她的意思，披著絨線衫站起來，嘴裡還嘀咕著：「大冷天的，不會是小魁吧！哪一位？」姑姑拉開門洞，從裡面瞧出去，看見一個戴帽子、穿長袍馬褂的男人，卻不認識。

「冒昧得很，我是張愛玲先生的讀者，她的文章實在好，慕名來拜訪。」外面的男人透過門洞說。「請您留張名片，屋裡凌亂著，一時間實在不方便。」姑姑用客氣卻乾脆的兩三句擋掉了。「我身上沒有名片，」對方說著，從口袋裡掏出紙筆來寫了寫，又從門洞遞進去說：「不然這樣，我留張字條，請張先生同我聯絡。」

把門關上之後，姑姑回頭向愛玲笑著說：「你的『嘉寶策略』還眞不錯，又是一個『讀者』、『慕名者』，這個月加上個月的，已經十幾個人了，你這個紅透半邊天的上海女作家！」

姑姑把字條遞給愛玲，字條上簡單地寫幾句「來訪不見，失望而回」的話，下方留了姓名電話，以及「務必聯絡」的字樣。

「啊！胡蘭成，是他！」愛玲語氣裡透著詫異。姑姑說：「這人你認得？」愛玲沒頭沒腦的說：「上次蘇青拉我一同去救的人。」

「救什麼？」姑姑聽得模糊。

「反正他們都是些文化官員。」愛玲也解釋不清楚，因爲連她自己都不知道這個叫胡蘭成的人，那時候爲什麼被關，現在又怎麼被放出來了。

「既然連蘇青那些文化界的人都知道，顯然不是個普通的無聊人。」姑姑說。

「聽蘇青說，是挺有才華的。」愛玲還瞪著字條，回想到那天看到信紙上的筆跡，一樣蒼勁有力，也和父親的毛筆字相似，同屬瘦金，卻又比父親的更有稜有角，拿在手上，比那天拿著信紙的感覺卻更近一些，因爲那天的信是給蘇青的，這張字條，卻是給她本人的。

「如果你覺得很重要，應該禮貌的回拜一次才是。」姑姑說。

「嗯，我明天掛電話過去。」愛玲說著又看看字條。姑姑叮嚀說：「明天午飯過後再掛吧！比較禮貌。」

上海租界裡的路名被汪精衛政府改動許多，只要是帶著翻譯味道的路名，或是從英國美國人名而來的路，都改了。愛丁頓公寓的名稱沒有變，前面的跑馬廳路卻改成靜安寺路。

愛玲拿起話筒，搖了字條上的號碼，接電話的是一個女人，聽說找胡先生，把話筒暫時放下，就在電話那頭喊：「蕊生！蕊生！你的電話。」「蕊生」，聽起來卻又好，像古時候書生的名字，在想像裡，這人應該是長臉斯文的，懂得京戲申曲，又能做詩詞對子。

「張先生！」胡蘭成的聲音裡有些驚喜。

「昨天實在抱歉，一時間家裡沒有收拾，無法接待客人。」愛玲輕聲抱歉著，這是她對陌生人一貫的詞句。

「啊，不不，總之，是我太冒昧。」胡蘭成也抱歉起來。

「如果您不介意，是不是可以讓我過去拜訪您？」愛玲說。

「當然歡迎之至，還是，」胡蘭成趕忙說：「約個時間我再過去拜訪您，昨天眞是太突兀，正想跟您道歉。」

「沒關係，還是我去您那兒好了。」愛玲向來不邀請陌生人到家裡。「那麼，好，」胡蘭成也不再堅持說：「我這兒是長安路美麗園，離您住的地方不遠。」

「長安路？」愛玲不記得附近有這樣的路名。

「喔，就是大西路。」胡蘭成把舊路名又說一遍。

那是一座花園洋房，佣人領愛玲進屋裡，脫下暗咖啡呢大衣，掛到門口木櫥子裡，露出裡面穿的嫩黃底碎花厚緞旗袍。跨進客廳，迎面的牆上掛有幾幅法書，客廳一角放了一只落地青瓷大花瓶，上面插些柳青青的植物，整套的紅木家具方方的放在客廳中央，歐式壁爐裡燒得紅紅的火光，壁爐檯上有些小擺飾，看起來像是女主人喜歡的東西，整個廳堂佈置是雅致的。一個穿著藏青長袍掛子的寬額長身量男子，從客廳裡站起來，宏聲說：「張先生，請坐請坐，」又指指一旁站著額前一抹瀏海的長直髮少女說：「這是我姪女，青芸。」

愛玲謝過，才剛坐下，已經沒有什麼話題說了，她靠在椅子上，似乎在等對方說話。愛玲拂拂肩上的長捲髮，又把手放到膝上，看在胡蘭成眼裡，卻像個幼稚可憐的女學生，但是又連女學生的成熟都沒有，嫩黃洒花旗袍反映著不知所措的表情，看起來像十六七歲的貧寒家女孩子，穿了有錢親戚的衣服，瘦削的身材似乎還在成長，不是楚楚可憐，卻是身體與衣服彼此叛逆著。

或者說，原本世人的各種身分，適合各種值錢的衣料，然而她像個全新的人，那各種衣料之於她，也變得沒有了品級，有這樣的她坐在客廳裡，連這個客廳都變得無法配合了。這是一位女作家麼？在電話聽筒裡輕柔的女聲，造了白流蘇那樣的狡詰角色，又能寫出曹七巧的狠辣，該是個圓熟世故、靠寫作維生的女人。

但是，眼前的女孩明明是張愛玲！

胡蘭成有些不能夠置信，看著她，圓圓的眼瞳裡，似乎什麼想法也沒有，孩童一般，可以天真無慮地直視另一個人，卻不感到一點尷尬，像一個放學之後，獨自行走在路上的小女孩，肚子裡在想些事情，臉上自然出現一種正經，連同學喊她也不理會的神情。

有那麼一兩分鐘，胡蘭成覺得自己的眼神無法從愛玲的眼瞳中移開，那樣的眼瞳，既凌亂了人的心，又讓人莫名地生出疼惜，就怕自己說錯了什麼，會傷了那對晶瑩的黑眼珠子。

「張先生的人，和文章，似乎不是我想像中的一致。」胡蘭成試著打開話題，一開口，竟變得有點過分小心。「哦？」愛玲的眼神閃了一下，短短一個字的問句就結束了，又恢復了正經專心聽人說話的神情。「我讀完了您的〈封鎖〉，又去找來許多篇您發表的文章，」胡蘭成說著，已經順利打開話匣子，說話也恢復了平常的流暢：「只覺得這世上，但凡有一句話、一件事，是關於張愛玲的，便都是好的。」

「您真是過誇了！」愛玲表面上仍然說著禮貌合宜的話，心裡卻覺得願意聽這個人說話了。

「不，真真如此，及至舊曆年前，收到《天地》月刊第四期，上面刊有您的玉照，又有一篇文章，讀著讀著，」胡蘭成擊掌說：「心想，這就是眞的了！竟傻里傻氣地高興起來，也不問到底與我有何干係，這樣糊塗，竟是不去看您本人一眼，總是心裡安定不下來。」

「怎麼能得到我的地址呢？」愛玲雖然知道這樣的人一定有辦法，卻仍好奇地想知道。

「這得說到蘇青了，」胡蘭成笑起來有一種小男孩一般的任性神情：「這馮和儀，第一次收到她寄到南京的《天地》月刊，還未讀文章，先看到名字，不禁稱讚她的筆名本名都取得好，讀過張先生的文章之後，竟感覺馮和儀或蘇青，都不如張愛玲這三個字了。」

「我的名字才俗呢！」愛玲被逗得笑了，覺得他說話未免太甜。「卻俗得好。」胡蘭成一本正經地說：「眞正像能寫出那些小說的女作家名姓，通俗不深奧，卻又一手掀開生活的實底子，讓人一看再看亦不厭煩。」

「你還沒說地址的事。」愛玲覺得這個人有趣，被他看出了一點名字的內容，母親給取的這個名字裡，的確有一長串故事。

「我是個在生死成敗、善惡是非邊緣上安身的人。」胡蘭成站起身，來回踱著，停一會才又說：「去年在南京，說錯些話，做錯些事情，結果被關起來。」

「這件事情，我也知道一些。」愛玲略點點頭，沒多說什麼，心裡卻有些親切感，好像自己也參與了什麼重要的事情。

「一獲釋放，從南京回到上海，就去找了蘇青，由她陪我上街吃蛋炒飯，因爲看了您的照片，就問蘇青要地址。蘇青再三不給，說張愛玲是不見人的，許多人到了門口都吃閉門羹回去。我不信，覺得自己非見見您不可，硬是要了。」胡蘭成說完，又看著坐在椅子上的愛玲，微笑說：「後面的事，您都知道了。」

「我只是寫小說，並不懂得什麼文化圈，所以也沒什麼需要人際應酬，有幾個知心的朋友就夠了。」愛玲解釋著她的「不見人」，心裡卻不希望被眼前這個人視爲不通情理的「怪物」。

「張先生的稿費，」這一出口，胡蘭成自己頓了一下，覺得怎麼失言了，硬轉彎地接著說：「我的意思是說，您只靠稿費生活，還可以麼？」愛玲老實地回答：「現在寫的〈連環套〉是長篇，事前說好了，雜誌社每期付我一千元。其他雜誌社也都登我的稿，多寫一些，生活也還過得去。」她對原本陌生的胡蘭成已經除卻了戒心。

「單純的生活是令人羨慕。我的工作就不同了，實際上，日本文化和中國文化來自同一個源頭，中國人又是和埃及人、白種人從同一種文明分走出來的。」胡蘭成侃侃談起文化問題。

「怎麼說呢？」愛玲問。中日民族同文同種，電台裡宣傳得都成了爛調，但是說中國人與白種人有同樣的根源，卻讓愛玲大感興趣。

「第一次世界大戰到第二次世界大戰爆發之間，考古學者在俄屬土耳其斯坦的阿瑙，和伊朗高原的古都蘇撒，挖掘出全新的證據。在新石器時期，他們是一隊人往西南走，到了尼羅河流域，一隊人往西走，去到幼發拉底、底格勒斯兩河流域，又一隊人往南到恆河流域，最後另一隊人往東，到了黃河流域。」胡蘭成說。他比愛玲大將近十五歲，學歷上雖然不怎麼樣，卻很肯隨時隨地自修，加上看到的、聽說的，他的天資聰穎，總能夠一點就貫通，口才又好。

「黃種人也有可能長出高鼻子深眼窩的人了？」愛玲一直想解開這個和母親有關的謎。

「這也是有可能。不過，這些考古學裡不斷發現的新東西，都只更證實了中國古代的史官寫得正確。」胡蘭成不知道愛玲心裡所想，仍然繼續說他自己的一套文化論：「你看，文明原是自證的，歷史的大信生於現前，一個民族的文化與另一個民族相比，該是只為了對世人皆有親情，或者如姊妹們刺繡，彼此把手中鮮亮的針線比並比並，亦有一份喜氣。」

「對世人皆有親情——」愛玲咀嚼著這句話，恍惚間似有所悟，她開始欣賞這個人的學問和表現出來的大胸襟。

青芸過來加些熱茶水，又端了兩盤糕點來，雲糕上幾點山楂紅，盛在細緻的描紅白瓷碟子裡，看起來竟也有一份尋常的親切貼心。

他們聊許多話題，批評當代的文學作品、文人，也說到左派、新文學，多半是胡蘭成說，愛玲只是話不多地聽著，她對於那些政治、文學爭論，並不是很有興趣，但胡蘭成的論說也好，比喻敘述也好，總是能把大方向的歷史、文明落實在中國的人世裡，他的用詞中有多彩的人間顏色讓愛玲感動。往往愛玲在一個段落中，也能切中地提出問題，讓胡蘭成興致勃勃繼續說下去。

整個下午，青芸來換過五六次茶水，窗外的天光也慢慢暗下來，到底說了多久的話，他們自己也不曉得。聽著的人很想再多聽一些，說話的人更有說不完的話，胡蘭成的話題，最後又回到愛玲的作品上，他一一仔細分析那些作品，有哪些好處，在他看來，又需要增加些什麼。愛玲的眼瞳裡閃著光芒，無端端想起十四歲時候，父親和她討論〈摩登紅樓夢〉的情景。

「——那些作品裡面，有一種青春的美，彷佛是一隻鴿子時時想衝破這美麗的山川日月，飛到無限的天空裡，或是墜落到海水的極深處。」胡蘭成的評語參半著想像，愛玲聽著，臉上逐漸有一種驚異的表情，半晌才說：「有一陣子，我獨自一人時，常在屋頂陽台上仰望朗朗的藍天，那種濃烈的藍，迫人的，令人窒息，我想衝出那種藍的包圍，但是一點可能也沒有。那時我常想，就是我自己一個人在那底下死去，也不會有人知道。」

愛玲一下子說出許多話，不知不覺間，她已經從剛開始純粹禮貌性的回答，逐漸轉變成信賴的訴說，她覺得，眼前這個長身男子是了解她的。

屋子外面一陣汽車聲，愛玲聽見僕婦去開門，青芸又到門口去喊了一聲：「六嬸嬸，回來啦！」一個柔糯的女子聲音說著：「咦？今天有客人？」

「英娣，這位是張先生，現在上海最有才氣的女作家。這是拙荊。」胡蘭成強調地介紹著。一位端莊打扮的女子上前打招呼，說話時帶著一點廣西口音：「啊！百聞眞不如一見，您的小說，我們家老爺就是稱讚不斷，我讀著，竟也著迷了進去。」

「胡夫人，謝謝您的誇讚。」愛玲禮貌地說。

「天晚了，就留這裡吃飯罷！您難得光臨。」胡太太說。

「不了，打擾一整個下午，我也該回去了，還好些稿子得寫。」愛玲不但怕與陌生人應酬，還怕一起同桌吃飯，都不知道該說話、聽話、微笑，還是該動嘴咀嚼、該拿筷子挖飯夾菜。

「這樣，我們也不勉強您了，有空多來玩。」胡太太微笑著說。

「我送送妳。」胡蘭成說著，稱呼上已經從「您」到「妳」了。

他打開木櫥拿出長外套披上，先推門走出去。愛玲謝過胡太太，也跟著出去。外面的空氣冷而脆，愛玲縮起肩膀，胡蘭成卻在前頭停住等她走過來，兩人並走在一起，路燈漆黑，卻有大圓月光照得路面亮幌幌。

「我們是在百色認識的，那時候我在那裡當教員。」走了一小段，胡蘭成沒頭沒尾地說，愛玲直覺他說的應該是他太太，當下沒有作什麼反應。胡蘭成繼續感慨道：「我不像妳，能夠順利讀到大學。中學畢業後，我做過小學教員、郵局郵務生，也曾經異想天開到燕京大學做旁聽生。那時候，我家裡給娶的元配玉鳳去世，她短短的一生沒有嫌夫家貧窮過，總對我溫柔依順，最終卻連給她下葬的錢都不夠。」

「現在環境卻好了。」愛玲只是覺得自己應該說點什麼，平常是不該這樣直接的，好像說人家做了官就「闊了」，有點不屑的意思。

「我是幼年時的啼哭都已還給了過世的母親，成年後的號泣都還給了玉鳳，覺得此心已回到天地不仁的境地。只是，那麼多人和事都過去了，眼前我與英娣也有一兒一女，生活安定許多，」胡蘭成也不覺得有什麼，繼續說：「畢竟在戰爭中，仍想要求得現世安穩。」

愛玲只是靜靜地聽。月光下，街道兩旁的商店因為夜晚管制的關係緊閉著門，黑沉沉的，原本繁華的上海，這時候卻有一種荒冷的景象，在那荒冷裡，他們的腳步卻逐漸一致而靠近，胡蘭成說著自己的事，語氣上彷彿想求得愛玲的理解。

「這種月色，倒讓我想起小時候，」胡蘭成說著，腳下走得慢散散的：「夏天的夜晚，我家臺門裡，母親、小嬸嬸和一些女眷坐在簷頭月亮地下剪麥莖，我和小嬸嬸的女兒阿五妹妹捉螢火蟲，都放進麥莖裡，拿進去堂前暗處看它閃亮，阿五妹妹怕暗，又吵著回到簷頭下，月亮光袒光袒的，照得螢火蟲小小光芒都不見了。」

「童年時候的月光都是好的。」愛玲仰頭看看頭頂那過了十五的大圓月。

胡蘭成轉頭看著，愛玲的側臉上有牙白月色的溫潤光澤，深又寬的雙眼皮緣線分明，這麼美好年輕的女子，眼瞼上的長睫毛一眨一閃的陰影裡有一種魅惑，讓人很想拿手去撫一撫，胡蘭成忍住手，嘴裡卻不禁問：「長大以後的月光，不好了麼？」

「天津的九月十月，人家屋瓦上已經有白霜了，那麼小的時候，我被保母抱著看月亮，把手伸進她的頸子裡，她是我們家三代的老僕人，那時候已經有些年紀了，揪揪那裡鬆軟的皮，暖軟呼呼的，有一種異樣的感覺，」愛玲說著，想到何干也回老家了，眼底又黯淡下去：「長大之後的月色，卻越來越不同了。」

「是麼？」胡蘭成兩手插在褲袋裡，忽然停下腳步，一轉身，遮在愛玲面前，「啊！」愛玲吃一驚，幾乎停不住地要撞上去，心上卻撲突地跳著。胡蘭成微微低下頭看她，柔聲說：「那麼，今天以後的月色，亦更要和以前的，全都不同了！」愛玲的眼神閃爍了一下，移開了，又自顧自地走向前，胡蘭成仍在她旁邊沉默地陪著，忽又走得更近些說：「我們幾乎並肩，妳的身材這樣高，這怎麼可以？」愛玲詫異地看他一眼，忽然回復到有距離的語氣說：「快到了，您忙，還是別送了。」

「沒關係，晚上沒有事，前面的路還這麼黑。」胡蘭成還想送她到家裡。

「不，真的不用。」愛玲有些反感起來。

胡蘭成站住了，愛玲向他微點個頭，仍向前走去，走了一段路，忍不住又回頭略看了看，他卻遠遠在那裡目送著，看到她回頭，一個長身人戴著帽子，明明是個士紳樣子，還舉起手來揮揮，愛玲覺得那模樣有些可笑，心裡不禁又軟下來，這到底是個怎麼樣的人?!

愛玲轉了彎，再回頭已經看不見那個人影。一路上跟她說了那麼多家裡太太小孩的事，又還能任性地講那些話，愛玲實在不懂，想一想，又後悔自己在人家面前少了平日的戒心，談一個下午，又讓人得寸進尺。這個胡蘭成，太懂得說話，太知道如何導引別人的心思！

才第一天見面，還是個有妻室的人。

愛玲踢走腳下一塊小石子，柏油路面上怎麼會有那樣的小石塊呢？這個世界變得眞怪，簡直就是莫名其妙。那分明是個八竿子打不著的人，也値得爲了他反覆想那麼多?!愛玲對著自己笑起來，從明天起，仍然淸淸楚楚地實行她的「嘉寶政策」，她仍只是她自己。

十八

睡過一夜，早晨仍然寒涼，愛玲賴在床上，翻一個身，又把棉被裹過來，繼續閉著眼睛煨窩著。姑姑進來推推她說：「懶蟲子，我今天有事情得早出門，起來看看東西。」

「我知道的，想吃的時候我自己會去熱。」愛玲仍然不肯起來，她昨天夜裡醒來好些時候睡不著，現在還睏著。「下午去公事房，晚飯還有些朋友來找，我不回來吃了。煮好一鍋粥在爐子上，一些小菜，都放好在桌上，」姑姑本來要愛玲起床看看這些東西，認一認放在哪裡，見她起不來，還是用說的：「足夠妳窩在家裡吃一天，吃剩的要記得蓋上鍋蓋，或者用盤子掩掩，熱東西的時候用抹布巾子去端，免得燙手，撒了一地沒關係，要又燙了腳可不好。」愛玲悶在棉被裡說：「知道了。」聽見姑姑都把門打開了，還又回頭加一句叮嚀說：「要是出去買東西，別忘了帶鑰匙，要忘了，可是妳自己吃虧。」

「得蹲在外面等到天黑，妳回來才有得救！」愛玲把頭伸到棉被外面，鼻子冷颼颼的，感覺自己像隻小狗，仍然閉著眼睛說：「知道，都會背了！」姑姑笑起來說：「跟你住在一起久了，人都要變得非常嘮叨而且自大。」愛玲索性從床上坐起來，頑皮地接嘴說：「因爲我太低能，需要人嘀嘀咕咕。」姑姑輕輕戳一下她的額頭，「知道就好！」轉身又扔一件衣服給她說：「還不趕緊披上，回頭又著涼。」

愛玲下床去關好門，又躺回床上，睜著眼，又覺得睡不著了，起床去刷牙梳洗，捧個圓抱枕出來，把腳縮著，整個人舒服地靠在沙發上看書。才翻過五六頁，門鈴聲又響了。

「姑姑忘了拿東西麼？」愛玲自言自語的伸腳下地，門洞眼一開，看見胡蘭成才把帽子摘下來，愛玲嚇一跳，艾艾地說：「你，怎麼——」，一時之間卻說不出不願意開門的硬板子話。

「怎麼又來了！」胡蘭成自己把話頭接下去，站在門外笑了笑又說：「昨天承妳盛情到家中看我，今日當然要來回拜的。」說得禮貌，讓人沒半點反駁的機會。平日，愛玲就是自己親自開門，也傲然對門外的陌生人拒絕，一點不留情面地就關上門。現在卻愣著，手的動作和腦子都不靈光了。

「張小姐，」胡蘭成背後那個開電梯的人卻開口了：「他說認識您！」言下之意是，如果小姐妳不認識他，我可以把他趕走。愛玲回過神，匆匆地，也不知道是對誰說：「你，你等等。」說完，刷的一聲，先把門洞關嚴。

胡蘭成在外面等了很久，開電梯的人已經上來多看他幾眼，又問他要不要下樓，找張小姐有什麼事，最後還露骨地提醒說：「您要不要留下名片，許多人來，張小姐都不隨便開門見的。」

「我知道，謝謝您！」胡蘭成仍然禮貌地說，腳下卻一點移動的意思也沒有。開電梯的人看看攆不走，索性也停在六樓監視著，胡蘭成繼續耐心站在門外，終於愛玲開了門讓他進去。

公寓客廳，比起花園洋房當然小多了，裡面的陳設和家具，都是簡單的線條，但是十分整齊現代，帶著新鮮明亮的刺激，不是有錢人家的氣派，卻是精神貴族的豪華。愛玲顯然是剛剛才換上的寶藍綢襖褲，因為和從門洞裡見到的衣著不同，臉上架一只嫩黃鏡框眼鏡。

「不好意思，倉促之下，屋裡實在亂，所以收拾了一點時間。」愛玲輕輕抱歉著解釋讓他等待的時間。「昨天說了許多話，卻總覺得仍然說不夠。又想來看看妳住的地方，」胡蘭成說著，把外套帽子掛好，逕自坐到沙發上，彷彿他時常來，是這一家裡的熟人，看看四周又讚嘆說：「這屋子眞好！」愛玲循著他的眼光說：「那些壁飾、家具，都是我姑姑和母親設計的。」

「妳和姑姑母親住一起麼？」胡蘭成問。「和姑姑，她上班去了，」愛玲從櫥檯上拿下一張照片指著：「這是我母親，在印尼，做了尼赫魯姊姊的英文秘書。」

愛玲似乎忘了自己昨天想好的：要對陌生人多點戒心，別說太多自己的事情，別讓自己太陷入尷尬的情境。至於到底是什麼樣尷尬的情境，愛玲也並不眞正有自覺。

「你母親的英文必定相當好。」胡蘭成拿著照片說。他看著照片，愛玲卻今天才仔細看著他，胡蘭成的長相端正，但又不是那種嚴肅的端正法，鼻子高挺，鼻翼有點大氣外掀，嘴形有稜，眼角卻向下垂，連說話的時候都讓人有微笑和煦的感覺。

「我姑姑母親父親，都有相當的英文程度。」愛玲的眼神從他臉上又移往照片。

「這是家族教育的關係，是麼？我聽說你的祖父張佩綸與李鴻章的小姐配婚姻。李鴻章是清代興辦洋務的重臣，應該也重視子女的外文教育。」胡蘭成的歷史觀念一向相當清楚。愛玲聽了，起身轉到房間裡，拿出一本書，翻開其中一頁遞過去說：「曾孟樸的《孽海花》裡有兩首奶奶做的詩。」胡蘭成讀道：「基隆南望淚潸潸，聞道元戎匹馬還——這兩句開得有氣勢！妳祖母是一位千金小姐，又是才女。」

「但是我父親說，那些都是別人杜撰的。」愛玲又動手翻開另一些紙頁說：「後來我又去問姑姑，她也說，爺爺奶奶唱和的詩集，都是爺爺做的。奶奶只有一首詩，在這裡。」

「四十明朝過，猶為世網縈，蹉跎暮容色，宣赫舊家聲。」胡蘭成念著念著，搖頭嘆氣起來，放下詩對愛玲說：「這是悲哀無奈啊！」愛玲亮起眼睛，點點頭說：「我推算過時間，奶奶那時候已經孀居好幾年，以前，我總覺得他們住在南京的大宅子裡，詩酒風流、夫唱婦隨的很幸福，看到這首詩以後，卻想，奶奶也許後悔著嫁到張家來。」

「你能這樣破壞佳話，難怪寫得一手好小說！」胡蘭成更是稱讚了。愛玲微笑著說：「我相信泥塑偶像都得有雙黏土腳。」

胡蘭成十分好奇這樣一位女作家的貴胄出身，看著愛玲喜孜孜跟他說這說那，像一個興奮的小女孩，卻又不像個成年的女作家了。寶藍色的襖褲閃著絲緞的光澤，隨著愛玲的動作變化新的皺摺紋理。胡蘭成看著不禁俯身向前，輕聲地說：「妳的衣服這樣好看。」彷彿怕弄碎了那些寶藍波光。愛玲有些不好意思地低了低頭，又向外面指指說：「外面的陽光眞好。」

「春天的上海，」胡蘭成說：「我可以去陽台上看看嗎？」

「好啊！還可以從小門出去，往上走到屋頂陽台，視野更開闊了。」愛玲邊說，邊領胡蘭成上去。屋頂上的風獵獵，天際雲影移動著，愛玲扶著欄杆，被風吹得長髮向後飛揚起來，遠遠的，可以看到外灘上的高樓建築，和澄澄的黃浦江水。

「這兒，就是妳那藍天下的屋頂陽台麼？」胡蘭成在滿滿的日色裡也仰頭望，太陽不熱，卻炫眼，眼花了又用袖子遮了遮，看到愛玲的頭髮也成了金色。

「不是這裡，那說的是之前的另一棟公寓。」愛玲笑著說。

「我在南京被關起來的時候，滿心想著像現在這樣，在藍天底下吹風，袖子一張，也許飛起來。」胡蘭成的長袍掛子也被風揚起了衣角，眼前展開著毫無阻攔的大上海。

「那天去蘇青那裡交稿子，剛巧她接到電話，說你被捕，十分著急起來，」愛玲這才慢慢說出細節：「你寫的信我看過，文采眞好，一時心下竟然也不希望你有事，所以同她一起去周佛海家，看看能不能想想辦法。」

「妳們？」胡蘭成詫異地笑起來，覺得女娘眞是不懂時局政治：「我那事情，周佛海根本不能有什麼辦法！不過，我因爲一篇文章獲罪，想不到頃刻之間會得到許多日本友人，」胡蘭成說著，就說起時局來了：「他們多半是派遣軍的佐官，佩服右原莞爾及大川周明，反對東條英機，主張對中國罷兵，專門集中力量對付西洋人。」

「官場怎麼樣，我是不能懂的。」愛玲說著有些賭氣。

「啊！不，我的意思是，我能感知妳的文章好，在認識妳這個人之前，」胡蘭成自己知道又錯言了，趕緊轉一個方向說：「妳又願意惜才，也在知道我這個人之前，彼此不曉得、不懂得，竟也能夠成爲知音。」愛玲微笑著說：「不過，周佛海家裡，我眞是不敢恭維。」也覺得自己這樣就給人臉色看有些太小氣。

「怎麼說？」胡蘭成倒是第一次聽到這樣的批評。

「房間那頭一整面牆上都掛著土黃厚呢窗簾，上面印了特大的磚紅鳳尾草圖案，一根根斜橫著，也有一人高。」愛玲比劃著笑說：「西方最近興出來的假落地大窗的窗簾，人家有，他們也學著要有。」

「但是，哪裡不對嗎？」胡蘭成疑惑地說。

「現在戰爭時候，舶來品衣料子、窗簾料子都缺貨，這樣整大疋的用上去，又還要對花，確實是豪華之舉，就可惜——」愛玲嘲諷地說：「人不對了！」

「怎麼？」衣服料子窗簾布什麼的，怎麼愛玲看人會從這樣的角度，胡蘭成覺得新鮮。

「中國人一般不像外國人那樣高大，映在那些大人國的鳳尾草上，顯得屋裡的人影都矮小無用了。」愛玲又繼續批評著：「又還有那些擺設，骨董陶瓷古白玉青玉雕品，一件一件都放在客廳四周的几檯上，乍看之下是富貴，實際卻雜亂，完全沒有秩序配置，像小戶人家忽然有了錢，胡亂買一氣，都堆上去了。」

「妳是官家後人，從小看慣了家裡的擺設，自然懂得這許多，要是一般人，又不見得覺得不妥了。」胡蘭成說著，心裡也佩服愛玲的看法。

「風大起來，我們還是下去吧！」愛玲說，初春的太陽都敵不過風的一股寒勁，何況他們上來時都沒有披外套。胡蘭成自己含在嘴裡說：「我可有些捨不得了。」愛玲已經轉身，沒聽清楚，又回頭：「啊？」

「沒什麼，我在想，多聽聽妳說話，十分有益處。」胡蘭成又說得正經起來。

「其實，我懂得並不多。」愛玲說，聽起來像是謙遜的話，心裡卻眞的這麼想。

「我知道，」胡蘭成一說，愛玲驚詫地看他，這麼誠實麼？哪裡聽得他卻接下去說：「這樣的人，才不會受到塵世的污染，別有自己的清新了。」

愛玲笑起來，眞有他的。他們在頂樓四方遠眺，指指這裡那裡，沙遜大樓、鐘樓上的大鐘、匯豐銀行大樓、中國銀行大樓——溫暖暖的太陽曬在頭頂了，接近正午的時間。

「要不要——一起出去吃飯？」胡蘭成試著邀請說。

「喔，不了，我還有稿子要寫。」愛玲仍然只有一句相同的託辭，也不懂得客套一下留客人。胡蘭成轉向愛玲，靠近地促狹說：「那麼，我留這兒，妳煮飯菜給我吃麼？」愛玲紅了臉，這麼近，都聞得到他的鼻息，吶吶地說：「這……我煮的飯菜，不怎麼好吃吶！」見愛玲老實又尷尬地回答，胡蘭成哈哈大笑說：「開玩笑的，別在意。」又拍拍她的肩，愛玲也沒有閃躲，彷彿是知己了，一切都很自然。胡蘭成拿出懷表看看時間說：「我也還得去熊劍東家裡一趟。」熊劍東是誰，愛玲並不知道，說的人說得平常，聽的人也順耳，都沒有多問，也沒有多解釋，好像怎麼隨便說，彼此都能理解。

愛玲送他出門，看電梯嘎嘎開上來，胡蘭成戴上帽子，關到電梯裡，電梯又嘎嘎下去了，愛玲才忽然覺得，怎麼自己呆呆的開著門，樓梯間的風都吹進來，冰涼涼的。

把門關好，又發現屋子裡的小煤炭爐，從早上到現在，根本還沒點燃，她駭笑著回想，難道方才也忘了該去倒杯水給人家，就這樣招待人家說了一上午的話，難怪連她自己也覺得嘴裡乾熱，給姑姑知道了，又要說她老是恍恍惚惚，腦子裡都不知想些什麼。

很晚了，姑姑才回家，還沒換下衣服，愛玲就跟到房間裡面纏著問：「姑姑，妳什麼時候還去買菜？」姑姑覺得有些新奇，問道：「做什麼？」

「我同妳一起去！我想學著買菜。」愛玲興致勃勃地說。「咦？」姑姑訝異說：「以前要你一起去買菜總是痛苦萬分，又說不會，又是浪費時間的，怎麼現在開竅了？」愛玲解釋合理地說：「多會一些生活打理，也減輕些姑姑的麻煩嘛。」

「什麼時候這麼良心發現哪！」姑姑不相信地說。

「例如，買魚買青菜回來，我也可以在一旁看著。」愛玲又接著說。姑姑表情誇張的說：

「啊？妳不會也想開始學做菜了吧！」

「是啊，姑姑怎麼知道？」愛玲從背後摟著姑姑肩膀笑著說。

「哪，妳的信，是差人送來的，沒貼郵票，剛剛開電梯的給我的。」姑姑遞給她一封信，就進去自己的房間洗澡休息，還邊說：「嗨，今天可累壞了！」

愛玲就著沙發旁的立燈，看看封套上的寄信人寫著「大西路美麗園」的地址。這個人！她看著笑了，拆開來，裡面只有一張紙條。

愛玲先生：

與妳相會之後才知道
妳是民國世界裡的臨水照花人
只覺得文章筆墨裡妳是什麼都曉得
妳謙遜著經歷世事極少
確然如此
這個時代的一切自會來與妳交涉
好似花來衫裡，影落池中——

胡蘭成

這樣的一排句子，像二十幾年前，五四時代剛剛開始白話文的句子。愛玲有些看傻了眼，怎麼和早上那個長手腳長身量的胡蘭成兜不起來，也許三十幾歲的人更靠近胡適或父親那一輩，容易寫出這樣新詩不像新詩，散文不似散文的東西，但是內容和誠意卻令人感動。

怎麼會想到父親呢？愛玲自己也詫異。她攤開一張朵雲軒的籤紙，在書桌前寫了回信，放著準備明天寄出去。愛玲支著頭歪在書桌前，想著胡蘭成的外型的確和父親很像，只是臉型稍稍不同，父親是長臉，胡蘭成的是偏圓瓜子臉，從額角到眉宇的長度，幾乎佔整個臉面的三分之一強，說話有風采，很能夠談論時局，只是他很快就發現愛玲對時局沒有興趣，說了一兩回，再也不提，很聰明，反應又快。

「愣著傻笑什麼？」姑姑的聲音從後面傳來：「還不去睡，這麼晚了。」

在房間裡面背著房門寫信，怎麼姑姑看得見表情？側牆上掛著一面圓形鏡子，愛玲抬眼往裡一看，自己可不正傻笑著？眞蠢，還好再沒有別人看到。她把兩手按按自己兩頰，頰上燙著，收拾好籤紙信封，轉暗了燈，上床睡下，卻在床上反覆著，總還像是聞到那麼近的鼻息，聽到聲音說著：我留這兒，妳煮飯菜我吃。她在棉被裡掩起臉，怎麼想到這些，眞丟人呀！

每天近中午的時候，開電梯的人會來撳門鈴，送來一份小報兩份牛奶，姑姑邊看報吃完牛奶麵包，就穿整齊衣服準備去公事房，出門前，照例叮囑愛玲許多家常事項。

等到姑姑出門後，那張門就像一尊神一般立在那裡，不可欺不可侮，又不會告訴說話，愛玲變得不寧心，總聽著門外的動靜，電梯的嘎嘎響聲，隔壁娘姨大姐開門進進出出的聲響，她知道那隻鈴今天或者不會響起，因爲胡蘭成昨天才來過，這三四次大約都是隔一天的，都在下午。

但是以後呢？都這麼規律麼？她又為什麼要去等待鈴響？沒有道理的！

她討厭自己變成這個樣子，怎麼人家才來幾次，她就不像原本機智聰明的她了？總知道自己的缺點是口拙，卻老是忘了，又在人家面前說起自己的事情，老是自曝短處。她坐在那裡，眼前攤著稿紙，卻寫不出一個字來，蘇青已經打電話來催了，連炎櫻都快要說她沒良心，約她兩三次，她的稿子就是還沒寫好，不能出門荒廢時間。

這篇稿子怎麼就這麼難寫成，難道連她的才智也跟著人家那些言語鼻息走了，她實在恨自己，醒著的時候腦子裡想到幾個句子，轉了轉，又轉回胡蘭成站在她面前的樣子。

這些麻煩煎熬著愛玲，但是又沒有人可以說話。愛玲拿起話筒撥給炎櫻，電話通了，可是炎櫻家裡的僕人說她不在。這個人是，她找妳可以，千方百計，總要被她找到，可是妳要想找她，就難了，上天下地的，最終還是由她找到妳。愛玲放棄炎櫻這條路了。

想到姑姑等等就回家了。也許把煩惱告訴姑姑吧！姑姑大概不會說他是漢奸，因為租界文化裡的輕性知識分子，一向最討厭別人給自己下定論，也不喜歡給別人下定論。但是姑姑會不會說，他是個有妻室的人？壁爐上有許多小擺飾，愛玲想伸手去把那些小擺飾一件一件摔在地上。

胡蘭成到底是個什麼樣的人？一方面坦然自己有妻室，另一方面又要來找她，說她是知音。他們是知音，但是這種知音，這樣使人困擾。

昨天，胡蘭成才剛進來這個房間，就稱讚說：「這房間佈置得眞好。」

「這是我母親出國前佈置的，要是我，就喜歡用更刺激的顏色，例如橙紅色，小時候我有一間臥房就貼了橙紅色的壁紙。」愛玲撫著壁紙說。

「趙匡胤形容旭日是：『欲出不出光辣撻，千山萬山如火發』，」胡蘭成比著手勢說：「妳說的刺激，就是這種光輝的顏色。」愛玲笑道：「你怎麼能夠有這麼恰當的比喻?!上海人說：敲敲頭頂，腳底板也會響。」胡蘭成卻對她深沉地看著說：「我懂得，是妳信裡寫的。」

愛玲從那樣的眼神裡轉開，那是她不容易直視的眼神，彷彿直視了，就看到自己的原形。胡蘭成又轉頭四面看看，這是母親和維葛斯托夫的房間，穿衣鏡嵌在衣櫥上，她看著鏡子裡的胡蘭成，也自傻了，怎麼自己這麼糊塗，會讓他進到房間裡來？

「這牆上掛了一張，妳母親的畫很不錯！」胡蘭成坐到書桌前的椅子上說。

「她一直習畫，這是我小時候的照片，是她著色的，」愛玲又從衣櫥裡掏出一個盒子，打開拿出兩串大玻璃珠，一串藍色，一串紫紅色，對著鏡子在自己頸子上比了比，說：「這是她去埃及的時候買了寄來給我的。」

愛玲穿著桃紅織金襖褲。她喜歡這些祖母時候的服裝，自己去買衣料來做，又自己設計款式，把寬袖寬腰的樣子，改成寬袖窄腰，又同樣有大繡滾邊，像一個清末民初的女子，喜孜孜地坐在床沿說話。

胡蘭成就靠在椅子上，眼神彷彿被攫住了，對愛玲說：「剛才又看了那天寄給妳的信，自己也覺得羞愧，怎麼寫得都不像我說得出口的句子了，想想，總因爲見到妳，太使我震驚。」胡蘭成伸手把她的臉抬起來說：「別低頭啊！妳說我『因爲懂得，所以慈悲』，但是，妳懂得世人，也就懂得我。」愛玲把臉轉過去，離開他的手說：「你說這些，我不懂。」她其實懂了，卻在理智上還不想自己懂。

胡蘭成把一隻手掌背放在她肩上，邊輕輕慢慢順著桃紅織金短襖的衣袖滑下來，邊說：「桃花是眞正世間的好花，桃花飛揚，桃紅卻是危險的紅，就是仙子穿著，也不免要思凡。這金色，像唐朝婦女額際擦點的嬌黃，就像佛菩薩的金容，然而，又是現世女子的容貌。」

他漸漸移坐到床沿，從側後方把手圍到她肩上，輕輕摩挲她的面頰，她竟不懂得移動，就這麼靜靜地讓他摩挲著。他的手指有一種奇異又粗糙的觸感，手掌和手背是不同的粗糙程度，在那安靜裡，聽得到客廳檯鐘的擺聲，時間這樣慢，又這樣快，電車叮叮的聲響從公寓底下過去。

咯拉，兩串玻璃珠掉落在地上，她一閃神，雙手把他推開，她不懂得他，他卻懂得她太多，藍色紫紅色滾絞在一起，泛著縈縈惑人的光芒。

昨日發生的事還歷歷，現在，愛玲就坐在昨日胡蘭成坐著的椅子上，只是得轉一個方向，她坐在床沿，他向著她坐著，昨天的此時。愛玲輕輕撫摸著椅子的紋路，冷冷的，她在做什麼，她恨恨地罵自己一聲，不能再想下去了呀！

連「想」的本身都不應該有。她覺得四面楚歌，身邊的人裡，還有誰可以說話的？蘇青？那不行，蘇青豪爽直言，要是知道了，只會告訴胡蘭成。

還有弟弟，但是更不能夠說，弟弟對她好，她知道，但是他總和父親後母住在一起，上次爲了學費的事情回家，看到父親對弟弟的態度比從前好得多，也許他們也偶爾聊天會說起她的事。

還有誰？誰可以聽她說這些說不清不楚，連她自己也還不十分明瞭的事？

家溍呢？如果家溍知道了，會怎麼說呢？

「別煩惱，我們去霞飛路逛逛，看一場電影，辦法自然能想出來。」家溍既不會批評他，也不會說給別人聽，愛玲彷彿聽到家溍安穩的聲音。但是，連霞飛路都已經改了名稱，變成泰山路，上海變了，再也沒有任何租界地，家溍也隨著上海租界的消失，走了。愛玲痛苦地哭起來，捶打著桌子，那些亂七八糟的頭緒，只有家溍能夠慢慢幫紓解、撫平，可是現在，最不能找到的卻是家溍。

找不到家溍，乾脆也不要胡蘭成來找她！愛玲忽然這樣想。

愛玲寫了一張字條放到信封裡，寫好地址，託開電梯的找人送過去美麗園。人字圖案的銅柵欄門關起來，電梯緩緩往下移，那張字條也在那小空間裡轟隆轟隆往下掉，像滾落一顆巨石掉下山谷。那張紙條送到他手裡，攤在那雙粗糙的手掌上，他會有驚訝的表情麼？還是只詫異地不能理解？或者一笑置之，以爲這是小女孩的把戲，不值一提，但是從此以後再也不會搭這座電梯上來。愛玲閉上雙眼，怎麼自己居然可惜起來，那麼可惜麼?!但是可惜之後，不會再麻煩，可以不再看到那個慣常擾人的人了！連帶那些片段的、擾人的回憶圖像，一起滾落山谷底去吧！

她能夠下決定的，一旦有了決心，事情會變得順利起來，她從小到大的讀書成績，不一直都是這種決心支撐著的？整個白天又快要過去，天色漸漸暗下來，她索性躺在床上等姑姑回來。

這個世界還沒有對她太壞，現在還來得及，也不會有斬斷手腕的極痛，她又抬起手，把這雙手當作是家溍的手，揉揉哭腫了的雙眼，等等姑姑回來，不要讓她看出這些，這一切都將過去！

十九

開電梯的人來說，牛奶瓶子不見了，所以今天沒有牛奶。姑姑要愛玲下去買兩碗湯麵配些滷菜吃，她拿著兩個大碗，趿著拖鞋下樓去，在店門裡等老闆煮弄，碗雖然大，湯汁只到碗的七分滿，仍然顛搖著，愛玲小心地一步接一步走。回到公寓門口，眼睛只在那兩只大碗裡，走進大門只稍稍撥空往門地上瞥一眼，跨步進去，差點撞上一個人，那人連忙兩手扶著她的兩手說：「小心！」這聲音?!愛玲吃一驚，抬頭，正巧對上胡蘭成低下來的臉面。

「小時候，母親差我去橋頭豆腐店買醬油，三文錢有半碗，小孩生怕潑翻，一步一盪的好不危險，到得家門，母親趕緊過來接，笑著叱說：『你要眼睛看路，不可望牢碗裡』，妳也不可只望牢碗裡呀！」胡蘭成像是對著小孩子說話一般。

又不由分說，兩手從背後圈上來扶牢愛玲的手臂，把她擁著進電梯裡，惹得開電梯的人又多看他幾眼，愛玲不由得飛紅了臉頰，這種姿勢，她不得不靠到他身上。電梯上升著，愛玲不作聲，看著操作電梯的人花白的後腦勺，胡蘭成今天早來了，爲什麼?明明知道姑姑會看見，而且，午飯前才到人家裡，不妥當的，他不會不知道。

故意的麼?他收到那張字條了麼?他的言語裡，卻沒有因爲字條興起情緒波瀾的痕跡。愛玲偷偷看他一眼，卻發現他一直是盯著她看的，愛玲連忙轉過頭，又紅了臉，而且，今天穿的衣服是普通的家常袍子，根本在心理上，愛玲已經準備了他不會再來。

胡蘭成和愛玲一起跨進屋子，先幫忙把其中一碗牛肉麵端好放在桌上，看到姑姑，很自然地打招呼說：「姑姑，您好。」愛玲看他一眼，怎麼能夠跟著她這樣順口地稱呼。「您是，」姑姑遲疑了一下，忽然想起來：「啊！那天來過的胡先生。」

「是。我來幾次了，您不在家，今天眞好，能同您打上招呼！」胡蘭成笑著回答，姑姑向愛玲看過來，愛玲又看他一眼，眞是個厲害傢伙，愛玲這一星期以來都沒提過有個人常常來訪的事情，姑姑不知心裡怎麼想。

「吃過午飯沒有？剛巧今天沒開火，也同我們隨便吃吃吧！」姑姑見胡蘭成那麼說，顯然和愛玲已經是熟朋友，就不再客套，也用家常招呼晚輩朋友的方式招呼胡蘭成，又轉頭對愛玲說：「小煐，再下去買一碗上來好了！」

「好啊，我同妳一起下去買。」胡蘭成倒也像個晚輩朋友一般，當姑姑的面對愛玲大方地說。愛玲才剛要去開門，門鈴竟然先響了，愛玲往門洞裡先看了看，繼而歡呼了一聲，向姑姑說：「炎櫻來了！」姑姑笑道：「這麼巧，就再多買一碗吧！今天來的倒都是熟朋友，炎櫻也好一陣子沒聯絡了。」

「What?!是愛玲不理我呢！」炎櫻才進門，就聽到姑姑說沒聯絡，冤屈地嘰呱說：「一天到晚就是寫稿寫稿，忙著賺錢，愛玲一定發財了！」

「妳怎麼也不打電話給我，打去妳家，都說妳不在！」愛玲埋怨起來。炎櫻轉轉眼珠子，想了想說：「才昨天不在的嘛！」又不忘數落說：「妳一定是昨天才開始想念我！」看到一旁的高瘦男子，不等介紹，炎櫻就沖著人家笑嘻嘻說：「哈囉，我是Fettima Mohideen，愛玲給我一個中國名字，所以你也可以叫我炎櫻。」愛玲在一旁翻譯了，胡蘭成覺得這個黑皮膚矮胖的混血女孩很有趣，也說：「哈囉，妳好，我是胡蘭成。」平常他是不用「哈囉」的，竟然也「哈囉」起來了。

「胡——蘭——成。」炎櫻饒舌地學中國發音，學完說：「蘭——成——，Do you have English name?」這句簡單，胡蘭成聽懂了，說：「呃，沒有。」

「這樣好了，既然張愛給我一個中文名字，現在換我給你一個英文名，成——不好取名字，」炎櫻眞的努力想著說：「蘭——就叫——Lenny 蘭你好了！」

炎櫻平常和愛玲用英文交談，在稱呼上沒問題，有時喜歡耍弄一點中文，又覺得「愛玲」的中文發音難聽又難念，所以又發明了「張愛」，中文發音上念起來順多了。愛玲和姑姑在一旁看著炎櫻發笑，尤其愛玲，覺得炎櫻簡直出現的時間對極了。「我和炎櫻下去買麵好了。」愛玲說完，逃也似的拉著炎櫻出去，也不等電梯上來載，從邊門就直接走下樓。炎櫻邊走邊問：「喂，妳什麼時候認識的人哪！」

「就，因爲蘇青的緣故。」愛玲一時之間也不知道該怎麼說：「噯，總之很複雜，得要慢慢說才說得完。」炎櫻扯扯愛玲的袖子說：「認識就認識，有什麼複雜的?喔，蘇青帶妳去了什麼派對上認識的？」只要說到派對，就暗示和交男女朋友扯上關係了。

「不是派對，他自己跑來找我的！」愛玲煩惱地說：「這樣才複雜！」炎櫻算了算，她們是兩個禮拜沒見面了：「可是上兩個星期妳還不認識他的，不是？」

「對嘛，就這兩個禮拜的事情，這個禮拜還每隔一天就來一次。」愛玲承認說。炎櫻恍然大悟地指著愛玲說：「歐！就因爲這個，妳才一直說『寫稿』！是不是？眞不夠朋友！」

「不是故意要瞞妳，」愛玲把炎櫻指在她鼻子前面的手拉下來，說：「連我自己也弄不清楚怎麼回事？」她們邊說，邊走到麵店，愛玲說：「老闆，再兩碗牛肉麵。」

「這可麻煩了，妳叫他別來，他又還來！」炎櫻也想不出怎麼辦，愣愣地看著老闆迅速削麵、撈麵的熱熟動作，半天才又問愛玲：「可是妳愛他麼？」愛玲不是沒有想過這個問題，只是很難啓齒：「嗯，我們認識的時間這麼短。」

「浪漫的事情總是這樣，小說上不是常有一見鍾情麼！愛情來時總是靜悄悄，不知不覺妳就上它的當。」炎櫻像唱歌似地吟起來。「妳這麼高興做什麼！」愛玲嗔著說，從老闆那裡捧過來一碗，炎櫻也捧過一碗，兩人要轉過身走的時候，老闆忽然笑說：「別淨想情人的好處，小心燙著。」她們兩人互看一眼，伸伸舌頭，原來老闆手裡做事，耳朵裡卻沒錯漏她們的每一句話。

「可是他有太太小孩呢！」愛玲邊走還是忍不住又說。

「愛上了，沒有辦法呀！他吻妳了嗎？」炎櫻還是像唱歌一樣。

「妳正經一點，我是眞的煩惱啊！」愛玲說。

「愛玲，妳爲他煩惱，妳眞的愛他了。」炎櫻停下來，對著愛玲說：「女人的心可以愛得那麼廣那麼深，像安娜卡列妮娜，有時也要學郝思嘉，懂得引誘的政治手腕。」

「引誘？」愛玲不可思議地大聲起來，她的筆下角色不乏這樣的人，卻從沒想過自己有一天也要當起白流蘇，但是炎櫻不懂得讀中文，她寫的中文小說、散文，炎櫻一篇也沒讀過，都只聽她說過故事大綱。

「是啊！愛情裡缺少了這樣東西，可就被對方吃定了。妳自己都會寫，怎麼遇到事情卻又不會了？」炎櫻說。

「你說得簡單，寫是寫別人，眞的要去做卻難了！」愛玲說著，想一想又問：「妳做過這樣的事情麼？」

「還沒有呢！遇到了才會想到嘛！」炎櫻笑著，又天眞地說：「現在應該是他比較吃虧，是他有太太小孩，他應該煩惱，妳是單身，妳才不麻煩呀！」

「妳說得也有道理。」愛玲笑了，不論炎櫻說的對不對，聽了她的一團話，總是又能開心起來。她們進了電梯就很有默契地不再討論這些，上海人總愛豎起耳朵聽旁人的對話，因爲裡面有些隱私的樂趣。

一進門卻看到胡蘭成正和姑姑聊天，有說有笑的。

「胡先生眞博學。」姑姑邊說邊站起來，去接她們手上的麵，放好了大家才一起坐下來吃。

「愛玲，聖誕節的時候妳沒去舞會，眞可惜！」炎櫻邊吸著麵條邊說。

「我又不會跳舞，去了也還是站在一邊。」愛玲說。

「妳該去看看的，他們玩一種遊戲，叫做：『向最智慧的鞠躬，向最美麗的下跪，向你最愛的接吻。』」炎櫻說。

「哦？結果許多人向妳下跪嗎？」姑姑感興趣地問。

「唔，也有人說妳是他的最愛嗎？」愛玲也問。炎櫻笑著說：「有啊，德國人、義大利人、中國人、日本人、白俄、雜種人，大家亂吻一陣子，也不知道誰吻了誰，眞傻。」

她們三人用英文交談，速度都很快，胡蘭成既插不上嘴，又聽不太懂，只好自己一人吃著麵，也不作聲。炎櫻看了，用手肘碰碰愛玲說：「喂，張愛，蘭你無聊了，把接吻的事情翻譯給他聽吧！」姑姑看炎櫻一眼，覺得兩個女孩子活潑潑的，不知道要對人家耍什麼把戲，想到自己和嫂子年輕的時候，也都做些無傷大雅的玩意兒，心裡覺得好笑，臉上卻沒表示，也沒作聲，還只是吃她自己那碗麵。

愛玲會意，把剛剛說的話全翻譯一次。

胡蘭成聽著笑說：「西方人有這種奇怪的風俗！妳幫我問她，她自己喜歡這種遊戲嗎？」炎櫻只是不會說寫中文，但是會聽，胡蘭成說完，她就回答：「我自己是不喜歡，但是，大家都這麼做，在一個派對裡絕對不能做局外人，顯得你更愚蠢了！」炎櫻說完，愛玲又翻成中文。

姑姑看他們鬧著玩，有炎櫻在的場合，總是氣氛愉快，她打斷他們的談話說：「時間到了，我得去公事房，你們玩吧，我先走了。胡先生，很高興認識你。」胡蘭成放下筷子，站起來回個禮，炎櫻卻說：「姑姑再見！過些天也和我們一起去舞會！」姑姑笑起來說：「我還沒去夠?!以前天天一夥朋友去仙樂斯，現在都一把老骨頭了！」轉身穿了鞋子出門去。

「他們都吻在嘴上麼?還是臉上?」姑姑出門後，愛玲又拾起原來的話題問。

炎櫻看胡蘭成一眼說：「當然是嘴上，他們只有吻在嘴上的才叫吻。」

「是只碰一下嘴唇那種?」愛玲又問。

「不是吶，很深的，眞討厭，那種吻讓人感到不潔。」炎櫻眨眨眼說。

「上海那些雜七咕咚的外國人，美國氣眞重，當衆擁抱接吻對他們來講很平常罷！」愛玲說著，又把對話翻給胡蘭成聽。胡蘭成卻開始驚訝，她們這些留過洋的學生，言談中原來洋派到這樣的程度，簡直無法相信愛玲也有這一面，他有點不高興地說：「也許我太老式了，我是非常不贊成的。」炎櫻說：「是嘿，別說當衆了，就是私底下，這樣的接吻法，也會讓男女雙方都有誤會，如果是個喜歡妳的男人，而妳不喜歡他，對他是不公平。」

「相反的，如果男人不把妳看得太嚴重，又放鬆地給他種種自由，自己更顯得下賤了！」愛玲說完，炎櫻又接道：「如果女孩子只是趕時髦，跟著大家一起做些什麼事，或者只是感到有需要，去誘惑挑撥一下，這麼做也是很危險的。」愛玲讚同道：「感情的危險性總是有的。」

「所以啦，蘭你，」炎櫻居然轉頭對著胡蘭成嘰咕嘰咕地說起來：「還是多認識些對象比較好，男人女人都一樣需要，並不是鼓勵感情氾濫，而是能夠有比較，危險性也降低一點。」

「嗯，我同意妳的意見。」愛玲說完，兩人又感嘆一番，才將對話翻譯過來。

這次胡蘭成聽完，覺得有炎櫻在，愛玲顯出平常看不見的另一面個性，這麼年輕的女性當然還有許多可能，但是胡蘭成心裡想著，表面上也沒有露出什麼憂喜色，反而笑笑說：「那麼你們對於戀愛的看法呢？」

「我是沒有想像的，遇見了，就轟轟烈烈的談場戀愛。」炎櫻加上浮誇的手勢比劃著說。

「不計後果的麼？」愛玲笑起來。

「當然表面上是不計後果的，至少如果愛對方，要讓對方這麼覺得，才像戀愛嘛，可是我們總是女人，遇到一些情形還是得計較一下。」炎櫻說。

「有人追求妳麼？」愛玲說。

「有啊，但是，戀愛和結婚也許會是不同的對象，也說不定吶。」炎櫻說完，又加了一句提醒說：「現在妳可以翻譯了！」

胡蘭成聽完，卻對愛玲笑著問：「只有她的意見，妳呢？」

「我？」愛玲愣了一下。這下子炎櫻沒有辦法來救火了，只好硬著頭皮說：「我是還不想和任何人談戀愛的，總之，還早吧，等到要結婚的時候自然就結婚，也不挑三揀四的。」愛玲閃爍地說，胡蘭成卻若有所思地看著她說：「大器量的男人是志在四方，對於結不結婚慷慨不在意，女子也能這樣，卻是有才華的女子才能夠吧！」

「蘭你，這說得有些偏差了，我們女子的慷慨不是這樣的，反而，結婚的考量比戀愛要多許多，張愛是這樣的意思，我也同樣。要有相當不錯的，只要看對了眼，我也不挑不多要求自己對他的愛情，但是要他對我有愛情。」炎櫻精刮地打算道。沒想到愛玲卻瞥她一眼笑道：「這個我不打算幫你作翻譯了，等等他以爲我那麼想要他的愛情。」

炎櫻取笑道：「妳不想要麼？我看才怪呢！」

「至少今天我跟他是扯平的，這樣就好了。」愛玲覺得胡蘭成的確有表現出在乎的樣子。

「還不謝謝我！請我吃奶油蛋糕！」炎櫻鬧著。

「原來妳幫我是有目的！」愛玲也鬧起來，兩人笑在一團。

胡蘭成在一旁卻莫名其妙，愛玲怕他以爲她們說些嘲笑他的話，其實她們實際上也有些這樣的意味，但是不能讓他真正這樣感覺，所以就簡單對胡蘭成說：「炎櫻想吃蛋糕。我說她已經夠胖了，得節制些。」說完又看炎櫻一眼，忍不住還是吃吃笑起來。

「這樣吧，我請妳們去吃東西。」胡蘭成也笑著說。「好啊！蘭你，」炎櫻立刻說：「我要一塊奶油蛋糕，外加一份奶油，還有一杯熱巧克力，外加一份奶油。張愛也是一樣。」愛玲用英語嘲笑說：「那麼多奶油，只聽得清楚妳說奶油。」

「嘿，妳也愛奶油的，先幫妳說了，免得妳在人家面前不好意思。」炎櫻說。

「這句話我也不翻譯。」愛玲笑說。「隨妳。」炎櫻作個鬼臉，走向門口拿皮包，愛玲大致把炎櫻的意思說一遍，也走向門口。胡蘭成跟在後面，對自己搖頭笑起來，怎麼和這兩個才二十歲出頭的小女孩，也能夠鬼混得這麼愉快。

桌上、地上正散了許多紙張，愛玲整理起許多拿在手裡，其他的仍然散放著，走出房間門，把揣著的紙往胡蘭成眼前晃一晃說：「要不要看看我的畫？」胡蘭成微笑說：「好啊！也是油畫？還是水彩？」

「都不是。」愛玲用一種調皮的眼神看他，邊說邊把紙張攤在他面前：「我用墨水筆畫畫。」每一張紙上面有許多人像，有側臉、半邊的頭、姿態彎曲的各種人物，胡蘭成一看，都是由簡單的線條勾畫，一張一張看下去，每一張裡的每一小圖旁邊，又都加了有趣的小註解。

臉面表情可憐的癟三、熱心公益的太太、羅斯福夫人型的美國太太、昂頭垂眼手上又勾了一把洋傘枴杖的英國紳士、狡猾的法國人、白種小白臉、小鳥依人的女子、堅決保持愉快態度的貴族夫人、事無大小總說著：「親愛的，鎮靜點！」的英國太太、窮酸外國人、有尖鼻子細尖眼睛三角尖額頭髮際的日本美男子、足尖舞女、汪糊著眼睛的瘋狂藝術家、一九三幾年時髦女子的服飾、大學聽講時洋先生在黑板上寫字的側影、廣東女孩、交際花、大鼻子印度買賣人、上海十三點小姑娘。

又還有些人物各自結成小故事：縮著肩膀微微皺眉的做作女子；一個烈女——要去自殺了，或是去嫁給革命黨；一個女子三個男子，述說一個英雄美人的三角四角戀愛；一個聽話的姑娘，從讀書到結婚都很乖；永遠被動的女人，嘴裡老是問著：「你想，這麼做合不合算？」一個長馬臉善女人太太，是社會的棟樑，她自身成爲一種制度，代表三綱五常，治安風化。

「這些畫，倒是，」胡蘭成說得猶豫了，但還是決定直接說：「和我想像的差很遠。」

「全不是些正經的畫兒，」愛玲笑著問他：「你是不是挺詫異的。」

「大概是我還不懂得怎麼欣賞這樣的畫。」胡蘭成也笑笑說：「但是也不知怎麼的，就有一種辛辣又糊塗的好感覺。」愛玲期待地問：「但是你喜歡吧！是不是？」

「是叛逆又詫異的喜歡。」胡蘭成把看圖畫的感覺用很精準的句子說。「我高興你這麼說，」愛玲咯咯笑起來說：「這些圖就是要讓人詫異，又帶著叛逆。」胡蘭成靠過去，冷不妨把愛玲的手拿起來放到自己的嘴邊吻一下說：「妳的手，爲什麼畫了這麼許多，又能夠寫這麼許多？」愛玲把手縮回去，紅著臉說：「寫小說之前，我總是想著那些故事裡的人物，他們的長相，有些什麼個性，邊想，就能邊畫出許多草稿，後來炎櫻看到，覺得我可以整理整理，出一本畫冊。」

愛玲說著，支著頭靠在矮几上，看著胡蘭成欣賞圖畫的樣子，胡蘭成把她的肩膀摟過來問：「這幾張單幅的圖，曹七巧、姜長安，都認得。卻是這張，鄭川嫦，是哪一篇裡面的人？」愛玲掙脫他，跑到房裡又拿出一疊紙來說：「我新寫的一篇，那是這篇的插畫。」

「要給蘇青的麼？」胡蘭成邊問，邊拿起一張來看看，看完又說：「鄭川嫦，這名字不錯，想見這角色是個口拙的女子。圖畫得這麼憔悴，寫著病中，最後病死了嗎？」胡蘭成只顧著邊說邊看文章、看圖，不料眼睛一離了文章和圖畫，就看到愛玲滿臉淚痕。胡蘭成一驚，急忙問：「怎麼哭了？我說錯什麼嗎？」愛玲搖搖頭，仍然眼淚無法遏止，極忍著哭聲說：「這篇文章本來就是邊哭邊寫成的，鄭川嫦就是我死去的表姐，實在想念她！」

胡蘭成索性把愛玲擁在懷中，哄孩子般地說：「想哭，盡情哭吧！」愛玲眞的越哭越大聲，又伸出瘦瘦的手臂，摟住胡蘭成的脖子，眼淚鼻涕胡亂摩挲著他的肩膀，那因爲太激動而抽搐的瘦削身體裡，有百般的委屈可憐，他微低下頭，開始溫柔地吻她潮濕的臉頰，那潮濕裡帶著微微的鹹味，她的額頭髮際有花的香味，她的哭聲微弱下來，他吻著她的眉眼，她的鼻子，她仍然抽咽著的唇，那些抽咽漸漸變成另一種鼻息的、交互的韻律。

她找不到家渏，卻遇上了胡蘭成。

愛玲把《天地》月刊找出來，如果不是爲了寄稿子，她一向只懂得如何看路標，都走得到地方，卻完全不知道地址，就算看過幾百遍也還記不起來，因爲沒有用心在上面。

翻著，卻看到自己那張雜誌上的照片，想到胡蘭成那天說的話。他是因爲這張照片才來找她的，眞糊塗，而她自己也就這樣跟著糊塗進去，又眞可笑。但是現在，愛玲已經不那麼痛苦了，並不是想通了，而是想眞正面對。她找出那張照片的原版，對著照片裡的自己看了許久，那一雙溫順的眼睛和微微的笑意，像個典型的中國姑娘。

胡蘭成提過兩三次的照片。他喜歡這種氣質吧，他論說文化時都會順帶說到時政，是個中國書生，比父親更純粹的中國，因爲他連英文也聽不懂，父親卻有很好的英文說寫讀的底子。

愛玲在照片背後寫了一行字：「見了他，她變得很低很低，低到塵埃裡，但她心裡是歡喜的，從塵埃裡開出花來。」寫完，又反覆看那行字，想像胡蘭成來的時候，她將親手交給他。

「怎麼，又傻笑了？」姑姑的聲音，愛玲一回頭，見到姑姑在房門口搖頭嘆氣，愛玲起身走過去，把臉蛋靠在姑姑肩膀上說：「姑姑，妳談戀愛都不會傻笑的麼？」

「會啊！只是沒像妳這樣的傻法兒。」姑姑柔和地說，愛玲抬眼看姑姑，驚訝地問：「我怎麼都不知道姑姑談過戀愛？」

姑姑笑道：「我從石頭裡迸出來時就這麼老了?!那是年輕時候的事情。」

「怎麼發生?怎麼結束的？」愛玲一下子又開始磨起來，想聽姑姑說故事。

「你又知道已經結束了？」姑姑逗著說。「啊?還沒結束？」愛玲更想不到了，搖著姑姑的手，這是她從小和姑姑相處的習慣：「姑姑快說給我聽吧！」

「現在不行，時間不夠了，我得出門。」姑姑看看愛玲又說：「怎麼樣?那位胡先生現在每天都來，是不是？」愛玲紅著臉說：「他呀，也不知道哪來那麼多時間。」

「他不是在政府機關做事?應該在南京吧！怎麼老停留在上海？」姑姑問。

「明天他就得去南京了，他是一個月總有八九天會回到上海來。」

「這八九天，他都來找妳，大西路的家裡怎麼辦？」姑姑直接問。

「我，不知道，他總是黃昏回去，」愛玲有點語塞：「也不知他家裡的人——曉不曉得。」

「小煐，感情的路，旁人很難去拉拔，姑姑知道妳心裡難過，」姑姑理理她鬢上幾絲凌亂的頭髮說：「但是妳從小心眼巧，說什麼，都怕傷到妳。姑姑說這些，只是要你知道，不論妳怎麼做，姑姑都同妳在一起。」愛玲點點頭，眼裡有些淚痕，姑姑拿手絹子擦擦，愛玲終於說：「姑姑放心，我想過，就是怎麼樣，我自己賺錢自己花用，不會去成爲人家的妾。」

「別想那麼多，總是快樂些，像炎櫻一樣倒好。」姑姑說著笑起來：「叫她有空多來玩。」

「不用叫，她自己也會黏過來，就像我黏你一樣。」愛玲破涕爲笑，光是聽到炎櫻兩個字就是令人愉快的。

「好了別黏了，再黏，老闆不要我可不好。」姑姑笑著擰擰愛玲臉頰，又理理衣服才出門。

二十

一場女作家座談會才剛結束，一群人從新中國報社散出來，三月午後的太陽，因爲接近黃昏，熱氣有些微微蒸散了，蘇青和愛玲一路還在聊天，另一位女作家潘柳黛從後面趕上來說：

「還不到四點鐘，時間早，我們再去找一家茶館喝茶聊聊，怎麼樣？」愛玲還是同一句託辭：

「不了，我還有些稿子要寫。」

「我也該回去辦公室，許多雜務還沒處理呢！」蘇青也說。

「那好吧，只能改天再約時間了。」潘柳黛說完，揮手攔一輛黃包車先走了。蘇青和愛玲笑著對看一眼，說：「也不是討厭，只是她要在一起，我們說話就不那麼搭了。」

「就是氣味不對。」愛玲點點頭說。

「接下來，我們去哪裡？」蘇青其實很有主張的，只是她覺得愛玲與別人不同，總想知道她有沒有什麼新鮮想法。

「去哪裡？乾脆買些蛋糕去我家喝茶，怎麼樣？」愛玲說。

兩人各自攔下一輛黃包車，往靜安寺路去，沒想到快要接近路口時，聽到一聲警哨，立刻有許多日本軍警出動，拉起麻繩，所有的車輛，包括電車都「嘎」的一聲不行駛了，行人全部止步，她們兩輛黃包車在路邊停下來，彷彿時間也停了。

「我才來上海的，聽一個回鄉的老親說，你們這兒，看到戴紅色袖章的假恐怖犯，大夥兒得大叫『恐怖！』？」蘇青的黃包車夫帶著蘇北口音，有點緊張地說。

「您那老親回去很久了，是吧？前兩年日本人剛來時，規定看到的人都得喊，可誰也喊得不起勁，什麼『恐怖演習』，名目挺嚇人的！做戲麼，抓賊的人輕鬆鬆的，作賊的人也西裝筆挺笑嘻嘻的，喊著有股滑稽勁兒！」愛玲的黃包車夫顯然是老上海，說得輕鬆。

兩個車夫還在一來一往的聊天，道路封鎖演習至少需要一陣子時間，蘇青笑著指指前面對愛玲說：「已經看得到你家隔壁那個西洋茶食店了，就是看得到吃不到，這叫望梅止渴。」

「他們是夜間做蛋糕，白天這時候麵包又正在出爐，還好我們隔得遠，不然老是聞著麵包香等時間過去，更難過了。」愛玲說著自己也嘴饞了起來。

好不容易哨聲響了，世界又無拘無束地開始運轉，一下子到了茶食店，買了許多糕點。一回到家，愛玲把東西暫時都堆在桌上，邊脫下大衣邊說：「這天氣眞暖。」

「什麼暖，簡直熱！」蘇青也把大衣脫下來，又把自己手裡拿著的袋子和愛玲放堆在桌上的糕點一一打開來一看，兩個人大概一時吃不完。愛玲看看也有點傻住了，說：「這家的東西是香，吃在嘴裡卻少些味道，都因爲順路方便，我平時不買這麼多的，今天眞奇怪了。」

「這叫做望梅止渴，待梅林到了又貪多無厭。」蘇青指著蛋糕笑得咯咯吱吱。

「妳等等，我煮水沖茶。」愛玲記起出門時熱水瓶裡已經沒有水了，走進廚房，又扭開火煮水，回到客廳，蘇青正讀著散在桌上的文稿說：「你這些稿子是準備給我的麼？」

「你倒美得很！」愛玲指一下蘇青的鼻頭笑說：「不是才給你的，下次的下個月再給。」

「喔，我佔有慾特強，最好妳整個人都是《天地》的。」蘇青邊笑著邊說，又讀讀稿子問：

「這些像是劇本嘛？」

「有人提議，要我把〈傾城之戀〉改編成舞台劇，寫很久了，請朋友幫忙看過，又一幕一幕改，總之，太在意了，一直還不滿意著。」愛玲解釋說。兩個人聊著，又說到關露、汪麗玲、潘柳黛這些剛剛出席座談會的女作家，有好一會兒的時間，愛玲忽然想起來：「哎呀！還燒著開水呢！」趕緊跑進去廚房，有其他的事情做時，她總是容易忘了廚房。愛玲一邊用布包著大銅壺手把，打開熱水瓶塞，又把茶壺杯碟準備著，得先用開水燙過，一頭手忙腳亂著，又向外頭喊：「你稍等一等，啊！旁邊矮几上有幾份小報。」

「愛玲，」蘇青的聲音又喊進來：「多準備些茶杯碟子吧！」

「這人又飢又渴！多吃喝些就好了，多準備杯碟做什麼？」愛玲在廚房裡笑著自言自語。

等到她端著茶盤踏入客廳，卻愣了一下，看到胡蘭成已經坐在那裡同蘇青說話，怎麼自己在廚房做得太專注了，連門鈴聲都沒有注意到？他明明信裡面告訴她，火車的鐘點是晚上才會到上海，是過了晚飯後的晚上，她估計應該明天才會見到他，但是心裡又有點希望他晚上一到，就先來找她，所以早上放了一只沙鍋在爐子上，煨一鍋濃濃的火腿湯，又去附近的小菜場買些新鮮青菜，想他才下火車，一定肚子餓的。她最近向姑姑學會不少湯菜做法，本來就挑嘴懂得吃的人，只要願意，學起做菜又容易多了。

現在人已經好端端在眼前，時間比預料的早太多，愛玲幾乎不知所措了，埋怨似的看胡蘭成一眼，這種作派！但是心底卻矛盾得又忍不住高興，他是一回到上海，就趕著來找她。

蘇青一眼看到愛玲還杵在那裡，就笑著解釋原由，說：「這個人哪，我一應門，他也沒注意不是妳，就朝著大聲喊說：我回來啦！」

這下子擺明了胡蘭成不但時常來，而且一從南京回上海，就直接來。「我回來啦！」這種句子，不像是情人對情人，簡直像小別勝新婚的丈夫，幾日出門之後回家時的語氣。都被蘇青撞見了，不知道人家心裡怎麼想，她還沒打算讓蘇青知道呢！

愛玲端著茶盤，走過去也不是，打招呼也不是，定定的就站在那裡更不成樣子，尷尬萬分，胡蘭成卻一派悠閒的樣子。蘇青卻已經站起身走過來，拉著愛玲端著盤子的手，丟一個眼神，指指胡蘭成說：「嗨，妳就這麼老實，叫他端呀！」胡蘭成看著愛玲，手裡很自然的接過去說：「這茶眞香，眞不錯。」

「少了一副茶杯，我再去拿。」愛玲說完轉身就想躲進廚房去，被蘇青攔住說：「別忙了，先坐下呀！」又把她按在椅子上說：「剛剛我還在跟胡先生說，一會兒要先走了，今天我和孩子的父親約好的，本來以爲夠時間喝茶，沒料到遇上演習封鎖，眞要命。」

蘇青說完，掉轉過頭看看外頭的天色，愛玲也跟著她的眼神看出去，雖然天光還沒暗下來，太陽卻逐漸往天邊移下。

「就要走？吃過晚飯再走吧?!」愛玲反倒不躲了，想留蘇青下來，怕蘇青是因爲看她尷尬，才趕緊說要走。「我眞的沒騙妳！別多心！我才要告訴妳不必忙了，」蘇青卻笑著搖頭晃腦說書似的：「說時遲那時快，這位先生就撳門鈴了。」

「你也不告訴我！」愛玲卻轉過臉對胡蘭成嗔著說，意思是，火車班次提早了，也不先說。胡蘭成卻只是笑笑說：「蘇青是好朋友，不用拘這些禮。」意思是，讓蘇青都知道了也無所謂。

「你們約的是什麼時候？」愛玲轉向蘇青問。蘇青看看錶說：「現在走過去差不多了。」

「走過去？就是離這兒不遠了？」愛玲有些驚訝。

「不如我們陪你一起走走，十幾天沒見到上海街景了。」胡蘭成為了讓愛玲不那麼尷尬，想出這樣的辦法。蘇青高興地說：「也好啊！」

他們在蘇青面前已經不避諱了，胡蘭成牽著愛玲的手，在街道上三人有說有笑，蘇青要去的地方竟是往大西路的方向，而且必須經過美麗園。到了蘇青和她丈夫約定的地方前面不遠，他們就掉頭回去。

「蘇青不但人爽朗，臉也生得美。」胡蘭成說。

「她的美是一個俊字，有人說她世俗，其實她是俊俏，她的世俗也是好的，好像喜事人家新蒸的雪白饅頭，上面點有胭脂。」愛玲說。

「你說話總能有這麼多層意思。」胡蘭成喜歡稱讚道。

但是談完蘇青的話題，愛玲自然而然沉默下來，剛剛經過美麗園的時候，胡蘭成臉上並沒有任何不自在，那些房子也彷彿是對他們沒有意義的街景而已，蘇青知道美麗園是胡蘭成的家，也沒有在任何話語中提到，大家都是心照不宣，還是故意視若無睹？

愛玲心底彆扭起來，現在還得經過美麗園，剛剛還有蘇青在，現在蘇青走了，剩下他們倆人，他還是一樣能夠無痕無跡地走過去麼？不然，自己又希望他怎麼樣？想著想著，說話笑語也少了，胡蘭成卻還興致很高地說這說那，愛玲只是有一搭沒一搭的，腳下走得更慢。

走到美麗園前面幾步路，胡蘭成居然抬手指指自己的家門，趁勢鬆開原本緊握著的愛玲的手說：「汪先生送我一套宋版書，前些時候我跟你提過的，很不錯，因爲是好幾冊的大部頭書，都用盒子裝著，一直沒法拿去你那兒，要不要順便進去看看？」

「這時間，會不會正在吃飯，不好吧！」愛玲裝做不在意地說。

「還早呢！英娣大概還在餵孩子。你不是一直想看？」胡蘭成說著，好像那些都是自然而然要發生的事，愛玲是上海文壇上的作家，而他們是文友，去家裡看看收藏的宋版書，又是汪精衛先生送的，根本完全不衝突，他的做人是坦蕩的。

愛玲靜默不語，這個人，到底爲什麼都能夠說得出口?!愛玲心裡生氣著。但是她也不能直接說：「因爲你太太在裡面，所以我不願意進去。」，她如果眞的這麼說，就顯得承認自己是他的情人，矮了「家裡的太太」半截，他甚至沒有在口頭上說過他對她的情感，不論他們在知識、思想性情上多麼契合，這方面的表白只有男人有先開口的權利。

胡蘭成已經推門進去，愛玲挺挺胸背，微抬著下巴，也跨進去，他們在文章知識上是平等的，她甚至在教育訓練上超過他。

客廳裡不像上次來時那麼整潔，顯然因爲不知道會有客人來，小孩子的衣服玩具胡亂放在椅子上，青芸仍然高高興興地上前迎接，隨即帶著大的男孩上樓，怕孩子頑皮，問東問西的太吵。

胡太太卻起身隨便招呼過，就自顧自仍坐下整理著小的孩子，不像愛玲第一次來的時候那麼熱絡了，愛玲也不希望她過來太熱絡的招呼，胡蘭成沒跟太太說什麼，就要愛玲跟著一起進去看書。那些書就在樓下書房裡一整排書架上，書房門是開著的，從客廳可以斜斜看到書房裡面，那孩子五六歲，大約已經吃得半飽了，在母親身上摩著，胡太太打開一個小報紙包，裡面有幾片芝麻糖，孩子撲上來一手抓一片，胡太太連忙說：「哎，哎，這樣拿好來，別抓碎了，滿身滿地都是。」

胡太太個子瘦小，有一張扁薄美麗的臉，坐在椅子裡，整個人更顯得沒有份量了，今天她沒有像那天一樣把頭髮盤起來，鬆鬆柔柔地垂在臉頰兩側，低了低頭看看地上的孩子是不是好好的吃著糖，自己也從報紙包拿出一片放到嘴裡嚼，心裡不知道想些什麼，也沒有往書房這個方向看，她一定聽說了他們的事情。

如果她是個惡俗嘈雜的女人就好了！卻是這樣的人，竟連討厭她或忌妒她都做不到，愛玲心裡反倒可憐她，那可憐裡，大概帶著些許內疚，不是自己內疚，而是替胡蘭成內疚。

愛玲咬了咬唇，書房裡點著一盞月白地碧綠花點燈罩的落地燈，光線照在胡蘭成的側臉上，他正從書架上取書下來，上下移的動作使他臉上的光影變幻著。

弟弟昨天掛電話給她，先抱怨找她十有九次她都不在家，又說才讀過〈花凋〉，想到死去的表姐，心裡也很難過，但是聽表哥說，舅舅也看到了，卻大發脾氣，尤其她寫舅舅是「酒精缸裡泡著的孩屍」。末了還和舅媽躺在煙榻上批評著：「聽說小煐跟一個漢奸在一起，還是個有婦之夫，怎麼會這樣?!」上海的小道消息就是傳得快，愛玲也不驚訝。

但是——「漢奸」?!她卻想不到那裡去，她向來是個守著自己的小生活圈過活的女子而已。

國仇家恨，有漢奸就有民族英雄，有是就有非，有黑就有白，都是那麼大的文明裡挺重要的東西，而文明，一向又是男子的文明，戰爭也是男子的戰爭，如果一個男子在他的理想或公餘之暇，做點越軌的事來調劑他的疲乏、煩惱以及未完成的壯志，也十分應當被不懂時局的女人們寬恕。而當文明裡的男人們誇耀他們的勝利時，保有生活質地的女子們就應該誇耀她的退縮。

胡蘭成見愛玲呆立著，輕輕用書碰了碰愛玲的手臂說：「我見你房裡最多只有幾本雜誌、小說，沒有書架，也不堆書，不知道你都怎麼找書看的？」愛玲回過神來，拿起一本宋版書笑了笑說：「想讀的書那麼多，工部局圖書館都有，到那裡去看就行了，看完了，喜歡的自然就能記在腦子裡。」

「不必一定揣在手裡才算有！」胡蘭成稱讚說：「眞是人世最好的理解。」

「就是想，旁人也未必肯讓你揣著。」愛玲隨意說著，意興闌珊地把書還給胡蘭成，其實她根本不想來看這些宋版書。胡蘭成不接過書，卻捉住她遞書過來的手說：「你聽過漢皋解佩麼？」

「沒有，是傳奇麼？」愛玲想把手抽出來，胡蘭成卻反而抓緊了，又輕輕順勢抱住她，愛玲下意識裡眼角向門外撇一眼，這個角落當然是客廳外頭看不到的，但是，在家裡呢！他怎麼能夠！她掙扎著，他卻又在她臉頰上香一個，愛玲不禁嗔怒地瞪他一眼，他卻正好玩地笑著，又從書架上抽出一本書，才放開手，翻開讀著幾句：「阮籍和蘇軾最喜歡這個故事：鄭交甫游漢水，見二女悅之，下車請其佩。」愛玲皺皺眉頭說：「這個男子眞任性，才遇見，就要人家身上的信物。」胡蘭成聽她解釋得有趣，又接下去讀：「女解明珠以與交甫，交甫受而懷之。」愛玲詫異地說：「啊！這兩個女子對感情都這麼慷慨？」胡蘭成繼續讀道：「行數十步，甫視懷中空無珠，二女忽不見。」愛玲嘆氣著：「哎呀！以前的許多事都不算數了！」

「不是都不算數，鄭交甫總是在春日的江邊和她們交談過了。」胡蘭成說。

「但是最後總還是留下許多悵惘！」愛玲傷感地說。

「如果不是聽見你說借書還書，我還不十分懂得，現在竟懂了。我與世人的許多事也都是無事，到時候，人們也從我處無所獲得，像我死去姆媽、我的妻玉鳳，像我的義父和庶母。」胡蘭成說的都是他自己過往的親人。

愛玲卻想到何干、想到家漪、她的中學同學張如謹，甚至想到小時候在天津的毛物那一家子，一切的時光都是回不來的，她看著眼前的胡蘭成，難道有一天，他們各自手裡的明珠也都將不見了？她明白自己是不願意的。嘴上說得越沖淡的人，心裡總是越想抓住些什麼東西，像胡蘭成這樣，但是不論願意不願意，沖淡不沖淡，誰都不能夠忤逆時代背景裡那惘惘的威脅。

愛玲的中篇小說〈紅玫瑰與白玫瑰〉從五月號的《雜誌》月刊開始刊登，同時有胡蘭成的〈評張愛玲〉，兩人正在客廳裡翻著說笑，炎櫻卻來了，她父親的珠寶店 Mohideen Bros 就開在靜安寺路上，課餘她有興趣就到珠寶店裡看看玩玩，也順道來找愛玲。一進門，看到雜誌就拿起來翻，反覆翻了好一會兒，眼裡總有一種調皮，卻不知道她想做什麼。

愛玲看著笑起來說：「別裝了，你根本看不懂。」

「我看上面的插圖，哪，還有你這張照片，坐在池塘邊，到底誰給你照的？眼睛汪著，嘴又扁著。」炎櫻很有意見地說。

「我就知道你會說。那天開完座談會就說大夥兒隨便照照，哪裡知道就登出來了。」愛玲又想到和蘇青坐三輪車回家的事情。

「一副被欺侮得要死的樣子。」炎櫻笑起來說。

「我自己看看都可憐相，好像挨人一棒似的。」愛玲也笑著。

「像是個奴隸，世代都爲奴的那種。」炎櫻更樂不可支了。

愛玲把炎櫻的意見翻譯給胡蘭成聽，還搭著他的肩膀問：「你覺得呢？」

「這張照片，該給取個名目，就叫——」胡蘭成想一下，立刻說：「逃走的女奴，倒是好。」說完又看著照片點點頭，頗以爲是的樣子。只要有炎櫻在，連帶胡蘭成也覺得自己似乎回到頑皮的少年時代，說話都變得活潑俏皮起來。

「咦？什麼張愛玲什麼小什麼？」炎櫻只認得「張愛玲」三個字，看了半天摸不著頭腦，又換了一本雜誌翻，在目錄頁上面找到一條看不懂的標題。

「《萬象》雜誌啊？五月號放在那裡還沒空翻呢！反正是連載。」愛玲說著，從炎櫻手上接過來，看著，臉上卻出現和炎櫻相似的疑惑，掉頭卻問胡蘭成說：「你知道迅雨是誰麼？」

「迅雨？沒聽過，」胡蘭成搖頭，又說：「有可能是一些文人的匿名，大概不願意讓人知道他們還在上海。」炎櫻又用不流利的中文和胡蘭成有一搭沒一搭的說話，愛玲翻到後面卻把一整篇文章讀完，越讀，顯得越嚴肅起來，最後抬起頭來說：「我得想一想。」

「怎麼了？讓我看看。」胡蘭成覺得奇怪，平常愛玲遇到批評的文章總反倒嘲笑一番，不然就是一笑置之，今天的反應頗不同，似乎這個名爲「迅雨」的人說到了要害。

愛玲當即說：「我要掛電話找柯靈。」

「怎麼會刊出這樣的評論文章呢?!」胡蘭成看完那篇〈論張愛玲的小說〉，雖然心裡知道這是一篇不錯的評論文章，說的時候仍然表現得有些氣憤。

在愛玲來說，倒不是氣憤與否，只是有些震驚，自從她成名之後，還沒有人寫過這樣犀利又切中要害的評論，不過是情緒不平穩，其實愛玲自己也不知道，打電話找柯靈是不是眞的要說這件事情，但是總想問問這人是誰。

愛玲起身去撥電話，才說要找柯靈先生，對方不曉得說些什麼，愛玲十分驚慌，結束電話之後，趕緊拉住胡蘭成說：「糟了，怎麼柯靈也被日本憲兵隊抓去?!可以想想辦法救他麼？」

「是你的朋友麼？」胡蘭成還弄不淸楚，爲什麼柯靈既登出這樣的評論文章，又同愛玲是朋友。「當然是啊!我改編〈傾城之戀〉成爲劇本，由他看過，給了許多建議，又奔走引介劇團的人，這個朋友，我不希望他出事呀！」愛玲著急說。

「既然這樣，我先撥幾個電話問問情況。」胡蘭成說完就去拿起聽筒，打過幾個電話，有用日語也有用中文的，仔細問著情形，愛玲在旁邊只是乾著急，告訴了炎櫻，連炎櫻也急得在客廳裡走來走去。好不容易胡蘭成掛上聽筒，愛玲立即湊上臉來問：「怎麼樣？」

「還好不是關進梵王渡路七十六號，誰要是進了那個特工總部，幾乎是出不來的。他被關在貝公館。」胡蘭成臉色凝重地說著。「能夠救麼？」愛玲聽得一頭霧水，也不管哪裡是哪裡，只關心最切中的問題。「嗯，——這樣罷，」胡蘭成沉吟著說：「我先去日本憲兵隊跟他們說一說。」

「我同你一起去！」愛玲說完，又跟炎櫻說幾句，兩人都拿起皮包，炎櫻說她先回家去，等愛玲再聯絡。

兩輛黃包車在鐵柵欄前停下來，六月的上海，無雲的藍天下是一片碧綠的草地，草地前平和地立著一棟雪白建築，原本是一座美國學堂，清朗得像一個天使居住的好地方。對門是莊嚴肅穆的國際教堂，紫醬色的斜屋頂，牆上爬滿了長春藤，這條貝當路，優雅安靜，租界時期是情侶散步的好地方。

日本滬南憲兵隊就進駐這裡，現在這所美國學堂被稱為「貝公館」。愛玲只穿一件家常二藍竹布旗袍，外面罩上絨線衫，小跑著跟緊胡蘭成後頭。走進白色建築之前，不知道哪裡傳來一陣淒厲陰慘的嚎叫，錐心刺骨，愛玲聽得陡然變了臉色，這是一個現世地獄，她的朋友卻在裡面。

她只是跟胡蘭成身旁，在建築物裡，走這裡的長廊，彎上那裡的樓梯，什麼也幫不上，心裡卻稍稍有些篤定了，覺得事情應該有希望。她的日文程度不好，只是在港戰的時候，不知道是哪個單位派了日文教師去教她們，炎櫻學得比她好，又因為繼續在聖約翰大學修日文課的關係，現在讀、說、寫都行了。

愛玲稍稍聽得懂胡蘭成與憲兵隊首腦的交談，胡蘭成先搬出與一些日本友人的交情，又替柯靈說些話，請憲兵隊能釋放就釋放。忙一下午，從白色建築物出來時，天色又接近黃昏了。

「你覺得有把握麼？」愛玲其實知道應該不會有事了，還是不放心地問。

「我盡力了，從各種方面說服他們。」胡蘭成說著，舉起袖子擦擦額際的汗珠。

「我想去柯靈家看看，安慰安慰他的家人，他們一定受了很大的驚嚇。」愛玲說著，卻感到全身冷起來，似乎又聽到那聲嚎叫，希望還來得及，不要讓柯靈受到任何恐怖的酷刑。

「好啊，我也同你一起。」胡蘭成說。他們到柯靈家去，愛玲不善言詞，反倒是胡蘭成安慰著柯靈的家人，兩人走的時候，愛玲留下一張字條，希望他不久就能看到。

八九天的時間總是過得眞快，一晃眼，胡蘭成又必須去南京了，一個月裡總有二十天左右的分離，但是，這分離卻是喜氣的，因爲兩人都預期著不久就能相聚。

愛玲：

我到南京，尋常處理事情，總想到有你在上海，你的人就站在日月山川裡。記得有一晚從你那裡出來，逕到熊劍東家，熊劍東夫婦和朋友在打牌，我在牌桌邊看了一回，只覺得坐立不安，心裡滿滿的，想嘯歌，想說話，連電燈兒都要取笑我。

我們整天整夜伴在房裡，男的廢了耕，女的廢了織，連同道出遊都不想，亦且沒有功夫，舊戲裡申桂生可以無年無月的伴在志貞尼姑房裡，看來竟是眞的。我們是牛郎織女鵲橋相會，喁喁私語未完，忽又天曉，連歡娛也成了草草，子夜歌裡寫有：一夜就宿郎，通宵語不息，黃蘗萬里路，道苦眞無極。我們卻是桐花萬里路，連朝語不息。然而，每次小別，也並無離愁，倒像是過了燈節。只說銀河是淚水，原來銀河清淺，卻是形容喜悅。

這麼盼望著，尋常日子也有了新意。

蘭成

蘭成：

你說你沒有離愁，我想我也是的。可是這回你去南京，我竟要感傷了。柯靈已經被釋放，我沒有向他提我們去憲兵隊的事情，總希望朋友平安，不是要他感激，我想你一定也同意。

聽蘇青說，白報紙會同許多日常用品一起漲貴，現在已經有幾個出版社來洽商我的小說集出書的事，想想到時洛陽紙貴起來，印書也不知道會不會成爲一件不得了的事情，所以我竟懂得囤貨了，去叫了一卡車的白報紙回來，姑姑說我發了瘋，堆了滿房間的白報紙，睡在上頭，睡夢裡也笑著。

其實囤積貨物也不是第一次，去年有個朋友預期上海的舶來衣料子，會像西洋電影一樣，不容易有了，近年老沒有銷路的喬其絨，不久一定要入時的。於是我省下幾百元，買了一塊，今年看見店面上出現，就把它拿出來寄售在店裡，但是每次經過那個店，往裡頭看一看，又希望它賣不掉，仍然可以自己擁有。

上回你從借書還書，也可以說到人世，這次，我從囤貨出貨，竟也稍稍悟到別的。我想過，你將來，就只是我這裡來來去去亦可以——

愛玲

二十一

胡蘭成回上海時，住在愛丁頓公寓的時間越來越長了，時常一回來就是整天在愛玲房裡說話，晚上也不回去美麗園了。這天早上，愛玲和姑姑說一聲，就與胡蘭成一起去逛菜場。天氣熱得很，愛玲穿一件無袖粉色單旗袍，腳上一雙鳳頭粉色繡花鞋，胡蘭成喜歡看她穿繡花鞋，手牽著手走到附近的菜市場。

一大早，太陽已經曬得扁擔攤販子們晶汗晶汗的，吆喝買賣聲此起彼落，市場窄窄的過道兩邊熱鬧嘩嘩，愛玲的繡花鞋踏過菜攤旁地上的白菜葉子，又踢走一兩顆掉在地上的蘆栗，彎腰去揀選面前攤子上的茭白。

「這茭白好咧！無錫、蘇州來的，別處的吃起來還沒這麼嫩脆爽口。」是個黝黑的漢子，翹起大拇指，又指指別的說：「這些白蒲菜也好，都是崇明北沙那邊兒來的。」

「這時候已經有茭白了？倒想不到！」胡蘭成在一旁看著說。「噯，先生您不知道，這剛出的，才上好哩！」小販就是想盡辦法吹捧，見愛玲又去摸旁邊的大藕就說：「太太眞懂貨色！您看看，還沒脫泥巴的藕呀，整大根的，最香甜。」

「能煮得爛麼？」愛玲微皺著眉頭，用兩根手指頭捏著滿是污泥的蓮藕枝子，翻來翻去地反覆看。「哪能不爛?!保證下了滾水就能爛！」小販說著，已經把藕接過來，用報紙包包好，寧可買的人先別付錢，說：「那茭白不要麼?不要挺可惜的，就我這攤的最好！」

藕下了滾水當然能爛，問題是，得下多久時間？這賣菜漢子也眞能說，不過，愛玲自己也問得奇怪，明知賣東西的人都是自賣自誇，她不禁笑起來說：「你算算多少錢吧。」

「你想不想吃牛肉湯？」愛玲轉過頭問胡蘭成。「你煮的，我都想吃。」胡蘭成微笑著說。愛玲看他一眼，故意說：「我才不煮呢！就是姑姑煮的，你也都別吃呀！」說完自顧往前走去。胡蘭成跟在她耳朵旁說：「哪，到我餓的狠了，只好吃你！」愛玲紅起臉用手肘撞他一下說：「肉店到了，你倒說要不要啊?!」一邊看著攤子上的牛肉，又翻過肉下的皮。

「您放心，」那肉販子兩手油溜的笑著說：「那就是戳印子了，上面是『滬衛生局驗迄』。」愛玲問：「這是黃牛肉還是水牛肉？」

「水牛肉經緯粗，脂肪油白色，皮上戳的印子是三角形，」肉販子邊解釋邊翻肉皮說：「您瞧瞧，這是黃牛肉，經緯細又嫩，黃脂肪，蓋的是圓印子。我做生意，您問問看，這市場上誰不曉得，」肉販子越說越高興大聲起來，還拍個胸脯說：「貨眞價實童叟無欺，是什麼就是什麼！」愛玲笑道：「好好，就要這塊吧！——幫我把那油切掉。」愛玲掏錢時想了想，又說：「等等再去買一條魚。」

「這時候太湖的魚最肥。」胡蘭成說：「上次去熊劍東家裡，有個人剛好送去，又還吃了陸稿薦的醬肉。」愛玲一聽卻皺皺眉說：「陸稿薦原本在蘇州出名的，不知道什麼年間搬來上海，卻越開越多，東一家西一家的，有些還對門對戶開著，都弄不清楚究竟哪家才是眞的，我吃過幾家的，都不怎麼樣。」

「上海人就是這樣，什麼東西好賣，就都一窩蜂做出來，買的人也一窩蜂買。」胡蘭成笑著說：「我是自以爲會吃，結果連這點也還不如你。」

「不是不如，是我比你熟悉上海。」愛玲也笑著。

陽光燦燦，連手裡提著放青菜牛肉的網袋，也晃亮晃亮的，在人群裡摩肩擦踵的走著，愛玲拿起網袋往裡頭看看，自言自語說：「想做盤生菜沙拉，還得買些東西！」和胡蘭成走進街角一家洋式食品店，比起市場裡的鬧哄哄，這店裡明亮，大白天裡頭也開著燈，卻一派冷清清。雞蛋一盒盒裝著，洋蔥、生菜、牛酪、酸橄欖、切片牛小排羊小排，以及各式西菜用品，有些放在玻璃冷凍櫃裡頭，有些放在木檯子上，都整整齊齊。

「這種店裡的東西新鮮麼？」等到走出店門時，胡蘭成忍不住問，愛玲笑道：「別看人家冷清清的，這家店在靜安寺路可有名的，外國人在別處買不到的東西，自然裡頭都有。現在英國人美國人少了，德國人、義大利人、俄國人還時常來。」

「還有中國人也常來。」胡蘭成正經地說。

「啊？」愛玲詫異著。

「你啊！」胡蘭成笑著點了點愛玲的鼻子說。

經過炎櫻父親的珠寶店，在門口張望了一下，裡頭的小姐認識他們，笑著迎上來說，早上還沒正式開店門，炎櫻不會這麼早來。他們往回走，停下來買一磁碗豆腐，在另一家店又買一磁碗的甜麵醬，磁碗都是預先帶著的，放在網袋裡得小心不能傾側了，一路上兩人說笑著，爲了那兩只碗裡頭的湯汁，又走得特別小心。

到了公寓門口，開電梯的人看見愛玲卻說：「剛剛您姑姑出門不久，有位胡小姐來找您呢！

說有急事，請她下來坐著等也不願意，這會兒在樓上門口等著。」

「胡小姐？」愛玲想了一想，不知道是誰，又疑問地看看胡蘭成，他也搖搖頭提議道：「先上去再說吧！總得把這些東西擱屋裡去。」電梯往上去，銅柵欄才一開，卻聽到一個女子的聲音喊道：「六叔叔。」原來那位胡小姐就是青芸。

「你怎麼找來這兒了！」胡蘭成不是很高興的語氣。

「張小姐，真對不住。」青芸先向愛玲抱歉，又十分著急地轉向胡蘭成說：「六嬸嬸在家裡收拾衣裳箱子，說要回廣西老家去，我讓一個老媽子先看著寧生弟弟和小芸妹妹，趕緊過來找六叔。」

胡蘭成才掉過頭來，愛玲卻先開口說：「你還是回去看看吧！」胡蘭成愣了一下，握了握愛玲的手，才跟青芸又進去電梯裡，愛玲望著向下沉的兩個人，忽然看見地上的青菜網袋，心裡一驚，連忙扶起來打開看看，裡面的兩只磁碗打翻了一只，豆腐好好的，甜麵醬卻糊邋得一網袋裡頭都是，還滲些到外面，進了屋子裡得一樣一樣拿出來重新洗過。

出版社把樣稿送過來，愛玲懶懶的把稿子放在書桌上，勉強翻幾頁，又停下來。起身把窗子全推開，掃進來的風帶一點呼呼的熱空氣味，外頭窗下，電車叮噹來回，探頭往下看，來往行人都縮成矮小的形狀，姑姑到晚上才會回來，炎櫻這兩天也沒了影子。

已經隔一天了，胡蘭成還是沒有出現。他每天都來這裡，當然家裡的太太要鬧了，但是他對太太會怎麼說？安撫著，說她仍然是個太太，並且答應不去公寓了，等過一陣子仍然偷偷的來。

還是斥責著，像以前父親對母親說的：「你是個正奶奶，何必計較外面的。」對一個男人而言，家庭、妻子、孩子的意義，永遠與情人不同。又或者，他會理直氣壯地對太太說，他愛那個公寓裡的女子，欣賞她的才華，可是和有了孩子的結髮夫妻是不同的。

愛玲胡亂想著，門鈴卻響了。愛玲跳起來跑出去開門，果然是胡蘭成。他的眼神疲憊，眼眶下還有些紅腫，難道是痛哭過的痕跡?愛玲不相信了，倒一杯水遞給他，兩人都默默無語，愛玲更不想先開口，手指頭順著自己的玻璃杯沿，一圈一圈轉著。

終於，胡蘭成清了清喉嚨，才困難的說：「英娣竟堅持與我離婚！」說完，眼眶又紅起來。愛玲只是冷冷的看著，不知道他會繼續說什麼，胡蘭成喝一口水，又繼續說：「我並不覺得世上有什麼互相沖犯的，家裡好好的，孩子們也好好的，不是很好麼！」

「你從沒想過會發生這些事麼？」愛玲詫異起來，漸漸地覺得十分荒謬。

「他們是我的親人，親人會發生變故，我是從來想也不曾想過的。」胡蘭成仍然傷心地說。

「你一點也沒有想過離婚的事？」愛玲開始感覺著被刺傷。

「我們的感情，似古人說的，山不厭高、水不厭深，高山大海幾乎不可能有兒女成家的私情。這些，我也都明白告訴過英娣，君子坦坦然，並不覺得該隱瞞她什麼。」胡蘭成的解釋似乎說得胸襟廣大又有道理。

「男人的愛情總是比女人的偉大得多。」愛玲諷刺地說。

「我不想任何一個人離開我。」胡蘭成把臉埋在手裡說：「英娣丟下兩個孩子，說要獨自回廣西去。」愛玲冷冷說道：「父母離婚，孩子不一定就比較不幸福。」

「你怎麼能理智到這樣的程度？」換成胡蘭成驚訝了。

愛玲不再說什麼，起身走到廚房去，開了冰箱倒杯涼水給自己，又回到房間去坐在窗前看出版社送來的樣稿，也不理會胡蘭成。過了一些時候，倒底忍不住又反身往外頭瞧瞧，他一個人呆坐在沙發裡，夏天午後的陽光撒在他的頭臉上，他也不懂得避一避刺目的光線，彷彿外面的世界和他全沒有了干係。

愛玲又珍惜起來，剛剛心中的氣苦已經不知哪裡去，她轉回書桌前，隨便拿了一張籤紙，就歪歪斜斜在上面寫些東西，忽然聽見胡蘭成的腳步，趕緊把樣稿往籤紙掩上來。一抬頭，胡蘭成已經站在她身旁，又向下看她桌上的紙片問：「你在寫什麼？」愛玲不回答，仍寒著臉說：「你做什麼進來?我在校對《傳奇》的樣稿呢！」

「你不理我，只好我進來找你了。」胡蘭成還是盯著被她掩住的紙頭看。

「我們是高山大海的麼！」愛玲說著又眞的賭氣起來：「用得著什麼找不找的。」

「高山如如不動，大海水只好伏低圍繞過來——」胡蘭成從椅背後面微彎下腰，讓自己的胸膛抵著愛玲的頭髮肩膀，緩緩說著，趁不注意，伸手一抽，那張掩著的紙片被他捏著了。愛玲羞著說：「還給我！」

「兩行這麼漂亮的字，是什麼句子呢？」胡蘭成故意刁著，已經完全沒有剛剛進屋子時候憔悴的神情。「不行！不許看！」愛玲趕忙去搶，胡蘭成往客廳跑出去，一邊把字條舉得高高的，一邊讀：「他一人坐在沙發上，房裡有金粉金沙深埋的寧靜，外面風雨淋瑯，漫山遍野都是今天——」讀完又鄭重地把字條摺好說：「我收下了。」愛玲嗔著說：「我又沒說要給你！」

「但是我要收收好，免得你丟了它。」胡蘭成正臉說。

愛玲已經笑起來：「丟了算了，又不是什麼！」

「那可不行！還要裱個小框，以後我們的子孫才看得清楚。」胡蘭成俯下臉，在愛玲的頰上輕輕摩挲地說。「什麼我們的子孫?!」愛玲嗔著瞪他一眼。

「走吧！」胡蘭成忽然把愛玲拉起來。

「做什麼？」愛玲狐疑地問。胡蘭成擁住她說：「我們去找炎櫻囉！」

「這兩天也不見她，不知道在不在珠寶店呢！」愛玲奇怪地問：「你想找她？」

「她不在珠寶店也沒關係吧！」胡蘭成盯著愛玲笑說：「珠寶店在就行了！」

胡蘭成向姑姑說明結婚不舉行盛大儀式，爲了顧慮到日後時局變動不至於連累到愛玲。姑姑還看了黃曆，預先準備一些八寶湯圓糕點，客廳、房門口都剪了大紅紙的雙喜字，房間裡的梳妝鏡子也用大紅布遮起來，聽說是，新娘神容易被鏡子嚇走，門頭上掛上彩綢，大紅大綠交叉著，兩邊墜著繡球花式的皺摺球。雖然姑姑愛玲都不相信這些，卻喜歡老傳統的喜氣。

請的客人單只炎櫻，新郎穿著長袍馬褂，襟上別一朵大紅花，新娘穿一件玫瑰紅軟緞單旗袍，紅底雙鳳滿幫繡花鞋，鄭重地向女方家長行禮如儀。

「好了，」姑姑歡喜地說：「你們也坐下來，一起吃這碗八寶湯圓，紙筆都準備好在桌上了。」

愛玲看看胡蘭成，先拿起桌上的筆，眼底有無盡的溫柔，寫下：

胡蘭成與張愛玲簽訂終身，結爲夫婦

寫完把筆頭掉轉過去給胡蘭成，他卻接著寫：

願使歲月靜好，現世安穩。

姑姑是主婚人，炎櫻就是證婚人，在兩人的句子旁邊空白處，簽了自己原本的姓氏。然後一邊一隻手牽起他們，學教堂裡的神父，神情肅穆地半中文半英文地說：「願你二人永結同心，Wish god bless you！」姑姑把一個絨布錦盒拿給炎櫻，炎櫻站在兩人面前打開盒子，裡面是兩只樣式簡單的白金指環，沒有鑲鑽，但是閃閃光亮，兩人對看一眼，微笑著，愛玲取出一只，套在胡蘭成的手指上，接著胡蘭成也取出一只套入愛玲手上，兩人都讓對方套緊了。

「Uhu——，完成了！」炎櫻爆出歡呼聲說：「Ha，kiss the bride！」愛玲推炎櫻一下說：「我才不翻譯呢！」

晚飯後炎櫻走了，房裡兩人伏在書桌上，臉對臉挨得很近，在燈下好玩地對看著，愛玲的臉像一朵開得滿滿的花，又像一輪圓得滿滿的月亮，眼裡也滿滿都是毫無保留的笑意。胡蘭成撫著她的臉說：「這樣看，你的臉好大，像平原緬邈，山河浩蕩。」愛玲聽著笑說：「像平原，是大而平坦，這樣的臉好不嚇人！你這樣形容，彷彿《水滸傳》裡的宋江見到玄女。」

「怎麼說？」胡蘭成問。愛玲隨口說：「宋江說玄女是天然妙目，正大仙容。」胡蘭成一聽，竟怔住了，又要愛玲重新念一遍，聽著聽著，胡蘭成不由得說：「妳就是正大仙容！」

「《金瓶梅》裡寫孟玉樓才好，說她行走時香風細細，坐下時淹然百媚。」愛玲把身子倚靠在桌緣邊說。胡蘭成擊掌說：「這『淹然』兩字眞好。」

「像絲棉醮了胭脂，即刻滲開得一場糊塗。」愛玲又多些註解。

「妳讀舊小說，怎麼就能生出這許多形容?!」胡蘭成把愛玲擁著躺到床上，兩人都側著頭臉對臉說話，胡蘭成又說：「那你說說，我們這樣處一道兒呢？」愛玲頑皮地眨眨眼說：「你像一隻小鹿，在溪裡喝水。」說完，拿起手指在胡蘭成臉上順著眉毛一路畫下來說：「你的眉毛——你的眼睛——你的嘴——嘴角這個小渦我都喜歡——你姓胡。」

最後那個短句卻讓胡蘭成笑出聲說：「不然我該姓什麼？」

「我母親姓黃，紅樓夢裡有個黃金鶯，是非常好的名字。你的姓胡是好，崔鶯鶯的崔也不錯，我的張字沒有顏色氣味，也不算壞。」愛玲編派著說。

「我的胡是從隴西來的姓，也許上幾代是羌、羯或鮮卑的五胡。」胡蘭成支著臉說。

「羌好，像隻小山羊走路，頭上有兩隻角。羯就惡了，面孔黑黑的，和你不像。」愛玲嬌俏好玩地，又翻個身也支起臉來說：「不論你是什麼胡，從現在起總叫你蘭成——蘭成，蘭成！怎麼，你爲什麼不回答我？」胡蘭成有些不適應地說：「我，這麼稱呼，聽不習慣。」顯然從來沒有人這麼稱呼過他：「外邊人都稱呼我胡先生，以前姆媽、玉鳳和英娣，都喚我蕊生。」愛玲摩著說：「蕊生也好聽，可是我偏要叫你蘭成，沒人能和我一樣了，你也得叫我愛玲！你以前從不叫我，現在練習叫叫看，快呀！」胡蘭成只得叫聲：「愛玲。」登時狼狽萬分，兩個人在床上說話鬧著。

已經不知道多晚了，姑姑從他們房門外經過，想去廚房取茶水，不經意聽到門裡還傳出絮絮不斷的說話聲響，她也習慣了，搖頭笑著，這兩人大約不知道幾世的話都積著，好容易才等到今世遇見了，說也說不完。

九月出版的《傳奇》定價三百元，十分轟動，一個月之內又再版，封面換了雲鎖的花樣，愛玲拿到許多版稅。蘭成去南京的時間卻減少了，有時也要愛玲一起回美麗園的家。但是愛玲不很喜歡一起回去，她一向不習慣陌生的環境，在那裡只覺得一切都不是自己的東西，面對兩個小小孩子又拘束，所以後來美麗園那邊只有青芸和兩個孩子。

青芸自己的母親早死，父親是胡蘭成的三哥，取了續絃之後對她不好，從小就一直跟著六叔六嬸生活，玉鳳六嬸過世後，續絃的英娣六嬸又和六叔離婚，留下兩個孩子，新六嬸的愛玲也不願意十分打理孩子的事情，青芸卻甘願留下來照顧弟弟妹妹。

因為蘭成幾乎都在公寓這邊的家裡，愛玲於是同姑姑商量請個打雜煮飯的上海阿媽來家裡幫忙，不管她吃住，早上來，下午回去，但是可以帶東西來煮，吃飯時也不必阿媽在旁邊伺候，只要把飯菜煮好，放著就可以先回去。這個阿媽做事仔細，走路的樣子，因為矮胖，也是左右稍稍搖擺著，有時在後陽台晾衣服，順便跟隔壁人家幫傭的小大姐聊天，說話聲音隱約傳來，老是讓愛玲覺得是何干在那裡。

「愛玲小姐，電爐上的水開時，記得灌進熱水瓶裡，灌的時候小心別燙著手！冰箱的撲落也得記得插上去。」阿媽又把廚房木檯子上的碗盤放整齊，才說：「我可要走了。」

「喔，知道了。」愛玲從房間裡喊得響亮，她正埋頭寫些東西，也不回頭起身看，卻覺得安心得很。

「哎？」阿媽正帶好東西開了門，忽然詫異一聲，又往房裡喊說：「愛玲小姐，你弟弟來啦！」

「姊姊，找你眞不容易，老是不在家。」子靜一進門就說。

「你坐吧，自己倒杯水，我還得把這些稿子趕完呢。」愛玲桌上滿滿都是還沒謄寫好的稿紙，手裡眼底都忙著，她得趁蘭成回來之前做好，他回來之後，就得全心陪他了。

「我同一些中學同學們前些天聚在一起，都說想試試辦雜誌。」子靜沒想到姊姊忙到這樣的程度，看著她邊寫東西，在一旁說話都有些覺得不好意思。

「哦？」愛玲不知道他想說什麼，仍低著頭寫自己的東西。

「我們其中一些人去接洽紙張，一些人接洽印刷所，也有個同學的老太太要出錢，稿子也約得不少了，有董樂山、施濟美一些人寫的文章，同學要我也來請你寫寫稿子。」子靜說完，見愛玲停下筆一臉錯愕，果然就聽她說：「你們辦這種不出名的刊物，我不能給你們寫稿，敗壞自己的名聲。」

「可是我們很有理想的！」子靜有些抗議著說。

愛玲看看小弟，大概覺得自己這樣不大像個姊姊，就在桌上胡亂抓出一張插圖，看看還滿意的，遞給小弟說：「你們可以拿這張去作插圖。」愛玲說：「你看，我每天在家裡作個『寫稿機器』，也還應付不了那些雜誌社。」

子靜接過來看，上面畫一個長髮女子的側臉，有一小行注解寫著：「無國籍的女人」，他了解姊姊的個性，要就要，不要就不要，根本沒辦法勉強她，多說也無益，想想同學還在樓下等他的回覆，這張插圖就聊勝於無吧！當下就說：「那我拿走了，還得趕去別的地方，雜誌出刊時候再過來。」

愛玲起身送小弟到門口，子靜又回頭說：「上次舅舅說些漢奸什麼的，妳別放在心上！」

「嗯哼，我早就忘了！」愛玲知道小弟其實不清楚，也從沒見過胡蘭成。小弟走了，愛玲又重新回到房裡，不一下子，聽到外頭開門的聲音，心裡正覺得奇怪，不會是打雜阿媽，因為她沒鑰匙，也不是姑姑，她回家時間不是這麼早的。愛玲轉頭向外看看，卻是蘭成，不禁又怔住了。

「怎麼?我提早幾天回來，妳不高興麼？」蘭成說著，拍拍長外衣掛進木櫥子，秋天的風大。「噢，」愛玲去替他倒溫杯水，遞給他說：「但是看你的樣子，好像遇到什麼不愉快的事情。」「也沒什麼，不過是和南京那些人不怎麼和得來。」胡蘭成有些落寞地說。愛玲不喜歡談時局，卻想和丈夫分憂：「怎麼回事呢？」

「汪先生去日本就醫了，我在南京更覺得冷落，我的建言他們總不願意聽，索性和政府中人斷絕了往來，只和一些日本友人聯繫。」蘭成在屋子裡背著手走來走去，愛玲打開陽台落地窗，外面的夕陽正火紅著，蘭成也跟著走出來，兩人並肩站在那裡，眺望靄靄的上海十丈軟紅塵。

「那天我走在街上，聽到日本流行歌曲，總覺得調子十分悲哀。」愛玲說。

「過兩天見到池田篤紀可別說這樣的話，他聽了定要痛哭。這些人原本就不主張攻打中國，現在戰局上看，日本軍的確已經進入急景凋年，南京政府即令要翻騰一個局面，也是來不及了。」蘭成向下望，公寓一層層裡仍安穩地住著人。

「你不是說要辦雜誌？能在雜誌裡說些話麼？」愛玲見丈夫著急，自己也無端地著急起來。

「就是想說些話才辦雜誌。但是妳聽過漢樂府有首詩，」蘭成側過身來看著愛玲說：「來日大難，口燥唇乾。」愛玲聽著大大震動了，良久才說：「這口燥唇乾，好像是你對他們說了又說，他們總還是不懂，叫我眞心疼你！」

「熊劍東爲我聯絡好了去重慶的事，我想想還是不去，我是個不習慣投奔的人，況且，」蘭成撫撫愛玲被風吹得凌亂的髮絲說：「一時的局勢何足道，中國的戰爭紛亂都幾十年了，總要開出一個禮樂新朝才算數吧！所以我想辦《苦竹》是暫時立命的方法。」

「苦竹？似乎有些讀過的印象。」愛玲聽著頗爲新鮮。

「上次我給你看過，不記得了？周作人翻譯的一首日本詩，」蘭成吟哦起來：「夏日之夜，有如苦竹，竹細節密，頃刻之間，隨即天明——」

「啊，蘭成，能夠隨即天明的麼！」愛玲看著西邊天上餘暉未盡，一道紅霞透入雲隙青森遙遠處。胡蘭成看著愛玲憂愁的臉，覺得自己把她帶入太陰暗的情緒，就勉強提起精神說：「不說這些，我辦《苦竹》，你得勉力寫些好稿子給我！」

「當然好啊！」愛玲還沒有從剛剛的情緒脫出來，又問了一句：「但是你會有危險麼？」

「危險是還不會有的，只要你在身邊。」胡蘭成第一句話正經，第二句就開始玩笑了。愛玲輕輕捶他一捶說：「蘭成，你這個人啊！眞恨不得把你包包起來，像個香袋兒，密密的針線縫縫好，放在衣箱裡藏著穩妥。」天色整個暗下來，秋天的夜風刮著有股涼氣，愛玲說：「你等等，我給你沖一盅熱茶來。」隨即走到廚房去，出來時雙手捧上，胡蘭成接著，愛玲只是腰身一側，喜孜孜地看著自己的夫婿喝茶，胡蘭成看她眼裡都是歡喜，不禁說：「你這一下姿勢眞艷！」

「人家有好處，是容易得你的感激，卻難得到你的滿足。」愛玲說著，又把胡蘭成喝完的杯盅收進去廚房，又把白金龍紙煙拿出來給他，一旁放兩盒洋火，繼而問他想吃些什麼，還是想先洗澡，因爲熱水汀早已流不出熱水，她得先去幫他用爐子燒水，都是些家常細瑣的問話，但是她就喜歡爲丈夫這麼瑣瑣碎碎，又百依百順的服侍他。

胡蘭成一項一項回答完，還靠在陽台門邊吞吐著煙霧，心裡咀嚼著漢樂府那幾句詩：來日大難，口乾舌燥，今日相樂，皆當歡喜——愛玲剛剛沒有注意到末兩句。

二十二

他們雖然請了阿媽來買菜煮飯打雜，但是胡蘭成現在幾乎很少去南京，愛玲就三天兩頭不厭其煩地去菜市場，阿媽可以減輕她的家務，但是她喜歡為了丈夫親自上菜場的感覺。

秋天，走在脆薄的冷空氣中，街邊賣橘子的擔子、街道上化緣的道士、穿著漬髒棉袍的小孩子、蓬著頭的老婦人、提菜籃的女傭、歪在裡頭八仙桌旁的肉店老闆娘，儘管街道的樣子因為各種原因而蕭索，但是她走著走著，幾乎在心底唱起歌來，她高興自己仍然生活在這片土地上，因為這裡有她的家，她的丈夫。

她現在是個十足的家庭主婦，要掐著配給的戶口米戶口糖，又兼有暢銷女作家的身分，還得趁著丈夫去公事房，趕緊寫自己的稿子。

有一天炎櫻來找她時，正是胡蘭成出去的時候。「喂，你現在整天不是買菜就是寫稿，總該出去娛樂娛樂吧！」炎櫻手叉著腰，拿起愛玲面前的稿紙說。

「你又有什麼事情了，我清楚得很，絕不會只是勸我出去娛樂。」愛玲攏明說。

「別這麼勉強嘛！不過是找你去聖誕舞會而已。」炎櫻裝著委屈說。

「聖誕舞會？還早吧！」愛玲詫異地問。

「哎呀，他們就是弄出許多名目，什麼聖誕舞會的會前會，每個月開一次，直到真正的聖誕節來了。」炎櫻揮舞著手誇張地說。

「眞的不能去的，我有丈夫的嘛！」愛玲理直氣壯推辭了。

「好吧好吧，不勉強你，不過我上次，就爲了學生會聖誕節捐款的事情，去一個修道院，看見許多小女孩子，都是孤兒。」炎櫻睜大了眼睛說。

「這樣很奇怪麼？」愛玲好笑地問。

「你不知道，他們不是像竹竿，就是像山芋，不是一點腰都沒有，就是全身都是腰，在那裡一面做花，一面死念經，那聲音就像這樣：莫莫莫，莫妹莫妹莫莫莫。聽起來很像她們的命：時候過，時候過，時候時候一路過。」炎櫻搖晃著腦袋說著，聲調故意滑稽平板，卻有音有節。

「眞是的，」愛玲被她逗得開心直笑，說：「嗳，這樣，把這些寫下來，給我丈夫的《苦竹》創刊號吧！」

「好吧，這樣勤勞爲你丈夫，做你的朋友也得試試，雖然現在只會寫幾個中國字。」炎櫻說著，還又想著剛剛的話題說：「她們在那兒全天全夜唱著，聽的人想哭都哭不出來了。眞奇怪，一根竹竿或一只山芋的命也比她們的有味兒。」

愛玲笑著說：「這篇文章的題目，我已經幫你想好了。」

「你說說看。」炎櫻還歪著頭看桌上的稿。「就叫〈死歌〉吧！」愛玲說：「幾個字就寫完了，乾脆現在同我一起寫，寫完還可以幫你看看有沒有中國字寫錯。」

「好啊！」炎櫻索性拿了紙筆，就坐到外面的客廳寫起來。

愛玲只爲丈夫買不到一月的菜，胡蘭成就西飛武漢辦《大楚報》，男人辦報、辦雜誌，都是爲了大理想，沒有人能夠阻止，也沒有任何離別愁緒能夠困擾他們。《苦竹》月刊創辦後，十一月、十二月兩期裡，就刊登了愛玲的三篇文章和炎櫻的兩篇小短文，《苦竹》的創刊號封面還是炎櫻設計的。但是胡蘭成不在，後續的邀稿，愛玲也就提不起勁來，當然連帶炎櫻也不寫了。

蘭成：

收到你的信總像又撿回一點寶物似的，知道你在武漢平安，對我來說多麼重要。你說，躲過兩百多架飛機的大空襲，我除了心驚地想到港戰之外，眞恨不得趕到你身邊，替你擋擋也好。

你說武漢的空襲在十二月初漸來漸密，差不多上海也是，不過仍然歌舞昇平些，上海人有一種慢條斯理的有恃無恐，總認爲那些飛機不會炸爛上海最繁華的心臟，因爲炸爛了，將來對勝利的誰都沒有好處。開始防空燈火管制了，我同姑姑在房裡拿黑布，用包香煙的錫紙做燈罩，因需爬上桌子去遮好，就一面說：「我輕輕掛起我的鏡，靜靜點上我的燈。」姑姑聽著大笑，這樣冒瀆沈啓無的詩眞不應該，但是對於世界上最神聖的東西，也不妨開個小玩笑。

〈傾城之戀〉舞台劇的成功超過我的想像之外，連續演了八十場，許多人寫戲評，我是但凡人家說我好，說得不對我也高興，看著演員念著「死生契闊」，心底想的總是你。

《流言》也順利出版，內中收入三十篇散文，市面上反應幾乎和《傳奇》一樣好，順帶寄給你。內中有張大一點的照片是今年夏天攝影師拍的，那時候貘黛在旁邊導演（炎櫻從阿部教授那裡知道，日本有一種吃夢的獸叫「貘」，「黛」是因爲黑，加起來剛好是她的姓，所以今年不叫她炎櫻了，得叫她貘黛。），露出一些肩骨，頸子上的項鍊是貘黛的。其他都是秋冬之際新拍，那件清裝大襖就是用你給我的錢去做的，現在拍成照片放在書裡面，連書都帶著你的氣息了。另外附一張照片是書裡面沒有，也是夏天同一組拍的照片，上面的草帽是貘黛妹妹的，這幾張我都得意。

你什麼時候會回上海？知道不該這麼問，彷彿催你回來似的，卻還是忍不住想念。

你的愛玲

愛玲：

前次信裡說了許多沈啓無令人不喜之處，我服善愛才，卻每被鬼神戲弄，讀了你的信只覺得非常好。漢陽衙門的人爲我們在縣立醫院清出樓下兩間大房，我與永吉啓無龍渻四人同住。每日渡漢水去大楚報，早出晚歸。漢陽醫院有女護士六七人，除護士長是山東籍，餘皆本地人，我們初來是客，開了個茶會請請護士小姐們，就在我房裡。

關永吉找到了一個愛人王小姐，也當看護，但在漢口一家教會醫院，這王小姐慣會裝模作樣，喬張喬致，面對面立近男人跟前，眼睛大大的，眼珠子烏黑，可以定定的看你，癡癡迷迷一往情深，好像立刻就要氣絕。永吉渾身都是學來的誇張東西，與她正好相配。

一晚大夥在醫院後門口江邊上看對岸武昌空襲，我們與護士小姐們都立在星月水光裡，正說話著，武昌已經起火，飛機在雲端幾次掠過江邊這裡來，又轉到對岸去，漢口漢陽亦燈光全滅，才有人玩笑說：「莫說話，莫給飛機聽見了！」一語未了，武昌又投下炸彈，爆聲沿江水的波浪直滾到這邊大隄下，像一連串霹靂。

年關已近，漢口又有大轟炸，我去看了被炸一帶的斷磚頹垣，不見行人，冬天月亮夜，一年又盡，月亮無聲自圓缺。你在上海自應珍重，我在漢水江邊亦不心驚，大約二三月可望回上海一趙。與姑姑、貘黛問好。

蘭成

春天的上海，寒凍逐漸過去，愛玲與炎櫻逛到新新公司，因爲正在冬季服飾衣料大減價，人擠人的非常熱鬧，又有賣小吃的攤販吆喝著，附近有許多遊藝場廣告，兩人邊走，炎櫻照例說這說那的，愛玲邊聽邊看那些廣告看板，引得炎櫻也往廣告板上看。忽然炎櫻指著一個巨幅女人說：「你看，這個跳舞女人，是不是一下子令人想起蘇青那嘰哩喳拉的美。」愛玲笑起來說：「你自己不就嘰哩喳拉的！」

「眞的，畫得這麼惡俗，蘇青見了一定要生氣，單穿了件短短淡紅背心，手腕腳踝上各圍了一圈水鑽荷葉邊，短短的紅白手腿。但是，」炎櫻指這指那的說：「那淺紅的鵝蛋臉，人情味極濃的笑眼都像她。」愛玲停下來看著說：「被你說著，還眞覺得像起來。」

「不如把蘇青找出來，看她今天有沒有空。」炎櫻建議說。

兩人走著走著，竟走到蘇青的編輯部，蘇青的編輯作業才告一段落，見到她們來，反身取了黑呢大衣就一起出來，他們三人說話行事都喜歡乾淨爽直，湊在一起，往往能生出許多想法，三人走在路上，橫攔著一個人行道的寬度。

「這件大衣我認得，就是秋天時候一起去做的麼！」炎櫻摸摸大衣袖子說。

「貘黛，還好沒照你的意思，連鈕扣也不要了。」蘇青也能聽炎櫻的英文，笑著，又想起來說：「怎麼你今天沒有穿那件行頭大襖?這種天氣，裡面穿一件薄呢旗袍剛剛好！」

「張愛寶貝著，不肯隨便穿出來逛街。」炎櫻替愛玲回答了。

「噯，能用男人的錢做衣服，我也多羨慕。」蘇青點點頭說。

「也不過這一次，值得一直說?!」愛玲嘴上說著，心情仍然掩不住高興。

「不，丈夫寵妻子，天經地義的事嘛!也表示做女人的魅力。」蘇青說。

「在我看來，你也是魅力十足的，」炎櫻對蘇青說：「男人和你相處時，總像很安心，不欠你什麼似的。」蘇青嘆氣道：「我就是吃虧在這裡。男人看得起我，把我當男人看，凡事我全都得負責了!」

「蘇青呀!是新式女人的自由她要，舊式女人的權利她也要。」愛玲笑著說。

「愛玲，要是你呢?願意做專門的家庭主婦，拿丈夫的錢花，還是職業婦女，自己賺錢用?」蘇青反倒問。

「做職業婦女，每天就是要花功夫打扮。」炎櫻搶著說。

「不只呢!貘黛，回家還得照顧孩子。」蘇青說。

「其實職業婦女能夠賺錢自己花是好，如果又補貼家用，又要照顧孩子公婆，新式女人的自由沒了，舊式女人的權利也拿不到，眞是大損失。」愛玲思索著說。

「你說的就是我了!」蘇青俐落地說。

「你如果再結婚，要找怎樣的人?」炎櫻好奇地問。

「起碼吧，要比我大個五到十歲。」蘇青撥著指頭說。

「你們不是和好了?」愛玲指的是她和前夫。

「好是好了，不過生活質地得好，要是又不好了，我也還有選擇的！」蘇青理直氣壯地說。

「我也覺得男子的歲數應當大一點，大十幾歲以上也無所謂。」愛玲說。

「喔，蘭你原本挺符合的。」炎櫻笑起來。蘇青也問愛玲：「他幾時回上海？」

「快了，就過幾天。」愛玲笑著也解釋起來：「貘黛，我不光因爲他才這麼說，我讀中學的時候就夢想了，我的丈夫一定得大我很多歲，我喜歡崇拜他。」

「男子就是放著讓人崇拜的，女子則需要崇拜男子。」炎櫻下結論說，想想又補了一句：「但是不能崇拜得超過了自己的利益。」

蘇青笑道：「哎呀，我們這麼說話，可以讓雜誌登個談話紀錄了。」

三個人還在街上走，整條路上行人車輛來往嘈雜，他們不時停下來看看路邊的雜貨攤子，拿起毛衣、帽子、手套，比了比又放下，總之，女人們逛街揀東西，眼光都是獨到的。

愛玲早已叮嚀過，蘭成回家的那天，請幫傭阿媽一早去市場買了東西就來，特爲做了紅燒禿肺、清炒鱔背、醋溜黃魚、羊肉粥，青菜幾樣等著他下午回家時熱炒現吃。在物資越來越緊的時候，還能變出這麼些好東西，連姑姑看了都笑說：「哎喲，要不是他回來，我還吃不到呢！」

「姑姑別這麼說嘛！」愛玲推推姑姑說：「明天我專門爲姑姑煮菜。」姑姑笑道：「算了算了，明天哪，你忙丈夫都來不及，不來麻煩我就萬幸了，還去想望你煮給我吃?!」

蘭成的飛機過中午才到，進電梯之前，順便把信箱裡新寄到的雜誌帶上來。阿媽還沒走，端出熱飯菜，又熱炒兩樣青菜，熱騰騰的放在飯桌上。

「眞香。」蘭成說著，愛玲邊幫他把外套脫下邊說：「衣服上全都灰撲撲的。」

「我剛剛看了你和蘇青對談。」胡蘭成捏一下愛玲臉頰說。

「原本是我們和貘黛在街上聊出來的想法。可惜後來貘黛沒空，不然就成了三人座談。怎麼樣？你喜歡我那麼說嗎？」愛玲撒嬌地問。

「女子總是細膩。」胡蘭成只稍微說一句，畢竟那是個關於家庭婦女的對談。愛玲喜悅地看著蘭成吃得津津有味，又在一旁幫他夾菜，碗前的碟子上滿滿的。

「你們在武漢過年，都怎麼過？」愛玲想像離開家的男人，過年一定清冷。

「醫院裡有幾個護士陪我們。」胡蘭成說。

「你信裡寫過的護士？」愛玲奇怪地問。「過年時人都走光了，留下護士長與小周兩人。」胡蘭成吃飯的速度緩了下來，看著愛玲，他一貫的不想瞞騙什麼：「小周才十七歲，在那些護士裡年紀最小，卻有女兒家的志氣，做事不落人後，她是見習護士，學產科，風雪天夜裡常出去接生，日裡又要幫同醫生門診配藥，她的做事即是做人，雖穿一件布衣，也洗得比別人的潔白，燒一碗菜，捧來時也端端正正。」胡蘭成本來要說過年的事，說著說著，自己也說離了軌。

「你們一起隔江看武昌空襲大火，是不是？」愛玲輕聲問，臉上沒有任何不對的表情。「是啊！」胡蘭成又高興起來，說：「還去漢口看轟炸過的街道，這些我都在信上說過的。」愛玲聲調特意平平的：「小周長得很美麼？」

「她比妳稍矮些，但仍然長身苗條，肩圓圓的，在一字肩與削肩之中，生得瘦卻不見骨，豐滿卻沒有餘肉。」胡蘭成自在地述說著，彷彿同知心朋友聊自己的異性伴侶。

「只要是年輕，總是美的，」愛玲倒吸一口氣卻繼續說：「我姑姑總是這麼說。」

「小周又不比尋常了，她看重世人，總顧到對方的體面。有一天——」胡蘭成還要講下去，卻被愛玲打斷說：「其實年輕女子的可能性總是很多，才前兩個星期的事，姑姑有天晚上回來好笑著說，我上次同姑姑一起出門時遇上的德國人，居然到公事房找姑姑談，要她回家問問我，願不願意同他發生關係，每月貼我們一些錢。眞是挺有趣的！」愛玲笑著說完，胡蘭成忽然把碗和筷子放下來說：「怎麼，你覺得挺有趣的麼？」

「那個德國人哪，還說喜歡我這種細長型的東方人呢！」愛玲繼續微笑著說。

蘭成不吃飯了，起身走到洗手檯搓著手臉，又自行走回房間裡歇息。愛玲過去拿走他脫下的襪子、換下的衣服，用眼角餘光瞥過，蘭成綳著臉。

「你想喝中國茶，還是奶酪紅茶？」愛玲若無其事地問。

蘭成打開行李，愛玲把裡頭的衣服接過去，一件一件重新疊好，重新放入櫥子裡，邊側頭輕輕笑著說：「這領子漿得眞好，」又把鼻子湊上去嗅嗅說：「乾淨衣服，聞起來也香，你不像個離家生活的男人嘛！」

三四月的艷陽天，胡蘭成要去舊法租界出席一項時事座談會，愛玲坐在床沿幫著理理衣服遞給他，又拿出一雙乾淨襪子，一件夾綢背心，抬頭看著正換衣服的丈夫，忽然說：「蘭成，我也同你一起去。」胡蘭成有些詫異道：「你不都對時政沒有興趣，怎麼突然想去？」

「只要同你一起，我都有興趣了！」愛玲說得任性俏皮。

「好啊！」胡蘭成笑笑說。

一出門，路上迎面同時來了兩輛三輪車，胡蘭成待要把兩輛都招下來，愛玲卻按下他的手說：「叫一輛好了！」胡蘭成看愛玲一眼，卻也由她。三輪車的車座窄，兩個人無法同坐上去，愛玲卻要蘭成先上去，她自己再側著挨坐到蘭成身上。車身一路顛簸，車夫在前面踏著腳板顯得吃力，蘭成摟著愛玲的腰，愛玲穿著一件桃紅軟緞單旗袍，外面鬆鬆罩一件白色絨線衫，兩手摟在蘭成肩頸上，因為兩人都高大，車座顯得更小，引起街道上許多行人側目。

愛玲在蘭成耳朵旁咬話說：「蘭成，你說——他們看我們，看起來像什麼？」

胡蘭成笑著：「妳說呢？我可不敢說！」

「你哪，像剛從長三書寓裡出來的！」愛玲笑出聲說。「妳要扮長三，還得更艷些，」胡蘭成分出一隻手，去捉舞在愛玲臉上的白柳絮說：「眼睛要畫上眼線兒稍，嘴要艷紅，兩腮得更粉些，頭髮要梳梳高，攏著捲起來，兩隻耳墜子得鑲上鑽。」

愛玲搥他一下，「你倒很懂哪！」又飛來幾絲柳絮繞在蘭成身上，愛玲也分一隻手去捉。這個時代的上海當然已經沒有「長三」了，但是有許多舞女和交際花。胡蘭成趕緊澄清說：「我可是不去惹那些的，都聽關永吉他們說的。」

越來越多的柳絮成團成球在車子前後飛繞，他們互相在髮際、膝上捉柳絮，嘻嘻哈哈的，愛玲說：「這些柳絮，只管撩臉拂頸子的，眞癢。」胡蘭成接著說：「說它無賴是一點也不錯。」

「就像你！」愛玲說著又在他頸子上捉一把柳絮，卻被胡蘭成捉住手響亮地吻了一下，車夫轉彎時向後看了看，愛玲趕緊抽回來，胡蘭成笑著說：「妳到底不能是長三吧！」車子搖搖晃晃地，終於到了一棟有白石庭階草地的洋房前面，那裡柳絮下得更緊，才立在門口付車錢的一會兒功夫就被柳絮撲滿一身，再往方才來路一看，紛紛揚揚都是柳絮舞在空中，有如落下大雪。

開會場在樓上，約有二十多位青年參加，像教室一般的排出許多位子，愛玲坐在後面不顯眼的地方，她根本沒在聽他們開的是什麼會，就連她的蘭成說話的內容她也不是很在意，就只顧著看他說話的樣子。

開會中忽然又拉起警報來，大家慌忙伏下，愛玲不顧一切跑到離他近些的地方，不久就聽到摜炸彈的聲音，一記一記悶響，飛機的爆音從頭頂上飛過，時遠時近，愛玲見胡蘭成幾次還想站起來發言，索性過去拉他伏著，空襲的時間很長，警報久久不解除。

愛玲看著胡蘭成伏著的身軀，想到他過不久又要回武漢，那裡還有個十七歲的小周，心裡又一次願意炸彈這個時候掉下來。

日子尋常地過著，愛玲一樣出席座談會，和炎櫻蘇青去逛街，有時逛一半就遇到空襲，但是炎櫻依然不減興致。胡蘭成回武漢後的來信裡越來越多的小周，讓她想顧左右而言都變得不太可能，而那信裡面的意思，似乎小周在漢陽替她照顧丈夫，愛玲還應該感激才是。上海的空襲也越來越頻繁，但是仍然不及武漢嚴重吧！她的丈夫現在正與小周一起躲警報，在各種無望裡相互珍惜，她卻在上海的防空黑罩燈前苦苦思索，該如何寫信給擁抱著小周的丈夫。

她打起瞌睡來，朦朧間，彷彿又回到香港山上那個多霧的宿舍，外面是霧是雨都分不清楚了，但是她剛剛明明還好好的坐在書桌前，爲什麼一晃眼會蹲踞在半山腰，不是霧，卻是密密斜斜的冷雨，她沒有帶雨傘，這是港大宿舍的側門，她身旁傾棲著從上海帶來的行李，這麼黑又濕冷的半夜，她弄不清楚爲什麼她的船要在深夜到達？她是被人丟了不要的麼？

她整個人捲在門洞子裡，雨點不斷掃到她身上，冷得兩腳一縮一縮的。

忽然一陣車燈在她眼前打亮，一個修女出來迎接，車子裡下來了一位華貴的施主太太，跟著出來的是穿著入時的小姐，一個僕人提著書箱和行李，愛玲趕忙拎起自己的東西跟上前去，修女向她瞥一眼，她像見了後母似地陪笑喊了一聲：「Sister！」修女只冷淡地說：「妳也來啦！」她像隻知恩的小狗跟在後頭，正想進門，不料她個子高，忘了微彎肩膀，腳一跨，頭磕在門頭上，極痛——愛玲睜開眼睛，卻還在書桌前，只是桌燈被打翻了，燈上一圈黑紙罩子，紙縫間仍透出青絲絲的光，定了定神，這裡卻是上海的家。

「妳怎麼啦？」姑姑聽到碰撞的聲音，急忙進來看看。

愛玲邊撫著額頭，眼淚卻流下來：「沒什麼。」

「還說沒什麼！很痛麼？」姑姑邊幫著揉邊說。愛玲卻伸出手把姑姑攔腰抱住，索性大哭起來，姑姑也不再問了，就只是輕輕拍撫著她，像每一次她遭到挫折的時候。

抗戰勝利，《天地》、《小天地》、《雜誌》等一些背後有日本資金的雜誌也跟著宣告停刊，愛玲聯絡不上蘇青了。上海淪陷時往西北逃走的文人們又紛紛回來，辦報的、辦雜誌的，喧喧鬧鬧又重新各張旗鼓，第一件要緊事就是挑選出他們認爲的漢奸文人，每日在報頭上批判臭罵，他們有辦法把這些漢奸文人的文章從正面、反面、側面各種角度剖析，又能從不論是小說、散文還是詩歌的內容裡，抓出許多蛛絲馬跡，證明這些漢奸文人的狡詐、壞處與不正確。

胡蘭成當然是漢奸，不論從言論舉止還是文章論述來看，都是正正當當的頭號大漢奸，於是從他循線找出這兩年紅透上海文化孤島的張愛玲。她和胡蘭成的關係被說得繪聲繪影，彷彿他們除了都是漢奸之外，又有不正常的同居關係。愛玲作夢也沒有想到自己也能在漢奸之列。

姑姑電台的工作在上半年就辭去了，因爲看看情勢不好。戰後愛玲不再發表文章，只是仍在家中胡亂寫些東西放著，即使沒有地方刊登，沒有人欣賞她的作品，她也是無法停筆的。戰後的上海物價上漲得更厲害，她和姑姑的收入卻一下子都沒有了，不得不把幫傭阿媽辭掉。

心裡思念胡蘭成，再想想，卻又無從思念起，她的人生彷彿是拼湊出來的，她的兩年半港大生活，優異的成績，戰爭一來，全都不算數了。回到上海，她努力寫文章，以爲已經衝出自己的一片彩雲般的天空，無奈那些彩雲轉眼就成爲落霞，只閃亮那麼一下，背後的黑暗一攏上來，什麼也不算數了。如果不是因爲時局不好，蘭成也不會西飛武漢辦《大楚報》，難道連帶她的婚姻，都要隨著戰爭結束，也都不算數了?!但是，如果不是因爲戰爭，也許胡蘭成不會成爲汪政府的官員，也許他們不會相遇，這樣她又不願意了。

這一天，青芸來告訴愛玲，她收到六叔的信，不日會搭乘日本傷兵船從漢口到上海虹口。船到的那天愛玲也不去接，青芸只好把六叔先接到美麗園，次日胡蘭成仍去公寓找愛玲。

「好容易才逃出來，」胡蘭成激動地抓著愛玲的手問：「怎麼這兩三個月都沒收到妳的信？想告訴妳這幾天要回來了，又不知道妳是不是都沒收到我的信。」

「蘭成，」愛玲並不回答他的話，看到他消瘦多了，心下又十分不忍，說：「你這些日子都擔驚受怕，吃不好睡不好，是不是？」

「這次回來，也不能在上海停留，明天就得往諸暨斯家朋友那裡去，先避避風頭。時間不多，眼前，我們也只有今天的相聚了。」胡蘭成撫著愛玲臉頰說：「記不記得你曾經與我說起李義山的詩？」愛玲緩緩念著：「星沉海底當窗見，雨過河原隔座看——」彷彿字吐得太快，眼前的人就消失了。

「你放心，」胡蘭成仍勉強笑說：「我必定逃得過，只是這頭兩年裡要改姓換名，將來與你，就是隔了銀河，也必定能見著！」愛玲也勉強笑說：「你變了姓名，可以名叫張牽或張招，地角天涯，有我在牽你招你。」

當晚愛玲幫胡蘭成收拾東西，每放一件衣服進包袱，就像身上被刮掉一條肉，她的蘭成就要這樣一吋一吋地，影子般，從她的手指縫漏走了，她把自己的一張照片夾到褶疊的衣服裡，被胡蘭成看到了，又抽出來，他不希望拖累她。

愛玲打開房裡角落的舊衣箱子，散著濃濃的樟腦味，取出兩錠金錁子，又有一條金鍊子，一只雕花龍鳳金戒、一只硬殼子實心金鐲子，算一算大概一兩多些，仔細地分成兩包，一包放身上，一包安在包袱裡。

一個紅絨小錦盒子從衣箱中露了出來，愛玲取出來拿在手裡，想到炎櫻那天小心捧著這對戒指的樣子，看著發了一會兒愣，又放回箱子裡，那裡面的兩只指環是白金的，戰亂裡不能換現錢用，仍是由她收著罷！

又是接近中秋的月光，黃濛濛的，彷彿整個世界都這樣昏暈昏暈下去，再也醒不過來，月光照在陽台上，他們就蹲坐在落地門口，欄杆的影子映在他們臉上，一斜槓一斜槓的，時間不會讓影子停著不動，客廳裡的鐘擺滴答走著，愛玲轉頭看一看，距離天明還有七八個鐘頭。

只剩七八個鐘頭，一轉眼，將什麼都不剩了——

愛玲：

這次逃亡，承領斯家許多情，斯伯母待我如子侄，吩咐頌德定要幫助我。斯頌德是我蕙蘭中學的同學，帶我到處躲藏，斯君的庶母范先生尤其熱心，她是女性的極致，卻沒有一點女娘氣，范先生在斯家的地位雖是妾，卻與斯伯母如賓如友，同事一夫。後來她願意帶我去她溫州娘家躲一陣子，斯君丈人姓朱，亦在溫州，我們到了溫州，即先住在斯君丈人家，再慢慢尋訪范先生娘家，我只說是斯君的表兄，改名爲張嘉儀。

溫州話很難懂，吃食多海鮮，溫州人烹調不講究火候，小菜多是冷的，好像是供神之後冷飯冷小菜，唯有一大碗芥菜現炒熱吃，所以特別動人。在朱家月餘，尋著了范先生娘家，就在竇婦橋徐家台門裡一間側屋居住，只剩范先生的老母一人，現在我與范先生已經搬過去與外婆同住，給你寫信，就在這間側屋裡，算是初初安定了。

匆匆之間，郵簡不便，勿念！

蘭成

逃亡的人，連信件都不敢郵寄，怕被人蒐檢到，暴露了躲藏的地點身分，胡蘭成與愛玲的信函都由斯君夫婦到上海時傳遞，這次一等就等上一個多月，都換了新的一年才有消息。舊曆年前剛好斯君在上海辦完事情，與太太抱著孩子要回溫州娘家。愛玲就與他們商量一同去溫州找蘭成。

從上海到溫州必須先從麗水換船，交通上就有幾番周折，得先準備一些吃的帶著，愛玲沒有什麼行李，只帶了一些隨身換洗的衣物，臨行前姑姑又塞了些錢給她，叮嚀說：「妳一定要去找他，自己路上多要小心，現在哪裡都亂，就是做警察軍人的也多有亂來的，連電影院裡都有軍人搗亂，往溫州路上又不比上海了，看見什麼人靠過身，多機警些才好。」

由於戲院又能進英國美國的英文片子了，姑姑在大光明戲院裡找到個翻譯的工作，結果因爲戰後混亂，常有劣質軍人亂吃霸王飯，亂看霸王電影，去年十二月下旬，全上海市電影業還因此全部停業一天，表示抗議。姑姑那天倒是閒得很，只是以後愛玲要出門逛街，總是叮嚀兩下子，現在要出遠門了，當然更不放心。

愛玲想去找蘭成，不只是想念他，想知道他現在的吃住好不好、每天睡得穩不穩，還有許多心裡話要當面問他清楚。

二十三

見過斯君丈人之後，斯君太太把孩子放在母親那裡，夫婦倆陪愛玲先去公園旁的一間破舊旅館下榻，房間還算打掃得乾淨，白牆壁泛著灰黃，裡面的白磁洗手檯都有裂紋黃垢，有一面窗臨著公園。說是公園，其實只是荒草一片，長出東一叢西一叢的樹木立在那裡，沒有公園的風景。

放好隨身包袱之後，不顧沿途疲累，當即又出去，溫州街上窄，兩旁房子一間挨一間過去，卻沒有高樓，有店面也有人家，還在農曆年裡，門牆上貼著簇新紅紙的春到福到和對聯，幾個婦女穿著碎花襖褲坐在門口剝豆子聊天，四五個大約七八歲的孩子在路中央團團耍著嬉戲，夾著幾聲炮竹響，偶爾有鐵殼牛車騾車經過，愛玲把身上的大衣裹緊，一二月的陽光灰灰的，沒有什麼熱度。斯君夫婦帶著愛玲彎進一條路，再走不遠，看見一塊被炸得平白的地。斯君太太說，徐家台門原本是三廳兩院的大宅，被炸平的是正廳，東邊院子卻完好，有花廳樓台，如今主人住在那裡面，西院的花廳也被炸燬，但是廂房後屋、假山園林還都在，分租給幾戶人家，一家做裁縫的，一家人丈夫當的是小學校長，後屋住的是打紙漿的人家。

愛玲跟著斯君夫婦穿進一個門又拐入另一個門，後頭出現一個小天井，開著一間長方形平屋，一個矮小老婆婆佝僂著背對他們站在門前，斯君喊了一聲外婆，老婆婆才陡然向聲音的方向轉過來，是一張小孩似笑嘻嘻的圓面孔，卻布滿皺紋，白霧霧的眼珠子機械地移動著，看樣子是半瞎了。另有一男一女說笑著從黑黝黝的門洞子裡鑽出來，男的長身玉立，看見愛玲卻愣住了，粗聲說：「妳來做什麼?!還不快回去！」愛玲還反應不過來，斯君太太已經把愛玲拉過去，介紹范先生說：「愛玲，這是我二娘。」

「二娘好。」愛玲還客氣地向范先生禮了禮，又說：「謝謝范先生一路照顧蘭成。」在愛玲看來，這位范先生的年紀大約和姑姑差不多。

「哪裡。」范先生秀氣的臉上始終微笑著。

「妳先回旅館，過會我再去找妳，這樣一大群人，要引人注意了！」胡蘭成小聲與愛玲說，又向斯君道聲謝。見不到一下子，連話還沒說到就要分開，愛玲捨不得，但是看蘭成的表情十分嚴峻，沒有餘地的樣子，根本連進屋裡坐坐都沒有，鄰居已經有好些走出來瞧看了。斯君夫婦看著情勢不對，也小聲說：「趕緊先走吧！有話回頭再說。」三人循舊路又走回旅館。

斯君夫婦走了之後，愛玲獨自在旅館裡吃身上帶著的餅乾，吃完躺到床上，睡不著，睜著眼睛看天花板，又翻起來，覺得棉被枕頭上到處有細小蟲子，攢到天快要亮了，才朦朦朧朧睡著一下又醒來，天已經大亮。到了近中午的時候，胡蘭成果然到旅館找她，卻已經沒有昨天才見面時的氣急粗聲。

「這麼遠妳也來，小船搖晃得厲害，一路上辛苦吧！」胡蘭成執著愛玲的手說。

「我從諸暨麗水來，」愛玲偎在丈夫肩上說：「路上想著這裡是你走過的。在船上望得見溫州城了，又想你就在那裡，覺得溫州城就像含有寶珠在放光。」兩人和衣往床上躺下，並著枕頭臉湊著臉，四目相對著，胡蘭成說：「但凡與你在一起，總覺得日子長長的好。」才說完，忽然窗外「哞——」的一聲牛叫，兩人驚詫地坐起來，往窗外看看，又回轉頭來，像兩個孩子似的面面相覷著發笑。「它也說好啊好啊！」愛玲調皮地說。

「上海就聽不見牛叫，牛叫好聽！」胡蘭成說。

「牛叫是好聽。馬叫也好聽，像風聲。」愛玲的句子裡總有聲音和色彩樣子，想想又說：「那位范先生個子雖小，卻長得秀氣又美，她母親的那位老婆婆長相也好，那樣滑稽可愛。」

「她的本名就是范秀美，是名如其人，給斯家老爺做妾時還不到二十歲。」胡蘭成說著「范秀美」的三個字，臉上閃過一絲異樣，卻一縱而逝，愛玲並沒有發覺。胡蘭成伸腳立下床來，在窗邊看向外面，牛還在草地上掃著尾巴吃草，卻聽到樹叢中烏鴉的叫聲。

「我在逃難時總聽見烏鴉當頭叫，」胡蘭成笑著說：「最近卻看見書上寫，唐朝人認為烏啼主吉主赦。」

「蘭成，早晨你還沒來時，一隻烏鴉停在窗口，望我直叫，我暗暗說，你只管停罷，我是不迷信的！說了兩三回，它就飛走了，我又開心起來。」愛玲天真愛嬌地說。

「我們去街上吃些東西，你也逛逛。」胡蘭成說時，房門外卻有敲門聲，愛玲去開門，是范先生。「我怕你們溫州街上不熟，想想還是帶些吃的東西來，吃過了想逛再出去逛吧！」范秀美微笑著，把手上帶來的一籃食盒打開，把熱騰騰的菜飯都端在桌上，又放好碗筷子。別看秀美柔柔順順的一個人，行事作風卻人情世故面面俱到。胡蘭成過去拉拉秀美的袖子說：「肚腹裡似乎隱隱發疼。」愛玲也過來扶著，「怎麼了？」胡蘭成卻仍對著秀美說：「也不知怎麼，早上出門不久就發作了。」

愛玲怔住了，那麼，剛剛和她說話時，都強自忍著了？還能說說笑笑的，為什麼不告訴她？

非得等到秀美來了才說？難道才隔這幾個月，他已經生分了？愛玲胡亂想著，只見秀美關心地問些怎麼疼的細節，聽完胡蘭成的回答，秀美老經驗地說：「這是有些著涼了，等等向旅館要個熱水瓶，沖一盅午時茶喝喝就能好。午時茶我也帶了些來，原本想著愛玲這些天住著，指不定有需要。現在飯菜還熱著，多少吃一些罷！」

秀美說話的樣子既像姊姊安排弟弟，又像個母親照拂孩子，愛玲看著，不由得罵自己一聲小氣，范先生當然是長輩，是斯君夫婦的庶母，為什麼自己要去和她比呢？

三人吃過東西之後，秀美仍然把碗盤碟子收收乾淨，順帶找了一塊抹布巾子把桌子也擦了擦，然後閒坐在窗檯邊靠椅上，光線打在她的側臉，愛玲看著不禁說：「范先生生得眞美，像中亞細亞人的臉，蘭成，你不是說過，漢民族到底是從西方來的。」愛玲還記得第一次和蘭成在美麗園聊天，說的阿瑙蘇撒的世界民族根源。

「哪裡，妳這樣年紀的女孩兒才眞正美！」秀美一貫微笑地說。

「我幫范先生畫像，就這姿勢好。」愛玲興致沖沖地隨手拿起墨水鋼筆，就在旅館廣告紙的反面上畫起來。胡蘭成走到范秀美旁邊另一只椅子坐下來，伸臉過去看見愛玲一筆一勾勒，線條簡單，才畫出臉龐眉眼，神韻已經出來一半，正要靠近些看清楚，愛玲卻收起來不畫了。

「怎麼畫一半？」胡蘭成訝異地問。

「沒什麼，這筆不對勁。」愛玲只隨便編個理由。胡蘭成也不說破，三人仍在房裡聊了一下，秀美就起身說：「我也該回去了，家裡還有些事情。」秀美走了之後，胡蘭成才問愛玲：「剛剛為什麼好好的又不畫了？」愛玲委屈道：「我畫著畫著，只覺她的神情越來越像你，心裡又驚又難受，你還只管問我為什麼不畫了。」

「好好，不畫，我和她非親非故的，怎麼會像呢？」胡蘭成故意說得自然的樣子：「天色還早，我們出去街上逛逛，好吧？」

愛玲在溫州一住二十幾天，胡蘭成都是當日早晨來，晚上並不留下，怕警察來查房，有時候在房裡說話，有時出去街上逛，秀美不時帶些菜飯食品，也留著聊天或一起帶愛玲去逛溫州附近的名勝古廟。愛玲心裡積著一些話，卻總不知道什麼時候該說出來，胡蘭成又催著愛玲早點回去上海，說服的理由是：她多在溫州一天，對於他的身分就多一分危險。千催萬催，愛玲終於買了回程的船票，這天在旅館裡卻和胡蘭成說：「明天要走了，我總要去你住的地方看一看才放心。」

「那地方那麼小，連屋裡的水泥地都不平的。」胡蘭成摟著愛玲說：「我像紅樓夢裡的襲人待寶玉一樣，總不能讓你去那不合適你去的地方。」愛玲堅持說：「你這麼說，我就更應該去了。」

他們走出門，今天卻盡量撿沒有走過的小巷弄往外婆家走去，兩人默默走一陣子，愛玲忽然開口說：「我知道這個節骨眼不該說這些話，但是心裡總悶著想問你。」她停下腳步看著丈夫說：「蘭成，小周和我，你總要選一個。」小巷弄裡一間一間的是人家的廚房後門，一個婦人正端了一盆水往外潑，在整片凹凸不平的水門汀地上漫流著。胡蘭成一腳跨過去慢慢地說：「你之於我，是天上地下無有得比，我不能做選擇，一有了選擇，既對不起小周，也委屈了你。人世間的緣分本來就渺渺不定，是緣分，我都得珍惜。」

「現在是離亂，但難說將來會怎麼樣，時候到了，你還是必須選擇。」愛玲執著地說。

「世上最好的都是不能選擇的。」胡蘭成簡單地說。「我都懂，但是，」愛玲睜大了眼睛，下定決心似地說：「就說我無理取鬧吧！我們結婚時，你自己在婚書上寫的，現世安穩，難道你不給我安穩？」

「愛玲，」胡蘭成轉過來扶住愛玲說：「我從漢陽出來後，聽說小周因我被抓了，將來有沒有見面的日子都不可知，你現在問這些？不問也罷！」

「我相信你總有本領救她出來。」愛玲說。

「我現在不比從前，怎麼能夠呢？」胡蘭成無奈地說。

「哎，」愛玲幽幽地說：「你到底是不肯。我想過，假使不得不離開你，我也不至於尋短見，就只是不能再愛別人了。——我將只有萎謝而已。」

胡蘭成也應不出話了，清脆的冷空氣裡，只聽見兩人的腳步聲，間或人家屋裡隱隱傳出的紹興戲無線電喧鬧，胡蘭成只是把愛玲的話當成必然會有的怨懟與要求，想著等到時日好轉了，自然再找機會補償她就是了。走著，前面已經看得見徐家台門，胡蘭成想起前幾日范秀美在屋裡說的話，看看愛玲，雖然她仍委屈著，還是不得不說：「你等等進屋裡坐，隔鄰有人來看，若問起，你就說是我妹妹。」

「爲什麼？」愛玲又驚詫起來：「你都改換姓名了，還怕人知道我們是夫妻麼？」

「不不，還是小心點。這裡是范先生的娘家，拖累她可不好。」胡蘭成總有理由說服她。

屋子裡四壁都窄，只能放下一張床，緊挨著一只桌子，外婆到隔鄰家去了，秀美拉了一隻凳子過來，與愛玲坐在桌子邊，胡蘭成就坐在床沿，三人聊天聊到晚上，秀美到外頭爐灶去生火煮飯菜，桌子地方不夠寬，愛玲將就捧著碗吃飯夾菜，也不感到困窘。吃過飯後又還是繼續說話，直到深夜愛玲還不捨得走，眼前她的丈夫和這位范先生同住，她身為妻子的人卻得離開，愛玲看著范秀美，心底眞希望現在自己換成是她。

蘭成：

那天船將開時，你回岸上去，我一人在雨中撐傘船弦邊，對著滔滔黃浪，佇立涕泣良久——路過諸暨斯宅，他們祠堂正上演嵊縣戲，斯君太太招呼我看，戲台下那麼多鄉下人，他們坐著站著或往來走動，好像他們的人是不佔地方的，如同數學的線，只有長而無闊度與厚度。怎麼能夠這樣婉順，又這樣逍遙！一台戲結束，他們紛紛起來招呼，有些婦人也跟著他們的兒女叫喚「林伯伯」「水根嫂」「三新哥」，又笑吟吟的，那大家庭的熱鬧實感，讓人久久不能忘懷。

回到上海，又想著你沒有錢用，我怎麼都要節省，想辦法寄錢給你，今託斯君帶去。既知道你在那邊的生活程度了，我心裡也有個打算，這封短簡寫得匆忙，因斯君來上海，才得消息，他又要離開。我在上海生活很好，不要憂念，你自己要保重。代向范先生問好。

愛玲

愛玲：

前次託斯君帶字條給你，行政公署專員的突擊檢查，驚駭得我們又搬回諸暨斯宅，看到你請斯君帶來的外國香煙及安全剃刀片，使我想起你在上海如何與衆人過著戰後的新日子，你疼惜我在鄉下，香煙我吸了，但刀片卻捨不得用，小小的一包，一點也不去拆動封紙，只把它放在箱子底，如同放在我心裡。斯家歲月安靜，斯伯母與范先生都對我很好，目前逐日寫點文章，且做文字修行。

蘭成

上海原本就是個洋派氣氛濃厚的地方，兩三年的東洋統治只能讓上海成爲一個文化孤島，向內斷絕了中國知識界學界的影響，向外也聯繫不到任何西方國家，卻仍是血氣蓬勃的。一但緊勒的日本手放鬆了，好萊塢、英國電影、法國電影，又都能在國泰戲院、大光明戲院放映了，連帶報頭上原本擠成帶子似的一橫排電影廣告，也理直氣壯地變成上上下下成堆的大框框，框框裡的外國明星、電影廣告詞，也都有趣活潑起來。到了晚上，燈火管制解除了，小店舖裡的電燈也晶瑩耀眼，街道上到處大紅的、螢光綠的霓虹燈流光閃爍著。

天氣清朗的夏秋交際，白天街頭上走幾步路就是一只長檯子，上面舖著潔白的檯布，透明的玻璃杯就放在白磁的碟子上，香氣醺人的咖啡，在大好的咖啡壺中吐著氤氳的熱氣。裡邊煮咖啡的地方，有美國出品的淡奶，一品脫一品脫的堆得老高，可可、麵包、白脫、果子醬，整整齊齊陳列在小型玻璃櫥裡。不時有高鼻子深眼睛的美國大兵走在街上，有時臂彎裡也圈著一名著花旗袍的中國女人，酒氣醺天地嬉笑著，他們的軍艦停在港灣外頭，空閒時就進來市區逛逛，彷彿不是中國戰勝了日本，卻是美國人。

愛玲與炎櫻走在路上，不時被這種咖啡香吸引，炎櫻甚至在前一攤才吃喝過，到了下一攤看到新鮮的橙汁蛋糕還十分想坐上去。

「不行，我沒有錢了。」愛玲不肯了。

「我們分吃一塊嘛。」炎櫻要求著。

「我多吃一點，蘭成就少了些錢用。」愛玲堅決地搖頭說。

「可是我就要去日本讀書了，你不多陪陪我？」炎櫻賭起嘴說。

「明年的事情嘛，說得好像明天就去了。」愛玲眞拿她沒辦法。

「這樣好了，我們只買一塊蛋糕，不坐上去吃了，一坐就要點咖啡或奶茶，又費錢，」炎櫻轉著點子說：「買了到你家去喝自家的茶，怎麼樣？」

「嗯，」愛玲想想，再不答應就不通人情了：「好吧！」

「等等，我去父親店裡把照相機拿來，你今天穿這件洋裝眞好看。」炎櫻由衷地說完，一溜煙轉到店裡去，出來的時候笑吟吟的說：「走吧！」

說買一塊，結果還是買了兩塊，回到愛丁頓公寓，兩人笑嘻嘻地邊吃邊說話。

「貘黛，中國圖書雜誌要出我的書，要不要幫我設計封面？」愛玲高興地說。

「別叫我貘黛，我又不喜歡了。」炎櫻甩著手說。

「好吧，炎櫻小姐，你這個人眞反覆，怎麼樣？」愛玲說。

「是小說麼?你又寫了新的東西？」炎櫻睜大了眼睛問。

「今年根本沒辦法寫啊!爲了那些瘋子。」愛玲撇撇嘴說：「就是前年那本小說加上後來發表的幾篇。」炎櫻很快就答應，「嘿，沒問題，我已經想好怎麼做了。」

「這樣，我又能拿到些錢，可以多寄些給蘭成，」愛玲說著心情好起來：「還要在前面寫個序言，給那些瘋子回敬些顏色！」炎櫻一雙大眼睛眨了眨說：「說你是文化漢奸那些文章呀！你根本可以不用理會他們，我看了一下，都是些沒見過的怪名字！」

「想想，我唯一的嫌疑，就是那次收到一張什麼『大東亞文學者大會』的邀請函，我回函拒絕了，報上還是登了我的名字，除此之外，和日本人再沒有關係了。被他們你一句我一句的，自己都莫名其妙的。」愛玲這些時候無法寫文章發表，難怪她要對炎櫻發牢騷。炎櫻才待要說些話，開電梯的人送來一封信，是斯君轉來的。

「蘭你的信麼？」炎櫻看看愛玲興奮的表情，靠過去問。

「你怎麼知道？我都還沒說呢！」愛玲笑著說。

「看你的臉就知道了呀！眼睛立刻亮起來，兩頰像玫瑰一般紅。」炎櫻說得像在唱詩。愛玲反手拍她一下說：「信上說，他可能過幾天要回來上海一趟了。」

「一趟啊?!」炎櫻皺起眉頭說：「他到底決定怎麼樣？」

「我想，」愛玲吱唔著說：「現在逼他也沒有用，等風頭過去再說。畢竟——他是我丈夫。」

「愛玲小姐啊，你還眞是個傳統婦女！他有個小周，說不定又在溫州，早和那個什麼秀美的怎樣了，你不是疑心麼？還一直寄錢給他！」炎櫻早已經爲愛玲憤憤不平了。

「不，我不能忍受的，」愛玲猛烈地搖起頭，但是一會兒又安靜下來，苦惱地說：「但是我，我還愛他呀！」

「唉唷，」炎櫻把手搭在愛玲肩上說：「你就是這樣，好吧！你還愛他，我也只好還當他是朋友囉！」炎櫻把面前裝著紅茶的玻璃杯，向愛玲的杯子「鏘！」輕輕撞一下說：「O, my friend, Cheer for love！」愛玲也苦中作樂地笑起來：「Cheer！」

「走吧，我們去屋頂照相，」炎櫻拿起照相機說：「要留下最美好的青春！」

斯頌德送胡蘭成到愛丁頓公寓的時候還沒過中午，一進門，愛玲請斯君坐，說些話之後又走了。胡蘭成一臉疲憊，卻很不高興地說：「斯君也是爲了我的事特地來上海，怎麼你也不留他下來吃中飯？」

「斯君不是去美麗園住麼？自有青芸能招待他。」愛玲詫異起來，蘭成從來不因爲這些瑣事責備她的。「但是近中午了，這總不是待客之道！」胡蘭成顯得更不高興。「我是招待不來客人！你本來也知道的。」愛玲忽然變得很激動說：「但是我不喜歡斯君，不留他下來，我也不覺得有什麼不對！」

「斯君又有什麼地方得罪你了？」胡蘭成沉著臉問。

「上次從諸暨麗水到溫州，」愛玲氣惱起來，說話都有些不順暢了：「他說你得知周小姐在漢口被捕，就急著趕去自首，只求開脫小周，我聽了當然很氣。在人家太太面前，說那麼多無關緊要的話做什麼！我都願他別說了。這個斯君眞不識相，爲了你的緣故，我待他已經夠好，無法更好了！」

「好了好了，斯君是幼稚些，」胡蘭成看愛玲氣惱，又說到小周的事情，明明知道愛玲是不講道理地遷怒斯君，卻反倒溫柔起來，把手臂圈著她說：「別生氣了，也別和他計較，我們就這麼一天的時間，不值得一直說別人的事情，嗯！」

愛玲說：「肚子也氣餓了，先吃些東西吧！」說完，逕自去廚房熱菜，又炒一盆青菜。知道他回來，一大早就起來煮東西，連姑姑都一起幫忙。

兩人邊吃邊說話，胡蘭成說些最近在溫州讀的書，愛玲也說些自己最近的情況，《傳奇》增訂版十一月要由中國圖書公司出版了，又說有個好消息，一些朋友來找她寫電影劇本，她已經想好劇名，就叫做《不了情》。說著說著，兩人又聊到一些上海認識的文人，許多戰時得意的作家現時都不見了。愛玲拿出一冊破舊的線裝本課書說：「這是蘇青的書，老聯絡不上她，沒法還，又不曉得她現在怎麼樣了？」

「這是什麼？」胡蘭成翻著，繼而笑著說：「靈嗎？」又隨便翻一頁念道：「上上中下下下莫歡喜總成空喜樂喜樂暗中摸索水月鏡花空中樓閣——」愛玲連忙把他的手連書一起按下說道：「別這麼念！」

「不過是隨便念念，不必當眞呀！」胡蘭成撫撫愛玲，看穿了似的說：「眞要起課，也還得誠心誠意焚香才行，不是?你不迷信這個吧?」

「我那時也是鬧著玩的。」愛玲躲過他的眼神，在十分迷惘的時候，她的確用過這冊課書。愛玲轉一個話題又說：「我希望《傳奇》增訂版能再度暢銷，《不了情》也能夠轟動賣座，到時候能拿到許多版稅和電影編劇的錢，」愛玲仍然替胡蘭成打算著說：「這樣你的生活也能夠比較寬裕些！」胡蘭成聽著嘆氣說：「我在溫州讀到蒲柳泉的《蓬萊宴》，裡面管文書札的彩鸞仙子，就因爲動了凡心，被王母貶下凡，甘願嫁給文簫這個一貧如洗的書生，爲了生活抄寫詩韻賣錢，」胡蘭成停了停又笑說：「那娘子抄得好快呀！風捲殘雲，一霎時完了一篇，一霎時又抄了一籮筐，拿去賣錢值千金！我讀到這裡忍不住大笑，這不正是愛玲爲我做的麼！」

兩人聊天聊一下午還有說不完的話，晚飯吃過之後，回到房間裡，又像以往一樣，並膝在燈下對坐著，簡直覺得時間過得太快。

「斯伯母眞是溫雅的人，只可惜兒子不懂事，范先生也溫雅，只是不同典型，更秀麗些。」愛玲又說到斯家的人。「范先生本名就叫秀美。」胡蘭成說。愛玲聽了愕然說：「上次在溫州時你已經說過了。」

「呃，是麼？」胡蘭成也有些錯愕，但是仍然繼續說：「秀美爲人很好。」

「秀美？你直呼她的名字？」愛玲一愣，開始不以爲然了。「我在溫州時已和她成爲夫婦。」胡蘭成坦然地說：「妳是我的妻，總需事事都告訴妳，心裡才能舒坦。」

又一次坦然，他還眞習慣坦然。愛玲已經難過得說不出話來。胡蘭成見愛玲沉默不語，以爲她總是會難過一陣子，平順接受之後就好了，又繼續說：「有天我們說到戲曲，秀美同我說，古時候的狀元，或是皇帝打天下還沒成功時，總是在一處受一處好女子的恩義，待到中狀元了，或是天下底定，總是許多新娘子都團圓來了，我還沒想到中國戲劇裡都能有這樣喜氣的結果，她倒是先想到了。」胡蘭成說得平平順順，好像那是頂自然，頂容易的事情。愛玲聽著先是驚駭，繼而是刺骨的難過，最後連難過的心都麻木了。胡蘭成看看愛玲還是不言語，也不覺得如何，女人有這樣的忌妒才正常不是？於是又開口說：「我託斯君送來的五十萬字《武漢記》，妳讀了沒有？」

「沒有。」愛玲臉上已經完全平撫了，反倒能靜靜地回答。「怎麼不看呢？」胡蘭成卻驚怪說：「應該已經送來一個月了吧！這《武漢記》是我這幾個月在斯宅避難的成績啊！」

「我看不下去。」愛玲簡短地回答。裡面有太多的小周，她當然呑嚥不下。「我這是像唐僧取經，一一向觀世音菩薩報銷，怎麼妳竟然不看，這樣可惡。」胡蘭成說完半開玩笑半怒地「啪！」打一下愛玲手背，愛玲「啊！」一聲，既驚訝又憤怒，隨即站起身來，獨自去煮洗澡水，又到房間櫥櫃裡把棉被拿出來，又移下床墊子鋪在地上，自己卻在床板子上鋪兩層被子，鋪好之後就說：「你今晚就睡地下吧！墊子是軟的，不會著涼。」

他知道愛玲惱著，既不多做解釋，也不說好話哄勸，就任由她生氣，想著女人就是這樣，不會長久生氣的，尤其他明天又要走了，逃亡的時日已經夠苦了，其餘的不愉快總會被抹去，女人的肚量應該像海，至少他要他的妻是海，當然其餘的他的女人也應當都是海。

胡蘭成因爲一早從溫州出來的旅途奔波，晚上睡在軟墊子上，不一下子就熟睡了，愛玲聽著規律的呼吸聲反而睡不著了，她坐起來望著窗外，一顆橄欖似的月球兒掛在那裡，是深秋初冬的夜色，青白的光，周圍散著淡藍的冷暈，透過窗玻璃把房裡照得青藍青藍，衣櫥上嵌著的穿衣鏡上還貼著一張囍字沒拆，在青藍色的光裡，紅色的囍字看起來是灰黑的。桌子的暗影遮住了蘭成蓋在棉被裡的上半身，他怎麼能夠這麼安然？

決定了麼？愛玲自問著，卻留下淚來，眼淚無聲濕透枕頭。這不像她，向來她是晴天落白雨似的，要哭就大聲哭，笑就大聲笑的。她躡起腳跟下床，整個人趴在蘭成的臉旁邊，這個太累的丈夫，太舒適地睡著，太花心地沾惹許多女人，更糟的是，太放心地告訴她許多。

她寧可蘭成騙她，或是稍稍瞞著她一些也好。但是，即使那樣，她能夠變成一座大海麼？她還在流淚，嘴角卻笑了，苦笑的，也許也不能吧！最好是她的蘭成還是蘭成，卻少去花心，不過，那樣也許蘭成就不再是蘭成了！

她爬回床上，試著閉上眼睛，眼前卻是蘭成說話的樣子，他就睡在那裡，像靈魂暫時離了體，只有在這種時候蘭成完全是她的，但是過不久就不是了，是這樣的時代不讓她擁有蘭成，也是這樣的蘭成不讓她擁有蘭成。

天還沒亮，蘭成卻醒了，愛玲蒙在棉被裡側耳聽著，他輕輕走到床邊俯身在她額角上吻一下，愛玲決堤了，伸出手臂摟住他的脖子，淚流滿面地喊一聲：「蘭成！」

二十四

冬天的早晨，她和姑姑到碼頭去接船，母親回國了。氣笛聲衝破天空，船緩緩駛入港口，過不久，她們就看到遠遠一個瘦削身材的人影，一手一只大皮箱吃力地拎著，後面兩三個挑夫還幫著提幾箱行李，她們趕忙迎上去，姑姑劈頭就說：「嘖嘖，怎麼瘦得哦！」

母親兩頰幾乎要凹陷下去，眼神疲憊無力。她們僱幾輛黃包車把行李先放回家裡，就出門去，找家像樣的餐館坐下來，預備先好好吃頓飯。

「上海怎麼比幾年前髒亂了?!」逸梵看著餐桌底下黏搭搭的地毯說。

「戰爭嘛！打完了日本人，自己人還和自己人再打過，人的品質也變差了，能馬虎就馬虎過去，反正上海就是這樣，什麼人來了，日子還不都得照樣過。倒是妳怎麼樣了?這些年。」彷彿太久不見了，侍者在一旁等著，茂淵手裡還拿著菜單，卻向嫂子啪啪說了許多話。

「原本想做皮件生意，」逸梵嘆氣說：「我和 Wagstaff 一道，打算得很好，今年做什麼，明年做什麼，生意擴展到怎樣的程度要回到上海來開一家店，倫敦巴黎也慢慢開分店，我帶回來的那些箱子裡都是皮件。」經逸梵一說，茂淵也疑惑地問起來：「是啊！Wagstaff 呢?怎麼沒一起回來。你們留著的那一箱子蛇皮都還在吶！」

愛玲聽著母親姑姑說話，想到這幾年的六月，太陽大著的時候，每天早晨她與姑姑合力把那一洋鐵箱子的碧綠色蛇皮抬到陽台上，必須耐心地一張張攤開來曬，她和姑姑都視為苦差事，但是那薄薄狹長的蛇皮十分柔軟可愛，可以拿來做高級皮包，曬在陽光裡綠油油的，看著也愉快。

「他，」逸梵語調平平的說：「四一年在新加坡被炸死了！」

愛玲震驚地看母親的臉，母親的眼神空空的，表情明明是哭的表情，卻沒有淚。

「啊！」姑姑也驚駭著問：「妳怎麼都沒說？」逸梵頹然道：「我們去南洋又採買了許多皮料，正有許多計畫想做的，結果，都不算數了！」

又是不算數！愛玲鼻酸了，她想擁抱母親瘦削的肩膀抱頭痛哭，但畢竟做不出這樣的舉動，說不定會讓母親太驚訝。她們相處的時間太短暫，是太親近的人，卻越無法表達親密的情感。

餐廳侍者送來一盤菲力牛小排放在逸梵面前，另兩盤神戶和羊排，分別是愛玲和茂淵的。逸梵切下一口放到嘴裡，立即皺起眉頭說：「怎麼這麼硬？我明明說五分熟的。」茂淵邊吃自己的一份，隨即也皺起眉頭，卻說：「唉唉，湊合著填肚子吧！連廚子的水平都降低了！今天都累了，明天再去買合適的牛排肉自己做。」

一九四七年《不了情》的廣告從四月一日就開始打，剛開始只有「影壇特訊：不了情，桑弧導演，張愛玲編劇」的字樣，連續出現幾天之後，就加上「陳燕燕，劉瓊，銀幕雋侶再度合作」大大小小幾個字，並且放上兩張明星照片。接著，單純明星的照片變成劇照，到了四月八日才有上映戲院出現，先在卡爾登和滬光兩家戲院連映二十幾天，又到二輪戲院繼續放映到五月中旬。

這天，愛玲回家的時間晚了，一進門卻笑著對坐在客廳裡看報紙的姑姑和母親喊道：「我回來了！」姑姑放下報紙擔心地說：「無線電裡頭說，暴風雨半夜裡要來，風也開始大起來，妳眞是個不怕死的！」

「大家朋友聊天，都興奮著《不了情》賣座好，要趁勝追擊，要我再寫一個劇本。」愛玲高興說著，抖了抖雨衣掛起來，外面的雨勢越來越大，她剛剛是穿了雨衣又撐傘逼著風走回來的。

「還去聊天?!路上還有黃包車也眞奇了！」母親也數落著說。

「不用坐車的，就在隔壁幾步路的咖啡館，我也拿到編劇的酬勞了。」愛玲說。

「有多少呢？」母親問。

「三十萬的支票。」愛玲笑著說。

「這些錢夠去英國讀書的生活費呀！」母親仍然希望她去英國。

「嬸嬸，我早放棄繼續讀書了。」愛玲搖搖頭說。

「為什麼！」母親明顯的非常失望：「當初讀得那麼好，還拿獎學金的啊！」

「可以在畢業後進牛津，說是這麼說，先是倫敦大學不收學生，後來港大也不辦了，現在去復學，我也不曉得學校紀錄還在不在，獎學金還能不能用？」愛玲說來說去總是氣餒。

「妳可以試著查查看，問得出端倪也說不定。」母親仍然勸著說。

「我試著寫信問過，戰後學校裡的人事都不對了，在幾個單位裡轉來轉去問，也問不出結果。」愛玲無奈地說。

「我想到有個遠房親戚，他們有表親在港大教書，是個老教授了——」母親仍然不放棄地說著，愛玲卻已經搖頭不願意了。「這筆錢，妳，不會想——」姑姑說一半，見愛玲眼眶都紅了，她說不下去，也停了。

「這樣的男人，妳還是想寄錢給他?!已經沾惹了那麼多女人，還敢一封封信寫來都提到什麼鄰婦又來燈下坐，連隨便一點露水也要！」母親卻接著數說了，她這陣子在上海，全都了解了，做姑姑的不說，做母親的人總不能不說，她簡直不知道女兒在隱忍什麼！見母親提到胡蘭成不高興的表情，愛玲沒說話，手裡只是捲著衣服角，兩頰卻已忽忽垂下眼淚。

「小煐，」母親索性把她拉了坐下來說：「感情的事情，要牽扯是完不了的，妳的錢，該怎麼運用是妳。只是，要是我，必定找一個時機自己咬著牙，狠狠斷了根，斷了對方的念，更重要的，是斷了自己的念，拖著，絕對不會有好結果。」

姑姑轉著無線電，想聽聽風雨進一步的消息，收音卻已經不大好了，時斷時續又喳喳的多雜音，這台收音機還是日本人進來租界前換新的，要不是天候，平時效果是很好。外面雨越下越大，夾著暴風呼嘯的聲響，有什麼東西打在窗台上的聲音。

「唉呀！前前後後都得再檢查一下，看看有沒有關嚴。」姑姑的話還沒說完，燈全暗了，三個人在屋裡摸索著找電筒和蠟燭。無線電裡頭正播報著暴風的速度和範圍，窗戶被風吹得轟隆轟隆響。蠟燭洋火都找到了，電筒裡卻少了電池，姑姑和母親忙著一根一根點著，粘在玻璃罐子裡，方便拿著走。「恐怕是哪個路段上電線桿被風吹壞了。」姑姑在蠟燭的暗影裡說著，把另一隻手上拿著的燭檯給愛玲。

愛玲慢慢走進房間，見自己映在牆上的影子歪扭地移動著，她把蠟燭小心放到桌燈旁，抖動燭光中的這盞燈，曾多少次照著她和蘭成相對著好玩的臉龐，現在卻是黯然無光的。她拿出籤紙，低頭想了想，閉上眼輕聲地，卻決絕地自語著說：「就這樣吧！」再怎麼痛苦，也還是必須做的。

蘭成：

我已經不喜歡你了。你是早已不喜歡我的了。這次的決心，我是經過一年半的長時間考慮的，彼時惟以小吉故，不欲增加你的困難。你不要來尋我，即或寫信來，我亦是不看的了。

愛玲

「小吉」的「吉」字就是「劫」字避諱著寫的意思，仍然是患難夫妻的情份。這樣短短幾句，愛玲寫完再無反悔，把三十萬支票放進信封裡封好，讓它暫時躺在黑暗裡，此刻外面的風雨越大了，總得等明天平靜了，才寄得出去。

《不了情》的成功，讓愛玲又重振了文章能獲得廣大知音的信心，覺得又能夠寫文章維持生計了。在惆悵的時候有開心的事情是不錯的，雖然那些開心很快就會過去。畢竟《不了情》裡，她把情境整個對調了，男女主角宗豫和家茵是相愛的，卻因爲家茵那個死皮賴臉的糟透了的父親，和宗豫那個糟透了的鄉下的妻，而被迫分離。如果蘭成是愛著她的，只因爲糟透了的戰爭和時代，還有那個糟透了的鄉下的范秀美——

她是這樣戀戀於那個故事。

陽台上撐出半截綠竹簾子，一夏天曬下來，已經和秋草一樣黃了，後側儲藏室的法式玻璃窗門映著昏黃的落日，發出微弱的反光，愛玲在陽台上篦頭，一篦就扯下一整把頭髮，落葉似的，在手臂上披披拂拂。

這個陽台望出去，右前方的哈同花園剩下一點點邊緣，是殘破的斷垣，這裡已經不是那個看得見黃浦江水的陽台，這個公寓，也不是那個寄出三十萬支票的公寓。爲了不想再收到任何胡蘭成的信，或是再讓胡蘭成找到她，母親、姑姑也斷然同意搬家。

前方大片是上海多曲折的弄堂，弄堂裡斜倚著一個一個的家，那些家裡都有些平凡人物吧！他們所經歷的，都是些注定了要被遺忘的淚與笑，連自己都要忘懷的。這悠悠的生之負荷，大家分擔著，二十七歲的愛玲整個人俯身向下望，對過一幢房子最下層的一個窗洞裡冒出一縷淡白的炊煙，非常猶疑地上升，彷彿不大知道天在何方。

這樣子俯身的姿勢，不知道的人乍看，說不定以爲她想跳下去自殺呢！愛玲嘴角微微笑起來，怎麼會?!「死亡使一切平等」，這是誰說過的話？但是爲什麼要等死呢？生命本身不也使一切平等麼？人的一生，所經過的事，眞正驚心動魄的，不都是差不多的幾件麼？爲什麼偏偏那麼重視死亡呢？難道就因爲死亡比較具有傳奇性——而生活卻顯得瑣碎平凡？

一陣淸急沙沙、流水似的炒菜下鍋的聲音傳來，愛玲看著對過那些透出燈光的窗洞子，也許那家裡的主婦並不自己動手，有時幫傭媽子忙不過來，那主婦也會坐在客廳的圓檯子前摘菜葉或剝辣椒，翠綠的燈籠椒，一切兩半，成爲耳朵的式樣，然後掏出每一瓣裡面的子與絲絲縷縷的棉毛，耐心地，彷彿給無數的孩子掏耳朵。

如果胡蘭成是個普通男人，上班下班，她也會成爲這樣的普通太太麼？過幾年添幾個小孩，上上下下都要她照應，還有兩個前妻的兩三個孩子，她會是一個安於普通的家庭主婦麼？她眞正笑起來，她自己也不知道。

桑弧導演過《不了情》之後，給她這樣一個平凡太太的構想。遠遠近近有許多汽車喇叭倉皇地叫著，天逐漸暗下來，四面展開如同煙霞萬頃的湖面，露水下了，秋天的風吹上來寒颼颼的，她還赤著腳踝呢！愛玲聞到廚房傳來煎魚油焦的香味，是姑姑在做飯菜了，她拉了門進去，母親正在桌上擺出碗筷。

又過幾個月，愛玲的劇本《太太萬歲》，於十二月十四日在皇后、金城、京都、國際四大戲院同時獻映，公映前被影評家洪深譽為這個年代最優秀的「high comedy」作家，她自己也在報上寫了一篇題記作宣傳，由愛玲原本就喜歡的明星上官雲珠飾演陳思珍，那個周旋在娘家、婆婆、小姑、孩子、丈夫、丈夫外頭姨太太之間的女主角。

這部幽默諷刺的喜劇，同樣一上映就瘋狂賣座，整整兩週，即使遇上大雪紛飛的時候，也是場場狂滿。不論《申報》還是《新聞報》，都競相報導上映的盛況，不是「巨片降臨」「萬衆瞻目」，就是「精采絕倫，回味無窮」「本年度銀壇壓卷之作」。

但是好評給愛玲帶來的愉快是那麼短暫，緊接著立刻出現了猛烈攻擊的聲音，《大公報》、《新民晚報》、《中央日報》上，連篇發表評論「太太萬歲」的文章，從歷史、從主題、從社會意義、教化作用，甚至從劇本作者的私生活，各種扭曲的角度去批評，這次不說文化漢奸了，卻又讓她回到「敵僞時期行尸走肉」的作家。

這些左右兩派的寫手的批評，逼著原本盛讚的劇評家洪深，也掉過頭來，先自我檢討，繼而嚴厲批判《太太萬歲》。

當桑弧再度找愛玲合作劇本時，她願意寫，卻不要再用出自己的名字，她告訴桑弧的理由是，那不完全是她的構想。同樣是喜劇，劇中的女主角最後卻嫁給一直呵護著她長大的父親的好友，比她大二十多歲，一個如同父親一樣的丈夫。

上海人喜歡這種諷刺喜劇，這本《哀樂中年》同樣賣座，大約經歷著苦多樂少的現實人生的人們，總是不喜歡花錢去看悲的東西。沒有什麼比被上海人肯定還要開心的事了！

她有能力寫人們想聽的故事，她從來不是個嘟喃著自說自話，或窮喊著別人也想說的話的作家，是那樣的作家，她的小說不會暢銷，電影也不會賣座了！上海人的喜好，自有獨到的地方，是商業的、喜歡圖利他人的、自私的、也稍稍會逢迎的、大眾的，但是她不必迎合他們，她自然而然是他們之間的一分子。

上海人的繁華和中國其他地方不同，別處的人未必能夠了解上海人，從一八四五年起就被外國人指著槍開了埠的上海，早習慣了從高處望下看，所有最新的物質文明、西方文化的輸入、商業機制都從上海開始，不論怎樣混亂的時局淹沒了中國其他的低窪，總淹不到這個高度的上海，就算因此上海成了名符其實的孤島，也還是自足的。

但是現在，上海已經不是個文化孤島了，當它又和整塊大陸地連上之後，「張愛玲」這三個字的出現卻成了忌諱。

子靜在戰後找到銀行的工作，這天才放假從揚州回上海，就趕忙來找母親，現在父親和後母已經無力控制他了。公寓裡，姑姑有事出去了，母親和姊姊正在做飯菜，見是他來了，兩人都很高興。

「小魁，你現在工作得怎麼樣了？」母親關心地問。

「比前一陣子適應多了，剛到揚州的時候，人生地不熟的。」子靜喜歡聽母親說話的聲音，又回答得恭恭敬敬的，感覺既生疏又親切。

「初出社會，總要多謙遜些，多聽別人說，自己少些意見，多看看別人做的事情，能做到的盡量做到，就能學到許多。」母親仍把他當成小孩子般地教導。

子靜點點頭，「我知道了。」邊接過母親給添的飯碗。

「你現在都吃多少飯？」母親又問。

「大概有兩碗。」子靜說，仍然是問一句答一句。「嬸嬸，」愛玲邊擺上熱菜邊說：「記不記得，以前你常要我們吃牛油拌土豆泥和菠菜泥？」

「你們吶，總是皺著眉頭吞下去，還當我沒看見麼？」母親也笑起來。

「我們把它當藥吃呢！」子靜也放鬆了拘束說。

「那些都是小孩子最容易消化吸收的營養食物，結果你們兩個，瞧瞧，現在還不是瘦的——」母親數落著，心裡怪的卻是他們的父親。又想起來說：「過幾天舅舅生日，你們兩人都能去麼？」愛玲開始找藉口了：「我，我有事情，就不去了。」

「什麼大事情？你就是因爲家瀞的事情怪舅舅舅母，我會不知道麼？」

母親勸說著：「大家親戚，也沒有多少時日聚在一起了，有什麼事情了不得的，非得不見面不可？能過去就算了罷。」

愛玲不言語，一個人死去了，時間卻那麼容易就過去了麼！

子靜卻驚訝起來：「嬸嬸，你們又要出國了麼？」他一心希望母親別再走了，又說：「叔叔和後母的錢都花光了，剩下青島的房租，從洋房又到十幾平方米的小屋間，比以前那間屋子的佣人房還小，他們，他們，他們——」他話裡想說的是，他們不能再對嬸嬸起什麼嘲弄的作用了。但是總說不出口，畢竟父親這兩三年對他還不錯，一轉念還是說：「嬸嬸可以回上海定居，找個房子大一些，我現在有固定工作了，把姊姊也接過去一同住，這樣我回上海時也有安身的地方。」

「上海的環境太骯髒，」母親的語氣卻淡漠了：「我住不慣的，還是英國環境比較好，我是沒有定居上海的打算。」

母親的三言兩語讓子靜心驚，轉過頭去看姊姊，姊姊也默默吃著飯，沒有什麼表示，他這才知道，連姊姊也有出國的想法，那麼，他又要剩下自己一個人了！

陽台上一盆炭火燒著，愛玲和姑姑正撕著書頁一片一片放進去，印著黑字的紙一遇到火，立刻捲焦燃起來。祖國正在提倡燈火節約，夜晚的上海又變得一片漆黑。

「又換上一批人，早兩年還好，現在整天整夜強調工農兵、無產階級專政什麼的，這局勢看來越來越不好，看看，連永安、先施、匯豐銀行那些老資本家，都被叫去重新上思想課。」姑姑停了停又說：「妳身上帶幾本了，剩下的這些，我看還是全燒了的好，這裡頭怕不被人說，都是些封建舊餘孽！」姑姑說著，還輕輕笑起來。

姑姑把炎櫻設計的書封面也丟進火堆裡，封面的紙比較厚硬，慢些才著火，著了火也還慢慢燒過去。看著愛玲捨不得的神情，姑姑又說：「妳別難過，好不容易申請許可了，能出去香港，還可以寫，說不定也還能回去港大讀書，總要都試試。」

「我把整個家族照相簿帶走，姑姑會不會捨不得？」愛玲明明知道答案還是問，其實是她自己捨不得姑姑。姑姑笑道：「妳帶走了總是好，又能保存。還好妳嬸嬸去英國時也把蛇皮帶走了，我這裡面一清二白的，找不到什麼反革命證據。」

「這兩年寫的《十八春》和《小艾》，內容都是無產階級相關的，而且用的是筆名梁京，應該不會帶累姑姑吧！」愛玲有些擔心地說。姑姑想想說：「沒有那兩部小說，也還不夠船路費呀！妳一到香港，記得先給妳嬸嬸寫信，她在英國也是心焦。」

「我還是沒把握能再進港大讀書。」愛玲憂心地說。

「我和妳嬸嬸都託了人家照顧妳了，雖然是遠房親戚，從上海去的，人不親土親。聽說現在的香港滿滿都上海人了，到處都聽得到人說上海話，妳別怕人生地不熟，也還有炎櫻在日本。不然，就想辦法去英國、美國或者加拿大，千萬別去台灣，聽說台灣也挺不好的，還是西方國家的生活好。」姑姑一直想辦法安慰愛玲，知道她戀著上海，害怕一個人面對茫茫的未來。

「我會想辦法趕緊聯絡上他們，到了香港一安定下來，也會想辦法告訴姑姑。」愛玲說。

「不不，」姑姑咬咬牙說：「我們都得約定好聯絡，我也給妳嬸嬸回信，叫她別再寫信來。」

「姑姑！」愛玲心痛地叫了一聲，半天，才又點點頭低下聲說：「知道了！龔方之、桑弧他們如果來找我，姑姑就眞的可以說不知道，完全沒有聯絡。」

「只要放在心底，眞正什麼都丟不了！一出去，才三十歲出頭，妳還有好前景呢，啊！」姑姑空出一隻手來握住愛玲說。「我知道了！」愛玲已經哭出聲來。

當年，何干也說過類似的話。

兩人繼續撕紙燒著，只剩下地上的半本了，姑侄兩人沉默地燒著，忽然不知道前後哪一家傳來留聲機的唱片聲，那細細涓滴的女聲悽楚地旋在空氣裡：

月兒彎彎照九州
今天一去不回頭／誰叫你／走上了／虛榮的路呀／一朝墮落／一生休
月兒彎彎照九州
人生的苦樂自尋求／好人到底／收場好否／可憐夜夜／淚雙流

一片燒透了的紙片黑灰被風吹得在空中飄轉起來，越轉越高，最終隱沒在黑暗裡，那調子裡的歌詞彷彿有好幾段，愛玲聽得痴了。

那是早幾年陳雲裳主演的片子，演一個舞女因爲家貧沒辦法，在燈紅酒綠的舞場子裡賣笑不賣身，被一個嫖客看上了，硬要破她的身，她潑他硫酸，對方是有錢有勢的人，結果她被抓去關，被判了終身牢獄監禁，是典型上海都會的哀情片子。炎櫻那時快要去日本了，愛玲的母親也快要去英國，母親一直在等愛玲改變心意，對於她不願意一起出國，曾經十分不能理解，也非常失望。

那年愛玲二十八歲，她和炎櫻兩人去看了陳雲裳的電影，在烏黑的戲院裡面哭得一陣一陣的，出來之後去咖啡座吃蛋糕喝巧克力茶，眼睛還都紅紅的，兩人互相嘲笑了一番，戲都是假的，看得那麼認眞做什麼！後來又去炎櫻家玩，炎櫻的父母親早已經安排全家移民去加拿大，愛玲每次去她家，她母親都勸愛玲早做打算，說這次再亂，又不比日本人來那麼一下子了，也還問她爲什麼不跟母親一起去英國。

上海市街上偷人東西的癟三越來越多，街道越來越髒亂，乞丐在路上撞倒人還搶人的東西，警察軍人和流氓差不多，許多穿得人模人樣的流浪漢，見孤身走著的女子就喜歡湊上來搭訕。

那都是「解放」前的上海。

是啊！她爲什麼還不走？她心底總還在等待著什麼嗎？等待著上海重新接納她嗎？還是等待胡蘭成回頭？那更不可能了！她明白自己是該漂泊了，卻還不願意心甘情願地去面對事實。愛玲對於「解放」，心情是複雜的，解放後的上海變得整齊了，雖然大家仍然窮酸。整齊在一壁灰色和藍色的衣服裡，連寫小說，也被要求帶上灰藍色，和有整齊意義的結局。

一九五〇年的一次文藝大聚會中，所有被邀請的人都穿著藍色和灰色的調子，只有她還穿著旗袍，外面罩一件白色絨線衫，整個會場就是她最顯眼，登時十分尷尬，夏衍和龔方之、桑弧他們看出她的尷尬，趕緊過來打招呼，卻更引人注意了。

「那是件素色旗袍，已經是最素樸的衣服了！」她那天回家後向姑姑委屈說。

姑姑聽了考慮道：「小煐，我看，你還是想想，要不要試試申請出去香港，就向派出所說，要重新去港大讀書。」

「嗯……」愛玲還是沒有回答姑姑的話，但是心裡清楚著。

現在，黑暗中那旋律還在唱著，火盆裡的碳燒得越紅了。

「怎麼還有人敢放這樣的歌曲？」姑姑顯然也在聽，語氣裡詫異，卻帶點高興。

「眞好聽。」愛玲悄聲說。

後天就要走了，今天卻聽到老上海的調子，令人懷念，這張唱片顯然還停留在「解放」前。愛玲還想聽下去，調子卻嘎然停了，等了許久，也沒有接下去的歌曲，可能那家裡有人制止了，靜默裡的上海，她一抬頭，天上掛著的，又是一個大圓月盤。

時代在破壞中，還會有更大的破壞！

愛玲想到自己幾年前寫過的句子，那時她才和胡蘭成結婚不久！

離開上海，和最親愛的姑姑分開，告別她的童年、不愉快的少女記憶、她的祖父母曾經生活過的土地，還有她那破碎的婚姻與愛情——那是無名卻強大的力量，她無法握起拳頭對抗，只能忍心把自己從上海這塊大土地上割裂開，漂走吧！

她自身即是浮花浪蕊裡，一方隨著大洋海水漂流的孤島。

二十五

這本家族照相簿被姑姑特意重新排過，最前面竟是她和小弟小時候的照片。照相簿的最後還有幾頁空白，都讓她填上去了。她抖著手指翻著，怎麼手指竟抖了起來？是不是胃空了？

她蹣跚地扶著牆，慢慢從行軍床起身，一眼望過去，這間小套房公寓，靠著門口邊堆著幾袋附近超市送來的食物，她過去翻了翻，裡面有兩大包紙巾、六個粉紅葡萄柚、冰凍蔬菜、罐頭桃子和梨、罐頭鮭魚、可口可樂、幾份冷凍餐、一大桶冰淇淋，她拿出那桶冰淇淋，用湯匙挖出一些在紙杯子裡，又把冷凍餐和冰淇淋桶放到冰箱去，開一包紙巾來用，做完這些事，手就痠了，似乎連拿東西也挺費力。

她的腸胃吸收不好，時常感冒、抵抗力弱，都是父親那年關的，到了美國之後更加上氣候水土不適應，經常一感冒就連著幾個月好不了。她盡量買營養的東西補充體力，喝營養奶，也保養著自己的身體，朋友介紹的皮膚科、腸胃科、眼科醫生，她都願意去試試。

洛杉磯的這一角還是方便的，林式同爲她找的公寓的確不錯。她走到窗戶旁邊，車輛行人不多，夕陽下去了，天上生出一弧弦月，是一九九五年的一彎下弦月。她把天花板上的電燈、落地燈，兩三百燭光全開得亮亮的。

電視機已經是開著的，她習慣一起床就開電視，直開到自己睡著也沒關係，她習慣嘈雜的聲音，這樣比較像坐在上海那方書桌前，底下就是人聲車聲，她怕黑，怕冷清。

八月的洛杉磯還熱著，因爲緯度在南邊，但是美國公寓都有空調，冬天有暖氣，夏天有冷氣，除非上街，否則根本感覺不到氣溫不適應。她坐在地上的墊子，試著張開摺疊桌，不行，還是用窗下那只木箱子權充矮桌，身子靠著箱沿，她把照相簿放到箱子上，手裡挖起一匙冰淇淋，想了想，又起身緩緩走兩步到廚房。

爐子上還開火煮一鍋決明子茶，牆角有一紙箱墨西哥剛寄到的決明子，檯子上整齊放著一整排紙杯、塑膠叉子、塑膠湯匙，櫃子裡還有些罐頭沒吃，青花魚、高纖低脂的腰型豆、雞湯、水田芥湯，去殼核桃有兩包，營養煉奶四五大包，加上剛送來的東西，這個星期的食物是夠了。

水沸了，她把火轉小些，多毛病的眼睛不治療是不行的，屋裡堆滿了中英文書報、過期的雜誌，信封的封套。是麼！看什麼都需要用眼睛，身體沒有力氣還是其次。她舉起手又把咖啡罐拿下來，怎麼弄的?!手抖得不聽話，幾乎要把咖啡粉灑出咖啡壺外！這幾年，她嘗試過各種咖啡，還是義大利 Medaglia 牌子的黑咖啡最好，也仍然習慣喝紅茶包。

弄了半天，總算煮好咖啡，淺淺倒一杯，怕捧的時候抖得灑出來，拖曳著步伐又走回木箱子旁坐下，整本照相簿仍攤在那裡。

她讓收入《對照記》裡的照片，不過是這本照相簿中少數的幾張，出版社製完了版，仍然小心謹愼地寄還給她，姑姑說的沒錯，讓她帶走，好過放在上海，能夠保存得久。還好在姑姑去世前幾年聯絡上了，在大陸風氣漸漸開放的那幾年，她一直想盡辦法透過香港的、紐約的親戚找姑姑，卻不知道姑姑仍好好的住在同一棟公寓裡。現在連姑姑都過世四年了，照相簿的意義更大，也變得更微渺。她比姑姑小十八歲，但是，看樣子，卻沒辦法像姑姑一樣活到九十幾歲。

她愛戀地撫著裡面一頁頁的照片。

一張炎櫻穿著和服的照片，站在一間寺廟樹前，那樹上白花花繫滿了籤紙片，都是些抽到不好籤言的人繫上的，據說這樣不好的運就能消除轉好。愛玲笑起來，她記得那天是日本新年，炎櫻個子矮，穿上和服從背後看，還挺像日本女人的，炎櫻還要她也借一套來穿，她穿上了，就是不對勁，太高，沒有日本味。

從上海出來之後，輾轉從廣州進香港，晚上到街上去，只見霓虹燈流竄明滅，碧綠花紅的，街燈雪亮著，照得馬路上清清楚楚，眞是眼花撩亂，又驚又喜，沒想到兩年多的大學生活所體會到的香港，直到那時才感到可愛。

她後來在香港只停留三年，進港大不到半學期，由於生活費和學費沒有著落，一聯絡上炎櫻，就花了旅費到日本，想找看看有沒有適合的工作。她不知道港大這邊，爲她爭取獎學金的老教授十分努力，開獎學金會議時，卻發現她已經決定放棄繼續讀書，大失面子，一怒之下，以後說什麼再也不幫忙了。從日本回香港之後，讀書這條路也斷了。

但是她找到爲美國新聞處寫英文小說和翻譯的工作，認識了宋淇與鄺文美夫婦，他們一直到現在也還是她的好友，兩人也都病著，大家都老了！那時候，她爲了賺生活費，完成《秧歌》和《赤地之戀》，第一部是自己滿意的，因爲有實際的觀察和感覺，第二部卻是依照美新處的構想寫的，不完全是自己的意思，總是寫得既痛苦又不滿意。

才短短兩三年時間內，她爲社會主義的上海寫《十八春》、《小艾》，到了香港又爲反共宣傳寫《秧歌》、《赤地之戀》，時代環境是這樣想盡辦法左右她的情感。她喝一口咖啡，翻到那張斜叉著腰，穿著半袖鑲滾紅綢單旗袍的照片，她微笑起來，即使這樣，她仍有辦法在那左右兩行之中寫出她自己的一行。

那時從香港經過的池田篤紀，就是透過美新處找她，沒見著，卻留了日本的地址給她。是胡蘭成要他去找她的麼？那張日本地址，當時愛玲看著，幾番想扔掉，終究還是留下來，放在行李箱子裡，像一顆引誘的種子，又像一條地雷的導引線，隨時能夠火紅地發芽。

她壓著那只芽，壓了幾年。

一翻過去，還是炎櫻，笑得多開心，這張照片卻是和許多人一起照的。挨著炎櫻的是和炎櫻差不多高的胡適夫人，然後是瘦長身量的胡適和愛玲，高矮是兩兩相映成趣。愛玲嘆一口氣，這已經是到美國紐約了，在胡適家裡，適之先生和夫人都喜歡這個不怎麼會說中國話的女孩。

那是一棟完全港式的公寓，她翻過照片背面，自己的筆跡寫著：一九五五年十一月的那天下午曬著暖暖的太陽。上樓進了門，屋裡的陳設也看著眼熟，只是少了父親家裡那甜甜的鴉片香味。適之先生穿著長袍，胡太太帶點安徽口音，那家裡的說話氣氛更熟悉了。她到那時候才知道，原來適之先生還和母親姑姑同桌打過牌。

書房裡整面牆上一溜書架，是定製的，高齊屋頂，他們聊到《海上花》、《紅樓夢》、《醒世因緣》，還有其他許多舊小說，適之先生甚至鼓勵她作《海上花》的英文翻譯，又盛讚她《秧歌》寫得好。臉上同樣架著小圓眼鏡，那種五四時期人物特有的樣子。父親如果讀到《秧歌》，也會像適之先生那樣，在上面密密地寫上評語圈點麼？後來適之先生把圈點過的《秧歌》寄給她，看著那些細細的墨水字，她簡直感動得不知如何。

這一張是自己穿著厚大衣、套著圍巾皮手套在雪地裡的照片。到炎櫻加拿大的家去玩時候拍的。那是新年，她家在多倫多市，冬天冰凍著，兩人也像在上海時候，一道上街逛逛看櫥窗，忽然在一家糕餅咖啡店前的玻璃櫃裡見到久違了的香腸捲，其實也不是香腸，不過是酥皮裡頭塞些肉。卻不由得讓愛玲想起大約八歲時候，他們剛搬回上海，父親帶她到飛達咖啡館，父親自己總是買香腸捲，卻叫她揀自己喜歡的幾塊蛋糕，有時在咖啡店裡也逗留一陣子，自己的蛋糕吃完了，偶爾還吃一只父親的香腸捲。

愛玲那天在街上說著，炎櫻卻記住了，回美國的時候先替她買了四隻香腸捲帶著，油漬浸透了的小紙袋放在海關櫃檯上，炎櫻偷偷向她伸伸舌頭，海關人員一臉不願意的樣子，因為他們沒買別的，無稅可納。美國就沒有香腸捲，似乎是香港、上海、加拿大，那些的英屬殖民地或聯邦才能有，回家等不及地嚐了一口，油漿太多，又太辛辣，哪裡比得上飛達咖啡館的名廚。

她那時候還沒去新罕布夏州的愛德華·麥克道威爾文藝營，仍舊住在紐約救世軍女子宿舍，那是專門救濟貧民的住處，適之先生去那裡看過她一次，樓下黑洞洞的客廳足足有學校禮堂那麼大，空空落落放著些舊沙發，他們就坐在舊沙發上聊天，適之先生一直說那地方好，她心裡偷偷想著，中國人到底有些涵養。

這個宿舍隔條街就是赫貞江，那天她送適之先生到門口，又站在台階上說起話來，適之先生偶爾望向街口露出的一角灰色河面，河上漫著霧，適之先生不知怎麼的，老是笑瞇瞇地望著，看怔住了，他脖子上的圍巾裹得嚴嚴的，脖子縮在半舊的黑大衣裡面，厚實的肩背，頭臉相當大，整個凝成一座古銅半身像。

她也看傻了，在香港時早聽說過適之先生的美國戀情，那赫貞江邊的漫步。她也跟著往河上望過去，卻似乎看到上海冬天的黃浦江河面，也是濛濛的，一陣悲風，彷彿從十萬八千里外時代的深處吹來。

無法回頭了！她和適之先生都一樣。

直到三十幾年之後，和小弟、姑姑聯絡上了，才知道在她見到適之先生的時候，父親已經去世兩三年了。她到香港時和母親聯絡上，母親也並不知道父親的事情，可是在信裡總是說，不要怪妳父親。也許人老了，對許多人事都變得寬鬆恍惚起來，年輕時候堅決不能接受的事情，最後也都有了另一種看法。

許多張母親年輕時候的獨照，有母親遺物裡發現的，也有原本姑姑的照相裡頭的，她都歸在一起。母親重病時，她曾趕緊寄一百元美金支票過去，但是來不及了，過不久，就收到母親的一整箱遺物從英國寄到，那是她和 Fred Reyher 結婚的第二年，遺物裡還有好些骨董，她大哭，而且也只能大哭。到這時候，她才眞正知道，對她而言，一直是神秘多過了解的母親仍是愛她的，在貧病交迫的晚年，母親還拼命節省下那些骨董留給她。

整整春天的三四個月裡，她的心情都是抑鬱的，莫名其妙的氣候不適應、感冒、發燒、鬧肚子，還好 Fred 那時沒有很嚴重的中風，他每天細心地照顧她，煎奶油牛排，煮茶給她喝，有許多體貼安心的話語，愛玲的心情漸漸恢復了。母親的骨董卻成爲他們補貼家用的金錢來源。

Fred 比她大三十歲，他們在麥克道威爾文藝營認識的。這個老者，有一張可愛的圓臉，個性開朗熱誠，喜歡交朋友，他欣賞她的才華，他們說話十分投和，她喜歡他的機智，她那時候正是最徬徨無助、最需要有人鼓勵和欣賞的時候。

他們只認識兩個多月就結婚，仍是炎櫻來爲她證婚，那年 Fred 六十五歲，她三十六歲。結婚前，Fred 堅持她把懷了一個月的孩子拿掉，因爲他已經老了，他前妻的女兒都比她的歲數要大，更何況他不喜歡小孩。

愛玲把咖啡喝完了，紙杯子邊緣殘餘著一圈咖啡色，她抖著手指算算，那個婚前懷孕的孩子如果沒有拿掉，現在也應該四十幾歲了。如果當時她堅持生下那個孩子，也有可能無法養活他，因爲他們倆人都一直沒有正式的工作。而且，Fred 在婚前已經中風幾次，她並不知道，以爲他是個健康的老人。他說話時的神情像父親抽過鴉片後的篤定，而且是個聰明人，能夠在文學上給她刺激，和胡蘭成很像。

翻過來這一張是愛麗絲，頭上打個蝴蝶結，穿著及膝洋裝，側著臉坐在公園水池邊，前面有一大叢粉紅的花，那是夏天的三藩市。那是個美麗的大城市，有電車上下坡來往叮噹的聲音，像上海。她和 Fred 住在那裡的時候，雖然也一貫的經濟情況不富裕，卻是他們十一年婚姻生活中最愉快的日子。

然而，在最愉快的時候，她也還無法忘懷上海。就在這張照片的公園裡，她和愛麗絲漫步著，那年愛麗絲正爲丈夫的外遇傷心欲絕，她拍著愛麗絲的肩膀勸說著：「我在二十三歲時遇到我的第一任丈夫，他和 Fred 一樣，能夠欣賞我的文學才華、讚美我的衣裳設計，還能夠給我文學上的挑戰，在他不要我之後，我的心就關閉了，再也不能夠有愛情！」她以爲這樣安慰，愛麗絲會稍稍心寬，沒想到惹得愛麗絲哭得更傷心。

沒有愛情，Fred 那麼聰明，也許是知道的吧！所以她六一年時候爲了寫《少帥》，想到台灣去看看能不能夠見到被軟禁的張學良。離開美國前夕，Fred 顯得那麼難過。她知道他的心理：比他年少三十歲的年輕妻子，在經濟那麼拮据的時候，平時還都習慣用日霜晚霜保養皮膚，到了遠東，周圍又是同文同種的人們，她還有許多可能和機會呀！爲什麼要死守著他這個老頭子，何況，愛玲又已經在六〇年拿到美國公民權。

她在台灣花蓮遊玩的幾天中，聽到 Fred 中風的消息，急急謝過招待的王禎和母親，當日就坐火車回台北。當她打電話到美國給 Fred 的女兒霏絲，證實中風的事情，卻發現並不太嚴重，反而決定飛往香港。因爲宋淇告訴她，也許有電影劇本希望她繼續寫。

她知道 Fred 會更難過，霏絲也因此更不諒解她，但是，即使她花掉身上所有的錢，也還不夠買回到家的飛機票。她或可向台灣美新處的美國朋友借錢，但是回到美國會陷入完全沒有工作收入的困境。那麼，就得開始用 Fred 的錢了，那是打算付醫藥費和其他生活零碎費用的錢。這麼轉來轉去想，還不如從台灣直接彎到香港，還有賺錢的希望。

那眞是非常糟的一年，重新回到香港，又生病、眼睛出血，醫藥花費都由宋淇夫婦擔負，她是從不向人借錢的，這次卻破天荒了。後來到底她還是回到美國，Fred 像撿回了已經丟掉的寶貝似的，他們之間有共患難的親情，至少 Fred 的身體已經老到離不開她，精神上更依賴她了，她擁有 Fred，即使是擁有 Fred 全部的病痛，也是一種完全的擁有，和健康的胡蘭成完全相反。

Fred Reyher，對了，可是這裡面一張他的照片也沒有。他們原有好幾袋相片的，都在那次從華盛頓搬到邁阿密的時候，扔在公寓裡沒帶走，連同 Fred 的手稿、日記都不見了，Fred 的稿子她一向不大看的，因爲看不下去，但是怕 Fred 傷心，總推說看不懂。

那時 Fred 已經中風癱瘓在床上，這個原本和她差不多高度的外國老人，在床上躺久了，手腳都彎曲僵住，像雞爪子，全身骨頭也彷彿緊縮了，幫他翻身、擦背、清理糞便，都要有二十四小時的耐心，Fred 總是用依賴和抱歉的眼神望著她，她本來容易心軟，何況這人是她丈夫。

因此，她簡直無法工作，每天的照顧已經使她筋疲力盡。她望著桌上放著的《海上花》本子，搬來邁阿密，就是因爲申請到雷德克利芙女子學院駐校作家的缺額，工作就是負責翻譯《海上花》，她多麼希望能夠趕緊開始，《海上花》之於她的魅惑，是從童年時代來的。

的確，爲了他，她克盡一個中國妻子的溫柔和努力。中風、生活困窘、拼命寫劇本，想盡辦法申請各大學研究機構的研究資助金，她和 Fred 那十一年的婚姻就是這麼過的。

但是 Fred 是她每一篇小說和文章的第一個讀者，她寫的英文小說《少帥》，以張學良的故事作爲底本。《pink tear》是《金鎖記》改寫的，Fred 總是稱讚又稱讚，經紀公司認爲不能賣，美國、英國都沒有出版社願意出，Fred 爲此憤憤不平。而且那家經紀公司後來倒了，稿子到底流蕩到哪裡，或者丟了，連愛玲自己都不曉得，也無力再去詢問。

六〇年代的台灣讀者只知道好奇張愛玲的小說世界，沒有人知道她的痛苦，她也不是個會說苦的人，即使是幫助她最多的夏志清，和莊信正、林式同幾位台灣去美的留學生，也只在信件中稍稍提及，她同他們沒有見過幾次面，卻是眞正長久交心的朋友，就像炎櫻一樣，正因爲如此，她才更不要去過度麻煩他們，就讓友誼保持在最美好的樣子上。

她的書在 Fred 過世前後開始在台灣重新出版，如果有個算命的來看看她那困苦的十一年婚姻生活，恐怕要說 Fred 是她的災星，災星一過，她的運勢又逐漸好轉過來，這麼說眞是刻薄，卻又眞切準。Fred 過世後，她的四本書就在皇冠出版了，拿到一筆版稅，隔年找到加州柏克萊大學中國研究中心研究員的工作，但是只一年又失去了那個工作。

那個工作在於專門研究中共新的政治名詞，正因爲需要比較，她終於找出池田篤紀留下的日本地址。那時她看看地址，心裡還揣度著，這麼多年了，池田不知道搬家了沒有。她寫一張明信片，是光風霽月的，向胡蘭成借《戰難和亦不易》以及《文明的傳統》兩本書，客氣地問：「是否能借數月做參考」，但是沒有署上下款。她想，她的字跡胡蘭成自然是知道的。

一個月之內就收到胡蘭成的來信，信裡先說明手邊沒有那兩本書，但是《今生今世》即將在下個月付印，屆時將寄過來云云，還在信封裡附一張新近的照片。他也老了，但是更多了些慈和氣息。他在早先出版的《山河歲月》裡已經寫了幾段她，在香港的時候早有人來向愛玲詢問，她才知道有這樣一本書，那時她不置一詞，因爲 Fred 正中風呢！

收到那張照片之後，她聽說《今生今世》中一部分關於她的文稿先在雜誌上刊登出來，被按下標題：「胡蘭成筆下的我妻張愛玲」，後面接著一期又刊登一篇：「胡蘭成與小周」。友人看到了，都想辦法影印或買書給她寄過去。等到《今生今世》上卷出版，胡蘭成除了寄書來，又寫了許多封信，裡面說，每到百貨公司看到日本婦人的和服、吃日本的海鮮都能分明地想到她，還有許多撩撥的話，分明仍然把她當成小女孩耍弄。

胡蘭成把她寫在衆多女子之間，她一封信也沒有回。甚至有台灣的出版商，不明究裡，想請她和胡蘭成一起出書，胡蘭成利用她的名字打書的廣告，她之於他，倒還有許多利用價値?!胡蘭成繼續寄來許多信，最後她僅僅禮貌地回了一封，這次倒有稱謂了：

蘭成：

你的信和書都收到了，非常感謝。我不想寫信，請你原諒。我因爲實在無法找到你的舊著作參考，所以冒失地向你借，如果使你誤會，我是眞的覺得抱歉。《今生今世》下卷出版的時候，你若是不感到不快，請寄一本給我。我在這裡預先道謝，不另寫信了。

愛玲

這個蘭成早已經不是幾十年前的蘭成，他在范秀美之後，又有好幾個女人，他的一生是女人不能斷的。然而，這個落款下的愛玲，也已經是賴雅太太了，雖然她的丈夫已經去世，她總歸還有個人家太太的名目。

下卷出版之後，她翻著讀過，驚駭著胡蘭成連這封信也寫到裡頭去。《山河歲月》充滿了溫和敦厚的寬大胸襟，上卷《今生今世》裡雖然寫得洋洋得意，卻也不像這樣，把她寫得像個妾。愛玲有種上當的感覺，她是早就絕口不提和胡蘭成的那一段，眞恨自己又去招惹來這個麻煩。

但是《今生今世》的出版卻開始引來所有張迷的好奇，被問過幾次之後，她想到一個辦法，對於陌生人第一次的通信，她都署名 Eileen Reyher，冠上夫姓，是另一種保護的顏色，這個保護色是用她十一年的辛勞換取來的。

她把那兩本書讀過，就丟了，她從來不買書，也從不保存這種書籍。因爲搬家搬得太頻繁。自從 Fred 過世之後，她搬了許多地方，最後搬到洛杉磯，此後搬來搬去，都在差不多的地方，她買最簡單便宜的家具，連衣服用品都可以隨搬隨扔，「家」的定義，在她來講很簡單，她自己就是一個家。

有一陣子她甚至只找旅館住，旅館的方便在於每天有人來清理，換床單、鋪床，衣服也可以扔到洗衣部去。最重要的，一發現皮膚搔癢，疑似環境不乾淨，冰箱裡出現蚤子，她就能夠立刻帶著隨身行李搬家。她把生活品質降低到最儉約的程度，鞋子全都是簡單的塑膠拖鞋，家裡穿出外穿都方便，又不容易滑跌，衣服上，因爲都不見人了，也穿一式寬鬆的棉布衣。

她的經濟環境已經改善許多，因爲版稅很穩定，她自己的開銷也不大，生活不再有恐慌之後，她開始做起《紅樓夢》的考證了。一詳、二詳、三詳、四詳、五詳，《紅樓夢》是詳不完的，書名很早就訂了，取做《紅樓夢魘》，既是夢魘，也是一種瘋狂。她的考證和正統「紅學」的考證不同，竟是從小說創作的角度去看其中改寫的端倪，從而才旁及時代、細節。在第一篇考證刊出時，一位友人說看不懂。

居然已經寫到別人看不懂的程度了，她自己也詫異，不是一向海派文人最忌諱別人讀不懂自己的文章，但是這又不比從前寫小說了，她現在要做的是眞正自己想做的事情。別人看得懂也罷，看不懂也罷，喜歡好，不喜歡也好，她都要做的。

她對於《紅樓夢》的情感，和《海上花》不相上下，只要心境不好的時候詳一會兒，好比一個人越流浪在孤島上，越要在月色明亮得荒涼的時候想起故鄉。那故鄉不可及、不可說，更不可觸摸，一觸就要粉碎的！她只能源源不斷地咀嚼自己，把咀嚼之後的精髓鋪排成一頁頁的書。

十六本書，出版社已經幫她出了全集，版稅收入很好，而且，她終於在去年獲得台灣中國時報的「終身成就獎」，在這樣老年的時候，遲遲地彌補了當年《西風》徵文的遺憾。但是，這全集裡收錄的，也還只是她這些年所「生產」的文字量的三分之一不到，沒收錄的，包括 Fred 看過和沒有看的稿，他在世的時候，她爲了賺取生活費寫稿，Fred 過世之後的這二十多年，她也沒有一天停過筆。

尤其是《小團圓》——

她闔上照相簿，也稍稍閉了閉眼，這些相片她會先撕成垃圾吧！正因爲對她而言都是重要的，才不必要公諸於世，她不想讓讀者看到，連帶《小團圓》也是這樣——

也許有一天那麼多的張迷中，還會出現像唐文標那樣瘋狂挖掘她的佚文軼事的人，想到唐文標，她不禁皺起眉頭，隨即又舒眉笑了笑，這人雖然神經，卻挺努力的。整疊的《小團圓》就放在箱子旁邊，她用手掂了掂，眞重！

又厚！她隨意地翻著整疊的稿紙，《小團圓》從七四年開始寫，剛完成時，她興奮地寫信告訴友人，炎櫻和夏志清都是知道的，只是她習慣告訴炎櫻故事內容，炎櫻仍用一貫活潑潑的語調回信說：眞人眞事喲！胡蘭成與張愛玲——才子佳人，一定會暢銷！

這可提醒她了，隨後給夏志清的第二封信就翻案了，說裡面有太多的事實，要活用才行。從此以後就不斷地修改，怎麼修改怎麼不滿意。她也不懂自己沉默了這麼多年，連胡蘭成都去世了，爲什麼要再掀出來？但是，她又反覆回頭想，爲什麼不能，小說就得是半事實半虛構的故事，時常才是最精采好看的，不是?!

《小團圓》在虛構與事實之間永遠不能平衡了。可是她又不甘願就此擱筆，爲了那些事實，寫到心境不好的時候，就詳一詳《紅樓夢》，詳到高興了，再回頭寫《小團圓》，越寫到後來，裡面的時空越縱橫跨越到更廣泛的層面，從她出生直寫到離開上海之後，人物交錯也愈來越複雜，直直追上自己正在考證的《紅樓夢》。但是，最終該怎麼「團圓」法？她卻煞費思量了。

人生是這樣的罷，它有它的圖案，人們唯有臨摹。

現在已經是八月下旬了，再過一些時間就是她的生日。一九九五年的生日?!她對自己駭笑起來，都已經老到沒有力氣了，早在上海那些年就有一換季節會感冒的情況，越到這些年，越是輕易就生病發燒，上公車給人一擠，也會跌斷肩骨，身體仍像年輕時候輕飄飄的，卻抵不住時間的蠶食老化，還想到生日做什麼?!

她走進浴室找棉球，牙齒縫流著血呢！這也是老毛病了，從年輕起就有的蛀牙，後來竟演變成牙周病。對著浴室裡的鏡子，她照見自己滿臉的皺紋，其實早該習慣老年的，她豁達地對自己笑了笑，眼眶四周的紋路更深了，用了許多年伊利莎白雅頓的時空膠囊油劑，那是防止皺紋最有名的東西，還有其他的潤膚乳液、化妝水，只是變化得慢些，終究仍抵不過時間的力量。

看看腳下的拖鞋，腳指頭感覺有些滑膩，顯然髒了，得換一雙，她扶著牆走進儲衣室，裡頭掛著各色四季厚薄衣裙，她習慣穿裙子，幾乎沒有長褲，就連討厭她的霏絲，也認爲她對衣服的品味有巴黎服裝設計師的眼光。

地上是各種購物包裝的紙袋子。這些紙袋子、帳單的背面都會成爲她打草稿的紙頭，這個後母讓她養成的習慣，從少女時代直到現在都不變。東邊壁架上有一排全新不同顏色的毛巾質料膠底拖鞋，這些東西，都因爲方便，才喜歡穿，穿髒了可以立即扔掉，一喜歡上一樣東西就會買許多，因爲怕用光。

她又慢慢走回浴室，找棉球，啊！浴室地上已經排著好幾個打了雙結的尼龍袋子。其實她的房外有一扇沒有裝鎖的門，那是個垃圾回收間，裡面有兩隻白色垃圾回收桶，這間房的好處就在這裡，她不必擔心幾年前那個女記者翻搜她垃圾的事情重新發生。那名女記者的確嚇到她了，可以為了想知道她的一切作息，去租她隔壁的空屋，每天貼著牆壁聽她這邊的動靜，從垃圾裡找出她那些沾了血絲的棉球，揑皺不要的廢紙底稿。還好被她的朋友知道了，她一得到這樣的消息第二天就趕緊搬走。

一個寫小說的人，能夠把人迷成這樣，她眞不知道該高興還是苦笑。她看著地上那些垃圾尼龍袋子，那垃圾回收間的確方便，但是，那門的把手重，需要用點力氣往下壓門才能打開，這些天，她是連那點壓門的力氣也沒有了。

現在，她的腦力與體力實在成反比，體力越削減，彷彿腦子就越清明，她已經把所有的證件、該可以給人看的東西都放在門口的皮袋子裡，其中包括韓國城裡租用的一個小倉庫合同，裡面放的是她的一些英文著作和打字手稿。現在，剩下的力氣，就該用在處理這些猶豫不決的照片和《小團圓》。

《小團圓》是交給仍然活著的朋友？還是自己帶走算了？她覺得好笑，這麼想，彷彿她已經活不久，但是又拼命訂購許多怕用完吃完的東西。她在遺囑裡寫明將來希望將骨灰灑在曠野，是削肉還母，剔骨還父，連剩下的一點灰燼都還諸天地的意思。但是眞這麼豁達，也許根本不必寫《小團圓》了！

她搖頭嘆息，人眞是矛盾啊！活著仍舊是好的。

在姑姑去世的第二年，她就寫好遺囑寄去給林式同。那之後，她就稱他式同，不再是林先生或林式同了，如同與夏志淸、莊信正他們的通信，後來他們也都成爲志淸、信正。

式同在這幾年當中幫助她許多，找房子的事情幾乎都依賴他，以後，她也認定了，那一皮袋子裡的東西，警察也會交給他。這位沒見過幾次面的朋友，前兩三個月還聯絡過一通電話，那時候是因爲七月份的房租合約快到了，伊朗房東似乎不想再租她。她急著找報紙，剪下拉斯維加斯賭城的租屋廣告，異想天開地附在信裡，還好後來伊朗房東又不趕她了，否則式同也要大大頭痛了，拉斯維加斯，那麼遠，他住在洛杉磯，怎麼有心想照顧也是鞭長莫及呀！

她倒是趕緊和式同聯絡，要他不必另找房子了。那通電話裡，式同和她聊到正在做美術玻璃的研究，她還很有興趣地要他做好了借她看看，但不要他送，因爲屋子裡沒有地方擺。她想到以前和姑姑同住的上海公寓，閃亮在陽光下的法式彩色玻璃窗門，又說，玻璃做首飾一定很漂亮。她還是喜歡漂亮的衣裳和東西，雖然現在她都不穿了，但是，女子到了再老，也還是愛美的，「阿婆還是初笄女，頭未梳成不許看——」難道不是麼?!

她和房東又簽訂了兩年的合約，兩年是合約中最長的年限了，她的一生沒有自己的房子，沒有任何固定久住的地方，能夠這樣兩年兩年地拖下去，已經是不安定中的安定了。一簽訂合約，就意味著生活又安穩下來，所以七月以後，她是寬心的。她坐到行軍床上，一眼瞥見地上一封炎櫻的信，還沒拆呢！也許那底下還有許多其他人寄來的信，既然無力回信，索性都不拆了。

許多人關心她，要把所有的信拆開閱讀是容易的，但是讀了，不回信心裡又不安，要都得回信卻又眞不容易，因爲她寫回信同樣要先在廢紙上打底稿，想整齊了才眞正寫到信紙上，寫一封信非得花上許多時間。她躺下來，也許閉上眼睛暫時休息一會兒，等多些力氣了，再拆看炎櫻那封信裡頭寫的什麼。

那窗外的弦月靜悄悄地，彷彿潤轉潤轉著，就豐滿成了一個瑩瑩透亮的大圓月，時序又倒回那年中秋，庭院裡點上幾盞紅燈籠，姑姑還是一抹瀏海的姑娘打扮，正歪頭過去和幾個親戚聊天，她還是個嬰兒，被何干抱在身上餵吃著粥糜，裡面伴了些肉汁肉屑，父親伸手過來逗她，母親挺著大肚子在一旁看著她的小胖臉笑吟吟，那大肚子裡面，是她未來的小弟。

「小煐，嗳，叫聲叔叔！」父親高興地說。她還沒喊，卻因爲父親的手指肢胳了一下，咯咯咯大笑起來。

她還沒抓周呢！

參考書目

《張愛玲全集》十六冊　張愛玲著　皇冠　一九九四
〈太太萬歲〉《聯合報》副刊一九八九年五月二十五日至三十日
〈哀樂中年〉《聯合報》副刊一九九〇年九月三十日起
〈一曲難忘〉《聯合文學》一九九三年四月號
〈張愛玲影評五則〉《聯合文學》第三卷第五期
〈小兒女〉《聯合文學》一九八七年七月號
〈太太萬歲題記〉《女性人》雜誌創刊號一九八九年二月
〈張愛玲書評四篇〉《聯合報》副刊一九八八年十二月二十八日
《今生今世》　胡蘭成　遠行　一九七六
《山河歲月》　胡蘭成　遠行　一九七五
《中國現代小說史》　夏志清著　劉紹銘等譯　傳記文學　一九七九

《張愛玲資料大全》 唐文標編 時報 一九八四
《張愛玲研究》 唐文標 聯經 一九八六
《張愛玲的小說藝術》 水晶 大地 一九七五
《張愛玲未完》 水晶 大地 一九九六
《私語張愛玲》 陳子善編 浙江文藝 一九九五
《華麗與蒼涼——張愛玲紀念文集》 皇冠 一九九五
《我的姊姊張愛玲》 張子靜 時報 一九九六
《張愛玲與賴雅》 司馬新 大地 一九九六
《張愛玲傳》 胡辛 作家 一九九六
《張愛玲傳》 余斌 晨星 一九九七
《從張愛玲到林懷民》 高全之 三民 一九九八
《百年家族——張愛玲》 馮祖貽 立緒 一九九九
《重現的玫瑰——張愛玲相冊》 羅瑪編 光明日報 一九九九
《閱讀張愛玲——國際研討會論文集》 楊澤編 麥田 一九九九
《張愛玲的世界》 鄭樹森 允晨 一九八九
《艷異》 周芬伶 元尊 一九九九
《胡適及其友人一九〇四~一九四八》 耿雲志 香港商務 一九九九
《胡適與韋蓮司——深情五十年》 周質平 聯經 一九九八

《我看鴛鴦蝴蝶派》 魏紹昌 業強 一九九〇
《二馬》 老舍 《小說月報》第二十卷第五號到第十二號
《紫羅蘭》雜誌第三卷、第四卷
《聯合文學》第三卷第五期「張愛玲專輯」
《聯合文學》第十卷第二期「出土文學」
〈張愛玲給我的信件〉（一）至（十一） 夏志清 刊於《聯合文學》雜誌
〈歷盡滄桑的上海灘掌故(一)～(九)〉 德公 《春秋》雜誌第二十卷
《上海７００年》 上海研究中心上海人民出版社編 一九九一
《近代上海繁華錄》 唐振常主編 商務 一九九三
《中華民國電影史》 杜雲之 文建會 一九八八
《中國的電影》 杜雲之 皇冠 一九七八
上海版《申報》 一九一六年至一九四八年
上海版《新聞報》 一九一六年至一九四八年
《上海摩登》 李歐梵 牛津 二〇〇〇
《電影百年發展史——前半世紀（上）》 Kristin Thompson 著 David Bordwell、廖金鳳
譯 美商麥格羅·席爾
「在世紀末消失的華麗——懷念張愛玲專輯」《中國時報》一九九五年九月
「蒼涼的麗影——張愛玲紀念專輯」《聯合報》一九九五年九月

〈落地的麥子不死〉 王德威《中國時報》開卷版 一九九五年九月十四日

〈善隱世的張愛玲與不知情的美國客〉 JamesK. Lyon 著 葉美瑤譯《聯合文學》第十三卷第六期

〈張愛玲的今生緣——《張愛玲與賴雅》外一章〉 司馬新《聯合文學》第十三卷第七期

〈最後的張愛玲——與張愛玲先生的書信往來〉 司馬新《中國時報》副刊 一九九六年二月二十二、二十三日

〈花憶前身——記胡蘭成與張愛玲〉 朱天文《中國時報》副刊 一九九六年九月二十七、二十八日

〈初見張愛玲，喜逢劉金川〉 夏志清《聯合報》副刊一九九九年三月二十一、二十二日

〈在朱復新住處嗅聞張愛玲的味道〉 歐銀釧《民生報》一九九三年三月十三日

當代名家

臨水照花人

2001年3月初版　　定價：新臺幣250元
2004年3月初版第九刷

著　者　魏可風
發行人　劉國瑞

責任編輯　顏艾琳
封面設計　王伯庭

出版者　聯經出版事業股份有限公司
台北市忠孝東路四段555號
台北發行所地址：台北縣汐止市大同路一段367號
電話：(02)26418661
台北忠孝門市地址：台北市忠孝東路四段561號1-2F
電話：(02)27683708
台北新生門市地址：台北市新生南路三段94號
電話：(02)23620308
台中門市地址：台中市健行路321號
台中分公司電話：(04)22312023
高雄辦事處地址：高雄市成功一路363號B1
電話：(07)2412802
郵政劃撥帳戶第0100559-3號
郵撥電話：26418662
印刷者　世和印製企業有限公司

行政院新聞局出版事業登記證局版臺業字第0130號

本書如有缺頁，破損，倒裝請寄回發行所更換。　ISBN 957-08-2203-1 (平裝)
聯經網址 http://www.linkingbooks.com.tw
信箱 e-mail:linking@udngroup.com

國家圖書館出版品預行編目資料

臨水照花人／魏可風著．--初版．
--臺北市：聯經，2001年
378面；14.8×21公分．--(當代名家)
ISBN 957-08-2203-1(平裝)

〔2004年3月初版第九刷〕

857.7 90001821

當代名家系列

白水湖春夢	蕭麗紅著	300
千江有水千江月(長篇小說)	蕭麗紅著	280
不歸路(中篇小說)	廖輝英著	220
殺夫(中篇小說)	李　昂著	200
桂花巷(長篇小說)	蕭麗紅著	280
法網邊緣	黃喬生譯	380
狂戀大提琴	利莎等譯	350
海灘	楊威譯	350
台北車站	蔡素芬著	180
回首碧雪情	潘寧東著	250
臥虎藏龍	薛興國改寫	180
多情累美人	袁瓊瓊、潘寧東著	250
八月雪：三幕八場現代戲曲	高行健著	150
靈山	高行健著	平320 精450
一個人的聖經	高行健著	平280 精400
變色的太陽	楊子著	200
紅顏已老	蘇偉貞著	170
世間女子	蘇偉貞著	180
陌路	蘇偉貞著	220

聯副文叢系列

●本書目定價若有調整，以再版新書版權頁上之定價爲準●

(1)鹽田兒女	蔡素芬著	180
(2)邊陲的燈火	楊蔚齡著	180
(3)散文的創造(上)	瘂弦主編	150
(4)散文的創造(下)	瘂弦主編	150
(5)飛翔之光——聯合報文學獎1994卷	瘂弦主編	250
(6)人生是一條不歸路	王邦雄著	170
(7)紅顏男子	李岳華著	150
(8)天下第一村幹事	陳介山著	120
(9)未來世界	王小波著	140
(10)讓高牆倒下吧	李家同著	170
(11)新極短篇——全民寫作(一)	陳義芝主編	180
(12)我寫故我在——聯合報文學獎一九九五卷	瘂弦主編	250
(13)陳瑞獻寓言	陳瑞獻著	130
(14)膜	紀大偉著	180
(15)每個人都有大智慧	趙衛民編	160
(16)站在巨人肩上	瘂弦、陳義芝編	220
(17)扶桑	瘂弦主編	200
(18)真女人紀事	陳義芝、黃秀慧編	150
(19)新極短篇——全民寫作(二)	黃秀慧主編	180
(20)美麗新世界——聯合報文學獎一九九六卷	瘂弦主編	250
(21)雙身	董啟章著	200
(22)眾神的花園	瘂弦主編	380
(23)大漠魂	郭雪波著	150
(24)人生散步	瘂弦主編	140
(25)向時間下戰帖——聯合報文學獎一九九七卷	陳義芝編	250
(26)陌生人	李家同著	170
(27)橄欖樹	蔡素芬著	180
(28)閱讀之旅（上卷）	陳義芝編	200
(29)閱讀之旅（下卷）	陳義芝編	200
(30)智慧100	聖嚴法師著	200
(31)人與海：台灣海洋環境	賈福相著	240
(32)迴旋	張讓著	250
(33)默	杜修蘭著	180
(34)沉雪	李晶、李盈著	200

(35)台灣現代小說史綜論	陳義芝主編	480
(36)華年放異采——聯合報文學獎一九九八卷	陳義芝主編	250
(38)看海的人	賈福相著	250
(39)台灣文學經典研討會論文集	陳義芝編	420
(40)惡寒：第廿屆聯合報文學獎中篇小說評審獎	張惠菁著	220
(41)金色海灘：第廿屆聯合報文學獎中篇小說評審獎	樊小玉著	180
(42)新的寫作時代——聯合報文學獎一九九九卷	陳義芝編	250
(43)消失的海岸	孫寶年編	250
(44)二十世紀文學紀事	鄭樹森編著	280
(45)李喬短篇小說精選集	李喬著	250
(46)再現文學垂天大翼——聯合報文學獎一九九九卷	陳義芝編	220
(47)藍色運動：尋回台灣的海洋生物	邵廣昭等著	280